“六读”随感

散文集

李连相 著

中国铁道出版社有限公司
CHINA RAILWAY PUBLISHING HOUSE CO., LTD.

图书在版编目（CIP）数据

“六读”随感 / 李连相著 . — 北京 : 中国铁道出版社有限公司 , 2023.8

ISBN 978-7-113-30362-4

Ⅰ. ①六… Ⅱ. ①李… Ⅲ. ①散文集 – 中国 – 当代 Ⅳ. ① I267

中国国家版本馆 CIP 数据核字 (2023) 第 124540 号

书　　名：“六读”随感
　　　　　“LIU DU” SUIGAN
作　　者：李连相

责任编辑：奚　源　　编辑部电话：（010）51873005
封面设计：闰江文化　　电子邮箱：zzmhj1030@163.com
责任校对：安海燕
责任印制：赵星辰

出版发行：中国铁道出版社有限公司（100054，北京市西城区右安门西街 8 号）
网　　址：http://www.tdpress.com
印　　刷：番茄云印刷（沧州）有限公司
版　　次：2023 年 8 月第 1 版　　2023 年 8 月第 1 次印刷
开　　本：880 mm×1 230 mm　1/32　印张：13　字数：303 千
书　　号：ISBN 978-7-113-30362-4
定　　价：68.00 元

前　言

“什么是‘六读’？”也许有的朋友看到这本散文集的题目时，会发出这样的提问。当你看完这本散文集，这个疑问便迎刃而解。所谓“六读”，就是读人、读社会、读历史、读大自然、读铁路（读本职）、读自己。事实证明，一个热爱生活的人，一辈子都要干好“六读”这件事。只有这样，才能获得更多的知识并运用于生活和工作，才能使自己和周围的人活得更潇洒、更快乐、更幸福、更美满。

人的一生，需要做的事情很多，但有一件最为重要、最需下功夫的事，那就是读书。因为“世间好语书说尽”，思量唯有读书好。读书，是人一辈子的追求。本书强调了读书对于人成长的重要性，介绍了读书的方法和应注意的问题，并记述了我读好书的心得和体会。“六读”，离不开读书，离不开学习。凡不读书、不学习者，便不知人际之复杂、社会之广阔、历史之纵横、自然之壮美、个人之得失。读书、学习、思考、积累、实践、总结，是每个人经常做的事。只有读书学习，才能了解“六读”之真谛，以取得事业之成功。愿每个有志之人认真读书学习，做好“六读”这篇大文章，描绘出壮丽的人生画卷。

读万卷书，行万里路，拓宽视野，感受生活和人生。我以为，行万里路，是一种游学。不游学，怎能读大自然呢？为了干好读大自然之事，多年来，我利用工作之余和退休后旅游的机会，饱览了大好河山，领略了大自然之绿色生态，目睹了美丽乡村和新的城镇。本书中的部分散文作品，是我读大自然的心血和结晶。不走万里路，不读大自然，就没有这些散文。换句话说，这些散文是大自然恩赐于我的作品，我从心灵深处感谢鸟语花香、绿草古树、山川沃野、江海湖泊，感谢大自然对我的恩泽和厚爱。

任何人都离不开社会，离不开生活，无论是古今名人，还是凡人百姓，都是如此。本书运用生动的事例，叙述了古今名人和普通劳动者的世界观、人生观、价值观、生活观。他们都是我们的老师。他们正确对待自己，在处理个人这个“小家”和国家这个“大家”的关系上，总是以国家利益和人民利益为重。为了国家和人民，他们宁愿吃苦受累，关键时刻能够牺牲一切包括生命。他们正确处理日常生活和社会工作的关系，当二者发生冲突时，总是把工作放在第一位，不忘为国家富强和民族复兴贡献才智。他们感恩社会、感恩大自然给生活带来的无尽乐趣和厚泽。他们始终觉得生活充满阳光，始终觉得有一种力量在鼓舞自己不断奋进。本书有关章节所叙述的几个普通人的故事，较为生动，从一个侧面反映了老百姓的平凡生活。他们的事迹给我们的启发是：即使现在生活条件好了，也需要发扬中华民族艰苦奋斗的优良传统。唯有如此，我们老百姓的日子才会过得更有滋有味，生活也会越来越美好。

二十四节气和十二生肖，与我们的生活密切相关。这些年来，我一直注意学习领会中国节气文化和生肖文化。2021 年，我用了一年时间，“跟踪”了二十四节气。我运用丰富历史资料和采访中所获得的一手素材，在书中介绍了二十四节气中每个节气的特点，以及和老百姓衣食住行有关的知识，力图告诉人们，要按照节气和时令特点饮食起居、穿衣戴帽，要顺应节气、顺应自然、顺应生态，过好生活中的每一天。十二生肖亦是中华民族传统文化的一个组成部分，我从2008年始至2023年，每年春节都为《人民铁道》报写一篇生肖散文。这些散文，通过生动的故事，紧密联系现实生活，点明了十二生肖的来历、特点，阐述了丰富的中华生肖文化。因这些散文已见诸报端，本书未收入。二十四节气，十二生肖，与我们的生活紧密相连。我们要不断弘扬中华优秀传统文化，让传统文化激励我们幸福生活的脚步越迈越坚实。

人活在世上，离不开衣食住行。人间烟火气，“民以食为天”，人活着就要吃饭，这是保持生命力的最基本条件，也是人生活中尤为关键的事。中国人的吃食多种多样。许多民间吃食，既简单普通又富有营养，老百姓的饭桌上总是离不开它们。民间吃食，温暖我心。本书涉及的吃食虽然不多，但每种吃食里面都蕴含着丰富的中华饮食文化，想必读者读完此章节几篇介绍民间吃食的散文后，一定会有所收益。

生活随着岁月流逝，总会给自己和他人留下痕迹。本书回顾了我几十年生活和工作经历，述说了自己对生活和社会的深切感受。书中阐述了发扬革命传统和民族精神的重要性。革命传统和民族精神是我们的宝贵财富，将鼓舞我们不忘初心、牢记使命，为实现中华民族伟大复兴的中国梦继续奋斗。

李连相

2023年3月6日

目 录

读 书

行　游

师　友

节　气

烟 火

岁 月

读书

『六读』，离不开读书，离不开学习。凡不读书、不学习者，便不知人际之复杂、社会之广阔、历史之纵横、自然之壮美、个人之得失。人的一生，需要做的事情很多，但有一件最为重要、最需下功夫的事，那就是读书。在新时代，我们致力于爱读书、读好书、善读书，唯此，才能了解『六读』之真谛，成就报国之梦想，取得事业之成功。

『六读』随感

人的一生究竟怎样度过？笔者认为，一个人一生要干好“六读”这件事。这既简单又复杂。说它简单，就是表述起来十八个字：读人，读社会，读历史，读大自然，读铁路，读自己。说它复杂，就是这十八个字做起来不容易，需要有明确目标和顽强毅力。

读人——人生活在大千世界，每天都要接触各种各样的人。于接触中，了解每个人的性格和经历，从中获得有益知识。一位著名作家说：“尽管人们面额上没印有文字，但仍然可读，特别是到了中、老年，每个人都是一部辞典、一部历史、一部经卷。”我们可以从辞典、历史、经卷中，得知好人怎样待人、如何成功，得知坏人怎样坑害国家和人民、如何落入法网，从而不断端正自己的人生方向，做一个有益于社会、有益于人民的人。然而，读人并非易事，目光要有 X 射线一样的透视功能。这就要靠长久的修炼、多年的体悟。经历多了，目光敏锐了，便能识破各种面纱和网罩，看透人的内心世界。

读社会——社会泛指由于共同物质条件而互相联系起来的人群。如果说读人是了解人的个体的话，那么，读社会（读世间）就是了解人的集合体——人群。鲁迅先生提倡“用自己的眼睛去读世间这一部活书”。毛主席强调“社会上的一切也是书——‘无字天书’”。读这“无字天书”，需深入民间，需躬身求教，广泛调查研究。1927年，毛泽东实地考察了湖南湘潭、湘乡、衡山、醴陵、长沙五县的农民运动后，写下著名的《湖南农民运动考察报告》。如今，社会发生了巨大变化，科技进入了飞速发展的时代。但是，读社会这本大书的做法，对我们读今日之社会仍有很大帮助。可以说，一个人不读社会，不科学地观察、研究社会，就难以有季羡林先生那样深刻的“阅世心语”，更谈不上对社会有更大贡献了。

读历史——人立于世间，纵观几千年风云——人类文明和社会的发展过程，是必须做的。这并不是期望人人成为历史学家，而是体察中国乃至世界几千年变化的奥秘，可以使人变得聪明起来，警惕前人所犯的错误。很难说，一个没有读过历史的人，会是一个聪明的人。毛泽东一生读史，史书常捧手中。他掌百万大军于手上、破敌于千里之外，是因为他积几千年智慧于脑内、揽世纪风云于胸中。培根说，读史使人明智，亦是深刻道理。读史不是简单浏览典籍，而是要善于用笔和千古风流人物、史书作者交流，或赞、或叹、或争论、或批驳，心有所思、情有所感、言有所论，进而认识中华文明的悠久历史，感知中华文化的博大精深，让心灵深处迸出的思想火花，导引人生正确航向。

读大自然——阳光的恩泽，万物的滋润，使人能够愉快生存。人应怀感恩之心，了解大自然、呵护大自然。教育家陶行知曾呼吁人接触大自然中的花草、树木、青山、绿水、日、月、星辰，自由地对自然发问，与万物为友。提倡读大自然，也不是希望人人成为徐霞客，写出他那样的闻名于世的游记，而是享受时间老人给予的光阴，攀名山、涉急流，感悟天地之壮美。自古以来，中国文化传统中有一种观念，不游名山大川，孤陋寡闻，是写不出大文章的，是干不成大事业的。毛泽东深谙此理。他说，游之为益大矣哉！登祝融之峰，一览众山小；泛黄勃之海，启瞬江湖失；迁览潇湘，泛西湖，历昆仑，周览名山大川，而其襟怀乃益广。

读铁路——亦可称读本职。笔者和众多朋友一辈子干铁路，故有“读铁路”之说。每一名铁路人特别是铁路新闻工作者应该怎样读铁路？是否从斯蒂芬孙读到詹天佑、茅以升及今日铁路英杰呢？是否从世界三次技术革命读到铁路诞生和发展的过程呢？是否从世界和中国第一条铁路读到中国高速铁路呢？笔者以为，这些读法，有益于我们站在世界铁路发展的大视野内，了解中国铁路的过去、现在和未来，进而坚定为铁路现代化和实现伟大中国梦而奋斗的信心。事实早已证明，一个不知铁路的人，是干不好铁路工作的。

读自己——人不仅要每天匡正衣冠、净化自己的外表，更重要的是每天还要审视自己的灵魂。这灵魂，是健康、美好的吗？读别人易，读自己难。因为，世上有许多人喜欢赞扬，不喜欢批评。人的修养不到一定程度，是不会暴露自己另一面的。人贵有自知之明。人要严于解剖自己。正如一位知名作家所说，常常阅读自己是一种自戒自律行为。读人能丰富自己，读己能自律笔端。

“六读”，离不开读书，离不开学习。高尔基说，生活在我们这个世界里，不读书就完全不可能了解人。诸葛亮也说，夫学须静也，才须学也，非学无以广才，非志无以成学。凡不读书、不学习者，便不知人际之复杂、社会之广阔、历史之纵横、自然之壮美、自己之得失。读书、学习、思考、积累、实践、总结，是每个人经常做的事。唯有如此，才能了解“六读”之真谛，以取得事业之成功。

“眼到、耳到、手到、心到”，是做好“六读”之秘诀。愿每个有志之人，善于观察、善于调研、善于思考、善于行动、善于总结，做好“六读”这篇大文章，描绘出壮丽的人生画卷。

读书：毕生的追求

人的一生，需要做的事情很多，但有一件最为重要、最需下功夫的事，那就是读书。因为“世间好语书说尽”，思量唯有读书好。读书，是人一辈子的追求。

人为什么读书？古来众说纷纭。无论怎么论说，但不外乎三点：

一是获取知识。人落地并不认字，后从一笔一画学起，才逐渐识文断字。人认字到一定程度，才能读书。读书有两种方式：一种是被动地读，到学校听老师授课，在老师指导下，学会读书；一种是主动地读，把读书作为一种生活方式，也就是读书为生活中不可缺少的内容。主动读书的年龄越小，越容易成才。过去有些人不知道读书，也不知道这是获取知识途径之一。在这种情况下，人基本不知读书、不用读书。

二是修身养性。好的书籍能帮助人净化心灵，丰富精神生活，不被坏的东西所腐蚀，堂堂正正、干干净净、勤勤恳恳活在世上。对于共产党员来说，读书则是锤炼党性所需。

三是强化本领。人来到世上，不能庸庸碌碌活一辈子，要为社会、为人民服务。服务要有本领，而本领是靠读书、靠学用结合获得的，正如古语云："人学始知道，不学亦枉然"。

自古以来，能够坚持一辈子读书的人并不多。有相当多的人步入社会后，读书不如以前那么勤奋、那么刻苦了。有些人到了老年，便与书"拜拜"了，甚至说，我都退休了，还读什么书？这种说法是不正确的。年华虽然随时光而飞驰，但意志不能随岁月逐渐消逝。人越老越应该读书，越应该获取知识、修身养性、增强本领。老人不读书，每天只求三餐、逛逛公园、看看手机，渐渐就会跟不上形势，和新时代不合拍，和年轻一代说不上话。所以，人老了也不能懒，必须手不释卷。

年轻人不读书或少读书，每天只讲游玩，或沉迷于吃喝、玩手机、漫游网上，不仅学不到本领，而且还会被社会所淘汰。生活中，这样的例子为数不少。应该强调的是，在新时代，青年必须认真读书。

共产党员更应该成为活到老、读书治学到老的楷模。

古今成大事者，都把读书作为一辈子的追求，即使是到了晚年也矢志不渝。传说唐代著名医药学家孙思邈活到一百四十多岁，七旬如同壮年。他百岁时，头脑清醒，仍坚持读书写作。《千金翼方》这部书就是他百岁时写成的。著名的中国近代史和中共党史研究专家金冲及虽已年过九十，但仍大致保持每天八个小时的阅读。他认为，阅读对他的好处实在很多，阅读能帮助他养成用历史眼光看待问题的习惯，可以清楚地看到在革命和建设的过程中，有些为什么能取得成功，有些为什么会遭受挫折以致失败。再者，进入新时代，在国内和国际都会遇到一些新情况新课题，这就需要除了对现状进行深入细致的调查分析外，还必须认真追溯其历史背景和演变过程。因此，必须坚持读书治学。金冲及先生所著《二十世纪中国史纲》，我曾读过，获益多多。著名作家徐怀中坚持读书写作，他所创作的长篇小说《牵风记》于 2019 年 8 月 16 日获第十届茅盾文学奖。他说："上天看我步入九十岁了，还在扒着文学创作的碗边不肯松手，给我一个小小的奖赏。"著名小说家、历史学家、报告文学作家叶永烈，笔耕不辍，一生出版一百八十多部著作，逾三千五百万字。他惜时如金，每天六点半，边起床，边听新闻。早餐之后，上网、看报，中午读书。除此之外，他抓紧时间写作、采访、调研。晚上，他收看《新闻联播》。他认为看电视剧太费时，几乎不看。正因为他甘于寂寞，日坐书城，所以才写出那么多好作品。

即使是普通劳动者，也要把读书作为毕生追求。安徽省电力公司宿州供电公司输电运检室带电作业班班长许启金，一直坚持读书学习。他的卧室里，除了电脑、打印机、扫描仪，就是书，床上也堆满了书。他把读书获取的知识用于生产实践，勇于技术创新，成为拥有五项国家专利、十五万字学术论著的"专家团队"领头人，并创造了"高中生执教大学"的传奇。我们要像许启金那样，做一个对社会、对国家有用的人。学习许启金，就要立志读一辈子的书，学用结合，做一个高素质的奋斗者。

把读书作为毕生追求，并不是一件容易做的事。重要的是做到以下几点：第一，最关键的是克服不良因素和环境对读书的影响。如今社会影响人们静心读书的东西很多。如果缺乏自制力，对自己不加以约束，醉心于这些东西，则读不进书。第二，最根本的是读书用尽全部心思，不能三心二意，不能分散精力，不能这山望着那山高，尽最大努力把书读懂、读深、读透，尤其对重要内容和观点要熟记于心。第三，最需要坚持的是持久的阅读力。读书要持之以恒，不能三天打鱼两天晒网，更不能知难而退。阅读力越持久，收获就越大。党的十八大以来，党和国家为我们读书创造了良好的条件。让我们发奋读书，为国家贡献知识、智慧和力量吧！

请问一问自己：你怎样对待『尴尬事』

新华通讯社原总编辑南振中，在他的著作《学习点亮人生》中，讲述了他遇到的一件“尴尬事”。那是他二十多年前担任副总编辑之后，一天夜里，新华社国际部一位编辑收到一篇关于某个国家的问题的稿件，需要向值班副总编辑请示。当时，总编辑室有两位副总编辑对国际问题比较熟悉，这位同志想把稿件送给他们中的一位。他先打电话到总编辑值班室，向秘书打听当晚哪位副总编辑值班。当秘书告诉他是南振中值班时，这位同志停了一下，说：“那就算了吧！”

“那就算了吧”这句话，使南振中感到尴尬，同时也使他受到很大触动。打那以后，他懂得了一个浅显的道理：一个人的能力和水平，绝不会因为职务的提升和岗位变动而“自动提高”。从此，南振中有了本领恐慌感和获取知识的紧迫感。他抓紧一切时间学习，弥补知识缺陷，对国际问题也比较熟悉了，出色地完成了本职工作任务。

在现实生活中，我们遇到过类似这样的“尴尬事”吗？肯定是遇到过的。但是，个别同志却采取了与南振中同志相反的三种态度：一是对某些知识明明不懂，却要装出一副有学问的样子；

二是好为人师，对某些不懂的问题，照样发表意见；三是平时不见摸书本。这三种态度，害人害己。此三种态度，对于读书学习，有百害而无一利，必须让其无立足之地。

在知识面前，来不得半点虚伪和马虎，不懂就是不懂，不要装懂。既然遇到了“尴尬事”，有了不明白的问题，就应抓紧时间“充电”，拼命吮吸新知识的乳汁。知识对于每个人都是平等的，只要你下苦功夫学习，它总会给你成功的回报。

中国共产党靠学习起家、靠学习立党、靠学习执政。党依靠学习不断创造着历史。有了重视学习、善于学习、认真读书的共产党人，党的事业才能得到发展，国家建设才能取得巨大成就。

当今世界，只有学习才能生存。面对新时代，我们要惜时如金，珍惜生命，抓紧时间学习，以掌握更多的知识。当前，中国铁路现代化事业正在推进，无论是运输生产，还是发展高速铁路，都需要我们大量获取新知识。让我们在新时代新征程中，老老实实地学习，与时俱进地学习，不搞任何“花架子”。国家最高科学技术奖得主、共产党员顾诵芬，为我国航空工业的发展作出了重大贡献。他多次参与国家航空工业重大项目决策，为航空装备的体系建设、国防事业的宏观布局建言献策。他在 C919、运 –20 等多个型号研制项目中担任技术顾问、专家组负责人或成员，还积极推动我国水上飞机等的研发。顾诵芬之所以能为国家航空工业作出重大贡献，是和他坚持读书学习分不开的。他最大的爱好就是读书。中国科学院院士李天曾说：“大家都称他为‘活图书馆’。他之所以有这个本领，除了有惊人的记忆力之外，还因为他勤奋学习，抓紧一切时间读书。”我曾经听到过一位基层共产党员说：“选择了入党，就选择了履行义务，就选择了读书学习，就选择了吃苦和奉献。”

在新时代，我们要读的书很多，要学习的内容也很多，但最主要的是坚持学习习近平新时代中国特色社会主义思想。我们要认真读习近平总书记的著作，用党的创新理论武装头脑。同时，结合自己的本职工作，选择有关书籍来读，增强做好工作、更好地为人民服务的本领。习近平总书记强调："梦想从学习开始，事业从实践起步。当今世界，知识信息快速更新，学习稍有懈怠，就会落伍。有人说，每个人的世界都是一个圆，学习是半径，半径越大，拥有的世界就越广阔。"

新时代是奋斗者的时代。要奋斗，就要坚定理想信念，掌握过硬本领，不学习、不读书怎能行呢？天才在于勤奋，读书在于坚持，知识在于积累。我们每日手不释卷，天长日久，必有大收获。总之，我们只要像南振中那样正确对待"尴尬事"，那样如饥似渴地学习，才能大量"进货"、不断充实自己，胸中拥有广阔的世界，不断为国家作出贡献。

『横扫清华图书馆』给我们的启示

钱锺书之所以成为学问大家，一个重要原因，是与他刻苦读书分不开的。最近读报，偶闻钱锺书“横扫清华图书馆”之事，沉思良久，感慨多多。

据《新京报》报道，钱锺书入清华大学后的第一个志愿就是“横扫清华图书馆”，要读尽清华藏书。他的同学韩石山记得，钱锺书一个星期读中文书，一个星期读英文书。每个星期六，他把读过的书整理好，抱去图书馆还，再抱一堆回来。他的夫人杨绛曾在《我们仨》书中回忆，钱锺书几乎把所有的假期时间用来读书，以至于“在清华待了四年，连玉泉山、八大处都没有去过”。

从钱锺书“横扫清华图书馆”一事中，可以看出他对获取新知有一种如饥似渴的紧迫感。这种紧迫感驱使着他遨游知识海洋。钱锺书从书中吮吸了大量乳汁，成就了一番事业。他的散文集《写在人生边上》，短篇小说集《人、兽、鬼》，长篇小说《围城》，至今读起，仍十分感人，乃不朽之作；学术著作《谈艺录》《管锥编》，旁征博引，探幽入微，闻名于世；《宋诗选注》更是颇多识见，影响几代人。

钱锺书“横扫清华图书馆”给我们众多启示：一个人欲成才，为国家、为人民多作贡献，就要像钱锺书那样读书。然而，现实生活中，究竟有多少人能“横扫图书馆”呢？且不说“横扫”，据笔者观察，有些人一年到头摸不了几本书，更甭说“横扫”和“攻读”了！一些人不读书的理由很多，“这年头工作那么忙，哪有时间读书呢？”“我每天上网，也能知道许多，何必花那么大工夫捧书本呢？”

诚然，如今社会变化快，人们为了谋生，工作确实忙，但是越忙越要读书，如此才能开阔眼界，跟上时代发展。古今中外，忙里偷闲读书之人为数不少，他们都成就伟业，青史留名。清代康熙帝大约是早晨四点钟起床先读书，读两个小时左右才上朝，处理完政事之后，下午和晚上有点空闲就读书。清代曾国藩稍有空暇，便一卷在手，细细品读。现代杰出的散文家、诗人、学者朱自清病重时，体重不到三十九公斤，依然制订了“每天轮流看一本英文书和中文书，利用休息时间读书的计划”。可见，工作忙，不是不读书的理由，关键在于没有钱锺书“横扫清华图书馆”的那种进取精神。

还有，上网替代不了读书。网上获取的知识是零碎的，常令读者困惑，加之在线阅读常常伴随着广告等的干扰，降低了阅读质量。难怪一位青年作家认为，网络阅读，心里总不踏实。总之，上网和读书，是获取知识的两种方式，互相不能替代。

读书关系到一个人的思想境界和修养，关系到人生旅程之方向。《解放军报》一篇评论说：“书籍犹如我们人生航船上的帆，指引我们的旅程方向，带给我们动力。当喜欢阅读成为一种习惯，读书也是一种享受。好书如春风拂面，如雨中红莲，也如雪落梅花，观之既美，亦暗香盈盈。它们充盈着诗意的诉说、纯粹的灵魂、清洁的思想，能洗去世间弥漫的尘埃，给灵魂以洁净和安然。”书籍既然是“我们人生航船上的帆”，其不但指引我们年轻时的“旅程方向”，也是我们老年时的“指路明灯”。因此，我们应从钱锺书“横扫清华图书馆”一事中，受到深刻教育，每天问问自己：“今天，到图书馆了吗？”“今天，读书了吗？”

反复读经典 吃尽其中味

世界上每年出版的书籍浩如云海。一个追求知识、胸怀梦想的人，即使抓紧一切时间读书，也只能读完其中的微小部分。幻想将世上的书读尽，是根本不可能的。那么，如何通过读书获取更多的知识呢？那就是多读经典，反复读经典。

什么是经典？经典就是经过千百年历史和千万人实践检验，至今仍闪耀真理光辉之书；就是给予人知识、智慧，导引人生正确方向，激励人不断奋进之书；就是有鲜明主题、清晰结构、简洁语言，令人百读不厌，常阅常记常悟常新之书。

《共产党宣言》《资本论》是经典，精辟论断闪耀真理的光辉。《为人民服务》《纪念白求恩》是经典，许多共产党人深谙其深刻之道理，以张思德、白求恩为榜样，为人民的利益不懈奋斗。《论语》是经典，古往今来，不知有多少人为了修身齐家治国平天下，捧读在手，反复咏诵，牢记于心。《红楼梦》《西游记》《三国演义》《水浒传》四部中国古典小说是经典，其虽历经几百年，再版、印刷过多少次，但如今仍有许多人爱不释手，心不外驰、惜时苦读。《平凡的世界》是经典，是茅盾文学奖的一颗璀璨明珠。作家路遥虽已去世三十多年，但他的这部一百多万字的小说，很多人至今仍在阅读，孙少安、孙少平的形象影响着他们的生活和人生。总之，凡经典，都凝结了人类智慧和文明精华，都经过历史和实践的检验，都得到了绝大多数人的认可，令人百读不厌进而引发思考、启迪心灵。

经典范围很广，每种学问、每个学科都有经典之作，都期待着更多的人去阅读。一代美学宗师朱光潜说，经过时代淘汰而巍然独存的书才有永久性，才值得读一遍两遍以至于无数遍。革命领袖和著名作家都用极大精力攻读经典。毛泽东读《共产党宣言》至少一百遍，读《资治通鉴》十七遍。诗人臧克家几十年如一日潜心攻读《古文观止》。一部《聊斋志异》，作家孙犁反复读了十五年。

经典之所以要反复读，因为其揭示的真理、规律，乃至精彩篇章、结构和睿智之语，不是读一两遍就能理解透彻了的。初读只是一种入门、一种感觉。入门和感觉，收益不会大。只有反复读，把入门变为进门，把感觉变为思考，才能领悟经典之精髓。换句话说，反复读，就是对书中内容，逐渐加以消化，最终成为自己的知识。犹如蜜蜂，终日周旋于百花丛中，择取花朵之营养，一点一滴地吮吸，不断地去粗取精，最后酿成香甜可口的蜂蜜。俄国文学家果戈理的《死魂灵》是部文学经典。俄国哲学家别林斯基说："这部书不是读一遍就能了解的，读第二、第三遍时，还完全像读一本从来没有读过的书那样，可以说读一遍有一遍的收获。"这种重读，自然不是像擦玻璃那样，在知识的表面滑来蹭去，而是像钻头那样，每转一圈，就钻进一层，探得新矿苗，钻出新"门道"。书中的"门道"，包括思想、立意、表现方法、结构语言等，恐怕也只有在反复阅读中才能揣摩透。明清之际的学者顾炎武每年拿出三个月的时间复习读过的经典，其余时间用来读新书。正因为如此，他所学的知识记得牢，且能够灵活运用，成为学识渊博、有创见的思想家。

反复读，不是简单地重复遍数，而是做到每一遍都要精读。精读，就是一句一句地读，一段一段地读，上一句、上一段搞不明白，就不要读下一句、下一段。要想尽办法吃尽书中味。精读如同爬山，要一步一步地向上攀登，不要企图一步跨到山顶。精读又如同吃饭，食物只有慢慢咀嚼，进入胃肠才能逐渐消化。“狼吞虎咽”吃“快餐”，心浮气躁坐不住，经典是读不进去的。臧克家说：“我读古人书浓圈密点、旁注，十分认真，一字一句也不放过，以求吃尽书中味。对作者的感情、思想、所处时代环境以及艺术表现特点，都要求大体了解。”

反复读经典，需要紧密联系实际。这也就是说，用经典之“箭”，射修身乃至工作等诸多方面之“的”。读书是学习，使用也是学习，而且是更重要的学习。在战火纷飞的年代，毛泽东苦读马列经典和文史古籍，并用来指导中国革命实践。毛泽东是反复读经典的典范。最近，笔者读了一部《习近平用典》。从这部书中可以看出，习近平总书记读过许多部经典。他的重要讲话、文章等，之所以引人入胜，原因之一可能就在于他善于运用古代典籍、经典名句。

反复读经典，需要挤时间、下苦功夫。现在，许多人工作忙、家务事多，抱怨没有时间读书，更谈不上攻读经典了。世界在变化，国家在发展，这个时代、这个年头，不忙的人究竟有多少？忙是客观存在，即使再忙，也要像钉子进入木板一样硬挤，挤出时间读书、钻研经典。假如一天读上两个小时，一年就读了七百三十个小时，那该有多么大的收获啊！笔者曾得知，车站、码头、医院、火车上、飞机上，或农村的油灯下、蚊帐里，都是著名作家黄宗英读书的场所。她说，乘公共汽车去较远的地方，出门前，如果不准备几句要背的诗句、古文或外文生字，就觉得这趟车白坐了。黄宗英就是这样抓住点滴时间读书、钻研经典的啊！她还说：一个人好学以恒，胸襟气质会改变；一个家庭有了好学的人，家庭气氛会改变；一个社会好学的人多了，社会风气会改变。

反复读经典，需要认真写读书笔记。“不动笔墨不读书”“好记性不如烂笔头”。许多名人的读书方法是：第一遍快读，着重记住全书的主旨和特色；第二遍乃至更多遍慢读，“细嚼慢咽”，逐渐消化；最后，写读书笔记，记上经典之精华和自己之见解。列宁说，凡看过的书，都要写读书笔记。梁启超也说，真心做学问总离不了这条路。《人民日报》一篇文章介绍说，大学问家钱锺书爱写读书笔记，从 20 世纪 30 年代到 90 年代一直坚持，单是外文笔记就达两百多本、三万多页。据杨绛所言，他的笔记本“从国外到国内，从上海到北京，从一个宿舍到另一个宿舍，从铁箱、木箱、纸箱，以至麻袋、枕套里出出进进”。其笔记不仅数量惊人，内容也广袤博杂，从精深博雅的经史子集，到通俗的小说院本、村谣俚语和笔记野史，古今中外，无所不包。

书籍和阅读是人类文明传承的主要载体。我们国家把“全民阅读”多次写入《政府工作报告》，旨在倡导全民把阅读作为一种生活方式，把它与工作方式相结合。这样，不仅会增加发展的创新力量，而且会增强社会的道德力量。我们要积极投入到“全民阅读”的氛围中，多读经典，反复读经典，用知识和智慧肩负起时代赋予我们铁路人的神圣使命。

精读好书『十三字诀』

什么是精读？精读就是一个字一个字地把书读透，“吃”尽书中“味”，就像咀嚼食物一样，将书中精华吸干榨净。

大科学家爱因斯坦给精读的定义是：“抓住书的骨肉，抛掉书的皮毛。”

精读是一个对书去伪存真、去粗取精、吸取核心有益内容的过程，是冯友兰先生所说的“精其选、解其言、知其意、明其理”的过程。

怎样才能做到精读呢？

选。精读书的前提，是满怀激情选书。选准了书，读起来才津津有味。

选书，当然是选好书。什么是好书呢？好书，是于国家和社会发展、于个人成长有益之书；好书，是经过实践和历史检验之书。好书是经典之书。

读好书的意义重大。“一本好书，犹如一个生命的精华”“好的书籍是最贵重的珍宝”“读一本好书，是一种巨大的享乐”。

怎样选书？结合学以致用、学以修为来选。笔者深耕报纸出版几十年，曾选了两本好书多次读。一本是《梁衡新闻 200 句》，一本是《百年曾祺》。这两本书，每读一次，皆有新收获。正如法国文学家伏尔泰所说：“每当读一本好书的时候，我仿佛觉得找到了一个朋友；当我再一次读这本书的时候，仿佛又和老朋友重逢。”现在，想起来，那两本书确实是我的良师益友啊！

静。选准了书，就要静下心来读。古人云：“智虑生于精神，精神生于安静。”“静心方能治学。”宋代理学家朱熹总结的《朱子读书法》中重要的一点，就是“居敬持志”“致一而不懈”，其意是说，在精读书的过程中，要排除杂念，弃绝干扰。

现代生活眼花缭乱，干扰人内心世界的事儿太多，引得浮躁之风在人的身上乱吹，搅得人不能安下心来读书。因此，要精读书，首先要把心彻底静下来。“结庐在人境，而无车马喧。问君何能尔？心远地自偏。”《解放军报》的一篇文章说：“为了能在‘车马喧’中保持‘心远地自偏’的心静，有志者甚至使出了置己于绝境的狠招。比如武侠小说作家金庸，他在创作《连城诀》时，为战胜自己‘懈怠浮躁的心’，主动与报社签订每天必须完成多少字、违约就赔偿的连载合同，迫使自己静心写作，最后竟提前完成了小说。法国作家雨果让自己心静的方法更绝，位处当时上层社会的他，为推掉舞会、交友和游玩等各类社交活动，他把自己除内衣以外的华贵衣物全部锁入了柜子，把钥匙随后扔到湖里，可真是做到了‘一念之非即遏之、一动之妄即改之’。五个月的静心创作，雨果为读者献上了《巴黎圣母院》这一传世名著。”写作需要静心，读书更需要静心。现在，尽管生活五颜六色、外部环境喧嚣，但我们依然要保持对好书的崇敬与热爱，像金庸、雨果那样战胜“懈怠浮躁的心”，练就闹中求静、乱里取静之本领，捧起书本默默精读。

慢。精读的基础是慢读。精读书，不能求快，欲速则不达。

读书求快，好似吃饭狼吞虎咽，食物不能完全消化；读书求快，犹如打水漂；读书求快，还像往木板上拧螺丝，拧得快了，木板可能开裂。记得果戈理的名著《死魂灵》里，有个读书的人，叫彼得尔希加，尽管他嗜书如命，读的书多而广，但因其求快，浮光掠影，不求甚解，最终一事无成。

清代著名学者陆陇其说："欲速是读书第一大病，功夫只在绵密不间断，不在速也。"一部《聊斋志异》，著名作家孙犁读了十五年，可谓慢矣，然而，正是这种慢使他真正掌握了创作小说的真谛，进而让他成为自成一体的小说大家。

复。好书反复读，是饱览书中精华一个重要途径，正所谓"好书不厌百回读，多温深钻意自新""读书百遍，其义自见"。

取得一定成就的作家有反复阅读好书的习惯。钱锺书的阅读习惯是：一是读名著，尽量不把有限的时间浪费在闲杂无聊的消遣书上；二是他每每从原典读起，并且反复阅读，而后再拿注疏、评述和传略来读。杨绛说："读书要先通读全部，哪怕粗一点，然后读局部、细部。有时间可再反复读，才能掌握总体内容，领会作者用心。读书没有捷径可走。钱先生说过，有时读到四遍五遍，才发现要害之处。"柳青的《创业史》，著名作家路遥读过七遍。同时，他还三次读一百一十多万字的《红楼梦》，读鲁迅、托尔斯泰、巴尔扎克的著作。《古文观止》，著名诗人臧克家读了一辈子，不知有多少遍。著名作家刘绍棠说过，从十五岁起，《静静的顿河》便被我随身携带，时常翻阅。

他们的读书经历告诉我们这样一个道理：初读书，只能知其皮毛，不知其精髓。复读书，才能进入书中"门道"，深刻了解书的思想、立意、表现方法、结构语言等，真正达到精读之目的。

挤。精读书，是需要时间的。但不少人工作繁忙，家务事儿也不少，要想抽出整段时间精读书几乎是不可能的。在这种情况下，精读主要靠挤时间。俗话说：“时间是用心挤出来的，学问是留心寻觅到的。”曾有人说，计算时间，读书人要用“分”，这种方法比用“时”多五十九倍。如此计算，方能挤出时间。

著名记者邓拓是个善于挤时间精读书之人。有时，他边吃饭边看书，连洗脚时也不忘记翻上几页。邓拓惜时精读，广收博览，久久为功，知识丰盈，成为一代写作大家。他的《燕山夜话》至今仍闪烁着智慧的光芒。

笔者不反对阅读电子读物。这种读物有形象、生动、快速、信息量大的优点，但也有不稳定和碎片化的缺点。如果过多地沉迷于看微信文章之类的电子读物，势必占用精读书的宝贵时间。因此，期望正确对待和科学利用电子读物。还是珍惜时间精读好书吧，它能真正向你敞开知识和智慧之大门。

苦。精读，往往就是苦读。因为彻底把书读透，不下苦功是不行的。

自古以来，我国就有读书人苦读之例。唐代诗人白居易精读书，忘记了吃饭和睡觉，以致“口舌成疮”“手肘成胝”。唐代文学家韩愈“口不绝吟于六艺之文、手不停披于百家之编”，过度精读使他“年未四十而视茫茫、而发苍苍、而齿牙动摇”，这是多么苦啊！莫言之所以获得诺贝尔文学奖，亦是和他苦读好书分不开的。其少年时钻进草垛苦读《青春之歌》，身上被蚂蚁、蚊虫咬出了一片片疙瘩，也全然不顾。

我们无须效仿白居易、韩愈、莫言那种苦读之方式，但他们那种锲而不舍、苦读不止的精神，是值得发扬的。苦读，该舍去的就要舍去。一年四季，当别人沉迷于看电视、玩微信、侃大山时，你却要在灯下一字一字地攻读；当别人翻书一掠而过时，你却要不畏绞尽脑汁，把书中的一切弄懂弄通。懂了，通了，才算精读。苦读似爬山，步步向上攀；尽管有时累，收获却满满。

诵。诵读，就是对书中的重点段落、重点章节大声朗诵。诵读的作用，在于加深记忆。书中精华记住了，才算达到精读之目的。

《解放军报》的一篇文章说："朗读是阅读的重要形式，阅读的首要就是'读'。与默读不同，朗读不仅仅是自我学习提升的途径，更以其独有的特质在思想传播、情感传递、文化传承的过程中发挥了重要作用。""有人觉得朗读是学生时代的事情，或者只属于一小部分人，其实，朗读属于我们每一个人。在现在这样一个喧嚣的时代，每个人都应该重回书本寻找心灵的净土，在动情的朗读中热泪盈眶。"

历史学家缪钺对精美文章反复诵读。他说："我读书时，对于重要篇章，常常熟读成诵，至于精美的文章或诗词，更是喜欢反复朗诵，如同唱歌一样，牢记于心。习惯了，成了自然，记忆力也愈用愈强，感到背书非但不是苦事，而是一种乐趣。"

要精读书，必须大声诵读啊！我们应该经常问自己："今天，你朗诵了吗？"

背。背是在诵读的基础上，通过背将书中精华深深刻在脑海里。换句话说，背是精读之所需，是写作的基本功之一。

刘伯承元帅认为，精读，就要下一番功夫背书。他曾一丝不苟地背过《三国演义》《水浒传》《孙子兵法》等。他对所背的内容融会贯通、灵活运用，最终成长为著名军事家。

著名作家巴金少年时开始背《古文观止》等。他在谈自己的创作体会时说："现在有两百多篇文章储蓄在我的脑子里面了，虽然我对其中的任何一篇都没有好好地研究过，但是这么多具体的东西，至少可以使我明白‘文章’究竟是怎么回事……”

思。俗语说：“善思出睿智”“熟读深思理自知”。思索是开启书籍大门的一把钥匙，是把书中精华化为自己知识之途径。

精读书与多思索分不开。“孔明天才，思十反矣”，印证了多思索的必要性。用脑多思索，书越读越薄、越读越精。思考是阅读的深化，是认知的必然，是把书读活的关键。高尔基曾说：“懒于思索，不愿意钻研和深入理解，自满或满足于微不足道的知识，都是智力贫乏的原因。”

毛泽东是精读书、勤思索的典范。最近，我读了《毛泽东读书笔记精讲》一书，从中初步了解了他精读书时，对中国革命和建设的思索过程，深深为伟人特有的智慧和远见卓识所感动。

问。所谓问，就是在精读书的过程中，对书中不懂的东西，自己经查阅资料、反复思索仍搞不清楚的情况下，不耻相师、不耻下问，主动向别人请教。这就是“思索不得而后问”。

法国著名作家巴尔扎克说：“打开一切科学的钥匙都毫无疑问是问号。我们大部分的伟大发现都应归功于‘如何’，而生活的智慧大概就在于逢事都问个‘为什么’。”精读书毫无例外。我们只有甘当小学生，多问解疑，才能把书读精。

问，要有“打破砂锅纹（问）到底”的精神，不要浅问即止，不要问头不问尾，不要问古不问今，不要问外不问中，直到把所有问题都弄明白为止。不要“懒了自己的脑袋，丢了好书的真谛”。

记。记就是精读书，要写读书笔记。常言道：“好记性不如烂笔头。”历史学家吴晗有句读书名言：“要记住，一个人要想在事业上有所建树，一定要坚持做卡片摘记，一发现有价值的资料，就要如获至宝，准确地摘记下来。天才就是勤奋，知识在于积累。这样，卡片摘记积累多了，功到自然成，你就可以在大量资料的基础上，进行归纳分类、分析研究、综合利用，创造出自己的作品来。”

有人问：“现代科技非常发达，自己所需的东西，在网上能很快查到，干吗还要写读书笔记？”上网搜索和写读书笔记，是风马牛不相及的两回事儿。我以为，写读书笔记，不仅仅是积累资料，更重要的是把书中的内容条理化，变成自己脑子里的东西。这就是“勤于动手多思考，手脑并用记得牢，欲想精读出成效，笔记之功不可少”。

马克思善于写读书笔记，他为了写《资本论》，在大英博物馆摘记了整整二十三本资料。列宁凡是看过的书，都要写很细的读书笔记。他用自己的话，把作者的一些基本观点记在本子上，或把书中一些重要的地方摘记下来。一些著名作家也善于写读书笔记。最近，我读王安忆的《小说课堂》、毕飞宇的《小说课》。我以为，这两部书，就是他们读经典的笔记。

写笔记的方法有五种：第一，在书上做记号；第二，在书眉或其他空白处，写上简单的心得、体会或评语、疑问；第三，把书中的要点摘录下来；第四，写出书的大纲；第五，写读后感。

恒。精读书要持之以恒，如逆水行舟，一桨也不能放松。

精读，要一辈子坚持下去，一直读到两鬓斑白，甚至在见到马克思之前，都不要放下精读的书籍。

精读，需要克服来自精神上、身体上诸多方面的困难。这些困难如老虎，挡住你精读的路。这时，你要发扬武松景阳冈上打虎的精神，将这些拦路虎一个一个地消灭掉。知识要靠精读书一点一点地积累。畏惧困难，精读书中断了，积累也就中断了。

著名学者顾炎武十一岁读《资治通鉴》，他坚持每天读和抄，用了三年时间，把这部三百万字历史巨著读抄完，可见他的恒心有多大。顾炎武读了四十五年书，总数达几万卷。

用。精读书的目的，在于应用。光读不用，束之高阁，何谈精读？

书是否读透了、读精了，靠什么来验证？那就是运用你所学的东西，解决实际问题。著名美学家朱光潜把知识的运用叫作“边学边卖”。他说：“这种‘边学边卖’的办法，也不是完全没有益处。为着写，学习就得认真些。要就所学的问题，多费些心思来把原书吃透，整理自己的思想和斟酌表达的方式。我发现这也是一个很好的学习方式和思想训练。”

我们精读了那么多的书，怎样运用它？著名作家梁衡结合自己精读书勤写作的实践概括了五点：一是用其理（思想）；二是用其句（原话）；三是用其形（句式）；四是用其意（意境）；五是用其趣（比兴）。

在新时代新征程中，我们要以实际行动落实“全民阅读”的国家发展战略。我想，一个聚精会神精读好书的人，必然大有作为；一个弥漫精读好书风气的单位，必然文明向上；一个众多人都在精读好书的国家，必然充满生机。因此，在推进中国式现代化的伟大进程中，我们每一个公民都应该为精读好书付出更多的努力。

读书：从薄到厚，从厚到薄

“读书要从薄到厚，从厚到薄。”这是读书治学的一个重要经验。

我对这句话的理解可能是粗浅的。我以为，读书从薄到厚，不单指的是书的页数，而是指对一门学问的钻研，先要读那些比较通俗易懂的书。比如，你要想读《史记》等“二十四史”或《资治通鉴》，就应先读范文澜、蔡美彪或白寿彝的《中国通史》。要想了解中国共产党历史，就应先读《中国共产党简史》，而后读其他党史书籍。再如，你要弄通马克思主义哲学，你就应先读毛主席的《实践论》《矛盾论》，这两本书是马克思主义哲学中国化、大众化的经典；还要读艾思奇的《大众哲学》、王伟光主编的《新大众哲学》和冯友兰的《中国哲学简史》等，而后读马克思、恩格斯、列宁的有关哲学著作。这样读，就是读书从薄到厚。说得再透彻一点，从薄到厚，就是读书从易到难、从简到繁、从粗到精、从少到多。

从厚到薄，强调的是读书要读懂弄通。一本书少则十多万字，多则几十万字，你不可能读完后全记住，所以，你要把书读薄。那么，如何把书读薄呢？就是在泛读的基础上精读或专读。在读的过程中，弄明白书中所讲的内容，所表达的思想或主旨；书的“骨架”和结构，有哪些精彩段落或优美文字。这就如同你要了解一棵树，先摸清树的主干的特征，然后就可知道枝叶的特点了。从厚到薄，就是读书掌握书的精髓、精华。大科学家爱因斯坦说过：“在所阅读的书本中找出可以把自己引向深处的东西，把其他一切统统抛掉，就是抛掉使头脑负担过重和会把自己诱离要点的一切。”爱因斯坦这段话的意思是：读书从厚到薄，就是在书中找出可以把自己引向深处的东西，也就是最基本、最本质的东西。这样，就掌握了书的精髓、精华。倘若，你读一本书，只知其然不知其所以然，只知其表面不知其内里，就是没有把书从厚读到薄。

读书由薄到厚，还有另外一层意思，就是强调读书要扎扎实实，书中所涉及的问题都要彻底搞清楚。如此，一本本看来较薄的书，由于在搞清楚的过程中了解了不少新的知识和内容，书就变得“较厚”了。在此基础上，把握住书的主要内容，掌握住书的主旨，这时，自己记住了书的精华，东西并不多，书也就由厚到薄了。华罗庚先生对读书从薄到厚、从厚到薄曾有过解释。他说：“读书的第一步是‘由薄到厚’。就是说，读书要扎扎实实，每个概念、定理都要追根求源、彻底弄清楚。这样一来，本来一本较薄的书，由于增加了不少内容，就变得‘较厚’了，这是‘由薄到厚’。这一步以后还有更为重要的一步，即在第一步的基础上能够分析归纳，抓住本质，把握整体，做到融会贯通。经过这样认真分析，就会感到真正应该记住的东西并不多，这就是‘由厚到薄’这样一个过程，这样才能真正提高效率。”读书，如何从薄到厚、从厚到薄，如何读得巧、读得实，我们要深刻理解华罗庚先生这段话，在新时代爱读书、读好书、善读书，更多掌握为实现中华民族伟大复兴的中国梦多作贡献的过硬本领。

把书读透

写下这个题目，也许有的朋友会问："什么叫把书读透？"所谓透，是极度的意思，就是说，你读书，把书中所有养分都吸收进去，记在脑子里，并运用于实际工作和生活中。

现在，有些人读书并不是读透了，而是根本未读进去。一些人读书如同吃东西，只"吞"少"嚼"。一本书这一页没读进去，就翻开下一页，脑子里没有留下什么印象。一些人读书讲究快，只求数量，不求质量，甚至常常向别人吹嘘自己读书多，当别人问他读过书的具体内容时，他竟然答不上来。清代学者陆陇其说："欲速是读书的第一大病。"还有一种人读书"这山望着那山高"。他正在读一本书，当他听别人说某本书好时，便放下手中的书，也找来那本书浏览开来。这种人读书无任何目的，其结果是，书读了不少，但收效甚微。凡此种种，都是没有把书读透的具体表现。

怎样把书读透呢？

一处不懂，十日不放。我们无论读什么书，总有不懂之处。这时，应该把这一处搞清楚，再往下继续读。倘若让此处从自己眼皮下溜走，恐怕影响以后的读书效果。如同用砖盖房子，这一处没有砌牢固，就砌下一处，这样盖出的房子，日子长了，会倒塌。所以，我们读书，一处不懂，不要轻易放过，即使用上十天，也要把这一处弄得明明白白。老一辈无产阶级革命家陈云规定自己每星期至少读三四十页书，并且每字每句都必须读懂。他说，有些人书拿到手上，这句不懂那节不晓，而又不曾想法一句一句地弄通。这样，没有益处，而且不能坚持，必然半途而废。要改变这种状况就得下一些笨功夫，要读就读懂，不要一知半解。这种力求把书上的意思都读懂的办法，是达到融会贯通的必经步骤，得益更多些。曾担任《人民日报》总编辑的邓拓在谈到读书时说："对于难懂的部分，在我们读完上下文之后，或者有了一些相关知识之后，甚或多读几遍之后，也许就能读懂，豁然贯通了。"

一本不通，十本不动。读书切忌贪多，把一本书彻底读通了，书中的精华成为自己的，方能拿起下一本。宋代有个读书人，他恨不得一天成为大学问家，所以，他翻了这一本，又翻那一本，结果，书翻了不少，收获甚微。别人问翻过书的内容，他竟然说不出子丑寅卯。这种读书的做法，如同狗熊掰棒子，掰一个扔一个。他常常叹息自己多年苦学无成果。后来，他遇见大学问家朱熹，请教读书之方法。朱熹曾对弟子说过，读书要读得精透，不能略看几眼，便认为读懂了，"不然，则虽广求博取，日诵五车，亦奚益于学哉？"朱熹还说："读书之法，莫贵于循序而致精。"就是说，读书要有个先后顺序，读通一书，再读一书。这样才不会生吞活剥或杂乱无章。那位读书人记住了朱熹的这些话，把一本书读通了，再读下一本，把知识都融进了自己的脑袋里，终于成为学者。

一遍不明，十遍不止。我们读书，有时读一遍不能明白书中之意，这就要读上多遍。宋代苏轼说："欲少年为学者，每一书皆作数过尽之。书富如入海，百货皆有，人之精力，不能兼收尽取，但得其所欲求者尔。故愿学者每次作一意求之。”有个成语，叫作“韦编三绝”，说的是孔子读书的故事。春秋时的书，主要是以竹子为材料制造的，把竹子破成一根根竹签，称为“竹简”，用火烘干后在上面写字。竹简有一定的长度和宽度，一根竹简只能写一行字，多则几十个，少则八九个。一部书要用许多竹简，这些竹简必须用牢固的绳子之类的东西编连起来才能阅读。《周易》这部书，是由许许多多竹简编连起来的。孔子集中精力，把这部书读了一遍，基本上了解了它的内容。不久，他又读第二遍，掌握了它的基本要点。接着，他又读第三遍，对其中的精神、实质有了透彻的理解。在这以后，为了深入研究这部书，又为了给弟子讲解，孔子不知读了多少遍。因为读的遍数多了，把串连竹简的绳子也给磨断了，孔子不得不换上新的绳子，再继续读。即使读到了这种程度，孔子仍说：“假如让我多活几年，我就可以完全掌握《周易》的文与质了。”据现代著名画家、作家丰子恺的外孙回忆，丰子恺有一个自创的读书方法，叫作“二十二遍读书法”，对于一篇好文章（书），前后要读二十二遍之多。丰子恺认为，想要真正学会读书，把书读透，一定需要精读，而精读首要做的功课就是尽量熟悉，甚至是记诵，把文章读熟后，就会渐渐从唇齿间背诵出来。多读成诵，应当是记忆之本。所以，丰子恺非常强调读书要读够一定的次数，在熟悉的情况下，揣摩书中的精髓内容。名人读书，为了明白书中之意，尚且读上多遍，何况我等普通之人呢？

读书犹如登山。登上这一个台阶站稳后，再登下一个台阶，就有可能到达山顶。如此，书中的精华就留在了自己的脑海里，并运用于实际工作和生活中。

求得读书效果最大化

读书的目的是什么？有的人说，涵养品格，完善自我，树立为实现伟大中国梦而奋斗的理想。有的人说，获取知识，充实头脑，增强为国家、为人民服务的本领。也有的人说，改变命运，追求卓越，一辈子活得潇洒，成就不平凡的人生。有名家将读书的目的概括为十六个字：读以致知，读以致用，读以修为，读以致乐。这一概括既精辟又深刻，令人深思。

要实现读书之目的，就要求得读书效果最大化。所谓读书效果最大化，就是自己从书中所获得的知识，在实际工作或生活中得到了广泛应用。

怎样求得读书效果最大化呢？

联系思想实际多读书，就能求得读书效果最大化。譬如，一段时间内，有些同志不甚明白为什么要认真学习党史？后来，这些同志认真学习习近平总书记专题文集《论中国共产党历史》等书，逐渐明白了历史是最好的老师，中国革命历史是最好的营养剂，懂得了“一切向前走，都不能忘记走过的路，走得再远、走到再光辉的未来，也不能忘记走过的过去，不能忘记为什么出发”。必须牢记党的初心使命，坚定理想信念，真正做到知史爱党、知史爱国，在各项工作中发挥先锋模范作用。正因为这些同志紧密联系思想实际读书，才懂得了共产党员为什么要认真学习党史，从而自觉践行初心使命。实践证明，联系思想实际读书，就能够端正认识，求得读书效果最大化。

针对工作中的问题多读书，就能求得读书效果最大化。解决工作中问题的钥匙在哪里？就在书中。有这样一个事例，银川工务段钢轨探伤车间探伤工黄涛，常常带着工作中的问题多读书。他随身的背包里，有好几本探伤业务书籍。他工作中遇到问题，就认真读书，寻找解决办法。他的书被翻得掉页卷角。由于他带着探伤工作中的问题，反复啃书本，现场反复练，并虚心向他人求教，终于成为探伤工作的行家里手。他不仅工作干得出色，而且在兰州局集团公司和全国铁路探伤职业技能竞赛中夺冠。黄涛的成长经历表明，针对工作中的问题读书，不仅能求得读书效果最大化，而且能做好本职工作、成就光彩人生。

总结工作经验时多读书，就能求得读书效果最大化。从大的方面说，无论是干革命，还是搞建设，都要认真总结经验。从小的方面说，无论是改造思想、锤炼自我，还是做好本职工作，也要认真总结经验。要把经验总结好，就要认真读书。郑州机务段动车组司机安春磊就是一位认真读书、善于总结工作经验的好同志。他在追梦路上学习不辍，把读书和工作实践紧密结合起来。他根据自己日常整理的读书笔记和工作记录，总结提炼出了“柴油机停机处置五步骤”、“内燃机车电路故障快速排除法”和“三盯一控两注意”调车工作法等，在全段范围内推广运用。他成了中欧班列安全开行的“得力助手”。安春磊的事迹启发我们，读书不止、学习不辍、反复实践、总结经验，不仅能取得读书效果最大化，而且能够将经验上升为理论甚至提炼为人们共同遵循的规范。

让读书成为老年人一种生活方式

我们铁路是个退休职工比较多的行业，老年人读书的状况却堪忧。前几天，我和几位退休工友聊起老年人该不该读书这一问题时，有的说，忙了一辈子，好不容易熬到退休，该放松放松了，还读什么书？有的说，老眼昏花的，看书费劲了，读不了了！有的说，帮儿女看孩子，累得够呛，哪有工夫读书呢？还有的说，人一辈子几十年，已过去了一大半，还是抓紧时间旅游、玩玩吧，读啥书呢？

这些说法，似乎有些道理。我们在铁路上工作了几十年，为运输经营、安全生产尽心尽力，确实很忙碌、很累，退休了，适当放松一下是可以的，但不能不读书。人读书，一是学以致用，一是学以修为。对于老年人来说，读书更多的是学以修为。也就是说，读书使自己的晚年生活更快乐、视野更开阔、思维更活跃、品德更高尚。“老而好学，如秉烛之明。”“年老的时候，时间充裕、阅历丰富，要有锲而不舍的精神、常读常新的态度、百读不厌的劲头，在读书世界里感悟人生、乐以忘忧。”这些话，讲清了老年人读书的重要性，感悟人生、乐以忘忧啊！人老了，视力必然减退，但很多人还没有到读书费劲的时候。帮子女看孩子，也不是一年三百六十五天、一天二十四小时都在看，总能抽出一些时间读书的。晚年旅游，饱览大自然风光，丰富生活，这是毫无疑义的，但游兴正浓的时候，也不应该忘记读书。

据观察，包括铁路退休职工在内的一些老年人，读书甚少。笔者常到首都图书馆、丰台区图书馆阅览和借书，发现来这里的老年人寥寥无几。那么，他们都干什么去了呢？除了忙家务、照看孩子之外，更多的人是在公园里唱歌、跳舞、打扑克、下棋。有的聚在一起侃大山，议论张家长、李家短。还有的陷入微信群，沉迷于玩手机消遣……笔者不反对老年人从事这些活动，这也是老年之乐的一个方面。但这些活动多了，不读书不看报，势必思想不能与时俱进，不能正确看待当前形势，亦不能正确对待生活。

笔者也是老年人，我希望我们的老年生活也应记着读书。一位留德学者说："德国教育的特点之一是终身学习，我的同学中有白发苍苍的老头老太太。我问他们，你们来学习干吗？因为在中国叫学以致用，到了六十多岁，即使拿到文凭，没人用你就可惜了。老头老太太说，学习就是一种乐趣，是人生的需要，因此才终身学习。"这段话回答了这个国家为什么读书的老年人那么多。一位著名演员一次受邀参加国际电影节，对当地浓厚的阅读氛围感触很深。她说："我记得有一年去俄罗斯参加电影节，我发现在莫斯科的公园里，老人们都坐在那儿一人拿一本书看。"中国有最深厚的读书传统，我认为退休了，也不能放弃读书。

老年人读书，意义重大，影响久远。

老年人读书，是在以实际行动落实联合国教科文组织关于"世界读书日"的宣言。宣言指出："希望散居在世界各地的人，无论你是年老还是年轻，无论你是贫穷还是富裕，无论你是患病还是健康，都能享受阅读的乐趣，都能尊重和感谢为人类文明作出过巨大贡献的文学、科学、思想大师们，都能保护知识产权。”宣言中并没有把老年人排除在享受阅读乐趣之外。老年人读书，是在尊重和感谢为人类文明作出过巨大贡献的文学、科学、思想大师们啊！

老年人读书，是在以文明行为影响后一代。一个国家，老年人读书必然带动年轻人攻读；一个家庭，老人读书必然促进子孙捧读。中国已经进入老龄化社会，老年人的生活状况对社会发展具有相当重要的影响。老年人中有不少是具备读书能力的，老年人阅读不仅能够使得国民阅读率有所提升，更重要的是，对于社会，特别是对于家庭可以发挥言传身教的表率作用。

老年人读书，有利于自身健康。读书使我们快乐。读书之乐乐于心，心乐乃是“治未病”的第一良方。笔者就有这样的感觉，只要有一本好书读，就十分兴奋。“书犹药也，善读之可以袪病。”清代秦子忱患恶疮，后读《红楼梦》忘却病痛。书读毕，疮消除。他还写出了《续红楼梦》一书。国外有这样的事例，医生为了诊治患者的心理疾病，尝试给患者开一份书单。

名人进入老年阶段时，都在认真读书学习。季羡林、杨绛、周有光自七十岁以后，一直坚持读书写作。他们很多有影响的文章和著作，都是在此期间发表和出版的。一位已过古稀之年的著名作家，仍时有新作在报刊上发表，这与他持之以恒读书和写作是分不开的。这种老而弥坚、捧书苦读、坚持写作的精神，是值得我们发扬的。我们老年人要向名人学习，拿起书本刻苦攻读，让读书成为我们一种不可缺少的生活方式。

老年人更需『五子登科』

登科，是指过去科举时代应考人被录取。后来，人们把这个词用于实际生活中。人老了，需有新的“五子登科”，这就是：当好学子、放下架子、勇为游子、多照镜子、做出样子。

当好学子。学习是人一辈子的事。常言道：“活到老，学到老。”少年和青年时期，我们当学子，是为了掌握本领。有了本领，一则养家糊口，二则为国家作贡献，正所谓“家国情怀”。人老了，继续当学子，不仅仅是为了学本事，更重要的是扩展视野，丰富晚年生活，不使自己的精神田园荒芜。

当好学子，坚持读书、手不释卷是第一位的。人只要活一天，就要读一天书。毛主席是伟人，他读了一辈子书，晚年尤其攻读不止。1975 年，毛主席眼睛不好，还专门请一位大学老师给他念书。逝世前，他已经说不出话来，但脑子清醒，仍然坚持看书。他当时看的是宋代笔记《容斋随笔》和刚刚编译出版的《三木武夫及其政见》。我等是凡人，当向伟人学习，尽管老了，也应当爱读书、多读书、善读书、勤读书、读好书，使自己的老年之身充满书卷之气。我有一友，自幼喜读古典文学作品和武侠小说，中年阅读古龙的全部作品，晚年还多次看《三国演义》等名著。

我的一些老年朋友，因各种无法克服的病患，看书确实有困难，但他们的学习劲头仍不减。只不过，他们不是从书中获益，而是向大自然、向社会、向生活请教，从中获取有益于身心健康的知识。他们游走于大自然，听小鸟鸣叫，观潺潺流水，与花草树木对话。他们出入于课堂，学绘画、学唱歌、学雕刻。他们忙碌于乡间田垄，学种各种蔬菜。他们奔走于河边湖畔，学钓鱼。他们的这些“学”，同读书一样，使自己头脑增添了许多知识，晚年生活更丰富更有趣。他们是在换一种方式当学子啊！

放下架子。人到了一定年龄，就要从工作岗位上退下来。这是自然规律，每个人都不可避免。如果你在职时是位领导干部，那么，你退休后，就要放下“官架子”，心甘情愿地过新生活。如果你在岗时是位大工匠，那么，退休后，就不要再端“师傅的架子”，而应心甘情愿地走进新天地。但是，在现实生活中，有个别人尽管进入了老年，架子仍然放不下，怨过去的下级不向他汇报，怨几位徒弟都不向他请教技术问题，总是把垃圾堆在心上，把乌云布在脸上，把牢骚挂在嘴上，这也瞧不惯，那也看不上眼。这些人热衷于过去同事间的聚会，喜欢别人众星捧月般地将其围在中间。

有一首打油诗：“人走自然茶就凉，不凉反而不正常，只要留得真情在，纵然成冰又何妨？”请一些朋友认真读一读这首打油诗，读明白了，也就不会再端“领导”“师傅”“老师”的架子，而是老老实实地做一个普通人了。

勇为游子。游子，是指离家在外或久居外乡的人。我们在这里借用这个词，是说人老了，不要整天待在家里，而是经常外出旅游。旅游应该成为老年人一种健康的生活方式。一位老报人说：“旅游的最大好处是，能够让人在休闲中获得一种文化感受，从而使自己的精神生活变得更加充实，内心世界变得更加美丽。与此同时，也使自己的身体变得更加健康。”他举例说，河南中州一位退休老人。一句英语也不会说，却大胆出国旅游。他边打工边旅游， 年时间，横穿美国，除看了许多景点，开阔了眼界外，还挣了美元。

我有许多朋友，退休后积极做游子。他们中，有的买赛车制服装，和众多朋友一起，骑行山水间，祖国大地留下了他们疾驰的车痕；有的多次跨越山川，曾到漠河观看北极光，曾到西沙倾听滔滔海浪声，曾到新疆品尝吐鲁番的葡萄，曾到巴马吮吸新鲜空气……他们踏遍了大江南北，密林深山、沙漠瀚海、江河湖泊飘荡着他们爽朗的笑声。有的还走出国门，瞪大眼睛看世界，密西西比河彼岸、科隆大教堂前、埃菲尔铁塔下、贝加尔湖畔，留下了他们多幅靓影。

老年人的生活要跟上时代，不要仅仅满足于吃得饱睡得好，也不要整天坐在电视机前，更不要从早到晚手机不离手，阅读一些转来转去的东西。旅游是老年人一种重要的生活方式，愿更多的老年人加入旅游队伍。要注意，参与旅游要根据自己的身体状况，不要超过身体所能承受的程度。

多照镜子。这里所讲的照镜子，并不是让老年人对着镜子看相貌、正衣冠，而是坚持自我革命，自觉加强思想意识修养，平时多找一找自己的弱点、缺点和错误，也就是自省。曾国藩每天坚持在日记中省察自己：“一日之中，一念之差，一事之失，一言一默，皆笔之于书，书皆楷字……盖其慎独之严，虽妄念偶动，必即时克治。”如他在日记里批评自己的好利之心：“座间，闻人得别敬，心为之动。昨夜，梦人得利，甚觉艳羡，醒后痛自惩责，谓好利之心至形诸梦寐，何以卑鄙若此！”可见，曾国藩的自省自觉主动且时时刻刻，我们老年人也当天天自省。

人老了为什么要自省？这是因为，人老了，个别人毛病多了起来。有的自以为活了几十年，社会经历和生活经验较为丰富，常常自以为是；有的不善于接受新事物，张口就讲过去怎么怎么行，习惯于按旧例办事；有的思想偏执，甚至固执己见，听不进别人的劝阻……这些毛病，于自己、于家庭、于社会都不利，必须在克服之列。所以，人老了，更应该严格要求自己，不要以为退休了，没有了一些约束，就让毛病滋生滋长。要像孔子的学生曾子那样，每日“三省”，自己的弱点就能逐渐减少。

老年人中，有不少是共产党员。作为党组织的一员，你虽然从工作岗位上退休了，但你没有在党的事业上退休，你依然要不忘初心、牢记使命，依然要以党章为镜经常检查自己平时的言行，要经常问一问自己：是否增强了“四个意识”、坚定了“四个自信”、做到了“两个维护”，是否记住、践行了入党誓词。总之，应该以强烈的自我革命精神，以对党、对事业、对同志、对自己高度负责的态度，勇于自我批评，不断打扫思想上和政治上的灰尘，检身改过、日进日新。陈毅元帅在《六十三岁生日述怀》一诗中直言写道：“几次左与右，细节不必陈。中夜尝自省，悔愧难自文。还是鼓勇气，改正再前行……念我数十年，庸碌愧声闻。”我有一友，是名老共产党员，他退休后比在岗时对自己的要求更严。他自我反省后，觉得一段时间内，理论学习抓得不那么紧。于是，他有过则改，抓紧时间读完了《习近平谈治国理政》一至四卷和《摆脱贫困》等书，阅读了有关“不忘初心、牢记使命”主题教育的文件。他说，我虽然退休了，但我是在组织的人，我要坚持理论学习，坚持自我革命，跟上时代发展，争做优秀共产党员。

署名“文秀”的作者称，在人生路上，有四面镜子是可以用来察得失、知好坏、观对错和照成败的。他说："用好人生'望远镜'，看长远、知未来；用好人生'显微镜'，看细微、知未然；用好人生'太阳镜'，看淡泊、知宁静；用好人生'哈哈镜'，看乐观、知幸福。"老年是人生路上的最后一段，我们用这四面镜子经常照照自己，就可以使自己的思想跟上时代发展，让老年生活放出异彩。

做出样子。人老了，所走过的路、所经历的事多些，应该在政治上、思想上、生活上、行动上更为成熟些，应该成为年轻人、中年人学习的榜样。也就是说，我们老年人在平时要做出好样子，以自己的好言行影响社会，带动后来者。一个老年人带头做出好样子的社会，必然是文明盛行、蓬勃向上的社会。譬如，我们老了，我们要成为爱党、爱国、爱人民的榜样，为实现中国梦尽心竭力；我们老了，我们要成为践行社会主义核心价值观的榜样，为净化社会风气贡献心智；我们老了，我们要成为勤于学习的榜样，多读书、善读书、读好书；我们老了，我们要继承中华民族的优良传统，艰苦奋斗，勤俭持家；我们老了，我们要成为热心社会公益活动的榜样，为社会多做好事和善事；我们老了，我们要成为积极参与全民健身活动的榜样，多锻炼、勤健身、强筋骨，做到《人民日报》评论所要求的那样："不仅追求身体健康，也追求心理健康、精神健康；不仅要求疾病治愈，更追求远离'亚健康'的强健体魄，锻造抵御疾病的强大身体素质。"总之，无论是社会生活中的大事，还是家庭生活中的小事，我们老年人都要做出好样子，成为弘扬中华优秀传统文化和中华民族现代文明的表率。

但是，在日常生活中，个别老年人放松了对自己的要求，起码的文明行为都没有了。譬如，我常常逛公园，见个别老年"膀爷”，往湖里乱抛食物；也见老年号手吹出刺耳乐曲，打破了园内宁静的气氛。又如，我常常坐公交车，有个别老年人，一上车就想让年轻人让座儿，对方动作稍微慢了些，便出言不逊；也有个别老年人衣服污秽，气味难闻，熏得乘客直捂鼻子。还有老年人，丢掉了艰苦奋斗、勤俭持家的好传统，讲吃穿，懒于干家务活儿。与这些老人的做法相反，我的一些老年朋友，没有忘记过去的苦日子，注意尚俭戒奢，在继承中华民族优良传统上做出了好样子。

社会生活五彩缤纷，世间活动丰富多彩。我们老年人无论何时何地何事，都要为年轻人做出榜样，以自己的优良行为影响和带动社会前进。

浓墨重彩写先进

——读《十个共产党员》

在中国革命和建设的伟大历史性变革中，著名记者穆青用自己的心血和智慧，浓墨重彩写先进，写“中国的真正脊梁”，发表了许许多多震撼人心的作品。《十个共产党员》一书就是这些作品的代表作。多年来，十个共产党员的光辉形象，始终激励和鼓舞着人们努力实现中国式现代化的宏伟目标。

大量报道先进人物是新闻工作者的职责

群众路线是中国共产党在革命和建设实践中的一个伟大创造。群众路线是实现党的思想路线、政治路线、组织路线的根本工作路线，是党的优良传统和政治优势。

穆青同志对于党的群众路线理解得极为深刻。他说，党提倡的“从群众中来，到群众中去”的群众路线，是我们办报的基本原则之一。他指出，大量报道人民群众特别是他们当中的先进人物的活动，是无产阶级新闻工作者的职责，也是无产阶级新闻区别于资产阶级新闻的特征之一。

穆青同志的论述告诉新闻工作者，坚持党的群众路线，我们的笔就一定要写群众，特别是要写先进人物，传播先进思想，借以鼓舞群众，为人们指出前进的方向。几十年来，穆青同志一直是党的群众路线在新闻工作领域内的模范实践者。在革命和建设的不同历史时期，他恪守“勿忘人民”的信念，及时提炼出了反映时代特征的主题，并从这个高度来表现先进人物的革命精神和思想风貌，写下了许多动人心弦的先进人物通讯。

《泪洒偏关》用生动的笔触叙述了梁雷烈士悲壮的革命经历，以及是如何把穆青这些年轻人引上革命道路的。穆青说，时光如九曲东去的滔滔黄河之水，恍然间离梁老师牺牲的日子已经五十五年了。我也由一个年幼的中学生变成了满头霜雪的老人。在那风雨如磐的黑暗岁月，是梁老师把革命的火种播进我们的心田。他是我们的启蒙老师，又是我们的引路人。穆青满怀激情地写道：一个年轻共产党员的头颅，曾震撼了多少同胞的灵魂，掀起了多么汹涌澎湃的抗日怒潮！

《工人的旗帜赵占魁》叙述了在抗日战争的艰苦岁月里，赵占魁以惊人的劳动热情，为边区、为抗战生产农具和军火。赵占魁这个先进典型的出现，使党的政策和群众的实际行动结合起来，调动了群众的热情和积极性，给边区的职工运动开辟了一条宽阔的道路。

《县委书记的榜样——焦裕禄》《再访兰考》《人民呼唤焦裕禄》，这三篇通讯描绘了党的优秀干部焦裕禄为人民服务鞠躬尽瘁、死而后已的精神风貌，叙述了兰考人民继承焦裕禄的遗志、继续艰苦奋斗的事迹以及“看到泡桐树，想起焦裕禄”的心情。

《铁人王进喜》讴歌了王进喜为发展我国石油工业所作出的卓越贡献，向人们展示了用毛泽东思想武装起来的中国工人阶级先锋战士的光辉形象。

《为了周总理的嘱托》《涑水情》弘扬了农民科学家吴吉昌为

了祖国的科学事业，为了党和人民的重托，“啥也别想挡住俺”的革命精神。吴吉昌将永远鼓舞人们去披荆斩棘、艰苦奋斗，去夺取一个又一个的新胜利。

《一篇没有写完的报道》《心上的树》《潘从正墓碑》叙述被人们称为“老坚决”的植树老人潘从正，半个世纪抛家离舍，同妻子住在沙荒地里培育苗圃植树造林的事迹。潘从正为了植树历经磨难。他说：“他毁，俺栽。他再毁，俺再栽。俺是为国家，为子孙后代！”潘从正一生默默奉献，他是我国一代农民的光辉典范，他为国家为人民辛勤劳作的精神，将永远激励后人。

《难忘那双手》书写了老共产党员孙钊带领干部群众大战郊东沟，把乱石河滩改造成沃野良田的事迹。穆青满怀深情地说，多少年来，(孙钊)这双布满老茧、伤痕累累的大手，经常在我眼前晃动，它像一面火红的旗帜，引导我，激励我，给我以巨大的精神力量。老孙钊的形象，他那双凝着乌紫的血痕、断指还在发炎的手，永远使穆青、使我们难以忘记！

《两张闪光的照片》介绍了当年修建红旗渠的劳动模范任羊成的事迹。任羊成腰系粗绳、手执撬杠、攀缘在悬崖峭壁排除险石的情景，久久留在人们心中。这篇通讯深刻地描绘了任羊成，使人们看到了红旗渠精神就是我们民族最为宝贵的精神财富！

《改革大潮中的老支书》于20世纪90年代见诸报端。这篇文章叙述了阎建章——这个冀中平原上的党支部书记，如何在改革开放的大舞台上为老百姓“唱大戏”。这篇通讯深刻地揭示：无论战争年代，还是建设时期，领导农民翻身求解放、奔致富路的，都是像阎建章这样的老支书，都是一批优秀的共产党员！

《情系人民》描写了一个基层县委书记郑永和的事迹。郑永和为了发展生产、挖掉穷根，带领县委委员在河滩上安营扎寨、改土造田，使老百姓生活有了奔头。老百姓日子过好了，也忘不了他。人们说："走遍河南山和水，至今怀念三书记。"三位书记：焦裕禄(兰考县委书记)、杨贵(20世纪60年代带领群众修建红旗渠的书记)、郑永和(辉县县委书记)。由此可见，郑永和在老百姓心中的位置。

总之，在中国革命和建设的伟大历史进程中，穆青同志一直在执着地采写、报道先进人物。他之所以把十名共产党员的事迹集中成册，就是想让大家看一看真正的共产党人是什么样子；就是想重现共产党人的光辉形象；就是说明这些几十年来的典型人物的现代意义；就是想借他们的榜样力量，来鼓舞正在为建设中国特色社会主义而奋斗的人们的信心。我们要从《十个共产党员》一书中受到启发和教育，从人民群众中汲取营养，用毕生的心血和智慧采写先进人物。任何一个民族和国家都要有他自己的英雄谱系和精神谱系。随着时代的发展，英雄谱系和精神谱系会不断发展。让我们用自己的笔，讴歌新时代的英雄谱系和精神谱系，使他们更加光彩夺目。

用多种手法表现先进人物

几十年来，穆青同志不仅身体力行地报道先进人物，而且富有创造性地运用了多种表现先进人物的形式和方法。穆青同志认为，在严格遵守新闻必须真实这一原则的前提下，一切可用的表现形式和表现手法——文学的、政治的乃至电影艺术的某些手法，都可以适当地吸引到人物通讯的写作中来，为表现主题、刻画人物服务。

一、抓住事物特征　运用白描手法

所谓白描，原是中国画的技法之一，起源于古代的"白画"。有的人将白描定义为：白描是运用质朴的文笔，力避浮夸做作，简练而直接勾勒出事物特征的一种表现手法。

穆青同志善于运用白描手法，在《十个共产党员》一书中，白描手法的段落就有六十八处之多。白描手法，有利于表现细节、塑造人物形象、勾勒景物特征、描绘重要场景、阐述思想与观点，使文章增色。

穆青怎样运用白描手法呢？

1. 选择精彩细节。精彩的细节，往往增强通讯的思想性、艺术性，收到细微之处见精神的突出效果。《为了周总理的嘱托》在叙述吴吉昌听到周总理逝世噩耗后的心情时，选择了一些非常典型的细节："这巨大的打击和难言的悲痛，几乎把吴吉昌击倒了。当他踉踉跄跄从外地赶回家乡时，沿途的村庄、道路、田野在他的泪眼中都像蒙上了一层薄纱，模糊着、颤动着。'再也见不到总理啦！''再也见不到总理啦！'他失魂落魄地推开自家的院门，那些悬挂在檐下、窗前、墙头、树上的一株株棉花，在他的眼前一下子都变成了痛悼总理逝世的白花……此时此刻，吴吉昌再也忍不住自己的悲痛，倒在炕上失声痛哭起来了。"寥寥几句白描，刻画了细节，充分展现了吴吉昌对周总理深厚的爱和尊敬，给人以亲切感、真实感。

2. 精心塑造人物。穆青运用白描手法，塑造人物是精心的。他总是力图让人物站在你面前，使你长久想念。如，《一篇没有写完的报道》中写道："屋里所有的坛坛罐罐、麻包、布袋，都种满了树种、果核，连房前屋后巴掌大的地方，也都铺上粪用来沤种。为这，老伴儿不知跟他吵过多少回。有一次，他在做饭的砂锅里也种上花椒籽，气得老伴儿直骂他：'老东西，你别吃饭啦，就吃你的树苗吧！'老汉嘿嘿笑道：'你别恼，要吃饱饭，还得先造林！'"几笔白描，表现出潘从正老人坚持育苗造林的高大形象。为了造林育苗，他家简直成了育种场。这种叙述，体现出作者在精心塑造人物。

3. 凸显事物特点。每个事物本身都具有特点。穆青力图用白描手法，把特点叙述出来。劳模吴吉昌家小院特点，穆青精心描绘，他这样写道：“吴吉昌的小院不大……但院里却很有生气。两棵高大的泡桐树华盖般把小院遮得绿荫满地。一棵刚能结果的山楂树，生气勃勃，已经长得够着屋檐了。因为院里来了一群人，十几只鸽子扑簌簌地飞起又落下；十几只母鸡咯咯叫着；一只大白鹅把脖子伸得高高的警惕地瞧着人们；只有猪圈里的两只半大肥猪，若无其事地趴在圈里一动也不动。”穆青把泡桐树、山楂树、鸽子、母鸡、大白鹅、大肥猪的形状和神态白描得活灵活现、形态逼真，小院的特点展现在人们面前。

总之，白描的手法可以将描写的生动、叙述的简洁、抒情的真挚和议论的形象有机地结合起来，是一种极好的写作手法。穆青同志在《谈谈人物通讯采写中的几个问题》一文中指出，白描这种质朴的表现手法，有时借助语言的音响和色彩来加强效果，但主要依靠事实、形象、思想来打动读者。它的特点是豪华落尽见真谛，从平凡中见深刻，在沉静中见热烈，尽量做到自然流畅，不事雕琢。他还说，我们在采写人物通讯时，比较喜欢运用朴实的白描手法。因为它凝练、质朴，能在较短的篇幅中，容纳尽可能多的事实和形象。

二、抓住典型场景　运用工笔手法

工笔，是描摹场景或画面的一种重要手法。运用这种手法，可以表现完整集中的场面、景物及环境氛围，让读者有身临其境之感。正如穆青所说，写出一个个表现故事和情节的感人的典型画面，再以这些画面为骨干，同那些叙述连缀贯穿起来。这样，就好比绿叶衬着红花，一条藤上牵着一串瓜，读来感到疏密相间，有动静有起伏，不致沉闷。

1. 全面场景之感。穆青运用这种工笔手法，描写和叙述场面，使人们一下子置身于全面场景之中，有对所观察的事物一览无遗之感。如，《县委书记的榜样——焦裕禄》一文中，穆青这样叙述兰考受灾的场景：横贯全境的两条黄河故道，是一眼看不到边的黄沙；片片内涝的洼窝里，结着青色的冰凌；白茫茫的盐碱地上，枯草在寒风中抖动。仅几笔，就使人们看到了兰考大面积的灾荒场面，一幅全景灾荒图展现在人们的面前。“故道”“黄沙”“洼窝”“冰凌”“枯草”，使人们心中一阵阵凄凉，同时又感到焦裕禄来兰考任县委书记，担子是十分沉重的。

2. 叙述立体之感。场面和画面是立体的，才能吸引人。人物通讯所描写的场面、画面只要做到这一点，就能深入读者心灵深处，引起他们的共鸣。《情系人民》一文中写道：“蜿蜒的公路在群山之间伸展，深沟峡谷间飞架起长虹般的石桥，汽车载着水泥、砂石、粮食、山货，奔跑在山腰；骡马大车、平板车、小推车逶逶迤迤，宛如舞动的长龙。”“石桥”“汽车”“马车”“小推车”，好一幅立体交通图！人们读到这里，不禁心想，郑永和确实是心系人民的好干部。为了改变辉县的贫困面貌，他带领群众修路挖隧道，付出了多少心血和辛苦啊！由此可见，叙述只要有立体感，就能够打动读者。

3. 密切贴近之感。通讯中的描写和叙述，要密切贴近实际、密切贴近读者。只有如此，才能够使笔下刻画的人物生动、形象、具体。《为了周总理的嘱托》描写了这样的一个画面，涞水河畔一片寂静，月光下窝棚四周的冰柱，闪着凛冽的寒光。两位六十多岁的老汉，提着马灯，拿着镰刀，像忠于职守的哨兵，警惕地守护着苗床。棉苗移栽到麦茬地里以后，白天吴吉昌顶着太阳观察棉花生长、开花；夜里他蹲在地里倾听棉花落铃落蕾的声音，有时还风趣地对棉苗说："你休息，我不休息。"穆青同志的这段叙述，非常贴近实际、贴近读者。植棉护棉就是要这样认真细致，就是要这样不辞辛苦。一幅夜晚护棉图，勾画出吴吉昌的平凡和伟大。

三、抓住鲜明特点　运用对比手法

所谓对比，"就是在写作中能巧妙地把尖锐对立的事物合乎逻辑地联系在一起，形成一个艺术描写上的'焦点'，并通过这个'焦点'折射出矛盾双方最本质、最鲜明的特点，从而构成强烈的对比。这样，往往可以产生奇特的艺术效果。"《十个共产党员》一书之所以感人，一个重要原因，就是作者在多篇人物通讯中运用了对比的艺术手法。

1. 正反对比之法。通过正反事例的对比，使人物形象更加突出、鲜明。《铁人王进喜》一文中写道，一天夜晚，灯火通明的会议室里挤满了人，一场激烈的大辩论正在进行……一个家伙当场跳了出来，疯狂地叫嚣说："大庆红旗是假的，铁人也是假的。"王进喜听了，怒火满腔。他把披在身上的老羊皮袄往后一甩，站起来大声说道："我是铁人还是泥人，关系不大。大庆这面红旗是谁也动摇不了的。大庆，是毛主席的大庆，是全中国七亿人民的大庆。大庆红旗，是大庆工人阶级按照毛主席指引的道路闯出来的。谁敢诬蔑大庆红旗，我们就一拳头把他砸到地底下去！"这里，作者运用正反对比之法，非常鲜明地刻画了"一个家伙"和王进喜对待大庆的态度，进而使王进喜这个工人阶级先锋战士的形象更为突出，产生了巨大的人格力量。

2. 点面对比之法。通过从点到面变化的对比，使人物形象更加丰满、高大。《人民呼唤焦裕禄》写道：1963年焦裕禄亲手栽下的那棵麻秆粗的幼桐，已经长成双人合抱的大树，人们亲切地叫它“焦桐”。全县半数以上的耕地实行了农桐间作，一亩地每年仅桐树就可以增值两百元到两百四十元。我们一路所见，不仅在兰考，而且在豫东平原，在中州大地，在千里公路沿线，在雄伟的黄河大堤，到处都是亭亭的泡桐英姿，到处都是绿色的海洋。一棵泡桐，可以称之为“点”，泡桐的“绿色海洋”可以称之为“面”。通过“一棵泡桐”到“绿色海洋”的变化，暗喻了焦裕禄永远活在人们心里，焦裕禄的精神已发扬光大，人们把怀念焦裕禄、呼唤焦裕禄的心愿寄寓在泡桐上。兰考人民学习焦裕禄，艰苦奋斗，确实使兰考大变样了。

3. 前后对比之法。通过前与后变化的对比，使人物形象更加完善、靓丽。《人民呼唤焦裕禄》一文中说，我们怀着急切的心情，来到兰考火车站。二十多年前，这里的一切令人触目心酸。那时冬春季节，有多少兰考的灾民在这里啼哭饮泣，有多少家庭在这里骨肉离散。站台上堆着从全国各地运来的救灾粮，站内站外，货运列车的棚顶上，都坐着衣衫褴褛的灾民。这一切，仿佛是我们昨日所见，依稀历历在目。而眼前，车站的一切完全变了。整洁的站台修了花坛，东来西去的客货列车井然运行。新建的七万五千平方米货场可以同时装卸一百多个车皮。最近五年，兰考火车站每年平均外运的粮食、棉花、桐材、油料等有一亿多公斤。焦裕禄当年曾深夜含泪看望离乡背井、外出逃荒的农民，当时，他下决心把沙丘治好，让兰考人民过上好日子。如今，兰考变了，百姓过上了好日子，车站在外运粮食。这前后的变化，不但说明了兰考人民继承焦裕禄的遗志，改天换地斗沙丘，同时也说明了焦裕禄是人民的好干部。如果当年他不带领兰考人民向沙丘宣战，兰考车站也不会出现今天的繁荣景象，兰考人民也不会过上好日子。这前与后变化的对比，使焦裕禄的形象更加完美、靓丽。焦裕禄光辉形象永远鼓舞兰考人民前进。

四、抓住人物特征　运用特色语言表达手法

穆青对文字精雕细刻，该简练处简练、惜墨如金，该展开处展开、纵横驰骋、一泻千里，形成了富有特色的语言表达手法。

1. 哲理性语言。哲理性语言，就是人说出的话，体现一个或几个道理，并充满哲学内涵。新闻语言是最富有哲理性的。人物通讯的语言只有富有哲理性，才能显现出人物具有较高的思想水平和修养。穆青同志在写人物通讯时非常注意这一点。如，《县委书记的榜样——焦裕禄》一文中所使用的语言，“吃别人嚼过的馍没味道”，强调了不管做什么工作必须进行调查研究的道理，不能靠坐在自己的办公室听汇报作决策。“榜样的力量是无穷的”，强调了先进典型重大作用的道理，这句话被多少人写文章时引用。

2. 口语化语言。口语化语言，就是老百姓在日常生活中常说的话，其特点是形象、具体、生动。这种语言，一是源于生产生活实践，一是源于人与人之间的交流。人物通讯的语言要口语化，不能把空洞的语言、半文不白的语言，或是长句子、长段落塞到人物的嘴里。穆青的高明之处，就是在叙述人物说话时采用口语化的语言。如，在《心上的树》中，潘从正老人说：“这辈子我哪也不去，决心死在苗圃，埋在苗圃。死了，在坟里也要守着树苗！”心底的话语，道出了植树老人的高尚品质，使他这名优秀共产党员活生生地展现在人们面前。

3. 土香味语言。土香味语言，就是产生于田间地头、车间工地的语言。这种语言，没有令人眼花缭乱的华丽文采，也没有大众不习惯的欧化句式。穆青善于从老百姓口中提炼带有土香味的语言，用在人物通讯里。如焦裕禄常说的“干部不领，水牛掉井”等。潘从正一心植树，总是受到破坏和干扰。老潘说：“俺不怕穷，只怕乱。今后可不能再折腾了！越折腾越穷，将来国家靠什么？只有大家齐心搞建设，国家才能富起来！”老人的话掷地有声，表达了亿万农民盼望稳定的心愿。这些带有土香味的语言落入了穆青的通讯里。他的通讯，手握闸把者、挑担荷锄者读起来，亲切感人。

4. 个性化语言。个性化语言，就是富有个人特点的语言。这种语言，应合乎个人的身份，具体、形象、逼真，特点突出。我们在采访时，要注意被采访对象说出的富有个人特点的语言，也就是说，要在人物语言的个性化上下功夫。穆青在写先进人物时，总是运用个性化语言。

比如，他在写吴吉昌时，就多用农民的个性化语言。《为了周总理的嘱托》一文中，一位中年女社员让吴吉昌指点棉苗为啥挂桃少时，冲口说：“吴劳模，你给指点指点吧。”吴吉昌凄然一笑，摆摆手说：“好妹子，不敢再称劳模了。”那位女社员噙着眼泪回答：“老大哥，俺们心里明白……”简单的农民个性化语言，沟通了吴和社员之间压抑着的共同思想感情，吴吉昌立刻放下草筐，向棉田走去。穆青在写阎建章时，也用了农民的个性化语言。党的十一届三中全会以后，阎建章感到像彻底解放了那样痛快。他为表示自己的兴奋心情，逢人便说：“改革开放是大舞台，就看咱能不能唱大戏！”这个性化语言出自阎建章的口，多么贴切，十分鲜明地表现了农村基层干部的性格。

写好先进人物，必须转变作风深入实际调查研究

穆青说，深入群众，深入调研，过去是、现在是，将来也仍

然是我们搞好宣传报道、加强队伍建设的根本途径。离开了调查研究，脱离了人民群众，就写不出好的报道；离开了调查研究，脱离了人民群众，就培养不出优秀的记者。《十个共产党员》一书，就是穆青深入实际调查研究的智慧结晶。

1. 从“无字的书”中汲取智慧和力量。穆青认为，深入群众、深入调研是一本“无字的书”，从中可以汲取无穷的智慧和力量。他坚信热爱人民、深入调研是新闻工作的生命线，无论是当记者，还是当领导，他都走家串户，和群众促膝谈心。为了了解一个问题，“跑断老腿”“查十问百”。他七十三岁时，踏上青藏高原，采写了《格尔木在呼唤》。他七十四岁时，又来到河南农村，采写了《中原“金三角”纪行》。穆青新闻作品是用脚板走出来的，是艰苦调研的心血结晶。所以，他写出的人物栩栩如生。

2. 从与群众交朋友中，交融思想感情。我们新闻工作者在采访中，在与群众交朋友中，要使自己的思想感情来一番变化，使之与先进人物的思想感情息息相通，达到水乳交融的程度。这样才能产生一种力量、一种魔力，把先进人物写好。这就是说，思想感情交融、相通，是写好先进人物的基础。穆青来自人民，勿忘人民。正如穆青同志所指出的那样，这种巨大的力量，能使你如呆如痴，整天吃不下饭、睡不着觉。周围的一切好像都不存在了一样，即使做一些事情也都是下意识的，整天脑海里几乎完全被英雄人物占据着，眼前是他的形象，耳边是他的声音，似乎不把他的精神面貌和透过这些精神面貌所宣示的真理，真挚地、如实地、深刻地写出来，就是对自己的工作和人民的事业犯罪，就对不起党，对不起伟大的时代。

新闻工作者在第一次采访自己所报道的先进人物后，要经常同他们保持联系，互通信息，达到思想上的沟通，为搞好下一次采访，为进一步报道好先进人物打下基础。穆青同志在这些方面，为新闻工作者做出了表率。每采访一个先进人物，他都深入基层，找人谈话，实地调查，了解多方面的情况。他和先进人物一起坐在炕头、地头上拉家常。他力所能及地为先进人物排忧解难。他把先进人物作为知心朋友，先进人物也时常挂念着他。

穆青能和普通的工人、农民、基层干部交朋友是不容易的，他交友没有什么绝招，只凭着真心和真诚。因为，他知道交友才能知心，知心才能交心。只有交心了，记者才能了解被采访者的灵魂深处和思想感情。穆青高明之处正在于此。正因为他和群众有一种既亲切又真挚的感情，所以写出那样激动人心、鼓舞人们奋进的作品。记者冯健在谈到穆青为什么能够同普通工人、农民交知心朋友时，说了这样一段意味深长的话："穆青采访的这些优秀党员、普通的劳动者，只经过一两次接触，就能结成很好的朋友，做到这一点是非常不容易的。作为一名记者，这是一种很可贵的作风，或者说是一种品德，或者说是一种修养。所以，穆青同志跟农民、工人的来往，不是一个方法问题，也不是一个技巧问题，而是一个立场、感情的问题。用政治语言来说，就是一个人生观、世界观和价值观的问题。"

3. 从稿件的精雕细刻中，锤炼精品。穆青同志责任感、使命感强烈，新闻精品意识强。他对自己的每一篇作品都仔细推敲，力求把精美的精神食粮奉献给人民。据首都师范大学刘淮同志介绍，穆青同志对自己的新闻作品字斟句酌，反复推敲。在新华社的档案室里，至今还保留着《县委书记的榜样——焦裕禄》的底稿，一共有七份之多。在稿纸的空白处密密麻麻写满了修改的字句或意见。《为了周总理的嘱托》，穆青和陆拂为一共写了五稿。第五稿，穆青改完最后一个字，天已微明。到底写得怎样呢？他们十分疲倦，恍恍惚惚，自己也拿不准了。穆青指着改得眼花缭乱的稿子对陆拂为说：“你再顺一遍，给冯健他们看看，再找个读者。如果他真能感动，咱们就发。不感动，还改。”陆拂为誊清了稿件，打了清样，将一份交给了邻家一个女孩，一个十六七岁的中学生。她读着读着，便哭起来了。穆青知道后说，这回可以发了。穆青常说：“我不是下笔千言倚马可待的人。”他反反复复推敲琢磨，终于将精品献给了祖国和人民。有人说，穆青的作品是他心中流淌的歌，这歌声至今仍在中国大地回响。

1996 年，《十个共产党员》一书经新华出版社出版后，深受读者好评。2021 年 3 月，这本书再版发行。在中国共产党成立一百周年之际，此书的推出对于大力弘扬优秀共产党员高尚精神与品格具有积极意义。

穆青同志是我国新闻战线的一面旗帜，永远是新闻工作者学习的榜样。二十多年来，我多次捧读《十个共产党员》一书，获益多多。我认为，这本书告诉我们新闻工作者如何做人、如何作文。我们要认真学习《十个共产党员》这本书，领悟人生的真谛，做一个忠实于党、忠实于祖国、忠实于人民的优秀新闻工作者。

从心灵深处流淌的文字

——读《我们的南口工厂——时光留下的记忆》

朋友，当您手捧《我们的南口工厂——时光留下的记忆》这部书细细阅读的时候，您是否意识到这些朴实无华的文字，是从作者心灵深处流淌出的？

这部书充满着对中国共产党的热爱，充满着对老一辈无产阶级革命家的崇敬，充满着对工人阶级的赞颂，充满着对曾哺育他们的南口厂的感激。这部书共分四个部分，第一部分感恩谢师，第二部分成长互助，第三部分展示才艺，第四部分网络怀旧。这部书的编辑出版，不仅会激发中老年人对以往峥嵘岁月的回顾，更能使初涉社会的年轻人受到教育，进一步树立社会主义核心价值观，端正人生的航向。

文字只有源于心灵深处，才能真实；文章只有来自生活，才能生动。这部书的作者，都是在南口厂工作过的职工。他们曾鏖战于机声隆隆的车间，曾苦干于震耳欲聋的汽锤旁，曾奔波于火热的建筑工地，为企业发展贡献了心血和智慧。他们目睹了詹天佑所创建的工厂几十年来发生的巨大变化，亲身体验接受了老一辈工人的“传帮带”，他们同南口厂有着不可割舍的情愫。

对于这些作者来说，南口厂是沃土，把他们这些“幼苗”培育成“参天大树”；南口厂是火热“熔炉”，使他们铸就了坚定的理想信念；南口厂是大“课堂”，让他们学到了科学技术，掌握了报效国家、服务人民的本领；南口厂是广阔“舞台”，给他们创造了成才的基础和环境。尽管他们离厂已久，但仍然想念自己曾工作过的地方，即使到了异域，也难以忘记。尽管他们当了领导、成了知名人物，但仍然感念自己曾奋斗过的车间，即使有了成绩，也归功于它。他们中，有的说，我十五岁进厂，开始了我人生新的一章，那个年代，南口厂是我唯一的家！有的说，在南口厂，我从一个热血青年走向了成熟，在南口厂的十年，已成为我难以忘却的记忆！有的说，没有南口厂，就没有我今天的一切！有的说，回首往事，我感谢谁？太多，太多！我爱南口厂，我爱我的同事们！有的说，我感触最深的还是南口厂那段经历，那段师徒情、工友情，可以说，我们年轻时代没有虚度，我们的青春同样火红！有的说，祝百年老厂再创辉煌！这一段段生动、朴实的话语，像清澈的泉水一样，汩汩地从心灵深处流淌出，汇聚成一篇篇动人心弦的美文。从这些美文中，不难看出，“感恩”二字是贯穿这部书的一条红线。感恩是做人的基本道德，感恩是中华民族优良传统，正如古罗马政治家、哲学家塞涅卡所说，报恩之心，比什么都高尚。这部书的作者，感谁之恩？感党的培养之恩，感老师傅耐心调教之恩，感工友们热心相助之恩，感工厂创造成才环境之恩。“感恩”，是作者们的共同心声啊！

“中国铁路工人是中国工人阶级最先进、最有组织的一部分”，邓小平同志这句话，在这部书中得到了充分印证。南口厂工人不屈不挠，同日本帝国主义和国民党反动派进行了坚决的斗争；不被各种困难吓倒，新中国成立后为恢复国民经济和社会主义建设作出了贡献；不惧怕“四人帮”的淫威，努力把生产搞上去；不停歇前进的脚步，跨入了改革开放的新时代。所以，这部书称赞中国工人阶级伟大，称赞南口厂工人胸怀宽阔、品德崇高。“我眼中的工人，最重要的不是技术，而是精神。工人团结、实在、潇洒、有智慧。”“我看到了那些憨厚淳朴兄弟姐妹般的工人师傅们在忘我地工作——他们用自己的脊梁挺起共和国的宏伟大厦，他们用自己的双手建设着属于大家的共同的家园。那样无私，那样无畏，那样投入，那样无怨无悔”……作者所有赞语，都是对工人阶级重要作用的肯定，都是对南口厂工人无私奉献的赞颂。“社会给予工人群体应有的评价和时代认同，提高整个工人群体的综合素质，正确认识工人群体对于整个社会进步、发展的意义”，这不仅是编写本书的初衷，更是作者们的共同心声啊！

一个人的成长进步需要五要素：组织的导引、他人的相助、父母师长的教育、社会的影响、自身的努力。这五要素中，他人的相助，是至关重要的。这部书以大量篇幅，生动叙述了南口厂工人之间热情相助的事迹。新工人初入社会，涉世浅，年少不懂事，老工人不仅教技术，而且教如何做人，以致使新工人“师恩终生难忘”。一个人家庭有了困难，众工友伸手相帮，在那个物资匮乏的年代，捐粮票，捐生活用品，渡过了难关，以致被帮助的人“至今想起来，就让人温暖与感动”。一个人在工作中遇到了难题，其他工友看在眼里、急在心里、帮在手上，难题迎刃而解，以致遇到难题者感到“挚友送暖暖心房，真情似水水长流”，表示“永远记住给我帮助的人们”……南口厂职工之间这种相帮的友情，延续至今，影响久远，甚至通过网络跨海聊天也常常提起以往工友间互助之往事。“品味了人生的酸甜苦辣之后，我们发觉那个年代的友情最纯洁”“我忘不了伙伴们的友情，忘不了朋友们的爱心，忘不了年轻时的美好时光”“我们这一代人，有责任、有义务记下那个年月的故事，以传给后世”，这些也是作者发出的共同心声啊！

从心灵深处流淌出的文字，最有力量，最能感染人。让这些文字沁入每一位老工友的心田吧！让我们青春永驻、友谊长存！

一部展示中华民族伟大形象的力作

——读《当惊世界殊——京沪高速铁路建设纪实》

捧读朱海燕同志的长篇报告文学《当惊世界殊——京沪高速铁路建设纪实》，心情久久不能平静，深为作者雄厚而生动的笔触所打动。这部作品虽然长达一百多万字，但读起来不觉其长，我几乎是一口气读完的。读罢，掩卷沉思。我以为，这部作品政治性、思想性、真实性、新闻性、文学性强，讴歌了在中国共产党的领导下，中国铁路实现从追赶到领跑，所进行的艰苦卓绝的努力，以及在这种努力中所产生的巨大力量。可以说，歌颂伟大的党，歌颂改革开放，歌颂党领导下的人民群众和铁路职工创造的伟业，是贯穿这部书的一条主线。正如作者所说，办好中国的事情，关键在党。有了中国共产党的领导，中国人就能办成那些被认为不可能办成的大事。京沪高速铁路，就是我们党依靠人民、相信人民、着眼于人民根本利益的产物。

报告文学是一种与现实生活关联最紧密的文体。它要求作者运用辩证唯物主义和历史唯物主义的观点，解析历史与现实，回答人们所关心的问题；要求作者满怀激情，准确而真实地反映时代的脉搏、脚步和主旋律，报告社会所出现的令人敬佩的人物或事件；要求作者不就事论事，从人们所进行的事业中，发现闪光的富有哲理的思想，进行加工提炼，导引人们前进。在这部书中，朱海燕遵循这些基本原则，坚持人民群众创造历史的观点，从对历史横断面和纵断面的剖析中，以大手笔书写了中国铁路发展史，书写了京沪高速铁路波澜壮阔的建设历程。在这部书中，作者运用大量的历史事实和新闻事实，深刻阐述了京沪高速铁路对中国经济、社会、文化发展所产生的巨大作用，高速铁路代表着坚毅不屈的民族、伟大复兴的中华；阐述了京沪高速铁路促进技术创新，促进社会主义市场经济的发展和推进全面建设小康社会的步伐；阐述了京沪高速铁路，是中国共产党人艰苦奋斗、毅然崛起的缩影，是不懈奋斗浓缩成的一条道路。这是属于中国共产党人的一部千秋杰作。

文学是人学。报告文学更是如此。一部优秀的报告文学作品，就在于成功地塑造人物。用人物开启读者的思维，帮助读者理解事件乃至社会的主流和本质。而所塑造的人物要有典型性。俄国哲学家、文学评论家别林斯基曾说："创作的新颖性——或者，毋宁说创造力本身的最显著的标志之一，即在于典型性。假如可以这样说，典型性就是作家的徽章，在真正有才能的作家的笔下，每个人物都是典型。"报告文学虽不同于小说，但对于一个"真正有才能的"报告文学家来说，他应该为读者提供成功的典型形象。朱海燕可以说是一位"真正有才能的"报告文学家，在他的笔下，从各级领导到各个建筑企业的负责人，从工程技术人员到极普通的建筑工人，都写得有血有肉、有情有感、栩栩如生。他从革命的惊涛骇浪写到铁路建设的火红岁月，从夜以继日攻克技术难关写到筑路人恋爱的林荫下，从刻苦学习高铁技术写到柴米油盐酱醋茶的家庭生活。他所塑造的人物，个个都有鲜明的性格，个个都具有典型性，读起来令人心起波澜，感动不已。这部作品，是京沪高速铁路建设者的一曲高昂的赞歌！

“细节之于报告文学的人物形象，犹如细胞之于人体生命。真实、生动、独具个性的细节为人物形象植进了充满艺术活力的细胞。人物由此力透纸背，走进读者心间，具有了‘活’在读者心灵深处的生命力。”朱海燕深知报告文学人物刻画的真谛，他善于用敏锐眼光捕捉细节，探寻和研究参与高铁建设的人，深入了解他们特定的性格、经历、活动。比如，他叙述了一名干部年轻时离开家乡上大学，因家贫，路费是亲友、同学和家里卖掉口粮凑的四十元的细节。连这名干部上大学时一直穿着豫东农民穿的那种“大腰棉裤”和“撅腚棉袄”的细节，他都捕捉到了，并写进文章里。这名干部的高大形象矗立在读者眼前。又如，一名总工和女朋友约会时的对话，他都采访了解到了，进而由这一细节写这名总工为祖国铁路事业而奋斗的事迹，十分感人。这部作品涉及人物众多，包括中国人和外国人。有相当多的人物，朱海燕都注重细节的描写。尤其是他选细节时，更重视那些意蕴深邃丰厚、与众不同、以一当十的，更加增添了文章的感染力；他表述细节时，不说大话、空话、套话、假话，令人信服；他还善于把众多的细节累积起来，加工成典型人物的立体雕像。朱海燕的这种人物的细节描写，使人们深切体会到了为中国高铁作出巨大贡献的人，他们不仅热爱党和人民铁路，而且也热爱生活、热爱家庭。他们也食人间烟火，也要恋爱、生儿育女，他们也是有血有肉有感情的人，并不是什么“高大全”式的所谓“英雄”。正是这样平凡而伟大的一群人成就了京沪高铁。一位著名作家说：“文学的细胞就是细节，报告文学所要描摹的真人和真事，也只有靠细节才能活生生地呈现在读者面前，否则就会干巴巴只剩下所谓的‘事迹’，像风干的鱼，而失去生命力。”我想，朱海燕这部作品的成功之处，也在于捕捉和运用细节吧！

报告文学是新闻性和文学性兼而有之的作品。其新闻性的特征，规定了它的语言必须简洁、必须有高可信度，而它的文学性，则要求它的语言必须有鲜明的、生动的文学色彩。朱海燕在这部作品中，十分重视语言的运用。其一，大量采用群众语言。譬如，他写在京沪高铁工地上劳动的农民工，“土地是一个国家的根。因为有了这个根，才有了财富、繁荣和文明。”“钢筋是有灵魂的生命，什么岗位，需要多长的钢筋，那都是定死的，缺一寸不行，浪费一寸也不行。”“头点得像鸡啄米。”“高烧烧得演猪八戒都不用化妆了。”这就是活脱脱的群众语言啊，读到此处，怎能不让人为之动容？其二，大量采用哲理性语言。成功的报告文学作品，必须有政论插笔，以求言读者所欲言，满足他们的心理需求，激起他们思想和感情上的共鸣。什么是政论插笔呢？就是作者在抨击邪恶、褒扬美好之时，从作品中“跳”将出来，直接对事件、事物、人物进行评判，细细述说自己之见解。这种评判和述说，要穿插于作品的行文之间，称之为政论插笔。而这种政论插笔，要大量采用哲理性语言。朱海燕在这部作品中，运用哲理性语言写政论插笔是成功的。许多政论插笔有力抨击了谬论，同时启发了一些人的心灵，坚定了今后发展中国高铁的信心。富有哲理性语言的政论插笔，大大增加了作品的深度和理论色彩。其三，大量采用转换性语言。报告文学既然是文学作品，它就不可能容纳更多的文件性语言和技术语言。产业经济类报刊的很多专业性术语，行业内的不从事本专业的职工看不懂，行业外的群众也看不懂，其根本原因就是没有把专业性术语翻译成大众化的、社会化的语言。一位外国科技新闻编辑说得好：“科技新闻的写稿人，在某种程度上就是神秘科技语言的翻译者。”作者在写作时，就要善于将铁路技术术语乃至文件性的语言，转换成老百姓能看得懂、听得进的话。朱海燕在这一方面进行了大胆尝试。比如，他把高铁牵引供电系统的接触网导线，说成是输送电能的“血管”；把牵引变压器，称为保证供电品质和稳定性的“心脏”。这样的语言转换，使不熟悉牵引供电的人，了解了接触网导线、牵引变压器在供电系统的重要作用。

严格来讲，这部作品，是“全景”“集纳”式的报告文学。尽管作品反映的主题深刻、宏大，涉及的人物、事件众多，但朱海燕驾驭起来，却是那么的娴熟，那么的精彩！

他注意角度的选择，无论是叙述人物和事件，都善于从小说到大，从微观说到宏观，从局部说到全局。

他注意材料的截取，选择那些极有典型意义的材料表述情节、表达观点。

他注意运用各种文学手法和修辞手段，借鉴小说悬念式的开头方法，努力写好开头；借鉴电影“蒙太奇”手法，突破时空的限制，把现场和背景、现实和历史、不同的人和事，有机地组织起来，剪接成一个完整的文章系统；借鉴戏剧的场景手法，精心设计众多的场景，使文章一波未平、一波又起；借鉴散文的结构艺术，巧妙设计结构布局，既有点上的描写，又有面上的叙述，使作品细而不碎、散而不乱。

他注意宏大作品的首尾照应，以“中国共产党在风风雨雨中走过了九十个春秋”始，以“京沪高速铁路属于中国共产党人的一部千秋杰作”终。

朱海燕同志是中国新闻最高奖——范长江新闻奖的获得者，他所走过的历程，他所取得的成绩，充分说明他是中国新闻界有着广泛影响的名记者。对于中国许多铁路重大工程的报道，特别是青藏铁路、京沪高速铁路的报道，无论是从数量上，还是从质量上看，他在铁路新闻界都是名列前茅的，甚至可以说是数第一的。他是个善于学习、勤奋刻苦之人，所写的新闻作品已达一千多万字，并八次获中国新闻奖，创造了中国铁路新闻史上的奇迹。

朱海燕为写这部作品付出了很大辛苦。无论是炎炎夏日，还是寒冷冬天，他都奔波在京沪高铁施工一线采访。他所搜集的素材和查阅的资料，已经多得无法统计。入夜，别人都已进入了梦乡，他还在灯下辛勤笔耕。他为写这部作品，体重竟减少了三十五斤，脸上的皱纹又多了几许。他付出了这样艰苦的努力，为京沪高速铁路讴歌，为伟大的党和祖国讴歌，我们应该向他表示崇高敬意！

京沪高速铁路是体现我国改革开放巨大成就的标志性伟大工程。伟大工程需要有力度的作品来记述，来载入史册。这种记述的重要意义，在于赞颂我们伟大的党，赞颂改革开放，赞颂党领导下的人民群众是历史的创造者。没有党的正确领导，没有改革开放，没有人民群众的伟大创造，哪来的京沪高速铁路！只有在进入 21 世纪的中国的今天，才会产生这一伟大工程。

《当惊世界殊——京沪高速铁路建设纪实》这部有力度的作品，在文章的主题与体裁、语言与词汇、继承与创新、平正与奇巧、事理与用典、音律与节奏等方面，都是经得起推敲，经得起历史、人民和实践检验的，无疑是一部成功的作品。这部作品，充分体现了中华民族的形象、力量、精神，充分体现了中国共产党领导下的中国铁路工人风貌，生动描绘了中国高铁发展的宏伟画卷，对于今后中国高铁乃至中国铁路的发展必然产生影响。

纸短情长　话胜万金

——读铁路春运家书

《人民铁道》报曾以整版篇幅刊登了六封春运家书。家书的作者，是辛勤工作在春运一线的铁路职工。笔者反复阅读六封春运家书，敬佩铁路职工之情油然而生。

家书，是家庭成员之间的通信，是真实情感的自然流露，是至亲骨肉之间的心灵对话。这六封春运家书纸短情长、话胜万金。

六封春运家书，表达着铁路职工对事业的忠诚，对本职工作的深爱。一名铁路民警在写给妻子的信中说，“帮助旅客，对于我们来讲，这是很普通的事，但对于旅客来讲，这就是大事。因为有我们在，老百姓才觉得踏实安全”。几句话，把民警的神圣职责和使命，说得清清楚楚，他从心底热爱铁路公安工作啊！一名车队值班员担当乘务的列车是趟绿皮车，他目睹春节前老百姓喜欢坐车办年货、走亲访友，对铁路服务心满意足，心中十分高兴。他在写给父亲的信中说：“我再苦再累也值得。”八个字似珠玑，彰显着想旅客之所想、急旅客之所急，闪烁着无私奉献精神。

六封春运家书，传递着人间的真情、大义。一名客运车队业务员，常年跑车在外，没有时间做家务、照顾宝贝儿子，家中里里外外的活儿，全靠妻子一人。他在为工作废寝忘食、为旅客服务奔走四方时，没有忘了人间真情，没有忘了对妻子的爱。他在奔波中，对妻子的挂念无限、思念无尽。他由衷地感谢妻子，他在写给她的信中说：“我在工作中取得的成绩，有你很大的功劳。”“春节到了，我在这里郑重地向你表示感谢！祝你身体健康、永远漂亮！”“感人心者，莫先乎情”，业务员对妻子的感谢是发自内心的，对妻子的感情是纯洁的。他知道，如果妻子缺乏对他和儿子的真情，缺乏对家庭和社会的奉献，他是不可能为铁路安心工作的。一名普通妇女，全力支持丈夫当好道口员，后来得绝症去世了。那名道口员觉得妻子对他充满了真情、充满了厚爱。他时刻惦记着她给他的温暖，他认为妻子“最懂我、疼我”。他虽和妻子阴阳两隔，但仍给妻子写信：“云，如果有来生，我还和你做夫妻。我会多留些时间陪陪你，还上今生的债。”字字句句思念长长、真情绵绵啊！

六封春运家书，彰显着中华民族的传统美德。“父母恩情似海深，人生莫忘父母恩。为人子女要孝顺，世代相传自古今。”孝敬父母，尊老敬老，是中华民族的传统美德之一。家书的字里行间，无不体现着这一传统美德。儿子，远在一千两百公里外的高铁工务段当线路工。这名线路工在守护运输安全的同时，不忘孝敬父母。他给身体不好的父亲办了医疗体检卡，买了保健药品。他在给父母亲的信中，劝父亲少干农活儿，药品要记着用，并按时去医院检查身体。他劝母亲说：“儿媳妇给你们置办年货的时候，你们不要嫌她老花钱，这也是替我尽一份孝心。”儿子孝顺之心令人感动啊！兄弟二人在内蒙古铁路上当学习司机，春节期间，是机车司机最忙的时候，他们不能回家与父母团聚。于是，年前，兄弟俩给父亲买了手表，往他的银行卡里转入三千元，请他给爷爷奶奶多办点儿年货。他们在家书中说：“二老的身体不如从前了，开春前，把家里那六亩苞米地包出去吧。小牛犊养不过来，也卖了吧。老妈的针线活儿也该撂下了，常年伏在缝纫机上，眼睛会花得更厉害。”兄弟俩心中装着家庭、装着老人，他们是尊老敬老的楷模啊！

在阅读六封铁路职工春运家书的同时，我又一次学习了《中共元勋家书品读》一书。这本家书中的信，很多是在烽火连天的战争年代写成的，不仅承载着对战火的记忆，还蕴含着浓浓亲情。

两种家书，我对照品读，感想很多。我以为，过去，在革命战争年代，是“烽火连三月，家书抵万金”；今天，在繁忙的春运中，是“奔波四十天，家书胜万金”啊！春运家书传承着中共元勋家书的红色基因，闪烁着真理的光辉，不仅表达了铁路职工干好本职工作、为实现中华民族伟大复兴而艰苦奋斗的坚定信念，更体现了他们发扬中共元勋革命精神的高尚品质。

春运家书，尽显铁路职工践行社会主义核心价值观的本色，是人民铁路宝贵的精神财富。它同中共元勋家书一样，是对职工进行“人民铁路为人民”宗旨教育的好教材。

雄奇绚烂的名篇

——读《石钟山记》和《石钟山诗选》

石钟山的名字，是上初中读北宋文学家苏轼的《石钟山记》时知道的。当时，语文老师告诉我，石钟山是个美丽的风景区，在江西省九江市湖口县长江与鄱阳湖的汇合处。我记住了老师的这句话，多年来，一直想到此地一游，一则目睹其山湖之芳容，一则亲身体验苏轼文中叙述的奇境，但始终未能如愿。机会终于来了。几年前，我随一旅游团来到“彭蠡湖口”，这就是我日思夜想的石钟山啊！我先后游览了石钟亭、怀苏亭、紫云廊、船厅、太平遗垒，以及彭玉麟读书之地芸芍斋、且闲厅等处。

石钟山包括南北两个部分，相隔不到 1 000 米。南边部分濒临鄱阳湖，称上石钟山；北边部分濒临长江，称下石钟山。与我同行的小杨问我：“您看，下石钟山像不像一个座钟？”我回答：“像！”她说：“石钟山是中生代石炭纪的石灰岩构成的山体，其海拔 60 多米，面积 0.2 平方公里。全山怪石嶙峋、奇峰突兀。许多石块，具有天然形成的特点，皱、透、瘦、漏、丑，也就是说，石块有皱褶、纹理贯通、瘦削而清秀、孔隙漏光、奇形怪状。一会儿，我们乘船于江上，就可以看清这些石块了！”

石钟山历来是兵家必争之地，像一把锁挂在湖口“门”前，被人称为“江湖锁钥”。三国时，东吴都督周瑜在鄱阳湖练兵，并由此出发至赤壁，大破曹操的百万大军。南朝时的刘宋王朝，在石钟山设哨所——“湖口戍”。元朝末年，朱元璋曾以石钟山作为营垒，与陈友谅的军队大战于鄱阳湖，将陈所部击溃。清咸丰年间，太平天国与湘军，在此多次交战，对峙数年之久。解放战争期间，人民解放军百万雄师强渡长江，也是在江阴至湖口间啊！

石钟山自汉代以来就有建筑，以后由于连年战乱，此处各种建筑遭到了不同程度的破坏。现在的三十多种建筑形式——亭、台、楼、阁、殿、厅、院、廊等，都是近几十年来，在清代遗存的基础上复建的。这些景点中，最引我注目的是怀苏亭，亭内的石碑上，一面镌刻着苏轼的像，一面书拓镌《石钟山记》全文。我站在石碑前，再一次默读起这一千古名篇。

苏轼曾三次来湖口，首次赴湖口是北宋元丰七年六月初九。他送长子苏迈到德兴任县尉。父子俩路过湖口时，苏同其子夜乘小舟考察了石钟山。他为什么要这样做呢？因为他要搞清楚此山究竟是何原因常发出洪钟般的声音。夜里，月光明亮，他和苏迈坐小船，来到了石钟山绝壁下实地考察。苏轼用生动的笔触记录了绝壁下的所见所闻，“大石侧立千尺，如猛兽奇鬼，森然欲搏人；而山上栖鹘，闻人声亦惊起，磔磔云霄间；又有若老人咳且笑于山谷中者，或曰此鹳鹤也。余方心动欲还，而大声发于水上，噌吰如钟鼓不绝。舟人大恐。徐而察之，则山下皆石穴罅，不知其浅深，微波入焉，涵淡澎湃而为此也。舟回至两山间，将入港口，有大石当中流，可坐百人，空中而多窍，与风水相吞吐，有窾坎镗鞳之声，与向之噌吰者相应，如乐作焉。因笑谓迈曰：‘汝识之乎？噌吰者，周景王之无射也；窾坎镗鞳者，魏庄子之歌钟也。古之人不余欺也！’”这段文的意思是说：“巨大的山石竖立着，有千尺之高，好似凶猛的野兽和奇异的鬼怪一样，阴森森地想要向人扑去；山上宿巢的老鹰，听到人声也受惊飞起来，在高空中发出‘磔磔’的鸣声；又有像老人在山谷中边咳边笑的声音，有人说这是鹳鹤。我正心惊想要回去，忽然巨大的声响从水上发出，声音洪亮像钟鼓声连续不断。船夫很惊恐。我慢慢地观察，山脚下都是山石大大小小的洞穴和裂缝，不知它们的深度，细微的水波涌进洞穴和裂缝，波浪激荡便形成这种声音。船回到两山之间，将要进入港口，有块大石头挡在水流的中心，上面可坐百来个人，中间是空的，而且有许多窟窿，把风浪吞进去又吐出来，发出窾坎镗鞳的声音，同先前噌吰的声音相互应和，好像音乐演奏。因此我笑着对苏迈说：‘你知道那些典故吗？那噌吰的响声，是周景王无射钟的声音；窾坎镗鞳的响声，是魏庄子歌钟的声音。古人没有欺骗我啊！’”

苏轼的《石钟山记》完全具备了描写叙述之美、情境之美、哲理之美这三个层次。文章生动描写了石钟山的夜景，具体表现了作者的情感，意境之新奇、语言之优美、叙述之简洁，达到了无可挑剔的程度。更为重要的是，这篇散文提出了新的思想观点。苏轼在文中写道：“事不目见耳闻，而臆断其有无，可乎？”意是说，凡事不亲眼看到亲耳听到，却根据主观猜测去推断它的有或没有，可以吗？其实，苏轼是在这里强调，遇事不可妄下结论，须经深入细致的调查研究，才可作结论。也就是要目见耳闻。凡事要目见耳闻，是苏轼悟出的思想观点。这一观点使《石钟山记》达到了一种哲理之美。我想，《石钟山记》之所以能流传千古、气贯百代，皆是因为“事不目见耳闻，而臆断其有无，可乎？”这句话啊！我以为，一千年前是封建社会，苏轼在当时的社会环境下，提出凡事要目见耳闻的思想观点，是极为不简单的，是难能可贵的。如今，凡事要作结论，必须耳闻目见，也就是说，要深入实际调查研究。

在北宋元丰七年之后，苏轼还曾两次来石钟山，留下了《上观音阁》《石钟山》《壶中九华诗并序（一）》《壶中九华诗并序（二）》等诗篇。《石钟山》一诗写道："爱此江湖幽，维舟坐终日。本从玩化理，不是荒游逸。"这首诗也蕴含着哲理之美，尤其是后两句渗透着理性的韵味，提出了精辟的论断：要观察思索万物发生变化之理，不可嬉游逸乐、荒废时间。

走出怀苏亭，离开石钟山，在前行的汽车上，苏轼的形象和他的《石钟山记》，始终不肯从我的脑际里退去。《石钟山记》，我读过多遍，每次读皆有新收获，而这次游览石钟山，对这一名篇有了更深刻的感悟。我赞叹《石钟山记》构思、遣词、造句之优美，惊叹其讲述哲理、表达思想之深刻！

石钟山"近挹彭蠡烟波，远迎庐山秀色"，自古以来，有许多文人墨客和苏轼一样，到此寻幽访胜、抒发情怀，写下了许多脍炙人口的诗篇。我曾拜读过多首有关石钟山的诗。这些诗篇虽不如苏轼《石钟山记》那样影响广泛，但也雄奇绚烂，读来朗朗上口、感人至深。

谢灵运是南北朝时期著名的山水诗人。他一生喜游山水，写下了不少给人清新开朗之感的山水诗。谢灵运在畅游名山大川时，自长江经湖口入鄱阳湖，石钟山的壮观景色，令其诗兴大发，写下了《入彭蠡湖口》一诗。谢灵运是东晋名将谢玄之后，官至永嘉太守、召为秘书监，后以"谋反罪"流放广州，直至被杀。

唐代大诗人李白、白居易赋诗赞美石钟山。李白的诗为《下寻阳城泛彭蠡寄黄判官》："浪动灌婴井，浔阳江上风。开帆入天镜，直向彭湖东。返景照疏雨，轻烟散远空。中流得佳兴，清赏亦何穷。瀑布洒青壁，遥山挂彩虹。相思俱对此，举目与君同。”此诗描写了江、湖的美景。诗句清新自然，读来引人入胜。诗云，寻阳城外江边，有一汉初大臣灌婴所凿之井，井与江相通，江中有风浪，井水即动。船在澄净的水面，径直向彭蠡东面驶去。落日返照出疏雨，轻烟淡淡地散向广阔的天空。船行至湖中，诗人极为高兴，欣赏着胜景。但见瀑布喷洒于青壁之上，仿佛山上挂着一道彩虹。诗人举目纵览湖山景色，遥想友人也同样翘首长天，相思无限。白居易的诗为《彭蠡湖晚归》：“彭蠡湖天晚，桃花水气春。鸟飞千白点，日没半红轮。何必为迁客？无劳是病身。但来临此望，少有不愁人。”白居易仕途坎坷，此诗是其被贬江州任司马时所作。诗的前半部分写晚归时湖上所见：“彭蠡湖天色晚，此时正值春季桃花开，雨多水涨。湖上鸟群飞，呈现出无数个小白点，落日于群山，如半个红色的车轮。”这晚景空阔绚丽，江山多娇啊！诗的后半部分抒发心情：“我是被贬谪到外地的官，又是多病之身。如果来这里眺望，很少有不忧愁的人。”据记载，唐代诗人张九龄、孟浩然、颜真卿和北宋的王安石、南宋的文天祥等，也留下了咏颂石钟山的诗句。

明初大臣刘基饱读诗书，学问渊博。他的散文奔放，诗歌雄浑。他在辅佐朱元璋征讨陈友谅进兵湖口时，作《江行杂兴》：“长江水浊湖水清，石钟涛击鲸鱼鸣。山头出云山下雨，扬澜左蠡何时平？”此诗寄寓着朱元璋、刘基等人平定群雄的壮志。在这首诗中，作者借景物表达情感，抒发了自己的远大抱负。刘基的这首诗虽不长，但形式、事情、情感、道理都表达得十分清楚了，而且诗中运用了《文选·东都赋》里的“鲸鱼击蒲牢”的典故，更使此诗增色。

著有《随园诗话》的清代诗人袁枚也曾撰写《泊石钟山正值

水落怪石森布绝无钟声》一诗。李烈钧是辛亥革命元老，早年参加同盟会。1932 年秋，李再次来湖口访友人杨咽冰，并与杨同游石钟山，作《湖口访杨咽冰同游石钟山五首》。

现代比较有影响的关于石钟山的诗作，当属郭沫若先生的《登湖口石钟山》。“偶至石钟山，江天一望宽。水文黄赤界，峰影有无间。日寇沉人岬，湘顽败阵关。太平遗垒在，党校耀人寰。”这首诗是郭老 1965 年 7 月 7 日登湖口石钟山时所作。诗中赞美石钟山之瑰丽，说来到了石钟山，望见了滔滔江水和天连在了一起；江湖汇合处水文界限分明，湖水南来而清，江水西来而浊；西望庐山，其诸峰隐隐约约。郭老感慨地说，太平军起义、抗日战争都在石钟山留下了史迹。党校传播的革命理论光照世界。郭老这首诗的手迹，已刻石镶嵌于紫云廊壁间。我在此阅读郭老的诗，心情久久不能平静，吟顺口溜一首：“游至石钟山，实地读名篇。字句击心扉，引我永向前。”

仅仅是开始

——读散文集《哭泣的半岛》

京城的盛夏，热得实在难熬，但读胡烟的散文集《哭泣的半岛》，却感到清凉畅快之风扑面而来。读这部书，我不仅思想上受到了震撼，而且学到了很多知识。这部书的确是一部优秀散文集。

一

优秀的散文，总是传播思想精华，给人以精神上的启迪。法国著名作家巴尔扎克说：“艺术作品就是用最小的面积惊人地集中最大量的思想。”

读罢《哭泣的半岛》，伏案沉思，总觉得这部书向读者传递着这样一种思想：自然生态环境，是人乃至动植物赖以生存的家园，不能盲目地“挖山填海”，不能过度地“开发改造”，否则，大自然将给人类以惩罚。

屺峪岛，是胡烟的故乡。几百户渔民在这里生活，他们或出海打鱼，或迎风赶海，日子过得有滋有味。屺峪岛里，生长着各种各样的草木，如绒蒿子、苦菜、荠菜、黄花菜、野菊花、月季、沙参、槐树、松树、合欢、山枣、山楂树、芦苇等，随着半岛的“开发改造”，这些植物不少消失了。屺峪岛里还有许多动物，黄鼠狼、狐狸、蛇、刺猬等，随着半岛的“挖山填海”，有些动物也无影无踪了。胡烟说，也就没有“上房的狐狸会跳舞”“黄鼠狼报仇”这样的故事了。

胡烟对错误的破坏自然生态环境的行为表示了极大心痛和愤慨：“东山被炸了，炸开了花。自己的山，多少年了，如今炸了，叫人心疼。”“心疼却也没办法，菜市场的宣传栏里早就贴出了告示，要搞开发。”“开发改造，阵势很猛。复杂的工程，简单地可以用四个字概括：挖山填海。”“搬迁之后的半岛人，没了那片海滩，只剩下一个水泥码头。”半岛的消失，确实令人心痛。胡烟说：“那一方水土滋养了我的身心，我却并未给它丝毫呵护。”“过去的生活如梦幻般……我听见内心里有一个哭泣的声音说，回不去了。”我曾读过散文《半岛渔村手记》。文中叙述，岛上的密林北临大海，南傍村庄……现在全都消失不见了。作者感慨：“我们能于瞬间毁掉一片浩瀚的林子，可是再花费巨资并加上几十年的光阴，也无法恢复它的原貌。”

半岛的消失和胡烟的话，再次警示人们：必须树立“绿水青山就是金山银山”的强烈意识。保护自然生态环境应该成为发展的题中应有之义。《哭泣的半岛》的思想深刻性和给人的启迪正在于此。

二

文情，是指沉潜于散文里的感情。文情，亦是散文的血脉。《哭泣的半岛》血脉畅通，胡烟或直抒胸臆，或借事传情，或以景结情，或托物寄情，把情感化为意象，化为直观的场面、人物，化为过程、氛围，许多语句和段落打动着读者。

胡烟对半岛有着热爱之情，那里是她生于斯、长于斯的地方，那里有她童年上山赶海的欢乐，那里留下她少年时读书的身影，那里产生着她笔下一个个故事。她说："如今站在岁月里回望半岛，或者此刻，我坐在城市楼房的角落里怀念半岛，过去的生活如梦幻般，唯有文字和影像记录它存在过的真实。"胡烟热爱半岛之情多么浓烈啊！这种浓烈之情变为动人心弦、引人入胜的故事，致使我陷入故事中，久久不能放下这部书，读完几遍还想再读。

胡烟对半岛上的老一辈人和普通劳动者有着敬重之情。她说她爷爷勤苦，是个巧手，从不闲着。她说她奶奶老实，有耐性。她说她姥姥给人正骨、做大席，别人给姥姥钱从不收。她说英红真能干，"赶小海儿，真是把好手。秋天的北海湾，水又深又凉，英红就在礁石缝儿的海菠菜里摸海参。冬天刮西北风，密密麻麻的石头上头长着獠牙的牡蛎，一不小心把手刺个大口子。英红不怕。收工了，英红开个三轮车，往回运几麻袋的牡蛎"。她说她父亲是岛上有名的"鲅鱼王"，海事又顺又好。她尤其敬重她父亲的厚道善良。她爸逮着脸盆底那么大的螃蟹说："咱们福浅，吃不得，放了吧。"逮着个头小的鱼虾，又说："太小了，捕了可惜了。长大一点再捕吧！""动物和人一样，有感情，人不能由着性子欺负它们。"

胡烟对半岛上不劳而获的人、对赌棍、对搞不正之风的人，嗤之以鼻，充满了憎恶之情，予以深刻鞭挞。她说，恶棍、搅屎棍、赌棍，各种棍，都不招人待见。

三

大凡优秀散文，十分注意择取豁人耳目的独特细节，把人物形象或事件场面凸显出来。

《哭泣的半岛》随处可见独特细节。如，胡烟写爷爷织秧子鱼网的细节："一张秧子鱼网，爷爷织了三年，刨去出海挣工分的工夫，晚上就在油灯底下织。常听爷爷唠叨，夏天在蚊帐里织这旋网，腿脚施展不开，冷不丁贴上了蚊帐，光叫蚊子喝的血，就有几大碗。光线暗，加上网丝细，左手的大巴掌握不住那小木头撑子，只用拇指和食指捏着，右手拿着牙签大小的梭子穿动。那个功夫不亚于绣花。有时候鼻子控出了血，大多时候，是把眼睛熬得比兔子还红。”她叙述的织秧子鱼网细节，把一位勤快、乐于吃苦、一刻也“闲不住”的普通劳动者形象，活脱脱展现在人们面前。

又如，写奶奶疼爱她的细节，她饭“吃到八成饱，奶奶笑眯眯地从锅底的小灶台洞掏出煨好的地瓜说，别撑着”，也是活灵活现。

我读过汪曾祺先生的多篇散文，觉得胡烟择取人物细节的手法，有点像汪氏。汪先生的散文《金岳霖先生》，有多处惊人的细节。金先生讲课，“讲着讲着，忽然停下来：‘对不起，我这里有个小动物’，他把右手伸进后脖颈，捉出了一个跳蚤，捏在手里看看，甚为得意。”一个掏、一个捉，一个煨、一个捏，表现细节的用字何其相似！汪先生写齐白石，说他“老人家里人口很多，每天煮饭的米都是老人亲自去量，用一个香烟罐儿。‘一下、两下、三下……行了！’家人道：‘再添一点儿，再添一点儿！’‘吃那么多呀！’”几笔勾勒，把白石老人的形象表现出来。胡烟写爷爷织秧子鱼网，也是这样勾勒的呀！独特、新鲜乃至令人惊奇的细节，是一篇散文能否写好的关键。愿胡烟继续锤炼观察力、想象力、描绘力，承继汪氏风格，且有新创造。

四

好的语言，是成就优秀散文的关键。胡烟散文的语言别具一格、自成风格，有强烈的“海味”“泥土味”。譬如，她写童年在海滩上挖蛤蜊："在水里挖蛤蜊是一种享受。海水温暾暾的，海浪轻轻摇摆着你的身体，对比岸上的人热得摇着蒲扇到处乘凉，海里该多完美。傍晚，海面上一片金光，我们就站在这光里头，远处沙滩外的芦苇荡若隐若现，翠鸟倏地腾飞起来，构成一个淡水塘的风景。不止这风景，还有蛤蜊。这一切，叫我在心里欢腾起来。""北海的礁石光滑又干净，叫海水磨得圆头圆脑的，脚踩上去丝毫不硌得慌。""南海的沙滩，平时藏在水底下的，眼下都露出来了，像一片漠漠的水田，还有潮水形成的水波纹，像是梯田一样，却又平坦。"倘若胡烟不身临其境，能写出这样情绪浓烈且美好动人的"海味""泥土味"语言吗？像这样的段落和句子，在《哭泣的半岛》里俯拾皆是。胡烟写"壁虎捉飞蛾"语言也十分有趣："在这个旧房子里，印象最深的娱乐项目，是夏天的晚上，观看纱窗上的壁虎捉飞蛾。像皮影戏一样的，黢黑的纱窗，先是冷不丁出现一只灰白蛾子扑腾着翅膀，接着是壁虎的雪白肚皮从纱窗的一角入画，潜伏，扭动，靠近，伏击。""潜伏，扭动，靠近，伏击"，一连串新鲜、准确的动词。

胡烟散文中的许多语句，是从生活中挖掘提炼出来的，"凑"得有实有虚，至情至美，多有哲理。如："生和死，在时间长河里交错着。""这样几间教室，装下了我们几代半岛人的童年。""这两兄弟有招数，能把日子打点得红里透着紫。""他根本没种过地，离了海，离了船和网，英雄变成了狗熊。""打鱼吃苦他不怕，就怕走那沙滩夜路，被狐狸撵得跑岔了气，汗毛都是竖着的，鸡皮疙瘩掉一路。""赶海不能吃独食。""人不能闲着，人闲着干什么呢？""船长卖了船，等于猎人丢了枪。""两口子就像进了磨坊的牲口，这辈子甭想卸下那拉磨的套。""英红过日子，全依着潮时。""她活脱脱一个祥林嫂，听她说话就是瞎耽误工夫。"没有赶过海的人，没有在海上漂浮过的人，没有在半岛生活中历练过的人，是绝不会写出这样句子的。“只要在生活中挖掘，向大师们借鉴，艺术绿树长青，语言永远不死。”

五

我以为，胡烟就是一位从童年起对生活充满兴趣、充满好奇心、什么都想看看的人。她之所以成为获冰心散文奖的作家，这是和她打小“看”，用感官去“吃”各种印象，有着极其密切的关系。

看即是观察。《哭泣的半岛》是胡烟童年观察人世间的一个生动记录。

她看大自然看得精致，笔下多彩多姿。她说海水“比自家水瓮里还干净，十几米清澈见底……礁石光滑又干净，叫海水磨得圆头圆脑的，脚踩上去丝毫不硌得慌”。

她看人物看得透彻，笔下栩栩如生。她说“爷爷属猪，乐观。爷爷常常嘴里哼着小曲儿，腰里别着小酒壶，撒旋网休息的工夫，时不时掏出小酒壶来嗞啦嗞啦喝两口”。

她看动物看得仔细，笔下活灵活现。她说狐狸“大片黝黑的松树林子里，一双双绿眼睛，对着大海和月亮张望”。

她看植物看得入目，笔下色彩斑斓。她说“荠菜开花，最像星星，说满天星，我想起的就是荠菜花”。

正因为胡烟童年对世间万物经常仔细地观察，且深深印在脑海里，所以后来才有了那本令人越读越爱读的《哭泣的半岛》。

看的能力，即是观察力。大凡著名作家自童年起，都有着对世间万物较强的观察力。沈从文的观察力是自幼锤炼出来的，用他自己的话说“我读一本小书同时又读一本大书”。因为他小时候看遍了湘西的巍峨群山、日碍危峰、密树蒙烟、狰狞怪石、咆哮江水、翠草劲藤，听惯了黄鹂呼歌、山风鸣叫、黄狗狂吠，闻多了泥土气味、草木气味、甲虫气味，成年时才写出了脍炙人口的《边城》。沈从文和一些名作家、名记者及胡烟成长的经历告诉我们，对于一名作家或新闻记者来说，提高观察力是至关重要的。观察力越强，出佳作的基础就越厚实。鲁迅先生说："如要创作，第一须观察。"美国作家海明威也说："如果一个作家停止观察，那他就完了。"

如何把握"看"的要点，提高观察力呢？我以为，一是时刻留心世间万物、人情世态，随时随地地看，片刻也不能松懈。尤其是对从来没有看到的东西，一旦映入眼帘，不可轻易放过。二是看要细致，善于明察秋毫，善于见微而知著，一下子看到要害。三是视野要开阔，善于从全局看，不能只盯着身边人、眼前事，不能局限于局部。四是善于捕捉生活中新的动向，注意抓住事物的本质特征，不能只看到表面现象。五是眼光要紧盯新时代新征程的前进步伐，不能只从历史的角度看，更要向前看、向未来看。从《哭泣的半岛》一书看，胡烟做到了以上五点。童年、少年、青年、中年，随着年龄的增长，胡烟的观察力越来越强。她有着一双明亮的眼睛，能够洞察人世间的许多事。尽管如此，她依然从多方面提高自己的观察力，努力做到"眼中有丘壑，笔下起风云"。

我确信，对于胡烟来说，获冰心散文奖，仅仅是她创造文学精品的开始。她"深入生活，研究生活，潜心读书，寂寞写作"，将有更多更好的作品问世，她将攀上"高峰"，我们热切地期待着。

行游

人本身就源于大自然。大自然给予了人的一切。阳光的恩泽，万物的滋润，使人能够愉快生存。人应怀感恩之心，了解大自然，呵护大自然。提倡读大自然，就是享受时间老人给予的光阴，攀名山，涉急流，领略天地之壮美、脱贫之巨变、乡村之振兴，领略『绿水青山就是金山银山』。游学，脚踏实地读大自然，发自内心敬佩山水清清、暖意融融的大自然，让人生更精彩更充满活力。

山水清清

春色把北京市密云区石城镇石城村点染得十分美丽。

村后黛绿的山，已变成了淡绿。山坡上、道路旁，杨树、柳树绽出了新芽，生机勃勃；白的、粉的、红色的桃花和杏花挂满了树枝头，随风摇曳；连翘也挺起了婀娜身姿，嫩黄枝条拼命向上伸展，欲刺破蓝天。村前那条小溪，流水潺潺，小鱼畅游。这个村庄，好似一幅美丽图画。

一

前几个月，我们从《人民日报》的一篇报道中得知，石城村是中国最美的乡村之一，民俗旅游已成为村里主导产业，来此旅游的人越来越多。

春回大地，山川竞秀。2015 年 4 月 16 日，我们一行九人慕名赶到这里。果然名不虚传，我们一进村，就被美景吸引住了，纷纷举起相机拍照。

片刻，我们来到了一个叫“山水清”的农家院。院门口一副对联，立刻映入我的眼帘。上联：“开门迎春千日好”；下联：“抬头见喜万事兴”；横批：“喜气盈门”。我望见这副对联，未进门，喜悦之情便涌上心头。

踏进院门，是一个大约一百多平方米的院子。十间客房、一间餐厅、两间厨房，分别在院子的两侧。农家院的主人，叫雍登稳，那年五十六岁，身材魁梧，脸色黑里透红，一双眼睛炯炯有神，给人以和蔼亲切的感觉。他老伴儿也比较健壮，言谈话语之间，看出来也是一个爽快之人。

老雍见我们登门，喜气顿时漾在脸上，赶忙招呼我们坐在院中的椅子上。他对我们说："大家来我这儿，就是好朋友，就像回家一样，想吃啥、喝啥、玩啥尽管说！"一席话，听着实在、舒服，老雍是个忠厚之人啊！我去过多少个农家院，一进门就把我们当作朋友的人，只有老雍两口子。

老雍将我们带进客房。环目四周，床上铺着洁白的床单，干净的被子叠得方方正正，床头的柜子上有台电视机，房间一角是能洗浴的卫生间，我望着这一切，不禁暗暗称奇："这农家院的设施，不亚于城内的一些宾馆啊！"

老雍告诉我，他从小在北石城村长大，小的时候，他和老一辈人住的是夏不挡雨、冬不遮风的土坯房。是改革开放的好政策，使农民过上了好日子。十多年前，他花了三十多万元，盖起了这个院房，不但自家人住着舒服，还能接待城里来的朋友。

老雍见我们这些人非常实在，便打开了话匣子，说个没完，越说越高兴："我这院房，二百四十多平方米，几年下来，我总共接待十人以上的团体三百五十多个，我获得了收益，但更重要的是结交了不少好朋友！"听到这里，我对改革开放、乡村振兴给农民带来的好日子、带来的快乐，打心底表示祝贺。

老雍边说边把我引进了旁边的一个小院子。我四下望去，院子一角的一间房子摇摇欲坠。他对我说："这也是我家原来住的房子，破得不像样子，我打算再盖上一座两层小楼，搞个十多间客房、餐厅、厨房，用来接待从城里来的更多朋友！”老雍信心百倍，我祝愿他心中的计划早日实现！

二

离吃午饭的时间还有两个多小时，老雍建议我们到村子附近走走。

我们沿着崎岖的山路，来到了一个叫“九道湾”水库的地方。大坝横在两山之间，山洼洼里好大的一片水，水面平整得像一面镜子，水鸟掠过，溅起了朵朵浪花。我站在大坝上极目远望，对面山上的松树、杏树清晰可见。

看守大坝的人姓苏，快六十岁了，饱经沧桑的脸上，记载着他不平凡的阅历。他原是北京一家建筑公司的工人。大坝建成后，需要一个看守大坝的人。老苏便留了下来，干起了这个活儿。

我对老苏说我是老雍的朋友，我们很快地拉近了距离。我问他：“你一个人在山沟沟里，孤独不孤独？”“哪能不孤独啊，这山里山外就我一个人，连个说话的人都没有，怎能不孤独呢？我烦闷了，就对大山喊上几句，或者招呼它们两个过来。”说到这里，老苏用手指了指，原来是一大一小的两只狗，它们温顺地卧在老苏的屋门口。

老苏的家在北京市内，老伴儿还在上班，无法来陪伴他。夏天，这里蚊虫很多，老苏想尽办法抵御它们的袭击。老苏还对我说，冬天这里很冷，山风刮得呼呼的，恨不得把脸上的肉撕掉，说冷得跟西伯利亚一样也不过分。一年四季，他自己做饭，一日三餐很简单，只要能填饱肚子就行。这里的条件虽然艰苦，活儿也累点儿，但一想到看守大坝的责任，想到大坝的安全，就苦也不苦了，累也不累了！老苏的话，令我对他肃然起敬。

“您做饭用的是水库的水吗？”我问。“不，用的是井水！”老苏说着，领我们走到一口井旁。他很熟练地用绳子把一只水桶系入井内。不大工夫，一桶水系了上来。那水十分洁净，清澈见底，桶底一点儿杂质也没有。我拿起水瓢，舀了一瓢水，贪婪地喝了起来。我吃力走山道，出了不少汗，喉咙里干渴得好像有小虫子在爬，怎能不贪婪地喝呢！“好水，真甜啊！”我赞道。此刻，我透过这洁净的水，似乎看见了老苏这位看坝人的那颗心，他的心也像这井水一样清澈，他是为了国家，为了更多人的幸福，以大山为伍、以寂寞为伴，在兢兢业业地看守大坝啊！老苏真是了不起啊！在我们国家，究竟有多少人像老苏一样干着看似平凡但社会不可缺少的关键工作啊！他们是最美乡村中最美的人，他们是最值得我们尊敬的人！

三

吃午饭的时间到了，我们话别了老苏，匆匆地赶回了“山水清”农家院。

未进院门，一股股炖鱼的香味扑鼻而来。“今天中午，我们要吃一顿美餐了！”我想。

我们围坐在餐桌旁，不大工夫，几盘（碗）散发着香味的菜端了上来，我瞪大眼睛看着，简直想一口吞进肚内。只见，红烧水库鱼香气四溢，野菜炖豆腐热气往外冒，油煎小河虾令人咽口水，凉拌小葱、柳芽清爽喜人……大都是我们在城里没有吃过的农家菜啊！菜上齐后，家常饼和玉米粥又端了上来。这时，老雍对我们说：“大家还想吃点啥，跟我说，我给做！”话虽不多，但朴实得令我们感动。我真有点回家过年的感觉。

饭毕，我依依不舍地离开了餐桌，顺手拿起放在一张桌子上的农家院菜谱。我仔细看着，菜的品种可真不少。热菜五十种，其中特色水库鱼的做法八种；凉菜二十八种，以野菜居多；烧烤八种；主食六种，贴饼子、家常饼、疙瘩汤……老雍见我看食谱，就对我说，这上面所写的菜品，只是一部分。老雍的想法是：朋友来了想吃点啥，只要是山里、村里有的，自己会做的，大伙儿尽管提，千方百计地满足大家！话虽不多，但说得大伙儿心里热乎乎的，深为他忠厚、诚恳、热情的待友之道所感动。

我环顾院子四周，墙壁上挂着几面锦旗。这些锦旗都是游客赠送的。锦旗上“诚实可亲，宾至如归”“热情厚道，仁义大气”“淳朴诚待客，欢笑满厅堂”的金色大字光彩夺目。这些赞扬的话，对于老雍和他的家人来说，并不过分，因为这一家人所做的，比锦旗上所写的更好啊！

四

4 月 16 日下午，老雍用自家汽车把我们领到了桃源仙谷。

有资料介绍，桃源仙谷景区东起密云水库，西至观峰台之巅，总面积十六平方公里，一湖六瀑十三潭，八十余个景点分散于峻山峡谷中。

景区的路曲曲折折，我们兴致勃勃地走着。我们过了桃源湖、乘凉潭，来到了青龙潭。我仰望山顶，只见瀑布似白练从天而降，砸在潭面上，激起一团团大水花。此情此景，令我想起了我国唐代两位诗人的诗句。一是李白的《望庐山瀑布》：“日照香炉生紫烟，遥看瀑布挂前川。飞流直下三千尺，疑是银河落九天。”一是徐凝的《庐山瀑布》：“虚空落泉千仞直，雷奔入江不暂息。千古长如白练飞，一条界破青山色。”我觉得这里的瀑布不比庐山瀑布差多少，景色很美，也是“飞流直下”，也是“界破青山色”啊！

钢制的青龙天梯蜿蜒伸向山顶。我腿脚有点不那么听使唤，没有勇气登天梯，只有好友吴连生攀缘而上。他从天梯上下来对我说：“登上山顶后，是平整的坡道，有一种豁然开朗的感觉。我们到了青龙潭，仅游览了三分之一的景点，过了青龙天梯，还有柏树崖、桃花谷、神谷洞、孙膑炭窑等胜景。”听完他津津有味的叙述，我觉得青龙天梯以上的景色，多么像晋代文学家陶渊明在《桃花源记》中所描述的那样：“初极狭，才通人。复行数十步，豁然开朗。土地平旷，屋舍俨然，有良田美池桑竹之属。”我为自己未能攀缘而上遗憾。下次再来此地，我一定鼓足勇气攀上山顶。

老雍人好、面善、知人心。我们几个人年近七十，腿脚都不那么利落。他得知后，为了让我们看更多的景点，于 4 月 17 日一大早，开着自家汽车，带我们到密云西北部的云蒙山主峰景区游览。

老雍对我说，主峰景区总面积二十多平方公里，是云蒙山地质公园地势最高的区域，包括水川河、天仙溪、龙潭溪、古楼峪溪、郎房峪溪上游等处。景区一千米以上的山峰达三十余座。我站在景区的平坦之处，望见山脊上的莲花、五指山等峰，山形奇峻，裸岩怪异，植被茂盛。老雍告诉我，景区有奇石、潭瀑、壶穴等，蒙古栎林、核桃楸林、紫椴林、百岁杨等也在此生长。老雍还向我们介绍了始建于一千五百年前的密云长城，并带我们观看了长城遗址。

云蒙山区的岩石是什么种类？什么叫密云群？来密云之前，这两个问题一直盘旋在我的脑海里。我在山里找到了答案。老雍把汽车开到了一个弯道处停下，此处有一讲解牌，我凝神细看，上面写道：“密云群得名于北京密云地区，是云蒙山国家地质公园最老的变质岩，自下而上划分为沙厂组、苇子峪组、大漕组，由一套经受了麻粒岩相区域变质作用和混合岩化作用的麻粒岩、片麻岩、变粒岩、斜长辉石岩和磁铁石英岩组成。其原岩是一套基性—中基性—中酸性熔岩、火山碎屑岩及凝灰质沉积岩。”由于老雍的介绍和相助，我不仅明白了脑海中的两个问题，而且还学到了许多地质知识。

五

老雍特别能体贴他人。他和我们聊天时，听说我们要买一些好的香椿回去，便驱车十几里来到东智东村梁久旺家。东智东村三面环山，很早以前就以盛产香椿闻名。村里三百多户，几乎家家种香椿。一亩地可以种两三百棵香椿树，每棵树每年至少能摘半斤香椿芽，全村五六百亩香椿地，可以收获六七万斤。梁久旺的爱人领着我们来到了他家的香椿地。香椿树一排一排的，像列队整齐的哨兵一样。一簇簇的香椿芽，绿油油中泛着紫红。老雍对我说：“梁家种植的，大多是红油香椿，这种香椿味道香、口感好。”对于盛产香椿的东智东村，《北京晚报》曾做过详细报道。报道中说，梁家和其他村民期待着他们的香椿能够进城里的大型超市直销。但愿他们的期待尽快实现。我们在梁家的香椿地里采摘了不少香椿，付款后高兴而归。握别时，我们祝梁家和全村的香椿一年销得比一年好！

这一次密云之行，收获不小。我们不但饱览了染满春色的山水，还目睹了新农村的新貌。那一排排乡间别墅，那一座座两层小楼，那一处处美丽如画的山山水水，那一盘盘香气扑鼻的农家菜，那一张张和蔼可亲的笑脸，令我们流连忘返。我以为，农民们对美好生活的梦想，正在逐渐化为现实。

在返回北京市区的路上，我又想起了老雍一家人。他们集中华传统美德于一身，让我们由衷敬佩。他们对我们亲人般的照顾，让我们终生难忘。他们那朴实的话语，让我们获益多多。我大声赞叹：石城镇，山清水秀，暖意融融，真乃人间仙境、幸福之地！

山间古村落

提到婺源，人们会自然想起那漫山遍野的油菜花，想起那美丽的乡村——晓起、李坑、汪口、江湾，但也不要忘记距离江湾七公里的石耳山里，还有一个风景秀丽的古村落——篁岭。

篁岭古村已经有五百多年的历史了，据说是清代重臣曹文埴、曹振镛的故里。曹文埴是魏武帝（曹操）嫡脉后裔，同其子曹振镛世称“父子宰相”。从清乾隆二十五年(公元1760年)到清道光十五年(公元1835年)，父子俩把持朝政七十五年，清王朝几乎有大半历史都在他们的影响之下，可见这一古村并不简单。

要到白云深处的篁岭有两条路，一是坐汽车沿盘山公路曲折爬行，一是坐索道缆车缓缓上山。那条索道，总长千余米，高低落差两百米，单程运行时间十六分钟。我们几位老者腿脚不那么利落，加之有些晕车，来到这里时，自然就选择了坐缆车。缆车行驶得很慢，使我们有足够的时间欣赏山间美景。从缆车上往下看，是一层层绿油油的梯田。梯田里的植物是油菜。这种植物一般是三月开花，花期很短，我们来的时间稍晚了一点儿，自然就看不到那成片成片的鹅黄色油菜花了。我心中虽有遗憾，但仍不甘心，还想搜寻到那油菜花。我瞪大眼睛俯视下面。忽然，我发现一小块梯田里，仍点缀着鹅黄色，那是没有完全开败的油菜花啊！此刻，我立刻想象出古村千亩梯田油菜花盛开时的景色。那一层层的油菜花，从山下一直错落地延伸到山上，绿草、绿树映衬其间，非常漂亮，简直就是妙笔绘出来的瑰丽画卷。古村村民还借助千亩梯田，打造四季美丽花谷，种上菊花、向日葵等。这时，导游小杨拿出一幅图片让我看。这图片是鲜花盛开时拍摄的。画面中，粉色的花、白色的花、黄色的花竞相开放，绿叶像满天星一样洒落在里面，煞是好看！她感慨地说："游人来到篁岭，是'春赏油菜夏观水，秋品菊花冬嬉雪'啊！"听完小杨这段话，我陷入了沉思："中国是个地域辽阔的国家，像篁岭这样'藏在深闺人未深识'的地方，可能还有多处。看来，大自然的胸怀是广阔的，只要你遵循'天人合一'的理念，爱护大自然，尊重大自然，与大自然和谐相处，珍惜万物，大自然就会给予你许许多多的爱，篁岭不就是大自然恩赐给人类的吗？"

我们下了缆车，拾级而上，步入了二十四节气大道，这里以春和楼、夏耘亭、秋实亭、冬蕴坊作为春夏秋冬的节点标志。道路旁的文化墙上，有介绍二十四节气特点的文字，配以村民四季劳作内容的连环画，使我看后感触极深："篁岭村民聪明睿智，用双手绘制出一个富有文化气息的村落啊！"

走出二十四节气大道，迎面是水口红豆杉林。林里有红豆杉八十多株，据说这种杉被称作"天然活化石"。我站在树下，仰望着高高的杉树，心中产生敬佩之情，它们就像八十多位武士守卫在村口，给人以安全感。篁岭村民"见缝插针"织绿，房前栽树、屋后插竹，已成为祖辈留下来的好传统。道路旁、山坡上，香樟、红枫、香榧树耸立，方竹、篁竹、观音竹根节飘逸，与篁岭村民朝夕相处。村民也愉快地享受着这些竹木带给他们的爱和欢乐。我走到一棵古樟树下，激动地和其搂抱在一起。这棵树既高又粗，双手怎么搂也搂不过来。我无奈，只得用双手抚摸着饱经沧桑的树皮。这棵树旁，还有一棵古樟，树干下部绝大部分虽已被掏空，但其上部仍枝叶繁茂。一位六十多岁身着红夹克的女同志，钻进树干被掏空的部分，请同行的人为她留影。众游客见此，开怀大笑。

由水口红豆杉林往前走，便来到了村落天街，此处的房屋依山而建，上下错落有致，建筑造型各异，好似镶嵌在石耳山上的明珠。我们在天街行走，时而拾级而上，时而沿坡漫步。片刻，走到了一个叫“慎德堂”的地方，这是一座典型的徽派组合建筑，其建于晚清，镂花隔扇门上雕刻精美、修饰华丽，动植物栩栩如生，乃古民居建筑之精品。“慎德堂”正屋前后皆为徽式宅院，前为礼仪小院，后为精巧书房，看来，古时这所建筑的主人是个读书人。小杨对我说：“篁岭的所有房屋，都是典型的徽派建筑，小青砖、马头墙，古朴雅致。”小杨话毕。我四下观望，只见天街把这些房屋巧妙地串接起来，好像一幅流动的“清明上河图”啊！

“慎德堂”不远处是“五桂堂”，其建于清乾隆年间。据说，此堂主人的先祖生有五子，个个福荫后代、“枝叶繁茂”，故此，老宅名为“五桂堂”，寄寓“五子登科，子孙满堂”。“五桂堂”为典型官宅，前后天井，前堂后厅，左右厢房，砖雕门楼，鱼池庭院。我迈进一间屋内，看到所有木雕上刻的动物植物活灵活现、大气精美。此屋上有天井，下有大水缸。这水缸既有聚财之意，又可以用来防火消灾。此屋前院左侧有一暗八仙水井，民间传说中的八仙所用法器，都镶嵌在水井的栏杆上。

众屋是篁岭族群开会议事之地。这是座四层的建筑。我用双手遮挡着阳光，向上望去，高高的门额上有“圣旨”二字，这说明曹氏家族是受恩宠的。众屋内，有几个工匠在维修房梁、门窗，他们活儿干得极为精细，力求不破坏上面的木雕。众屋小广场的一侧，有座叫“竹虚厅”的建筑，其整体为三间结构，占地面积一百平方米。此厅临街的一面全为木雕门窗，图案精美繁复，不但极尽奢华，而且突出了“梅兰竹菊”主题，令人惊叹。据说，“竹虚厅”的主人叫曹元功，曾在明崇祯八年（公元 1635 年）拔贡，授职湖广兴山县知县。一个知县就能修建如此豪华的房屋，他是清官吗？我不禁心生疑团。

篁岭，地无三尺平。从祖辈起，这里的村民就有在自家屋顶搭晒台，用竹晒匾晾晒农作物的习惯。我走入一座挂着“晒工坊”牌子的阁楼式建筑，攀梯上二楼，只见一楼房顶上伸出了十多根木杆儿，其上面托着七八个竹晒匾。竹晒匾里，有的排列红辣椒，有的溢满白瓜子，有的横卧浅黄色水笋……二楼屋檐下还拴着一根绳，几条半尺多长的鱼悬于其上，我用手摸了摸，硬硬的，已晒成了干儿。我又上了三楼，二楼房顶上也同样伸出了木杆，其上也有装满农作物的竹晒匾。用竹晒匾晾晒农作物，既不占地方，又便于收藏。村民们一年四季晾晒不同的农作物。春天，晒水笋；夏天，晒蕨菜；秋天，晒稻谷；冬天，晒干货。一年三百六十五天，从不闲歇。他们用勤劳的双手创造美好的生活啊！我隔窗远望，数百栋徽派民居错落排布在石耳山脉，每栋民居都伸出了晒台。那一面面雪白的墙，那一条条弯弯的小径，那一个个五颜六色的竹晒匾，在太阳的照射下发着耀眼的光，构成了一幅美丽的“篁岭晒秋图”。那图，你到中国其他地方乃至世界其他任何一个乡镇，都不会找到，这是独一无二的民俗景观啊！

我漫步在天街上，耳边突然响起“哗哗”的流水声。这水声是从哪里来的呢？我四下寻找，只见许多民居前有一条一尺左右宽的水沟，里面的水很清澈。我顺着水沟径直向前，发现山坡上有个小小的瀑布，白色的水花翻卷着很自然地落在沟里。我拦住一位姓曹的村民，问他沟里的水是从何处流过来的。他说：“这水是从石耳山最高峰引过来的，我们在那里修了个水塘，把山泉水收集到一起，这水沿着我们开挖的水沟、水渠流到多座民居前。我们平时用的、喝的就是山泉水啊！”听完那村民的讲述，我握着他的手说：“篁岭也是水乡啊！”我祝他和全体村民生活越来越好，日子过得像山泉水一样甘甜！

小杨说：“天街的夜景也很美。”她递给我一份材料，上面写道：“入夜，串珠灯笼在‘云端’最高处挑起，两支舞龙队沿天街相向舞动前行。舞台‘云梯风情’开场，黄梅戏、徽剧、傩舞百花争艳；踩高跷、叠罗汉、划旱船群技竞艺。”因旅行社没有安排我们在篁岭过夜，我看不到这美丽的夜景了，心中不免有些遗憾。

中午，我们一行人在天街食府就餐。这个食府是个三层的小楼。门前有副对联：“窗衔墉岭千叶匾，门聚幽篁万亩田。”餐厅内光线明亮，那几个大窗户镶嵌的大玻璃有一米多宽、一人多高。我站在窗前，向外眺望，万亩梯田、农家美景一览无余。

篁岭，“白云深处有人家，古村落中有文化”，它帮我找寻到了中国古代的农耕文明，让我感受到了大自然的瑰丽色彩，使我目睹了古建筑精湛的雕刻艺术。我爱篁岭的绿草古树、秀山碧水，我拼命地吮吸着山间的新鲜空气。我对古村是那样的依依不舍，直到乘车离开这里，还不住地回头望着那巍峨的石耳山。

有一种乡愁叫北仍

2018年3月的一天，我们从海南岛琼海高铁站一下车，就听人说，琼海市嘉积镇有个美丽乡村叫北仍。

这一天，晴空万里。我们稍事休息，迫不及待地来到这个村。交织的碧叶，多彩的鲜花，簇拥着北仍村口，不少人在这里驻足留影。

我们沿着村内的健康步道和环形骑行车道缓步前行。高大的槟榔树、椰子树不时映入眼帘。奇异花草，争相斗艳，夺人眼球。这些花草长在海南，我久居京城没见过，叫不上它们的名字。我一个劲地看着这些花草。旁边一位游客见我满脸疑问的样子，好像猜透了我的心思，告诉我道旁一些花草的名字。至于道路两旁的槟榔树、椰子树，我也分辨不清。另一位游客对我说，这两种树，要用叶子大小和树干来区分。槟榔树干呈节状，椰子树则无这个特点。

到了北仍，我这个北京人，好似刘姥姥进了大观园，见啥问啥。这里的村民很热情，给我讲了许多树的知识。一位村民指着一棵大树说，您看这树，树干灰褐色，树冠很大，盛夏，我们在树下乘凉。我顺着村民手势望去，这树形状确实很美，飘逸潇洒，像一位婀娜多姿的少女。“这是什么树呢？”我问。“雨树。”对方回答。往前走不远，我又见到了一棵名叫“假苹婆”的奇特树。其树冠呈球形，浓密翠绿，果鲜红色，下垂，观赏价值高，可做庭园树、行道树及风景区绿化树种。还有一种树，叫“鸡蛋花”。其属于落叶灌木或小乔木，枝肥厚多肉；叶大，厚纸质，多聚生于枝顶；叶脉在叶缘处，有连成一边脉的花数朵，集生于枝顶；花冠筒状，径五六厘米，外面乳白色，中心鲜黄色，非常芳香。这种树夏季开花，花期5月至10月，花优雅怡人。其落叶后，树干光秃秃、弯弯曲曲。

各种各样的树耸立在道旁，有“海南咖啡树”“荔枝”“八角枫”“大叶榄仁”“小叶榕”“糖胶树”“槟榔树”“椰子树”“破布叶”“黄皮”“菠萝蜜”“印度紫檀”“苦楝”等。这些树，在绿色的草、多彩的花陪衬下，在阳光的辉映下，竞相比美。此刻，我们仿佛进了一个景色宜人的花园。北仍村果然名不虚传，真是人人称道的“美丽乡村”啊！

北仍村过去并不是这样，据《人民日报》报道说：“曾经，一道3米高的围墙，隔开两个‘世界’。墙那边，是8个商业地产项目，环境优美；墙这边，是琼海市嘉积镇北仍村，环境脏乱差。可这两年，围墙却悄悄开了扇门，楼盘销售广告进了村，宣传单上赫然出现‘北仍村是后花园’的字眼。”北仍村为什么发生如此大的变化呢？这是琼海市嘉积镇实施“田园城市、幸福琼海”战略，落实“科学规划布局美、村容整洁环境美、创业增收生活美、乡风文明素质美”的“美丽乡村”建设要求，坚持“不砍树、不占田、不拆房、就地城镇化”的原则，通过整合提升自然景观、挖掘特色民俗风情、扶持特色产业发展、引入特色管理模式，全力建设北仍生态文明村的结果。

据有关材料介绍，北仍村总面积585亩，共48户162人。过去，村民只靠热作产业发展经济，主要是种植椰子、橡胶、胡椒等热带作物。北仍村在建设“美丽乡村”过程中，除了利用自然景观和花草树木装点村庄外，还修了绵延10多里的环形骑行车道和健康步道，开办了乡愁味道农家乐、庭院时光民宿，建起了北仍客厅、草寮咖啡屋等。我们置身村中，就好像进了风景宜人的另一个世界，接受美丽大自然的熏陶。

近些年来，北仍村建设生态文明村，不仅发展热带作物种植业，还大力开发让游客“望得见山，看得见水，记得住乡愁”为内容的旅游业。现如今，来北仍村旅游的人越来越多。那天上午，我站在村口数了数，不大一会儿，就进村两百多人。据《人民日报》报道说，北仍村日均接待游客数千人。旅游业为村民带来了可观收入。

我们饱览了花草树木、了解了北仍村的发展进程后，走到了一个叫北仍客厅的地方。这客厅是座木头和钢筋混凝土结构的建筑，十二根大柱子支起客厅顶部，一面有墙，三面无墙，风格极为别致。三面厅檐下挂着十二盏大红灯笼。游人行至这里，都纷纷举起相机、手机留影。

再往前走，是草寮咖啡屋。二十世纪三十年代，尚在贫困中的北仍人虽然喜欢喝咖啡，但盖不起咖啡厅，就在树荫下搭起草寮，慢慢地喝咖啡，聊家长里短，以消磨时光。于是，“草寮咖啡”便成了北仍人喝咖啡的代名词。

乡愁味道农家乐，在北仍客厅不远处。这一农家乐是政府引导、农民自发投资兴办的好客旅游项目。我们走到乡愁味道农家乐时，饭菜的香味钻进了鼻孔。据说嘉积有四大名菜：嘉积鸭、温泉鹅、上埇鸡、白石羊。这家农家乐会不会做呢？我抬头望见写有五十多种菜肴的广告牌，猜想，这里的厨师一定会做。环形道旁或椰林深处，还有多个货摊，各种商品、村里的土特产琳琅满目。村民不停叫卖，游客不时购买。

离开了乡愁味道农家乐，我走到了二十世纪五六十年代的生产队办公室和文化室，其墙皮斑驳，房舍十分陈旧。再沿着蜿蜒小径往里走，是村民居住的地方。多数人家住的是二层小楼，窗明几净，宽敞漂亮。

一路走来，我感到北仍村干净整洁、井然有序。这是同全村加强管理分不开的。村里矗立着不少告示栏，上面公布了《北仍村管理制度》《北仍村建设健康村工作制度》《北仍村卫生公约》《北仍村村规民约》等。这个村的村规民约写道："遵国法，守村规，公共财，不可毁……勤致富，俭持家，不赌博，不浪费。邻里间，和为贵，相互帮，不添乱……外来客，如亲友，多帮助，不欺生……讲卫生，爱环境……为村邻，群防治。"北仍村村民自觉遵守这些制度和乡规民约，才使全村越来越亮丽、越来越文明，越来越吸引游客到村里来。

北仍村有口井，井旁的碑上刻着两行大字："吃水不忘挖井人，幸福不忘共产党。"北仍村面貌巨变，由一个破旧不堪的穷村变成远近闻名的富村，由一个名不见经传的小村变成"中国最美休闲乡村""全国文明村镇"，都是在中国共产党领导下，在以习近平同志为核心的党中央制定的方针政策指引下，经过全村人艰苦奋斗取得的。北仍村人不忘党的恩情，不忘为中国人民解放事业而牺牲的北仍村及附近地区的二十八名烈士。村民在村口不远处，竖起了革命烈士纪念碑，上面镌刻着"革命烈士永垂不朽"八个大字。北仍村还开办了革命烈士纪念馆，让村民接受革命传统教育，明白今天的好日子，是革命烈士用鲜血换来的。我走到革命烈士纪念碑前，怀着对二十八名先烈崇敬的心情三鞠躬。

在北仍村，我整整学习参观了一上午，竟然有了一种比畅游颐和园还愉快的感觉。北仍村发展历程和深刻变化，令我懂得了什么叫美丽乡村，什么叫乡村振兴，什么叫生态文明村，体验到了“有一种幸福叫琼海，有一种味道叫嘉积，有一种乡愁叫北仍”。文明生态村的创建，助力北仍村由穷到富、由乱到美，也夯实了海南社会文明建设的地基。十多年来，海南坚持不懈创建文明生态村，截至 2017 年 12 月底，已创建文明生态村 17 934 个，占全省自然村总数的 85.1%。我想，如果众多乡村，都因地制宜、学习借鉴北仍村和海南的经验，那么，全国农村的面貌将会发生更大的变化。

秀美龙南

初识龙南，是20世纪修建京九铁路的那个年代。因一次采访路经龙南，我见到了她的面容，粗知了她的历史。

说实话，那时，龙南并没有给我留下什么好印象。

古老的县城，在夕阳折射下，像一位饱经沧桑的老人喘着粗气。裸露红黄色土的村庄，房屋破旧，有的地方断井颓垣。狭窄小径上，奔走着为生计而忙碌的男男女女。

“要致富，先修路。”“京九铁路通，沿线百业兴。”伴随着改革开放的春风和京九铁路的开通运营，龙南发生了翻天覆地的变化。新生的县城，在朝霞辉映下，似一位朝气蓬勃的年轻人，昂首奔向未来。绿荫下的美丽乡村，碧波荡漾，野鸭成群，花草飘香，一座座新房拔地而起。宽阔大路上，传来客家人朗朗笑声。20多年过去了，现在的龙南“经济实力更强、旅游人气更旺、城乡环境更美、百姓生活更富裕”。

“世界围屋之都”美名扬

龙南建县于南唐保大十一年（公元953年），当时以信丰虔南场置龙南县，隶虔州。因县治在龙头山（一说百丈龙潭），又一说

“百丈龙滩”之南，故取名龙南。

龙南地处赣粤边际，古时人烟稀少，常有盗贼和猛兽出没，械斗也时有发生。客家人为了自身安全，发明和建造了围屋，并日臻形成了灿烂的围屋文化和客家文化。

围屋，就是围起来的村落和屋场。福建土楼围屋平面为圆形，而龙南围屋平面大多为方形，有“国字形围”“口字形围”两种形式。龙南围屋最明显的建筑标志就是有炮楼。无炮楼不成围屋。

龙南围屋，融厅、祠、楼、堂、堡为一体，与地理、风水、生态吻合，建筑结构奇特，布局体现了“天人合一”的特点。龙南的 376 座围屋，虽建筑风格各异，但有一个共同点，那就是围体坚固无比。围体不但能够抵御猛烈攻击，还能够战胜自然灾害的侵袭。这些围屋，有 2 座被列为国家重点文物保护单位，5 座被列为省级重点文物保护单位，18 座被列为县级重点文物保护单位。人们赞誉龙南是“世界围屋之都”。

围屋，是龙南客家人用血汗和智慧建造出来的，体现了客家文化的丰富内涵。保护古民居，开展全域旅游，就是扬“世界围屋之都”美名，广泛宣传客家文化和中华文化。龙南县委、县政府编制实施了《龙南县旅游产业发展总体规划》，强化了关西新围等围屋的保护、管理和修缮。经过各方努力，这些围屋初步形成了具有灿烂客家文化和围屋文化特点的旅游区域。

关西新围是被国务院列入的国家重点文物保护单位。2018 年 4 月 9 日上午，我和一些清华校友到这里学习考察。站在关西新围前，我被这座气势恢宏的高大建筑吸引住了。这座围屋位于京九铁路西侧，墙高 7 ～ 10 米，墙厚 0.7 ～ 1 米，建筑面积 11 477 平方米。围屋四角，有高出围墙的 4 座炮楼。炮楼和外围墙上布满了炮窗和枪孔，给人以肃穆威严之感。

在关西新围大门口，我抬头向上望去，曾担任全国政协副主席的叶选平先生手书的对联映入我的眼帘：“沐经无数风雨仍存貌秀体坚古围屋，逾历几多朝代再现名扬誉满新关西。”我正在琢磨对联的含义，导游指着围屋的西门说：“这个门常年敞开，是老百姓和马车进入的地方。前面还有一个外圆内方的拱门，即东门。这个门是卷顶式，由 6 块粗大石头组成，是有一定身份的人和轿子进出之门。”我们走进西门，导游介绍：“大家看，这是围门，它两边的墙体特别厚，具体尺寸我没有量过。围门有三重防护。第一层是铁甲门。第二层是杠子门，由几根大木栓所组成。第三层是千斤闸门，它很重。其上方有防火水槽。这三重防护，都是为了强化围门处的安全。”

进了西门，是一个非常开阔的内大坪，地面是花条石铺的。导游把我们引到了祠堂门口。其两侧各有一头石狮子。一侧是昂首向上的雄狮，左脚握着象征权力的“官印”。雄狮的基座上雕有“三宝”：书卷、弓箭、古钱币。另一侧的雌狮右脚抓一“元宝”掌握的是财权，它身上附有两只小狮子，其寓意是新围人丁兴旺。

关西新围是以祠堂为中轴线建设的。祠堂是围屋中最为庄严、建筑规格最高、装饰最华丽的地方。它是典型的客家民居建筑风格，三开三进，五组并列。祠堂设置上、中、下（前）三个厅。祠堂对面墙体上有一大照壁。祠堂门口有门枕石，上面的图案是精雕细刻的。我一一端详上面的图案，右边雕刻的是马的身体、猴的头，左边雕刻的是羊的身体、大象的头。导游告诉我：“前者是‘马上封侯’的意思，后者是‘太平万象’的意思。”走进围屋前厅，前厅石柱上镌刻着对联：“碧水环绕泽长流福延千载，清风徐来春不老田赋四时。”下联巧妙地融进了关西新围主人徐老四的名字。中厅和上厅石柱也镌刻着对联。中厅的对联是：“承前德克勤克俭永绍箕裘广兴基业，启后昆希圣希贤更习诗礼再振家声。”上厅的对联是：“奎星高照腹有诗书步蟾宫连登科甲，皓月生辉胸罗锦绣得天恩赏戴蓝翎。”从后两副对联看，围屋的主人很重视对子女的读书教育。

我们依次走进围屋前、中、上厅。厅厦主要采用叠梁式与穿斗式的技术方法，屋架不露明，镂刻雀替，雕刻柱础，水磨青砖砌墙体和铺就地面。油画以白地蓝花、白地红花、墨彩为装饰。我欣赏着门窗棂格变化之造型。有些棂格的水纹和雕花虽已蚀掉，但我仍能想出当年清晰样子。

前厅和中厅是客家人进行祭祀、议事、聚会、宴请、讨婚嫁等各种重要礼仪活动的地方。上厅是客家人祭祀祖先的地方。来至中厅，导游指着两侧的长凳子说：“这凳子叫马古凳。当围屋内发生各种大事时，如被土匪骚扰，各家的当家人，就坐在这长凳子上，与坐在厅中间太师椅上的围主，商量如何击退匪徒。”“这凳子和围屋的历史一样久远，因此被称为长寿凳，坐在上面保你活百岁。”导游话音未落，我们一屁股坐在了上面。随着一阵阵笑声，靓影被手机、相机留了下来。我们在上厅驻足。导游告诉我：“这里有个中门，其由六扇门组成，平时不打开，只有朝廷官员来时才打开。五品官员来了，开中间两扇门。三品官员来了，打开中间四扇门。三品以上官员和皇帝来了，则全部打开六扇门。”“进门也分等级啊！”我喃喃自语。

我们来到祠堂两边的东西厢房。据说，厅内只有徐老四和他的家人可以居住，长工、家丁住在外围。关西新围存储粮食和各种用具的地方，叫土库。土库上面的横杆上挂着 45 盏红灯笼。我从头走到尾，数了数土库共有 19 间房。

关西新围整个围屋的二楼是相通的，每个房间都有一道门。

太平年代，各家过各家的日子。一旦遇敌进攻或有意外情况，所有二楼房间的门都打开，以便运送弹药御敌。

关西新围有东西南北四座炮楼。北炮楼的功能最为齐全，除了和其他炮楼一样，有枪孔、炮洞、瞭望窗外，还用假墙设置了逃生暗门，以便在紧急情况下围内的人逃生。关西围屋外，有个半月形池塘，它是用来防火的。

我们来到了一个叫小花洲和书房遗址的地方。据说，当年，徐家非常重视教育，在小花洲办了私塾，让徐氏子孙和外姓子弟在此读书习字。还有一个说法，徐老四在苏州、扬州做生意落难，两位张姓女子帮他渡过难关。徐老四致富后，为了报恩，把她们接回家中，特意修建了具有苏州园林风格的小花洲，让她们在此居住。

现在，关西新围已成为国家 4A 级景区。这个景区具有独特建筑风格和特点。赣深高铁开通后，将有更多的人到这里参观、旅游，龙南的全域旅游事业将有更大发展。

4 月 11 日，一辆中巴车载着我们 20 多人，抵达距龙南县城 60 多公里的杨村镇燕翼围。一下车，如千仞陡壁般的围墙，立刻进入了我的视野。

《龙南围屋》一书介绍，燕翼围围屋由四层楼房组成，每层的眺楼俗称“走马廊”，四周相通，每层与每层之间也畅通。这种结构有利于客家内部的团结性和协作性。围屋的一至三楼，是客家人住的地方，四楼主要用于储备刀枪弹药和粮食。四楼四角也有炮楼。我沿着始于一层的木梯，慢慢地爬上了四楼。我挨个房间查看，内层是窗户，外墙有枪眼，其呈内八字形，枪眼外小里大，以便在向对方射击时，既能击中对方，又防止被对方反击。我抚摸这枪眼，心想：“客家人多么聪明啊！”我站在四层“走马廊”

上向下望，只见下面有几间平房。好好的庭院怎会有平房呢？是因为前些年，燕翼围住着许多人家，随着人口的增加，围屋内的房间不够住了，就在院中盖了平房。现在许多人虽然搬走了，但平房没有拆。这也属于私搭乱建啊！应该尽快把平房拆掉，恢复燕翼围原貌。

燕翼围同关西新围一样坚固无比。据说，当年日本鬼子的飞机轰炸时，围屋墙角下落下一枚炸弹，虽然围屋墙壁破损了些，但围屋安全无恙。有诗赞曰：“巍巍燕翼围，屹立赣边陲。墙固如钢铸，门坚似铠盔。日机难炸毁，盗贼不能摧。游者皆称赞，深山铁壁圭。”多年来，来燕翼围参观者络绎不绝。一位外国建筑师参观后说：“燕翼围是世界民居建筑的奇迹。”赖海兆先生语：“鲤鱼寨傍燕翼围，四层楼房气势岿。坚固工整驰中外，客家围屋耀光辉。”

到龙南县杨村镇参观考察一个叫乌石围的围屋，已是 4 月 11 日下午。太阳高照，我们不免有些乏意，但学习围屋文化的热情不减。这围屋为什么叫乌石围呢？因为围屋前面有一块类似乌龟的黑巨石而得名，此石高 1.5 米、长 2.5 米。古人视这块石头为神石，靠近或坐在上面，能祛邪免灾。

乌石围区别于龙南其他围屋。别的围屋是方形的，唯独这个围屋，前边是方形的，后边是半圆形的。乌石围共有三道门，大门设在围屋正面中间，两侧分立石狮，以显示官宦人家的威严。我们迈过三道门，走进上中下 3 个大厅、两边由 6 间两层房屋组成的四合院。这里就是乌石围的核心建筑。这时，导游把我们引到大厅一侧一间房内。她说：“如果你们不嫌弃的话，可以到这个屋子里看一看，这是病危老人待的地方。客家人把快要咽气的老人请到这里，是表示对老人的敬重之意。”走出大厅，是一条用鹅卵石铺就的路。路的一侧是方形核心建筑，另一侧是由百余间两层屋子组成的半圆形围屋。鹅卵石路上有一口井，我弯腰低头看，井水依然清澈，还可饮用。乌石围里，有雕琢精细的装饰物，有色泽艳丽的廊图壁画，它们中有的虽然已经磨损或褪色，但仍不失客家文化的深厚底蕴。

龙南县委、县政府在弘扬围屋文化过程中，十分重视传承红色基因。全县采取融合新闻之手段，广泛宣传发生在围屋内外的革命事件和有影响的英雄人物，以激励全县人民继承革命先烈遗志，为改变家乡面貌和国家富强而艰苦创业。如，全县大力弘扬龙南第一位共产党员廖光泮、女共产党员钟慈坤在围屋的革命事迹。县文化馆一名姓廖的女同志对我说："饱含红色基因的歌曲，如，《夜子再长会天光》《红军行军军歌》《围屋新歌》等，也在县里传唱。"一天，我就听过她高唱《夜子再长会放光》。那嘹亮的歌声，把我的思绪拉回了革命战争的艰苦年代。我想，县委、县政府所做的这些工作，就是要告诉龙南人民，今天的幸福生活来之不易，是革命先烈用鲜血换来的。我们告慰革命先烈的最好行动，就是在中国共产党的领导下，建设好新龙南。

乡村换新颜游人如织

龙南正桂美丽乡村，闻名于江西省内外。早在来龙南之前，我就听说过这个村实施乡村振兴战略成效大。所以，一到龙南，我就迫不及待地想探索其中之奥秘。4 月 9 日下午，我们来到这个村学习考察。一下中巴车，一棵大榕树进入了视野。那树冠好大呀，足足有 30 多米，据说可以遮挡 100 多平方米。大榕树树根很粗，裸露在地上的树根，拱起了一个"小山包"。几位村中的老人坐在"小山包"的一侧聊天。我们这些人久居北方，没有见过这么大的榕树，都不住地赞叹。我们手脚并用，爬上了“小山包”。随着一阵阵欢快的笑声，我们和大榕树的合影，留在了手机和相机里。

大榕树背面，是一个池塘。塘面在阳光辉映下，犹如锦缎闪金光。我眺望远方，正桂村周围是青山，她好像躺在大自然怀中一娇子，说这个村群山环绕一点也不过分。进了村，我们迈进了有 500 多年历史、面积 649 平方米的鸳鸯厅。这里是村里祭祀、举办红白事等的地方。前几日正好举行了集体婚礼，整个鸳鸯厅喜气洋洋，大红的锦缎，大红的花朵，大红的喜字，将厅内外装扮得红红火火。大厅前两侧墙上的红绸上挂着婚约：“两姓联姻，一堂缔约，良缘永结，匹配同称……”过去，客家人男女成婚有几条约定俗成的规矩，如合年庚、打相识、查人家等。现在，提倡婚姻自由、移风易俗，有些规矩简化了。举办集体婚礼便是突出例证。

鸳鸯厅附近围屋墙上，贴着有关村党支部建设的一些规章制度。我一一阅读，从中感到这个村非常重视基层党组织建设，要求党员在乡村振兴中起模范带头作用，村党支部要成为帮助农民致富、维护农村稳定、推进乡村振兴的坚强战斗堡垒。

我们漫步在村中宽敞的水泥路上，两旁的绿树枝随风摇曳，好似向我们招手，欢迎我们的到来。樟树、桂花树散发着芳香，不住地沁入我的鼻孔。桂花飘香，使我想起了正桂村名的故事。明弘治年间，李大纶、李大缤兄弟俩来到龙南里仁镇一处叫“贵山”的地方，忽闻桂花飘香，又望树似金银，于是赞不绝口，当即将“贵山”改为正桂山。兄弟俩在此建立基业，后因人口繁衍增多，形成了村落，人们将此村取名为“正桂村”。这个故事告诉我们正桂村的来历啊！

村里花草锦簇、绿树成荫，掩遮着一栋栋新建房屋。这些房屋大都是两层小楼，里面生活设施齐全，不比城里人住房条件差。我们一行中有一位是龙南人，早年入学清华，后留京工作。这次，我是随他回乡学习考察、看看家乡新面貌的。他在和当地村民聊天的时候，得知一名叫廖保英的妇女，是他同村杨溪坝的，后来嫁到这个村。闻听此信，他蓦然想起儿时的一幕幕，急切地请这位村民带他去找廖保英。几十年没有见过、相互都不熟悉的同村人相见，彼此无比激动。她对他说，她家能过上今天的幸福生活，全靠党的好政策。她从心里感谢党和政府。我在采访中了解到，正桂村过去可不是这个样子，房屋破旧不堪，村中道路泥泞，鸡犬猪遍地跑，旱厕蚊蝇飞舞，村内外脏兮兮。近些年来，在县委、县政府的帮助下，正桂村实行“村庄整治与围屋改造相结合、产业开发与旅游开发相结合”的模式，建房、修路、改厕、绿化，把正桂村建成了一个“产业兴旺、生态宜居、乡风文明、交通便利、生活富裕”的美丽乡村。

村里美了，生产火了，旅游旺了，生活好了，在外打工的人纷纷回乡。他们在家门口谋生计，除了干农活外，还自主创业、开办饭馆和旅馆等。我们来到一家饭馆。女主人正在门口的桌子上和面，准备做艾米果。她热情地邀请我们体验一下客家生活。我洗干净了手，从女主人手里接过面盆，也和起了面。接着，几个人一起动手，包起了饺子和包子形状的艾米果。艾米果的主要成分是艾叶、水、面粉。当晚，我们就在这家饭馆就餐。我们品尝着村里的土菜肴，喝着龙南米酒，咀嚼着自己包的艾米果，很是快活。我高兴之余，想起了《龙南歌谣》里的一首词《记游龙南新农村》：“山环阡陌，溪萦池沼，古榕翠盖荷塘。黛瓦粉墙，白鸥绿畈，轻风云树朝阳。郊野好春光，引游人联袂，千里寻芳。

花径香汀，草堂石巷久徜徉。当年此处凄凉，狐鸣鼠窜，渠废畦荒。两垧瘦田，三分旱地，一条泥路羊肠。思变治穷脏，喜支农三送，换貌新妆。把盏功夸政策，城市慕村乡。”这首词不正是正桂村今昔之写照吗？

龙南在实行乡村振兴战略过程中，不搞一个模式，不搞“政绩工程”“形象工程”，因地制宜，精准施策，结合当地特点，建设好美丽乡镇。我们考察了龙南振兴乡村的另一个典型——虔心小镇。

这个小镇坐落于海拔600多米的山上，距县城20多公里，占地面积10万亩。这里茶树连片，竹林茂密，空气清新，景色宜人。小镇生产的茶叫“虔茶”。为了保证茶树健康，提升茶叶品质，首创茶树与红豆杉套种，让二者同生同息。小镇为抵御病虫害对茶树的侵袭，利用山苍子芳香植物做生物防治，还用当地几万亩竹林做虫害隔离。现在，虔心小镇已建成万亩生态有机茶园、容量超百万只的土鸡散养基地。

小镇有个虔茶文化馆。那里的一名女讲解员向我们介绍了虔茶生产工艺、文化历史，还给我们泡了茶。我边品着散发缕缕清香的茶水，边欣赏着刻在地上的陆羽的《茶经》：“茶者，南方之嘉木也，一尺二尺，乃至数十尺。其巴山峡川有两人合抱者，伐而掇之，其树如瓜芦，叶如栀子，花如白蔷薇，实如栟榈，蒂如丁香，根如胡桃。其字或从草，或从木，或草木并。其名一曰茶，二曰槚，三曰蔎，四曰茗，五曰荈……”此刻，我陷于对虔茶的陶醉中。讲解员说：“虔心小镇主要制三种茶：一种是红杉，其外形隽秀，泡好喝下，口感浓香，有花蜜味；一种是云杉，其外形似云，泡好喝下，口感鲜香，味久不散；一种是龙杉，其外形魁伟，泡好喝下，两颊生津，香味醇厚。希望大家有机会品品这三种茶。”

离开了虔茶文化馆，我们依次参观考察了传统虔酒坊、土窑鸡坊、手工油坊、手工腐竹坊等。我们在手工油坊停留的时间比较长，那是因为我们粗知制油的工艺后，也想实际操作一下。我们几个人托着一根粗木桩，猛烈地撞击着油槽的一个部位。随着一声声沉闷的“咚咚”撞击声，金黄色的茶油一滴滴地从油槽里掉出来，落在油盆里。此刻，油坊笑声阵阵。据说，小镇制茶油已有 2 000 多年历史。

穿过手工油坊旁边的栈道，我们行至手工腐竹坊。操作间里，热气腾腾，豆香扑鼻，村民正在紧张有序地工作。一会儿，豆子经过碾压、蒸煮，转瞬变成了豆浆、豆花和腐竹。腐竹坊门口，有一排石磨。我双手紧握石磨横杆推了起来，好费劲啊，好友将我推磨吃力的样子照了下来。

土窑鸡坊门上，有一副对联：“前程似锦创大业，春风得意展宏图。”横批是：“生意兴隆。”这个坊确实生意兴隆啊！土鸡是放养的，鸡蛋新鲜，销路很广。

顺着弯弯曲曲的山间小径，我们走到了一个叫“四闲山房”的地方。这是一座在树林深处的别墅。据说，虔心小镇有这样的别墅 23 座，可同时容纳 200 多人入住。

竹林宴遇餐厅隐匿在竹林深处。那天晚上，我们在此处就餐。我们吃的是客家特色的农家饭，记得有拌鱼腥草、炒土鸡蛋、酿豆腐等。席间，我们品尝了青竹冰酒。这是一种在竹节里“长大”的酒。毛竹出土不久，就把度数高的白酒注入其中。在竹子生长过程中，酒经过二次发酵，竹内的水和酒混在一起，渐渐地酒的度数越来越低。喝的时候，到竹林里把有酒的竹节截取下来。我端起酒杯，一点一点地品，酒中散发着竹子的清香。在我再次倒酒时，发现杯里的酒黄里透青，有点像香槟酒的颜色。很多来虔心小镇的人都喜欢喝这种酒。

虔心小镇的建设，不仅带动了当地旅游业发展，而且加快了精准脱贫的步伐。小镇提供了茶场管理、茶叶采摘、茶叶加工、禽畜饲养、林业管护等多种就业岗位。现在，有固定员工600多人，其中贫困户劳动力300多人，每人月工资达2 000元以上。采茶时节，小镇还聘用临时采茶工。贫困户分享了乡村旅游产业发展的实惠。

正桂乡村、虔心小镇，仅是龙南认真实施乡村振兴战略的缩影。几年来，县委、县政府扎实有效推进脱贫攻坚，扶贫精准再精准，不漏下一家贫困户。2017年，县财政整合2.19亿元资金投入扶贫领域，产业扶贫信贷通覆盖全县91%贫困户，就业扶贫项目落到全部乡镇。全县拆除农村“空心房”110.9万平方米，关停拆除禁养区养猪场311家，拆除私搭乱建铁皮棚9.8万平方米，建成农村保障房500套，2 298名贫困群众、3个省级贫困村脱贫摘帽。医疗、教育等涉及民生的事业，县委、县政府也加大了资金投入，做到贫困群众有病及时得到救治，贫困学生及时拿到助学金有学上。

广大农民在龙南县有了更多的获得感和幸福感。对于这一点，一位来自龙南的清华校友体会犹深。他家有兄弟姐妹六人，他在家中是老大，除他和两个弟弟在外地，其余三人工作生活在龙南。过去，他们住的是农村破旧房子；如今，搬进了小楼。兄妹三人对政府的扶贫政策非常满意，都认为没有党的好政策，就住不上这样好的房子。弟弟妹妹住上了好房子，吃喝不用愁，当大哥的也高兴。4月初的一天，他和老伴等人一起到了弟弟家。当大哥的把弟弟房间内外看了个遍，越看越高兴，脸上溢满了笑容。茶余饭后，他弟弟陪着兄嫂几人来到了他们的老宅。那老宅拆得只剩下一面墙，上面还挂着老母亲用过的刷子。触景生情，他想起了小时候生活的困苦和出行的艰难。那时，他考上清华大学乘火车进京，路上整整用了三天时间。他说，将来赣深高铁通了，从龙南到北京恐怕用不了几小时。高铁开通了，弟弟妹妹的生活将越来越好。大哥话音刚落，弟弟妹妹就笑了起来。他们憧憬未来美好生活。当年他结婚时住过的房子，也拆得只剩一面墙。两口子在断壁前留影，以表达对老屋的依依不舍之情。可以预见，下次他们再返乡时，恐怕再也看不到残墙了。这里可能是拔地而起的大厦，也可能是游人如织的公园。老百姓“小康生活美，幸福润心田”啊！

九连、南武当万千姿色

九连山位于赣粤边界，因环连两省九县且有 99 座山峰相依而得名。一天上午，我们到此山考察。山路弯曲狭窄，最窄处不过半米多，我们只能列一个纵队，绕山盘旋向上攀登。山路一边是长得很不规则的树，有的直插云天，有的枝叶搭在别的树上，有的被长藤缠绕。观察这些树，只能停住脚步，否则稍一分神，便会滑落到山路另一边的峡谷沟壑中。站在半山腰，我低头往下看，峡谷里草木葱茏、秀石繁多、溪水潺潺，时而听见鸟鸣蛙叫。我边登山，边吮吸新鲜空气。这里负氧离子含量高，是森林氧吧啊！

在崎岖山路上大约行走了半个多小时，汗水湿透了我的衬衣。山路一侧，有块平平整整的大石头，我和给我们引路的护林员坐在石头上，交谈起来。他告诉我：“九连山脉东北西南走向，主峰是黄牛石，海拔 1 430 米。”记得一位作者写过一首《忆秦娥 · 黄牛石》：“黄牛石，云蒸霞蔚迎朝日。迎朝日，颠连赣粤，古今沿袭。冰川劫难曾藏匿，观光科考山之北。山之北，神奇奥妙，万千姿色。”这首词是对黄牛石的真实描写。

此刻，我想起了这样一个故事。明代，九连因山势险峻，赣南盗匪盘踞于此。他们想借滚木巨石，挡住担负征剿任务的南赣巡抚王阳明的部队。据《知行合一王阳明》一书的介绍，王阳明派敢死队穿上土匪的衣服，入夜混进了土匪窝，抓住机会，砍翻了守卫，夺下了隘口，放进大部队。九连山被王阳明拿下。“您想什么呢？”护林员一句话把我的思绪从故事中拉了回来。

“山里的岩石有几种？”我问。“岩石很多，可分为花岗岩类、海相沉积变质岩类等四大种。”护林员答。这时，我指着一棵银杏树，问他：“九连山植被茂密，植物动物资源丰富，您能介绍一下吗？”他说：“可以。九连山保护区有高等植物 2 837 种，占全省高等植物 54%，占全国高等植物 11%。我们主要保护对象为低海拔、原生性常绿阔叶林，包括国家一级保护植物南方红豆杉、银杏、伯乐树等，二级保护植物半风荷、闽楠等。动物保护对象也很多，有国家一级保护动物云豹、金斑喙凤蝶、海南虎斑鳽，国家二级保护动物水鹿等。”他讲到这里，我把采访本递给他。他拿起笔，很快写下了这些植物、动物的名字。我和护林员攀到一高处，稍息片刻后，沿着另一条路下山。路上，杜鹃花从绿树丛中伸出，小鸟不时从我们上方飞过。我问护林员：“林中有鸟兽类多少种？有多少种昆虫？”“已发现的鸟兽类有 150 余种、昆虫 800 余种。”他答。“林茂草长，空气干净，沟壑纵横，溪涧环绕，这里真是鸟兽生活的好地方啊！”我自言自语。

大约过了 10 多分钟，我们来到了一个流水哗哗的小溪处。溪水清清，小鱼嬉戏，我看呆了。小溪上横着一块宽半米、长两米左右的钢板。要想过溪，必须从上面走过去。我有些害怕，护林员拉着我的手，慢慢地挪到了小溪的另一端。其他人也相互搀扶着，过了小溪。我们走了不大一会儿，便到了山门。

离开九连山时，我还了解到这样一个情况：“近几年来，龙南县委、县政府践行绿水青山就是金山银山的理念，坚信“环境就是民生、青山就是美丽、蓝天也是幸福”，加大了对九连山的保护力度，除了派环保意识强的干部担任要职外，还依法加强山林管理。”我看到，山门外，赫然张贴着严禁砍伐树木、严禁捕捉野生动物的通告。

南武当山也是县委、县政府自然生态保护的重点。4 月初的一天，我们来到南武当山山门下。那山门用花岗岩搭建而成，宽约 33 米，既巍峨又很有气势。

南武当山位于龙南县武当镇，总面积 13.5 平方公里，主峰 864 米，99 座奇峰耸立，像一幅山水画卷，沿 105 国道徐徐铺展。我们坐的电瓶车，行驶在柏油路上，旁边有一条红色步道。道旁，绿草茵茵，鲜花朵朵，草味花香不时随风飘来。两条金龙模型，也立在道旁。两座山峰像天空飞来的巨象，稳稳地落在我们眼前。这一景观叫“双象凌空”，南面是武当峰，北面是将军峰。北峰为什么叫将军峰呢？传说，王阳明剿匪获胜后，途经南武当。他见石峰绵延数里、蔚为壮观，十分高兴。他命大军在此安营扎寨，自己则带几个部下，朝南武当主峰进发。王阳明几人走到后山一座石峰上。石峰不高，王阳明即使踮起脚尖，也看不到周围石峰。此刻，奇迹发生了，正当王阳明踮起脚尖之时，他所站立的石峰突兀而起，周围原本无序的石峰向这个石峰围拢过来，形成朝拜之势。当地老百姓把带兵打仗的人称为将军。因而，那石峰被称为将军峰。

我们沿石阶朝峰顶进发。石阶路上，有的峭壁似刀削，有的岩石如利剑，有的洞穴藏林中……路旁，绿树交错生长，野花随处可见。浩瀚碧空如洗。鸟儿自由翱翔，忽而落在树上，忽而钻进草内，忽而石缝寻食，忽而扬颈鸣叫。“这里的生态环境多么好啊！”我对同伴说。在我们拾级而上的时候，我还听说了一个“五女拜寿”的传说。南武当有座山峰，周围有五个小山峰拱卫着，故事就出在这里。古时，南武当山脚下，有一对靠采药谋生的叶姓年轻夫妇，生下五个女儿。他俩艰难地把五女拉扯成人。叶老汉六十大寿那天，五女返家为父亲祝寿。途中，突然天昏地暗，山峰间的海眼喷出巨大水柱，瞬间变成洪水滚滚而下。此刻，叶老汉在山路上，他见此状，一跃而起堵住海眼。洪水退了，叶老汉不见了。但他堵海眼之处，隆起了一巨大山峰。五女见状，在此峰前长跪不起。后来，五女也变成了五座秀丽山峰，以拜寿姿态陪着阿爸。那五座山峰便是南武当的“姐妹峰”。据说，不孝之人到了姐妹峰，也变得孝顺起来。

沿山道，我们攀缘而上，来到一个叫清风关的地方，此处为山涧峡口，地势平坦。我们坐在那里休息，山风吹走了身上的汗水。此刻，清华大学的一位女校友，在大家的要求下，翩翩起舞。大家欣赏着她那美丽舞姿，疲乏之感顿时烟消云散。

再往上攀登是文华轩。我们想从此处沿环形栈道登顶，也想爬爬那著名的“铁索云梯”跃上峰巅。“自古武当一条链”，据清代《小武当山游记》记载：“壁立八十度，登松梯三十八，凿石为盘，阔五尺许，既登则坐于此，仰视铁索，袅袅如丝，风吹玲琅，声在半天，缘索石壁凿坎二三寸仅容半足。攀缘而上，手握足悬，索摇身颤，汗濡手滑，几几欲坠也。”据说，登上顶峰后，能够看到“绝壁天门”“观音圣水”“叠翠霞谷”“神猴观景”“神龟攀岩”“定海神针”等奇观。“绝壁天门”上还有王阳明所题楹联：“武将文臣皆下马，当天奏帝且停车。”但是，一块“此处施工，游人止步”的牌子挡住了我们的去路，我们只得抱憾退回山下。山下，桃园遍布，美不胜收。

南武当景区，不仅山川隽秀、景色宜人，而且惠及民生、活跃经济。在景区保护建设过程中，景区为19个贫困户62人安排了就业岗位。景区周围的农家乐、农副产品消费市场，使将近120人有了稳定收入。龙南探索出一条保护景区生态、发展山区旅游、促进农民增收、实现脱贫致富的新路子。

龙南古树众多。程龙镇杨梅村，有个千年古树群。龙南在保护九连山、南武当山自然生态的同时，也加大力度保护古树群。至今，千年古树群的66棵树1棵未少。一位好友于4月初来此考察。他说，那古树群枝叶繁茂、生机勃勃。古树，大部分是苦槠，还有红枫、黄檀等名贵树种。古树群也是龙南美景一绝啊！

赣南明珠耀中华大地

龙南发展经济有着独特的区位优势。龙南离粤港澳大湾区较近，可以同那里在技术开发、人才交流等方面广泛合作。现在，龙南有了国家级经济技术开发区，有了赣南第一个设在县里的海关。开发区建成后，龙南将形成电子信息、稀土新材料、现代轻工、食品医药四大主导产业。

我们驱车20多公里，来到距县城20多公里的龙南经济技术开发区参观学习。

在参观中，我们了解到龙南发展是全方位的。农业发展也同工业一样，取得了丰硕成果。社会管理、文化教育等事业也得到稳步推进，客家文化、围屋文化得到了弘扬。我们来龙南头一天晚上，观看了一场客家风情演出。演出非常精彩，山歌《过山溜》音调优美，采茶歌舞令人目不暇接。

2020年7月25日，龙南市正式挂牌成立，成为江西省第12个、赣州市第2个县级市。从“龙南县”到“龙南市”，仅一字之差，但展现的是龙南整体实力、竞争力和影响力。撤县建市将更好更快地集聚各类发展要素、创新资源，这对于加快龙南乡村振兴和城镇化建设，加快龙南和赣州南部的发展，加快龙南对接融入粤港澳大湾区，有着重要意义。随着推进中国式现代化，龙南全市人民一定会“踏平坎坷成大道”，创造龙南更大辉煌。到那时，赣南明珠龙南将更加灿烂。

我们高唱，秀美龙南，龙南秀美！

我们祝福，腾飞龙南，龙南腾飞！

『金鸡冠』之绿

打从上小学时起，我就知道祖国最北端，有个叫漠河的地方。因为我国的版图像个昂首的金鸡，人称漠河为“金鸡之冠”。

“金鸡之冠”到底是什么样子？究竟有何吸引人之处？在我心中一直是个谜。

我早想到漠河解开这个谜，但由于几十年工作忙忙碌碌，一直未能如愿以偿。到了2013年夏季，我终于有机会实现自己的愿望了。记得那是6月20日下午，我们一行八人坐了30多个小时的火车，从北京来到了漠河火车站。接站的是漠河旅行社的小杨，他40多岁的样子，面色黑里透红，很是健壮。

在赶往“金鸡之冠绿宝石”——中国最北乡村北极村的路上，我俩在汽车上攀谈起来。他说话东北口音里带有京腔，我忙问他是哪里人。他说他老家是河北玉田，他父亲当年是第四野战军的，1949年打仗到北京地区，后工作了几年。他生在北京，后来，他们一家，响应号召，到东北支援大兴安岭建设，在漠河扎了根落了户。小杨真不简单，还是个老革命的后代呢！

汽车在曲折蜿蜒的山区公路上行驶，我透过洁净的车窗，向公路两旁的山上望去，那上面的树郁郁葱葱，高大挺拔，直入云端。小杨见我一个劲地看树，便打开了话匣子："山上的树，叫樟子松，是我们这里的主要树种。山上除了有樟子松外，还有落叶松、白桦、白杨、柳树、云杉等。我们漠河全县林地面积 16 281 平方公里，木材总储量 14 647 立方米，因为漠河的树多，所以空气新鲜。"怪不得我从漠河站一下火车，就觉得自己的肺好像被清冽的泉水洗过一样。

小杨很健谈，一路上话很多。我猜想他话多，也许我是他的老乡，老乡见老乡，两眼泪汪汪，怎能话不多呢？未来漠河前，我就知道这里很美，它东临黑龙江，西倚大兴安岭，群山蜿蜒于西南，河川交汇于山下，有"山环水抱漠河城，天下胜迹金鸡冠"之说，果真是这样吗？我问小杨。他说，漠河的确很美，空气好，除了树多，绿色、野生植物也多，满地的绿草，草莓、山葡萄、牙格达（北国红豆）、山丁子等随处可见，猴头、木耳、蘑菇、蕨菜、金针菜等遍布山野，山间、草地里还有 300 多种中草药啊！听到这里，我对小杨更加敬重了，他简直就是个"漠河通"！

"我们漠河美，还有一个原因，就是滔滔的黑龙江水从北极村旁流过，有水，空气得到调节，自然就好；有水，给村庄增添秀色，怎能不美呢！"小杨喝了口水继续娓娓道来，"我们漠河有山、有树、有水、有草、有花、有新鲜空气，是个旅游的好地方！北极村里还有'北陲哨兵'哨所、神州北极碑等许多著名景点，每年都吸引许多游客到这里游览、观光、休假。我是漠河人，也是你们的老乡，欢迎你们到漠河来！"小杨格外兴奋，好像把一肚子的话，刹那间都要向我们倾倒！

一路上，小杨饱含对"金鸡冠"之绿的一片深情，谈树、论花、说草，讲得那么津津有味！漠河美，美在绿。我自幼喜欢绿色，因为绿给人和万物以生命、希望和光明。树叶是绿的，花蕾是绿的，草是绿的，我爱绿，更爱赋予绿的树、花、草啊！小杨对绿的深深情思，使我产生了强烈的愿望："到北极村后，一定要亲眼看一看那树、那花、那草，亲身体验一下漠河的绿！"我的愿望被小杨一眼看穿了，他说："老李，您莫急，明天，我和你们一起到黑龙江畔和北极村风景林区去，我说的那些树、植物，就都可以看到了！"

耳听为虚，眼见为实。第二天一大早，在北极村农家旅馆睡了一夜的我们，草草吃过早饭后，就跟小杨来到江畔。好大的一片草地啊，空气里弥漫着草香。我敞开心扉，大口大口呼吸着清晨带有草香的空气。那草地绿油油的，给人一种天然的美。我极目远望，在绿草中间夹杂着许多黄色的花、粉色的花。我自幼长在城市，弄不清这些花叫什么名字，便向小杨请教。他说，粉色的花，叫野玫瑰，它可供欣赏，能吃，能沏水当茶饮。"草地里有许多我们能吃的东西！"小杨说着说着，走到了草丛中，俯身采集了一种植物。那植物叶子不大，茎有人小手指头那么粗。他用手剥开那茎的皮，对我说："这茎可以吃，解渴润嗓子！"我接过那茎品尝，它酸酸的，有一种特别的美味。小杨说："我们小时候，很少见到苹果、梨，没有水果吃，就到野地里寻找哪些东西可以解'馋'，我们发现它和高粱果（野草莓）能吃；当然，还有树上的东西，也可止饥解渴，如臭李子果、山丁子果。我们吃着这些野生的东西长大成人，也有了一副好身板！""这漠河真是人间仙境啊，堪比《西游记》里的花果山啊！"我赞叹道。

走出了草地，我们来到北极村风景林。这片林以樟子松为主，高高的，一排一排的，像守卫祖国边疆的勇士。我钻进林内，仔细端详着每棵树。我在一棵编号 00054 的树旁停住了脚步，只见树干上挂着的标牌写着：樟子松，也叫海拉尔松，胸径 36 厘米，高 18.3 米，树龄 137 年。我再细观察此树周围那些树的标牌，树龄有 128 年、142 年、152 年、160 年的，其高矮、胸径都和这棵树差不多。在我的印象中，100 多年的树，树干该是粗粗的，树叶厚厚的，这些树的干为何这么细？我心生疑团，忙问小杨。他说："漠河这地方，气温低的时候多，树的生长期短，它还未来得及长，天又冷了，树干怎么能粗？"小杨告诉我，樟子松，还有落叶松，一年四季常青，我们这里冬天下大雪，雪花落在松枝上，绿中带白、白中带绿，那景色美极了！

整整一个上午，我们在草地里散步，在树林中徜徉，满眼皆是绿啊！我想，是这绿给祖国北部边陲带来了壮美，是这绿给漠河人带来了幸福生活，是这绿使"金鸡之冠绿宝石"熠熠生辉，我爱漠河，更爱漠河的绿！

北方第一竹林

曾有人说，不畅游竹洞天，就等于没来日照。

竹洞天，是山东省日照市城区西端的一个风景区，总面积1 000多亩。据当地人说，此风景区是“南竹北移”的成功范例。景区绿化面积在80%以上，自然生长着毛竹、绿竹、斑竹、紫竹、钢竹、金镶玉竹等100多个品种，这里既是一个天然氧吧，又是一个竹子博物馆，被誉为“北方第一竹林”。

2012年10月13日上午，日照，天高云淡，阳光虽不太强烈，但也耀眼。我们几人驱车来到了这个风景区。一进景区大门，一眼就望见了一排橱窗，里面镶嵌着历代名人墨客、帝王将相的咏竹诗。我立即被一种强烈的竹文化氛围熏染，驻足读起诗来。这些诗中，有朱元璋、康熙的，也有古代文豪杜甫、刘禹锡、苏轼、王安石、郑板桥的。有的诗，我很熟悉，竟读出声来。例如，刘禹锡的《庭竹》:“露涤铅粉节，风摇青玉枝。依依似君子，无地不相宜。”郑板桥的《潍县署中画竹呈年伯包大中丞括》:“衙斋卧听萧萧竹，疑是民间疾苦声。些小吾曹州县吏，一枝一叶总关情。”

据说，日照移栽毛竹始于1972年，当时为发展多种经营，从浙江省德清县移来 22 株毛竹栽于城区西端，“繁衍三十载，悄然成一族”，目前，景区仅毛竹就有 400 余亩。2003 年，这里正式建为特色景区，分为六大部分：竹文化园、民俗文化园、休憩园、水上娱乐园、原生毛竹林、又一村生态园，真是“北国江南，别有洞天”。

我们几人在景区入口处的“北方第一竹”的影壁前合影后，立即钻进了竹林。我四下张望，明亮的天空被竹叶遮挡，几乎看不见。偶见一缕阳光透过竹叶间的缝隙，播撒在竹间小径上，斑斑点点。我用手抚摸着周围的竹子，赞叹不已。有的竹子碗口那样粗，高 20 多米，以前，我只在江西井冈山看见过这样的竹子，在北方从未见，这时，我似乎明白了“南竹北移”的含义。也有的竹子纤纤细腰，高 10 多米，似婀娜多姿的少女，楚楚动人。我被竹林美景陶醉了，止步不前，经同伴提醒，才依依不舍离开这里，来到会竹亭。亭两侧的柱子上刻着对联：“盘根同生尚虚心，相依为伴崇亮节。”我小声朗读，这对联分明是对竹子的赞美啊！离开会竹亭，再往前走，是三国魏时“竹林七贤”嵇康、阮籍、山涛、向秀、刘伶、王戎、阮咸七人的雕像，旁边的巨石上刻着他们的生卒年及主要成就。据我所知，这七贤中，只有王戎是山东临沂人。但景区的主人为什么要在这里立这七个雕像呢？我猜想，他们大概是要强化景区的竹文化氛围吧！

我们又来到了另一片竹林前，只见一老人和一中年人，在绑扎从林中捡来的竹竿。那老人，面色黝黑，脸上的皱纹像刀刻一般；那中年人笑容满面，双眼透出智慧的光。我同那中年人打招呼，问绑扎这些竹竿干什么用，他说做村里院墙的栅栏。我又问他叫什么名字，在景区里干什么工作。他说他叫李伟，负责这一片竹林的看护。他又说，风景区的竹林，由附近的 3 个村抽调专人看管。李伟是将帅村的，和那位老人负责看管这片竹林。我和李伟聊完天后，来到了竹林深处，只见这里的一块牌子上写道："2005年4月8日，大熊猫洋洋首次做客日照，为景区第四届竹文化节增光添彩。优美舒适的环境，使其回归自然，深得游客喜爱。"此处风水好，大熊猫也来这里住过啊！

我们走进一片又一片竹林，大有"诗思禅心共休闲，林静径幽同漫步"之感。整整半天工夫，我们徜徉在竹林中，景区工作人员介绍："春赏笋竹，'昭苏万物春风里，更有笋尖出土忙'；夏看雨竹，'狂风竿不弯，暴雨肤更洁'；秋观摆竹，'迎风更潇洒，亮节益韧坚'；冬览雪竹，'贞姿曾冒雪，高节欲凌云'。"听完他的介绍，我不由得想起竹子的用途和竹文化。竹子，常绿植物，茎圆柱形，中空，有节，叶子有平行脉，嫩芽叫笋。其种类很多，如毛竹、箭竹、湘妃竹等，用途也很广泛，可盖竹楼，可制作乐器，可以造纸，笋可食用。竹子浑身都是宝，人们生产生活须臾不可离开它啊！竹文化，在中国历史上源远流长。商代开始使用竹简，9世纪开始用毛竹造纸。从先秦至今，留下了不少咏竹诗。《诗经》中"瞻彼淇奥，绿竹猗猗"，杜甫的"平生憩息地，必种数竿竹"，苏轼的"可使食无肉，不可居无竹"，毛主席的"斑竹一枝千滴泪，红霞万朵百重衣"，曾被多少人吟诵！

将近中午，我们依依不舍离开了竹洞天风景区。在返回住地的路上，我一直陶醉在观竹的喜悦中。

火山杨

数次火山喷发，都似原子裂变，威力无比，但其始终没有震慑抑或止住一种树的生存，这种树就是火山杨。

五大连池风景名胜自然保护区，给我印象最深的是那一棵棵火山杨，令我最受教育的也是那一棵棵火山杨。

这个自然保护区总面积 1 060 平方公里，由火山群组成。火山群是远古、中期、近期火山喷发，渐渐冷却凝固而成形。火山喷发，给火山杨留下了恶劣生存环境。那环境，凡来过这里的人，都无法从记忆中抹掉。

五大连池火山最早于史前 200 多万年前喷发，之后，又多次“故技重演”。近代最后一次喷发是 1719 年至 1721 年，那是清康熙年间。当时，埋于地下的玄武岩，化成像火红钢水般的岩浆，肆无忌惮地射向天空，接着，天女散花似的落至地面，演变成熔岩、火山弹、火山渣、角砾岩等。于是，14 座巍峨的火山体、“波涛滚滚”一望无际的“石海”，和人们见面了。这难道就是火山杨赖以生存的地方吗？树是需要土壤和水分的，火山杨是从哪里获得的呢？我心中的疑团一个接着一个。

我来到五大连池火山遗址之一——老黑山，亦称黑龙山，实地了解火山喷发过程和火山杨的生存环境。老黑山周围，有五个大小不一、盛满碧水的湖泊。这是清康熙年间那次火山喷发的岩浆，在几个地方阻塞了白河，变成的五个堰塞湖，得名为“五大连池”。与老黑山有关的那次火山喷发，史书多有记载。《宁古塔纪略》中曰：“离城东北五十里有水荡，周围三十里，于康熙五十九年六七月间，忽烟火冲天，其声如雷，昼夜不绝，声闻五六十里，其飞出者皆黑石硫黄之类，终年不断，竟成一山。”《黑龙江外记》也叙述：“墨尔根东南，一日地中忽起火，石块飞腾，声震四野，越数日火熄，其地遂成池沼，此康熙五十八年事，至今传以为异。”

火山喷发，岩浆狂流，植被俱焚，寸草无踪。

然而，随着时间流逝，黑色岩石逐渐风化，绿色植被死而复生。于是，独特完整的火山自然生态系统显现了。五大连池火山群植被竟有 143 科、433 属、1 100 种，类别极为丰富，包括地底苔藓、蕨类、草类等和森林草甸、落叶阔叶林、针阔混交林等。火山低谷处，还有沉水植物群落。现在，这个地方以山秀、树多、水幽、石怪、草绿、泉奇、洞异而闻名于世。

我沿着崎岖山路，和好友吴连生一起，奋力登上海拔近 600 米的老黑山山顶。我俩站在顶端中心点，俯瞰火山杨，抬头望蓝天，环视山四周，心潮逐浪高。我在山间小径上慢慢行走，仔细端详每一种新奇的树木、野草、苔藓。要知道，这些植物几乎是在不能生存的地方活下来的呀！这使我对它们产生了敬意，但最让我敬佩的是老黑山上的一棵棵火山杨。

火山杨有着旺盛的生命力。你看它，从两块怪异的熔岩间挣扎而出，长成了两米多高的个头，其细长的树干上伸展出了数不清的枝儿，上面挂满草绿色的叶子；你看它，倒悬于黑岩峭壁，即使其树干扭曲了几个弯儿，但仍托起了伞状枝叶体；你看它，匍匐于熔岩石地，干枝不规则地指向蓝天，向世人展示其婀娜多姿的躯体……五大连池疗养院的小胡，同我一起在弯弯的山道上行走。他对我说：“你别看这些火山杨个头不高，但却有几十米长的根，在地下岩石夹有土质的地方缠绕。根活了，树也就活了。火山杨树龄都在几十年甚至一二百年以上。”行进间，我问小胡：“最初，火山杨是怎样在这贫瘠的地方扎根的呢？”他笑了笑说：“不知是鸟儿衔来了种子，还是风儿刮来了果实，火山杨就在这水分奇缺、土壤稀少的地方安家落户了！”

日复一日，月复一月，年复一年，火山杨就是在这令人难以想象的困境中生长着、生活着、生存着……它在与大自然的搏斗中，始终是胜利者。尽管火山喷发，炽热的岩流一次次地从地层涌出，但始终没有使火山杨绝迹，其由小到大、由少变多，逐渐成了一条条林带、一片片密林。火山杨造就了五大连池独特的风景线啊！

我止步在火山杨前，陷入了沉思：火山杨，处逆境不却步，逢险境不畏缩，遇恶境不气馁，总是始终如一地顽强抗争，乐观生活在世上。它多么像革命战士啊！战士自有战士的品格，战士自有战士的追求，战士自有战士的信念，战士自有战士的梦想。我敬佩战士，因而，我也发自内心地敬佩火山杨，并讴歌赞美它。

人间奇境花果山

幼时，我读《西游记》，被书中关于花果山的描述所吸引。后来，听说江苏省连云港市有座花果山，是孙猴子老家。这座“神山”到底是什么样子？我一直想探个究竟，于是与好友七人一起来到了这座山。

“一部西游未出此山半步。”说花果山是人间奇境，是因为这里的100多个景点与《西游记》中所述说的地方相似。如娲遗石、水帘洞、唐僧崖、八戒石、沙僧石等。据传吴承恩写《西游记》前曾来过此山。娲遗石是夹在大石缝中的一块奇石，上不靠天，下不着地，传说是女娲炼石补天剩下来的石头。吴承恩就是按照这块石头的尺寸和形象来描述孙悟空出世的。水帘洞是一个天然裂隙洞穴。那天上午10时许，我们游至此处，只见一股很大的涧水，沿山壁从天而降，水落在底部的岩石上，溅起了一片片水花。那涧水真像一挂大的帘子啊，把一个偌大的洞穴完全遮住。此时，我想起了《西游记》中对水帘洞的描写：“一派白虹起，千寻雪浪飞。海风吹不断，江月照还依。冷气分青嶂，余流润翠微。潺湲名瀑布，真似挂帘帷。”“此段描述同眼前的奇景是多么相似！”我心中暗想。想当年，孙悟空钻进水帘洞寻个源头，便成了猴王。

今天，我等凡人何不进洞看看！我招呼各位好友迎着水帘往前跑，不消片刻进了洞。我瞧瞧自己的上衣，仅溅了几个水点儿，但鞋子湿了，灌进了水。我们在洞中绕来绕去，大约走了 200 米左右，便出了洞。这是水帘洞的另一个出口啊！从洞中出来，感到是另一番天地：绿树碧草，鸟语花香。这真是“花果山福地，水帘洞洞天”啊！海拔 624.4 米的玉女峰既瑰丽又神奇，是江苏省最高峰。《云台补遗》云：“双峰耸立，东曰‘清风’，西曰‘玉女’，为云台主峰。”玉女是《西游记》中描绘的天宫里的人物，曾为情爱下凡。这本书第三十回说花果山“上连玉女洗头盆，下接天河分派水”。有人说云雾缥缈时，花果山好像婀娜多姿的玉女。导游告诉我，花果山的许多景点都像玉女峰一样有着美丽的传说。

花果山奇树众多。此山丛林密布，绿荫遮天，尤其令人注目的是山上生长着 19 棵树龄 800 年以上的银杏树，其中 1 棵树，树龄 900 年以上；另 1 棵树，树龄 1 200 年以上。这两棵树在 20 世纪 30 年代曾遭日寇飞机的轰炸。当时，树已遍体枯焦，但它们生命力极强，后来竟绽出新芽，一直茁壮生长至今。我们在上山的路上，还看到一棵长势良好的柏树，此树也被日寇飞机扔下的炸弹毁过，但未死掉，且越长越好。这意味着中华民族不惧任何侵略者，总是能在挫折和苦难中奋起。此后，人们又在这棵柏树旁，种下 1 棵柿树。两树合一，寓意“柏柿（百事）如意。”我还看见了 1 棵“拐杖柏”，其树龄已千年，是宋代的遗物，虽老态龙钟，但却蕴藏着无限生机。相传孙悟空大闹天宫之后，太白金星奉玉皇大帝之命来花果山招安，遭到群猴的戏耍，把他的拐杖抢了扔到了山头上，那拐杖落地生根，长成了这棵树。

花果山有奇竹，这就是金镶玉竹，其是竹子中的珍品。我在山坡上仔细观看着这种竹子，只见竹竿呈嫩黄色，每个竹节上都有一条绿色的浅沟，此前彼后，上下交错，好像一条金子上镶的一块碧玉，美丽无比啊！此种竹子在宋代的文献里就有记载，随着岁月流逝，渐渐失传。以后，人们在花果山发现金镶玉竹，其繁衍生长得很好。据说，1993 年 6 月，我国发行一套特种邮票《竹子》，第二枚便是连云港花果山的金镶玉竹。除金镶玉竹外，花果山还有许多特产，如云雾茶、猕猴桃、人参果、银杏、板栗等。

花果山是奇猴耀武扬威的天地。这座山上猴子很多，且很有灵气。它们成群结队地在山道上行走，见到我们这些游客既不躲闪也不害怕，甚至有时欺负游客。我目睹一少女拎着一兜子面包和水果，攀登上山。一只猴子好像闻见了兜中食物的味道，便蹿到那少女跟前，飞快地掠走她手中的兜子，跃到一块石头上，掏出兜中的面包，津津有味地啃了起来。那少女见手中的兜子被猴子抢走，只得无奈地摇了摇头。我还望见一只小猴攀缘在一棵楸树顶部的树枝上，它也许知道我发现了它，竟“嗖”的一声，跃到了距离楸树 5 米左右樟树上端的树枝上，那动作可灵巧了，竟像一名功夫很深的杂技演员，我暗暗佩服那猴子的本领。一路上，我还看见大猴小猴间相互体贴或嬉闹，这些“孙大圣”的后代生活得多么快活。这时，《西游记》中一段关于猴子生活的描写，出现在我的脑海中：“跳树攀枝，采花觅果；抛弹子，邷么儿；跑沙窝，砌宝塔；赶蜻蜓，扑八蜡；参老天，拜菩萨；扯葛藤，编草帓；捉虱子，咬又掐；理毛衣，剔指甲；挨的挨，擦的擦；推的推，压的压；扯的扯，拉的拉，青松林下任他顽，绿水涧边随洗濯。”这段描写和当今花果山猴子的生活差不多啊！

花果山之奇，奇在这里的名胜古迹海内外知名。三元宫、义僧亭、屏竹禅院、阿育王塔、玉皇阁、九龙桥等，都有许多动人的故事。三元宫位于花果山建筑群的中心，雕梁画栋，殿宇森罗。据说，三元宫发迹于唐，重建于宋，敕建于明，香火两万家，后又多次修葺于清。20 世纪 30 年代遭日寇焚毁。从 20 世纪 70 年代起，按照明代建筑风格，逐步修复三元宫。当今的山门和“敕赐护国三元宫”门匾，是明代的遗物。正门右侧的古柏为宋代遗存，院内的两棵银杏树，树龄也都在 1 100 年以上。义僧亭是为了纪念抗日僧众而兴建。那是 1938 年夏，三元宫惨遭日寇轰炸后，寺僧和山民一起奋起自卫，多次成功伏击了搜山的日寇。第二年农历七月十四日晨，300 多个日本鬼子侵入三元宫及所属寺庙，戳死仁芳法师，绑走德选等 4 位僧人和 6 位山民，除放走 1 位山民外，其余全部活埋。几天后，日寇又连续两次搜山，把三元宫及所属的玉皇宫、九龙庙等 13 处庙宇放火焚烧，使这座庞大的庙宇群瞬间化为瓦砾和焦土。我站在义僧亭前，凝视着赵朴初先生题写“义僧亭”三个大字的匾额，心情久久不能平静，在国家危难当头，在花果山惨遭洗劫之时，是勇敢的僧人和山民一起阻击日寇。他们是中华民族的英雄，将永垂青史！我怀着对他们崇高敬意，缓缓地离开了义僧亭。

花果山之奇，还奇在毛泽东于 20 世纪 50 年代三次提到它。毛泽东几十年多次读《西游记》，自然对书中所描写的各种人物、山川河流、妖魔鬼怪了如指掌，当然也忘不了花果山。一座山引起伟大领袖的三次关注，这山难道不神奇吗？

在连云港市短短的几天，我感到孙猴子老家——花果山比《西游记》中描写的更加美丽，已成为国家 4A 级旅游景区。花果山所在的连云港市也面貌一新，街道干净整洁，公共交通便利，人们愉快地在这座城市中工作、学习和生活。连云港今天已成为连接太平洋和大西洋新亚欧大陆桥的东桥头堡，是“一带一路”重要之地。有一年,《人民铁道》报社记者从这里出发，徒步进行横穿中国的采访，撰写了许多新闻佳作。如今，我又追寻他们的足迹，也来到日思夜想的连云港。我见到了孙猴子老家，写下了这篇短文，是为记。

敬礼，神圣的国门！

国门，一个国家的象征。我久仰国门，日思夜想，盼着有一天能到祖国的边境瞻仰国门。2013 年 6 月 24 日，我如愿以偿，来到了满洲里国门景区。我站在那巍峨宏伟的国门前，仰望着庄严肃穆的国徽和“中华人民共和国”七个红色大字，一种热爱伟大祖国的自豪感涌上心头：“敬礼，神圣的国门！”

矗立在我们面前的是满洲里第五代国门，是 2008 年新建的。前四代国门，分别于 1900 年、1920 年、1968 年、1988 年兴建。第五代国门总建筑面积 5 905.51 平方米，总长 105 米，宽 46.6 米，高 43.7 米。国门的两侧是塔楼；中间是过桥，高 16.9 米。我走到国门北侧的塔楼下，抚摸着国门的墙壁。这墙壁是用青灰色花岗岩石板镶嵌的。每块石板 0.5 平方米，整个国门镶嵌了 2 000 多块。我迈步走进北侧塔楼，沿楼梯而上，上面的楼层展览的是反映满洲里市巨大变化的图片。我从一些图片中得知，满洲里市的建筑除了俄罗斯风格的，还有哥特式等风格。之所以这样兴建楼堂馆所，就是告诉你这是一个边境城市，让你来到这里有新奇的感觉。看完图片，我大步登上国门顶部瞭望厅，极目远望，俄边境城镇尽收眼底。离我国国门不远处是俄罗斯国门。此刻，一列货物列车正从俄方向中方缓缓驶来。

离开国门楼区，径直往北走几十米，那里是前四代国门的微缩模型。我仔细瞧，第一代国门，是由一根有字的立柱和一根钉有双头铁鸟的立柱组成；第二代国门，为木制牌坊，因风吹日晒、损毁严重，于 1949 年拆除；第三代国门，桥身两侧各有一架铁梯，其中间是铁制的栈桥，上有“全世界无产者联合起来”的字样；第四代国门，建于 1988 年，外表用青灰色花岗岩石板镶嵌而成。

由国门微缩模型往西走，有一栋俄式楼房，上面有“中共六大展览馆”几个大字。在学习党史过程中，我得知中共六大是在莫斯科近郊兹维尼果罗德镇“银色别墅”里秘密召开的，据媒体报道说中共六大展览馆是仿这座别墅以一比一的比例建设的。

我走进馆内，怀着崇敬的心情，认真观看每张图片、每件实物。通过参观，我了解到，从 1928 年 4 月下旬起，数十位中央领导人和六大代表，通过满洲里红色国际秘密交通线前往莫斯科。可以说，这条红色秘密交通线，为中共六大的召开立下了丰功伟绩啊！之所以在国门景区建设中共六大展览馆，是为了让人们记住满洲里的光辉历史，记住革命先辈和先烈，记住中共六大的历史意义。那次大会确定了党的总路线是争取群众，党的中心工作不是千方百计地组织暴动，而是做艰苦的群众工作，积蓄力量啊！六大以后，全党贯彻执行六大路线，恢复和重建党的组织，领导开展群众斗争，中国革命出现走向恢复和发展的局面。中共六大展览馆是重要的爱国主义教育基地。

离中共六大展览馆不远，是 41 号界碑，这是 1994 年 8 月，中俄两国勘界结束时矗立的。界碑高 1.2 米，宽 0.4 米，厚 0.25 米，花岗岩材质。镶有中华人民共和国国徽的界碑，庄严而神圣。我们和界碑站在一起合影，作为来到满洲里国门景区的纪念。

在国门景区，还有一个叫火车头广场的地方。广场上停着一台蒸汽机车，毛泽东主席1949年赴苏联访问途经满洲里时，他所乘坐的列车就是在这台机车的牵引下驶出国门的。机车的编号是“1861”。后来，这台机车牵引客货列车，为新中国建设作出了巨大贡献。满洲里人民认为此台机车是他们的光荣与骄傲，就叫它“满洲里号”。毛主席在访苏过程中，还曾在满洲里站走下火车，在车站贵宾室里休息。如今，这个贵宾室已被辟为满洲里站站史馆。我到这里参观，了解满洲里站几十年来发生的巨大变化。满洲里站党委组织助理介绍了有关情况。

满洲里国门景区是一部历史的教科书。我敬仰国门，喜爱满洲里站和国门景区，因为它的教育后人缅怀先辈、不忘过去，坚定信仰、胸怀宗旨，为实现中华民族伟大复兴的中国梦而不懈奋斗。

有一个『三绝』『四美』的好地方

距北京城 400 多公里的兴城铁路温泉疗养院（以下简称兴城铁疗），我已经去过三次，但始终未写一字。因为这座疗养院，同兴城古城一样，像一本深奥的书，需要慢慢地品读，才能领会其真谛；又像一位美丽的少女，需要缓缓地揭开她的面纱，才能看到其真容。我千思百虑，真是下笔难啊！最后，还是下定决心，难也要写！

记得幼时，我学地理，知道出了山海关，便到了东北，也就是关外；进山海关入冀，就是关内。连接关内关外的一条狭长地带叫辽西走廊，兴城古城就位于这闻名中外的走廊中部，其始建于明宣德三年（公元 1428 年）。兴城铁疗距兴城市中心不远，坐汽车几分钟就到，就是徒步到这里泡温泉也不过 20 多分钟。疗养院的地址是兴海南街 108 号。前些日子，我再一次来到这里，借繁忙的工作之余，又阅读了这本“书”，和那位含羞“少女”慢慢地靠近。我初步得知，兴城铁疗有“三绝”。

第一绝是古泉。兴城温泉，古称“汤泉”。疗养院内的千年古汤泉素有“关外第一泉”之美誉，是兴城迄今为止发现最早的温泉主脉井。每天都有泉水从地下 1 800 米处“汩汩”涌出，人们在兴城铁疗泡温泉，尽情地享受着大自然带来的欢乐。我问疗养院院长泡温泉有什么好处，他说："温泉是因地下熔岩作用而形成的天然矿泉。泉水清澈透明，无色无臭，水温 67 摄氏度左右，酸碱度为 7.4，泉水比重为 1.006，属于高温弱碱性食盐矿泉。泉水中含有钾、钠、钙、铵、硫、镁等多种矿物质，还含有一定数量的放射性元素氡和镭。泡温泉，对风湿性关节炎、大骨节病、神经衰弱、高血压、皮肤病和慢性妇科病及外科手术后恢复，都有明显疗效。健康人泡温泉，还可以提神解乏。"院长兴奋地诉说着，我也听得津津有味。

我们来到了张作霖别墅后厅前的那口温泉主脉井。这里矗立的一个说明牌上写道："这是兴城最早的一口温泉水井。"说明牌详细介绍了古温泉井的来龙去脉。兴城温泉发现于唐朝初年，距今已有 1 300 多年的历史了。清代在此建有汤泉寺，民国时则修了张作霖别墅。

我们几人徜徉于院内的密林绿荫中，边走边聊。从言谈话语中，我得知有关兴城的民间故事很多，"多得像城墙里的蛐蛐，你随便碰了墙上那块砖头，就会蹦出一堆来"，其中有关温泉的故事亦不少。最动人的是牛娃井下烧温泉的传说。牛娃是个穷孩子，自小给财主放牛。他常年吃不饱、穿不暖，整天劳动在野外，得了一身重病，四肢瘫痪了。财主将其赶出门，被好心的汤奶奶收留。一天，汤奶奶告诉牛娃，他的病"坐汤"能治好。啥叫"坐汤"呢？汤奶奶说，就是泡温泉。穷乡僻壤哪来的温泉呢？牛娃想把井里的水变成温泉。一天，他跳进井底，开始挖灶，打算点柴火把井水烧热，变成温泉。经过几天的努力，井底的灶挖好了。汤奶奶从家里夹来一块红木炭来到井边。此刻，从井里伸出一只大手，一把抓住了那木炭，缩回了井里。片刻，井里的水向上冒出气泡，那气泡越冒越大，终于变成温泉。牛娃后来看到许多人来这里“坐汤”，医治和他一样的病，高兴极了。

第二绝是泥疗。自古以来，兴城温泉水被称为“圣泉”。“圣泉”的矿物泥经温泉水近亿万年的滋养、理化作用而形成。这种矿物泥，富含钾、钠、铵、硫、镁等几十种对身体有益的矿物元素。所谓泥疗，就是将这些矿物泥“贴”在身上，凭着泥的吸附力，清除人体毛孔深处的污垢，补充矿物养分及滋润保湿成分，使皮肤焕发活力。笔者曾到这座疗养院做过一次泥疗。当时，一个重大采访任务刚刚完成，到疗养院休息半天。那里的医生非常细致地给我泥疗。疗后，我顿时觉得浑身清爽，有使不完的劲儿。当晚，我整理采访笔记至深夜，竟毫无倦意。我想，这大概是泥疗的效果吧！

第三绝是重点文物。这就是被辽宁省确定为省重点保护文物的张作霖别墅。这座别墅建筑面积 2 000 多平方米，占地面积 5 000 多平方米。我仔细看去，这别墅是一个朝南背北的小建筑群，围绕古温泉井而建，为三层套院。我走进门厅，左右的房间是卫士住的地方；再入前厅，是张作霖办公的地方，墙壁上挂着张作霖和张学良、赵一荻的相片，老式办公电话和毛笔等置于办公桌上。门厅和前厅均为砖木结构的尖顶铁房子。后厅为两层楼门，并有外廊与东西厢房连通，建筑规模虽不大，但风格独特。如今，后厅的建筑轮廓还在，但里面的房间已经改变格局。

兴城铁路疗养院占地面积 25 万平方米，建筑面积 4.6 万平方米，拥有床位 500 多张。这个疗养院由南北两个院落组成。北院即是张作霖别墅和古温泉脉井所在之地，南院的各种建筑物里，分别是理疗治疗中心、会议中心、健身中心等。我曾多次在南北两个院里散步，也曾在散步时多次思考：“这所疗养院除了有‘三绝’外，还有什么特点呢？”我逐渐发现其除有“三绝”，还有“四美”！

林之美。南北两个院落里，大部分是树木和草地。我曾试图数过有多少棵树，但因树木太多了，数着数着就忘掉了前面的数字。我猜想疗养院有千百棵树也不为过，有松树、柏树、槐树、枣树、银杏树等。每棵树下都是长势很好的绿草。清晨，我在密林绿草中健身，拼命地呼吸新鲜空气，细听着鸟叫虫鸣。这里是天然的大氧吧啊！据说，疗养院内的负氧离子含量是兴城城区的10倍。一次，我低头看去，只见一只刺猬在林间缓缓地爬行，我没有惊扰它，小心翼翼地往前走。片刻，我一抬头，一只不大的小松鼠在松枝间跳来跳去，看来，这疗养院是动物的世界啊！疗养院春有百花、夏有清风、秋有硕果、冬有霜雪，焉能不美？密林中，古树很多。从那些古树粗粗的树干纹路上，我仿佛看到了它们所经历的沧桑。我得知院内最有名的树，是菩提树和连心槐。一天下午，我来到那两棵菩提树下，一棵直指天上，看那样子高15米多；一棵微微向北倾斜，好像不愿意与另一棵树有一丝一毫的分开。我一眼望见树上有一小牌。这牌蓝底白字，上面写着：“市二级古树，树龄1 172年，原产亚热带。”我凝视着菩提树，它们枝叶繁茂啊！树枝上系上了许许多多的红绸，这大概是人们寄希望于菩提树，实现自己心中美好的梦想啊！

张作霖别墅后庭处，矗立着两棵相距4米左右的龙爪槐。一棵树干粗粗的，像个力气无比的壮汉；一棵树干细细的，像个婀娜多姿的少女。这两棵树，底部根茎缠在一起，顶部的华盖连于空中，多么像一对亲密无间的情侣啊！人们把这两棵树叫“连心槐”。

建筑之美。兴城铁疗的建筑物风格各异，有中式的、日式的、俄式的……有平房、楼房、别墅等。如若从空中看，这些建筑物犹如散落在绿荫中的珠子，熠熠闪光，构成了一幅美丽的图画。我曾多次驻足这些建筑物前，细细端详和琢磨它们的建筑风格和结构。我最感兴趣的是铁疗南院的那座四合院型的双层楼房建筑。这座建筑物的大门开在东南角，我从此门进入内院，正面坐南朝北是正房，两边带有耳房，左右两边是厢房。四合院中间是一个刚刚修好的温泉池，假山矗立在池的一角。我走进一层正房，这里是会客室，里面摆放着红木家具，一些显得老旧的瓷器摆在上面，墙上挂着条幅。正房两边分别是餐厅和卧室。

文化之美。那些天，我被疗养院浓厚的文化氛围所感染，从内心强烈地体验到这里的文化之美。办公楼前，矗立着刊有这个院企业宗旨、企业精神的宣传牌，旁边的橱窗里是党的群众路线教育实践活动图片集纳。疗养员住的地方，有介绍全院情况和各种医疗手段、设备的资料，供大家阅读。2 号疗养楼走廊内的“铁路发展看变化”图片展，我用了一个多小时的时间，仔细观看着每一幅图片。我从这些图片中，看到了中国铁路先驱詹天佑，看到了在解放战争中运送弹药的“朱德号”，看到了国产蒸汽机车、内燃机车、电力机车和动车组，也看到了当年的中东铁路……我想，这个疗养院之所以举办这一图片展，一是体现文化之美，二是让疗养员接受健康疗养的同时，通过阅读和观看图片，了解中国铁路发展史，来一次精神上的洗礼，坚定为中国铁路发展多作贡献的信心。

人之心灵美。我在同兴城铁疗职工的接触中，深深感受到了他们的心灵之美。

他们有着强烈的为疗养员服务的意识。每位工作人员工作细致周到，每天上午把疗养员的房间打扫得干干净净，及时送来开水。疗养员就餐前，也会听到站在门口的服务员一句“欢迎就餐”的话语。早中晚三餐，他们变着花样做，让疗养员吃得舒服、开心。理疗室的医护人员，不但为疗养员精心治疗，还告诉平时如何保养身体。他们有着强烈的忧患意识、创新意识、安全意识。他们有着强烈的艰苦奋斗意识，靠自己的双手改变疗养院的面貌。南院 3 号楼旁的温泉池，是院领导和职工一起义务劳动挖出来的。他们有着强烈的文物保护意识。他们爱惜古树，像爱护自己的眼睛一样。他们对千年温泉主脉井、对张作霖别墅都妥善地加以保护，不使其遭到一丝一毫的损坏。他们有着强烈的勤俭节约意识，对全院的开支精打细算，通过货比三家采购日常生产生活用品。这几种意识铸就了全院职工的心灵之美。他们像千年古温泉水一样，给人们带来幸福和安康！

京门铁路主题公园散记

“爷爷，这个大黑家伙是什么？”一位稚气未退的小男孩，向一位六十多岁的老人发问。

“蒸汽机车！”

“什么是蒸汽机车？”

“简单地说，就是利用水蒸气产生的动力，驱动车头前进的机车！”看来，这位老爷爷是位“铁路通”。

在京门铁路主题公园里，爷爷把孙子带到一台“JF2345”号蒸汽机车前。他指着那火车头，一一给孙子讲解，告诉孙子哪里是供应水蒸气的装置，哪里是汽缸和传动机构。

爷爷尽量讲得通俗些，孙子似懂非懂地听着。不一会儿，孙子跑到机车的一侧，仔细端详起来。他像发现新大陆一样，看到车帮上有块标牌，上书：“四方机车车辆厂 1956 年 4 月造。”孙子又跑到离车头几米远的地方，那里有一块牌子。他用清晰的童音念着：“JF2345 号，又名‘2345’，代号 JF。JF2345 号是我国蒸汽机车组装仿制并对仿制产品加以改进发展过程的体现，反映中国蒸汽机车生产的特定历史阶段。”那小男孩还断断续续地念着：“解放（JF）型机车为干线货运机车，机车空重 92.07 吨，机车及煤水车全长 22 634 毫米，构造速度每小时 80 公里……”“爷爷，前些日子，我和您坐的火车，是白色的动车组，叫‘复兴号’，这台蒸汽机车和那白色动车组是什么关系呢？”我在一旁听着小男孩的发问。我陷入了沉思，想起了新中国铁路机车制造业发展的历史。

70 多年前，也就是中华人民共和国刚成立那会儿，铁路线上“跑”的机车都是外国的。当时有蒸汽机车 4 069 台，型号多达 198 种，出自 9 个国家的 30 多家工厂。中国第一台真正意义上的国产蒸汽机车，是 1952 年底由四方厂仿制成功的解放型 2121 号机车。解放型蒸汽机车诞生，翻开了新中国蒸汽机车制造史的新篇章。后来，我国又自主设计制造了前进型蒸汽机车，这是我国铁路当时在线路上“跑”的主力车型。我作为《人民铁道》报记者，曾两次到生产这种机车的大同机车工厂采访。1988 年 12 月 21 日 0 时 18 分，在一声长长的汽笛声中，我国生产的最后一台大功率蒸汽机车——前进型 7207 号蒸汽机车在大同机车工厂交验出厂，宣告了我国蒸汽机车生产时代的结束。大同厂累计生产蒸汽机车 5 571 台。我年轻时所在的南口机车车辆机械厂，生产过摇连杆等各种蒸汽机车配件。2005 年 12 月 9 日，世界铁路干线上最后一批蒸汽机车退役。

1958 年，东风型机车带领中国铁路挺进内燃机车时代。1969 年，韶山 1 型电力机车投入使用，中国铁路用上绿色动力。2003 年，中国走上坚定的高铁研发之路，仅用 5 年就迈入高铁时代，后来建成了世界上规模最大的高铁运营网。2010 年 12 月 3 日，京沪高铁上的高速动车组以时速 486.1 公里创世界铁路运营试验最高速，标志着我国高速铁路技术又跃上一个新的台阶。2017 年 6 月 26 日，“复兴号”中国标准动车组首发。“复兴号”中国标准动车组具有完全自主知识产权，它的成功开行，标志着中国铁路成套技术装备特别是高速动车组已经走在世界先进行列……在党的领导下，一代又一代铁路人艰苦奋斗，铁路发展取得了很大成就！

这时，一声汽车鸣笛声，把我从沉思中拉了出来。

“现在，在我国铁路线上已经没有蒸汽机车的踪影了，它们中有的已进了博物馆和公园，比如这台。”我指着停在铁道线上的“JF2345 号”，对那爷孙俩说。“我说我怎么没跟爷爷坐过蒸汽机车拉的火车呢！”小男孩说。

自 2019 年 8 月 28 日开园以来，像爷孙俩这样到京门铁路主题公园参观游玩的人络绎不绝。8 月 30 日上午，我偶然间碰到了这爷孙俩。

京门铁路主题公园是在京门铁路五路居站原址上修建的。过去，五路居火车站地区交通不通畅。从西四环至昆玉河中间，仅有 2 公里左右的距离，由于铁路线的存在，南北交通只靠 1 个高 1.8 米、宽 2 米的铁路涵洞连接。一到雨季，涵洞积污水到腰深，附近居民出行不便。涵洞东侧闲置的钢轨两边是早市，叫卖声不断，环境脏乱差。涵洞西侧有一货场，有上万平方米的违建。市民对五路居站地区的状况早已不满。在市区政府和铁路部门的支持下，海淀区八里庄街道听取市民意见和建议，大力整治五路居站地区环境。2018 年底，铁路早市彻底关停，原址开始修建京门铁路主题公园，于 2019 年 8 月建成。

京门铁路主题公园位于海淀区玲珑路北侧，呈狭长状，长约 700 米，面积 1.8 万平方米。公园分两大部分，一是运动广场，含 550 米环形跑道、4 个篮球场、1 个羽毛球场和老年活动中心、儿童乐园等设施。我沿着 550 米环形跑道走了一圈，很是舒服。路旁的松树、枫树、柳树、槐树和小草、鲜花，我尽收眼底。二是休闲广场，主要是铁路主题景观，包括蒸汽机车和其挂的一节绿皮火车车厢，还有民国时期的景墙、京门铁路文化墙、京门铁路主题雕塑、火车车轮、钟楼雕塑等。

8月30日上午，京门铁路主题公园游人很多。有的沿铁路轨道拍照，有的欣赏铁道两旁新栽的树木和花草，有的坐在轨道一侧的风雨连廊下乘凉……我从东往西，依次参观。我从景墙、京门铁路文化墙上得知了京门铁路的历史。

1906年7月，商部奏请朝廷，希望由修建京张铁路的人马修建京门铁路，其资金来源也与京张铁路一样，将由关内外铁路之余利拨。这一奏请终获批准，其原因，不仅在于官民的多次上奏，即“民之所向”，更在于这条铁路的修建时间，与京张铁路修建时间几乎重合，这样可以最大限度地节省人力物力，并且当其完工后，可以为京张铁路机车运行提供煤炭，无论从成本、效率还是结果上讲，修建京门铁路都是“有百利而无一害”。1906年10月，我国杰出的铁路工程师詹天佑率工程技术人员，对京门铁路沿线进行勘测，并于同年在田村、三家店分别设立工程处，组织相关区段的施工。1907年3月正式开工。11月6日，西直门站至三家店站通车。1908年9月，西直门站至门头沟站全线通车。这在我读过的《詹天佑生平志》里有记载。整个京门铁路工程仅用1年半时间完成。这条铁路的运行，实现了“为京张铁路机车运行提供煤炭资源”的目标，因其在京张铁路开岔，所以也常被成为“京门支线”。1959年，修通了木城涧段，于1962年全线通车。1971年，因北京市政建设，西直门站至五路居站中间的钢轨被拆除。

我从景墙和文化墙向前慢行，经过了躺在轨道上的火车车轮和象征着道口处的栏杆，来到了距“JF2345号”机车前7米多的地方，立在我旁边的是一位信号员的雕塑。他右手挥舞信号旗，左手提着信号灯，好像招呼着列车进站。如今，这种作业方法在中国铁路已成为历史。“JF2345号”机车前3米处轨道南侧，是信号机。“JF2345号”火车头后挂煤水车（水箱容积30千升，煤装载量14吨）。煤水车南侧是水鹤，鹤嘴对着煤水车上部。煤水车后挂一节绿皮车厢（YZ22型339089号），我从车厢窗户往里瞧，是一排排硬座。车站钟楼一面墙雕塑巍然耸立，其有一大两小的门。绿皮车厢已驶进钟楼一面墙大门10多米。

京门铁路主题公园虽然不大，但我整整参观了4个多小时。我想，北京市为什么要修这个公园，其目的是让人们通过游玩，了解京张铁路和京门铁路的历史，畅想新中国铁路的巨大变化，激励人们不忘过去、展望未来，更好地为加快铁路发展、实现伟大的中国梦而奋斗！

在北京市门头沟区城子大街西侧，还有一个京门铁路遗址公园（京门铁路广场），北接京门铁路，南至排洪沟，东至城子大街，西至铁路挡墙，总面积1.2万平方米，其中绿地面积0.8万平方米。这个公园设置了“轮之翼”雕塑（位于原门头沟火车站墙外）和白色墙面雕塑等标志性景观，满足了游人赏景休憩、了解铁路的需求。京门铁路遗址公园和京门铁路主题公园一样，是了解京门铁路历史的好场所。我过去曾游览过，也留下了美好印象。2019年9月3日，我再次来到这里，公园干净整洁。我向公园里的詹天佑石雕像鞠躬致敬后返程。

一路上，我想，包括京门支线在内的京张铁路、京张高铁，都是长中国人志气、扬中华民族之威的宏伟工程，像两颗闪亮的明珠，闪耀在中国铁路发展史册上。

观新首钢大桥随感

2019 年 10 月 3 日上午，首都北京天空，犹如水洗一般，十分干净澄澈。我和妻站在长安街西延线新首钢大桥引桥上，凝神向西望去，只见大桥乳白色的两座倒“U”字形钢塔，分别向东西两侧倾斜，一前一后屹立在主桥两端。它们好似两位面对面席地而坐的生死相依的姐妹，手拉着手，脚挨着脚，分别向后使劲拉伸。在蓝天丽日辉映下，它们大放异彩！

今天，来看大桥的北京市民和全国各地的游客很多，有年过八旬的老人，也有牙牙学语的孩子，每个人都笑容满面。

参观大桥的人中，有不少是“桥迷”，我从他们娓娓动听的述说中知悉，新首钢大桥是倒“U”形双斜钢塔斜拉桥，横跨永定河，全长 1 354 米，其中主桥长 639 米，主跨跨径 280 米，桥面最宽处 54.9 米，约为南京长江大桥宽度的 2.7 倍。此外，这座桥采用全焊接方法，钢结构总量达 4.5 万吨，超过国家体育场“鸟巢”4.2 万吨的钢结构用量。两个倒“U”形钢塔高度分别是 124.93 米和 76.49 米，呈三维空间扭曲的构造形态，在空中倾斜的角度不一致，高塔倾斜角度达到了 57 度。112 根桥上的拉索也是倾斜形式的，它们用力拉起全桥 3 万多吨的钢箱梁，将梁和桥面的重量传递到斜塔上。

我和妻在大桥无障碍人行梯道上走了个来回儿。一路上，我多次抚摸大桥长长的钢拉索，它也是乳白色的。我赞叹大桥精湛的工艺。我想，这么复杂的桥梁，建设者不知克服了多少困难才建成的。我远眺永定河，由于施工截断了河水，永定河还没露真容，将来工地和河道清理干净了，河的美景一定会在人们眼前呈现。我顺着台阶走至桥下，现场被挡板围着。据说施工现场清理后，桥旁有花园、广场、卫生间、母婴室等服务建筑和空间。

我返回桥面，向桥的两侧望去。北侧是老首钢旧厂房，其像饱经沧桑的老人，向过往大桥的人叙述着首钢历史。旧厂房与新大桥，形成了鲜明对比，揭示着工业文明、科技发展和社会进步。桥南侧永定河东岸上，是中铁宝桥集团有限公司的总拼车间和辅助车间。从这两个车间，我猜想，新首钢大桥是这个公司参与建设的。大桥于2016年6月开工建设，2019年9月底通车运营。建设速度和质量堪称一流。新首钢大桥是国家的光荣、北京的骄傲，是献给中华人民共和国成立70周年的厚礼！

我是个“桥迷”，曾读过茅以升先生的《钱塘江大桥》《武汉长江大桥》《中国桥梁——古桥和今桥》等书。作为《人民铁道》报记者，我也曾到多座大桥采访过，如京九线孙口黄河大桥、九江长江大桥和京广线武汉长江大桥、南昆线南盘江大桥等。我也到中国最著名的桥梁施工企业中铁大桥局集团有限公司参观学习过，这个公司已在国内外设计建造了2 000多座大桥，总里程超过2 000千米。

我和妻在桥面上走累了，坐在新首钢大桥的东端休息。此刻，我的脑海里浮现出中国桥梁建设的历史故事。

《说文解字》云：“桥，水梁也，从木，乔声。”中国是个建桥历史悠久的国家。古代就造过现在仍闻名于世界的桥梁。如，建

于隋代大业年间 (605—618 年) 的河北赵县赵州桥，是一座单孔石拱桥，桥面宽 10 米，两侧 42 块模仿板上刻有龙兽状浮雕，由著名匠师李春设计和建造。建于 1189 年的北京卢沟桥是一座联拱石桥，长约 265 米，有 241 根望柱，每个柱子上都雕着狮子。被桥梁专家茅以升誉为“世界上最早的启闭式桥梁”的潮州广济桥，始建于南宋乾道七年 (公元 1171 年)，这座桥全长 518 米，东边梁桥长 283.35 米，有桥墩 12 个和桥台 1 座，桥孔 12 个；西边梁桥长 137.3 米，有桥墩 8 个，桥孔 7 个，石梁宽 5 米。中间浮桥长 97.3 米，由 18 只木船连接而成。1053—1059 年修造的洛阳桥，位于福建泉州，桥长 834 米，宽 7 米，是中国现存最早的跨海石桥，其“筏形基础”“种蛎固基法”，是中国乃至世界造桥技术创举，充分显示了中国古代劳动人民的非凡智慧。赵州桥、卢沟桥、广济桥、洛阳桥被称为我国古代四大名桥。

新中国成立后，加快桥梁建设。截至 2018 年底，全国共有公路桥梁 85.15 万座，总长度达 5 568.59 万米，铁路桥梁建成的总数以万座计，已成为世界第一桥梁大国。在世界上已建成的主跨跨径最大的前 10 座斜拉桥、悬索桥、拱桥和梁式桥中，我国分别占有不少。我国有许多著名的大桥，如：港珠澳大桥总长 55 公里，是连接香港、珠海和澳门的超大型跨海通道，是目前世界上最长的跨海大桥；沪通长江大桥，主跨 1 092 米，大桥主塔高 325 米，约相当于 100 层楼高，是世界跨度最大公铁两用大桥；丹昆特大桥，全长 164.85 公里，是世界第一长桥，也是世界最长高铁桥；重庆朝天门长江大桥，主跨长 552 米，是世界跨径最大钢拱桥；平潭海峡公铁两用桥，长达 16 公里，是世界首座真正意义上的公铁两用跨海大桥；跨越黔滇两省的北盘江大桥，桥面至江面高差 565 米，相当于约 200 层楼，为目前世界第一高桥；四川干海子特大桥是世界第一座全钢管混凝土桁架梁桥，与其相连的双螺旋隧道穿山而过，为国际首创的双螺旋小半径曲线形隧道，在 4 公里的 V 形峡谷范围内连续爬升 450 米，为克服海拔高差提供了新范本；湘西矮寨特大悬索桥主跨长达 1 176 米，是目前世界上峡谷间跨度最大的钢桁梁悬索桥。

铁路桥梁有多少种？根据结构体系划分，铁路桥梁一般分为梁式桥、拱式桥、悬索桥等基本体系桥，以及由这些基本体系组合而成的组合体系桥。近年来，我国铁路桥梁建设也取得丰硕成果。截至 2018 年底，中国铁路运营里程达到 13.2 万公里，铁路桥梁总数已超过 20 万座。据悉，高铁总里程超过 2.9 万公里，高铁桥梁累积长度超过线路总长的 50%，全长 1 318 公里的京沪高铁桥梁所占比重超过了 80%。今天，在祖国辽阔的疆域上，高山不再是障碍，河海不能再挡道，一座座巍峨大桥，像彩带串起了数不胜数的城镇和乡村。

如今，长虹飞架长江、黄河。截至 2019 年 11 月，长江干流上已经建成各类长江大桥 115 座。其中，梁桥 27 座，斜拉桥 57 座，悬索桥 22 座，拱桥 9 座。10 多年前，“桥都”重庆长江和嘉陵江上就有桥梁 22 座。黄河上公铁两用桥也达 42 座之多，公路桥就更不少。

休息时，我将我知道的祖国桥梁建设的一些历史故事，向妻子滔滔不绝地讲着，她饶有兴趣地听着。我还告诉妻子，中国的桥城很多。所谓桥城，就是城市里桥梁很多。贵州的都匀就是有名的桥城。《都匀看桥》一文说，都匀是一座被山水拥入怀抱的古城，因其位于南北交通的要道，境内又有纵横交错的河流，所以，自古以来，这里的桥就特别多。都匀的桥最早出现在明代旅行家徐霞客的游记里，他写道：都匀西门大溪上有新架石梁，垒石为九门甚整，横跨洪流。

我以为，衣食住行，是人之大事。因为造桥关系到老百姓的“行”，所以，新中国成立 70 年来，党和政府大力发展桥梁事业。造桥是“为中国人民谋幸福”“为中华民族谋复兴”啊！新首钢大桥开通后，将会更加促进京西地区面貌的改变、人民生活水平的提高。有一个例子更加有力地证明桥是造福于人民的，这就是《中国纪检监察报》所报道的新闻：“在四川、云南、贵州三省交界处的乌蒙山区，世代生活着汉、彝、苗、白等众多民族，村庄毗邻、鸡犬相闻，被叫作‘鸡鸣三省’。赤水河和渭河相汇于此，悬崖陡立、激流深壑，两岸往来不易，修桥成为当地百姓的长久期盼。为解决贫中之贫、困中之困，党和政府毅然决定排除万难，修建连接四川叙永县水潦乡与云南镇雄县坡头镇的鸡鸣三省大桥，解决三省交界一带数十万群众的出行难题。经过三年奋战，2019 年 7 月 7 日，鸡鸣三省大桥主拱合龙。大桥通车时，两地跨越赤水河峡谷的时间，将从两个半小时缩短到两分钟。”鸡鸣三省大桥的建成，打通的是当地百姓的脱贫致富路，使他们摆脱了贫困，过上好日子；架起的是党和人民群众的“连心桥”，使他们更加热爱伟大的中国共产党。

2020 年 10 月 5 日，我还观看了在北京奥林匹克公园的国庆彩车。我发现，人们把对党的热爱、对桥的赞颂之情，融入于新中国成立 70 周年大庆游行队伍的彩车中。如，浙江彩车中的西湖桥，福建和河南彩车中的彩虹桥，湖北彩车中的长江斜拉桥，广东和澳门彩车中的港珠澳大桥，海南彩车中的动车组疾驶于环岛高铁高架桥上，重庆彩车中的朝天门长江大桥，贵州彩车中的高铁斜拉桥，云南彩车中的金色路桥，西藏彩车中的青藏铁路拉萨河大桥。新中国成立 70 周年庆典彩车中，桥的“元素”真不少啊！

为什么会不少呢？《人民日报》文章说得好：“今天，‘中国桥梁’已经成为一张闪亮的名片！‘中国桥梁’的背后，是一个国家逢山开路、遇水架桥的奋斗精神，是中国共产党脱贫路上不落一人的决心和承诺，是70年来综合国力的蒸蒸日上、建设技术的整体跃升，更是中华民族勇创世界一流的民族志气。中国跨度，正在不断刷新！”

记得2018年10月23日上午，港珠澳大桥开通仪式在广东省珠海市举行。大桥建成通车，进一步坚定了我们对中国特色社会主义的道路自信、理论自信、制度自信、文化自信，充分说明社会主义是干出来的，新时代也是干出来的！我想，新首钢大桥也是干出来的，必将为首都建设和发展发挥重要作用。我在电脑上撰写这篇稿件的过程中，读到新华社消息，我国桥梁建设者又干出了一座新大桥，大型悬索桥——杨泗港长江大桥飞架在宽度超过1 500米的长江武汉段江面上。2019年10月8日，这一长江上首座双层公路大桥正式投入使用。这条卧伏江面的金色巨龙，将缓解过江交通压力，促进城市均衡发展，优化城市空间布局。这则新闻令我激动不已。现在，我国还有许多大型桥梁在建设，这将促进我国高质量发展。

2022年2月4日，举世瞩目的北京冬季奥林匹克运动会隆重开幕。北京冬奥会也与大桥密切相连。“冰雪五环”桥、“无限之环”杏林堡大桥、“飞虹凌渡”砖楼特大桥，以及京张高铁官厅水库特大桥等九座大桥，设计完美、造型独特。那一座座钢铁彩虹，与沿线的冰雪壮景和风驰电掣的复兴号，为世人留下一段难以忘记的冬奥之旅。

茅以升晚年曾写下这样一段话：“人生一征途耳，其长百年，我已走过十之七八。回首前尘，历历在目，崎岖多于平坦，忽深谷，忽洪涛，幸赖桥梁以渡。桥何名欤？曰奋斗。”茅以升把桥看作人生奋斗的象征。我相信，中国人民持续奋斗，在未来岁月里，桥梁建成投入使用的喜讯将会一个接着一个。伟大的祖国将有更多的圆梦桥、同心桥、自信桥、复兴桥建成。我满怀信心地期待着。

师友

读人、读社会、读本职，最为重要的是读名人大家，因为他们是楷模、是大师、是人之『经典』。读此『经典』，深刻体悟他们品德之高尚、学问之魅力，让熊熊的人类文明之火永在心中点燃。读老师、读好友，亦是读人之关键。读老师，始终不忘培养教育之恩；读好友，始终不忘关心帮助之恩；是做人之基本道德。读透了，以师友为镜子，经常清除心中污垢；以师友为榜样，不断端正人生之航向。

既“读小书”又“读大书”的沈从文

被新西兰友人路易·艾黎誉为中国两座最美丽小城之一的湘西凤凰，我去过三次。我留恋朗朗晴空下的沱江泛舟，留恋浓浓雾气里攀上如簇的翠峰，留恋午夜时分绕城一水两畔的流光溢彩，但更使我流连忘返的是那古朴、著名的沈从文故居。

沈从文故居位于凤凰古城中营街 24 号，是一幢典型的四合院建筑，前后二进。我走进故居内，数了数，有大小平房九间，包括正房、厢房，其中东面的厢房为书房，西面的厢房为厨房，院内还有天井。四合院有典型的明清建筑特色，一斗一眼的合子墙封砌，“穿斗式”的木结构，马头墙装饰的鳌头，镂花带有格子的门和窗户，都十分精巧别致，显得是那样古香古色。四合院是沈从文的祖父沈宏富于 1865 年营造的。沈从文的童年、少年时代是在这所四合院里度过的，一直到 15 岁时才离开这里。我每次来凤凰，在这里停留的时间最长。我从这间屋子走进那间屋子，仔细地观看着每一件文物，追寻着这位文学大师的足迹。

在这所四合院内和沱江两岸的天地里，年幼的沈从文过着“读一本小书同时又读一本大书”的生活。

所谓“读小书”，即是识文断字的母亲，打沈从文记事时起，就教他认字，告诉他药名，让他自幼时起养成男子汉应有的决断。沈从文曾说，我的气度得于父亲影响的较少，得于母亲的较多。当然，“读小书”还包括到私塾和凤凰第一初级小学学习，读四书五经。他还“临摹碑帖，苦练书法，读林纾译的狄更斯小说，读《申报》，读古籍，欣赏字画，领略古瓷铜器风采，后来又接触到《新潮》《创造周报》等新闻学刊物”。

所谓“读大书”，即是读大自然。少年天真的沈从文，不受家长、老师和学堂的束缚，尽情地在大自然中玩耍，享受着大自然赋予他的一切。他因喜欢天地间新鲜声音、新鲜颜色、新鲜气味，而多次躲过家长、老师的眼睛去逃学，尽管为此受到多次训斥和处罚，但他依然如故，因为他对私塾的封建教育不满、厌恶。凤凰曾有座土地庙，那是少年沈从文逃学时藏书包的地方。沈从文说，我在学塾中，逃学纪录点数，在当时便比任何一人都高。他不明白家中为什么只要他一个劲地读书，而不让他在广阔天地里游玩。他认为，他的智慧应当从直接生活中得来。他小小的眼睛里，对生活充满了疑问，迫切要求他去寻求答案。譬如，“为什么骡子推磨时得把眼睛遮上？为什么刀得烧红时在水里一淬方能坚硬？为什么雕佛像的会把木头雕成人形，所贴的金那么薄又用什么方法制成？为什么小铜匠会在一块铜板上钻那么一个圆眼，刻花时刻得整整齐齐？”为了寻求答案，小小的沈从文“在流经家乡的沱江中泅水，在两岸爬山，逛街，赶集，多识草木虫鱼，观察人世百态，贪婪地‘读那本色香具备内容充实用人事写成的大书’”。他各处去看，各处去听，各处去嗅，死蛇、腐草的气味，屠户身上的气味，烧碗处土窑被雨淋后放出的气味，他都一一闻过。这些看、听、嗅，使沈从文认识了美，学会了思索。他说：“我永远不厌倦的是‘看’一切。宇宙万汇在运动中，在静止中，在我印象里，我都能抓定它的最美丽与最调和的风度。”他还说：“当我学会了用自己的眼睛去看世界的一切，到一切生活中去生活时，学校对于我便已毫无兴味可言了。”

2015年5月10日，我徜徉于故居内，回忆着《沈从文自述》中对他年幼时“读一本小书同时又读一本大书”的叙述。沈从文打小既“读小书”，更“读大书”，培养了他的观察力，丰富了他的想象力，这为他以后的文学创作打下了基础。我想，一个作家，如果没有区别于常人的丰富想象力，便不能展开思维的翅膀，捕捉到一个个动人情节和故事；如果没有敏锐的观察力，便不能洞悉社会和人的一切，构思出令人激动的作品来。沈从文之所以写出如清澈沱江水一样的作品，令世人赞叹、百读不厌，是和他少年时饱读大自然那本大书分不开的。那种饱读，使他的内心深处发生了像原子一样的裂变，迸发出了充满乡土气息的文字，至今仍在现代文学史上闪烁着耀眼光辉。黄永玉曾说他的表叔沈从文“青少年时代储存的细腻的观察力和丰富的语言的魅力，对以后创作起过了不起的作用”。

我走过了摆放沈从文汉白玉像的正厅客堂，来到了一间展览沈从文著作的厢房。展柜里，有二十世纪三四十年代至今出版的这位文学大师的作品。我仔细看去，有《边城》《长河》《从文自传》《湘行散记》《湘西》《沈从文全集》《中国古代服饰研究》等，由于年代久远，有的书籍纸张已经发黄，有的封皮已经十分陈旧，有的印刷也显得粗糙……看着这些穿透历史的巨著，我的脑海里浮现出痴情的翠翠、憨厚的萧萧、机灵的阿黑、腼腆的三三的形象。沈从文的一生写出了多少彪炳史册的作品啊，以至于今天他的作品依然畅销，“从文热”依然未减。

沈从文致力于文学创作，写出了《边城》等力作，使他成为与鲁迅、茅盾、巴金、老舍、丁玲齐名的文学大家。

沈从文曾一度受到了不公平的待遇，被剥夺了文学创作的权利，他十分苦恼，但他并没有因此消沉下去。季羡林说，沈从文“文学作品不能写，还可以干别的事情。他是一个精力旺盛的人，他是一个闲不住的人，他转而研究起中国古代的文物来，什么古纸、古代刺绣、古代衣饰等，他都研究”。他后把对文学的向往和追求，转到物质文化史研究上来，他凭着一股惊人的钻研毅力，在新开发的领域内取得了可喜成绩，先后写出了《中国丝绸图案》《唐宋铜镜》《明锦》《战国漆器》《龙凤艺术》等约 50 万字的专著。1981 年，他的《中国古代服饰研究》一书问世了，全书 25 万字、700 多幅图片。此书出版后反响强烈，各方赞誉不断。后来，此书曾被作为国礼，赠送给一些外国领导人。

故居的另一间厢房，是沈从文少年时的卧室。靠窗户处，有一张宽大破旧的书桌，其后面置一把带有扶手的椅子，旁边是两个极为简陋的书架。据说，这书桌、书架是从北京城里的沈从文住处运来的。沈从文竟是在如此书桌上、如此书架旁，写出了辉煌巨著，怎能不令人激动不已！目睹这些，我想起了一本书中所描述的沈从文 1923 年夏初到北平时的情景：他接受着从琉璃厂到前门、天桥一带“文化博物馆”“人物博物馆”的教育，并每天去宣武门京师图书馆读书。他结识了一些文学青年，在胡适、郁达夫、徐志摩、杨振声的关心帮助下，开始了文学创作。他身居斗室，一张破桌，一盏孤灯，一本薄纸，一支旧笔，不停地思考，不停地疾书……黄永玉曾在一本书中叙述了沈从文当年写作时的情景：“下着大雪，没有炉子，身上只两件夹衣，正用旧棉絮裹住双腿，双手发肿，流着鼻血在写他的小说。”初入京，沈从文连标点符号都不会用，但他“在写作中不断学习着，试验着用最适当的字，尝试着各种句子的结构、篇章的组织，他总在寻求最完美的艺术表现”。1924 年 12 月 22 日，沈从文开始发表作品了，自此一发而不可收，到 1929 年，他有 240 多篇作品和 16 本专集问世，赢得了“多产作家”的美誉。要知道，沈从文那时才 20 多岁啊！如果说凤凰滋润了沈从文的文学细胞，那么，北京则是他踏入文学大门的地方，也是他后来驰骋于物质文化史学天地的地方啊！

沈从文一生扎扎实实地活在人间。他的成就，是与他一生苦读勤学、刻苦钻研、不计名利、甘于寂寞分不开的。正因为如此，一个只有小学学历的他，才成为北京大学等知名高校的教授；正因为如此，一个一生饱尝苦难的他，才不断摘取文学、物质文化史学高峰的明珠。沈从文的低调和甘于寂寞是许许多多的人不能比的。他说，人生命运似乎有着一种无法理喻的离奇安排，个人只有依靠一份坦然无争的胸襟，方能抵抗人生忧患的来临。沈从文虽已逝去多年，但至今令人久久不忘。

沈从文的学生汪曾祺说：“从某个意义上，可以说寂寞造就了沈从文。寂寞有助于深思，有助于想象。”“我有我自己的生活与思想，可以说是皆从孤独中得来的。我的教育，也是从孤独中得来的。”他的四十本小说，是在寂寞中完成的。他所希望的读者，也是“在多种事业里低头努力，很寂寞地从事于民族复兴大业的人。安于寂寞是一种美德。寂寞的人是充实的”。他还说：“我觉得沈先生是一个热情的爱国主义者，一个不老的抒情诗人，一个顽强的不知疲倦的语言文字的工艺大师。”沈从文的爱人张兆和说自己的丈夫：“他不是完人，却是个稀有的善良的人。对人无机心，爱祖国，爱人民，助人为乐，为而不有，质实朴素，对万汇万物充满感情。”我第三次到凤凰是 2015 年 5 月 10 日，那天降雨，来沈从文故居参观学习的人仍很多，是他的不朽著作和高尚人格吸引着众多的人啊！

我来到了沈从文故居的售书处，不少青年人在买书。我这个老者也请回了两本：《沈从文精选集》《长河》，打算回京后认真阅读。沈从文的著作很多，我以前只读过一小部分，而且对作品的精髓还理解得不深，我还需要深钻细研。沈从文说：照我思索，能理解“我”；照我思索，能认识“人”。我以为，这两句话是打开他众多作品的钥匙之一。我要用这把钥匙，一步步踏进沈从文那神圣的文学宝库。

我心目中的史铁生

2010年12月31日3时46分，一位作家结束了几十年的轮椅生活，离开了人间。他就是人们熟悉的《我与地坛》作者史铁生。噩耗传来，我悲痛欲绝。我不仅是史铁生作品的热心读者，而且还和他一家做过几年的邻居。两天来，史铁生的音容笑貌，一直在我脑子里，久久难以离去。我痛惜他这么快逝去，痛惜中国少了一位杰出作家，痛惜生活中少了一位至诚至真的朋友。

我和史铁生相识于20世纪70年代。记不清哪一天了，他和他父亲、妹妹史岚，搬进了北京市雍和宫大街26号。这是一个有20多户人家的大杂院。我们两家的房子，分别位于大院门口通道的两侧。我家在右侧，房子坐西朝东。他家在左侧，房子坐北朝南。他家门口，离我家门口不足10米。所以，我俩是低头不见抬头见。

史铁生刚搬来的那些日子，每天摇着自制的轮椅车出出进进。起初，我们撞见，只是打声招呼。后来，渐渐地熟了，再加之我爱好文学的缘故，我们之间的话多了起来。那是他的小说《法学教授及其夫人》刚发表不久，我去他家看他。他家的小屋，不足20平方米，里外两开间。他住在外屋，父亲和妹妹住在里屋。他母亲几年前去世。他住的地方很是简陋，一张床、一张桌子、一个书架，一贫如洗。我们相互间很投机，一起聊小说、散文的创作，聊他插队时的生活，聊他如何留下的病根。他知道我在《人民铁道》报社供职，也向我询问一些铁路上的事情，并鼓励我多写一些好的新闻作品。

1985 年后，我搬了家，后来，他也另择新居，相互间联系少了起来，但我一直惦记着他。每逢他有新作问世，我都先读为快。他写的小说、散文、杂文、随笔，我很多都读过。我为他所取得的文学成就而高兴。我多次想再登门求教于他和他的妻子陈希米、妹妹史岚，但考虑他体弱、加之他抓紧时间写作，我不愿意打搅他。不久前，我读完他的《心的角度》一书后，产生了强烈要去再看看他的愿望，但心愿未了，他竟去世。我的眼泪不住地流，多好的人啊，我今后再也见不到他了！

在我的心目中，史铁生是个意志坚强的人。他的履历非常简单：上学，插队，街道工厂做工，写作。本来他有先天性脊椎裂，可以留北京，但他主动要求插队。插队时，落下了腰疼的毛病。一次，史铁生出去放生产队的耕牛，被冷雨和冰雹激了一次，病更厉害了，身体每况愈下。插队回来未治好病，医院站着进去、躺着出来，双腿残疾了。他住了一年半医院后，去了一个街道工厂，和一些 50 多岁的妇女，在一起干活，就是给一些大漆的家具、屏风、书桌画些东西，叫“金漆镶嵌”，据说这些东西出口。他在这里干了七年。后来，得了尿毒症，需要靠透析来维持生命。每周 3 次的透析，1 000 次针刺，让他的血管变成了蚯蚓状。他自己说，21 岁末尾，双腿彻底背叛了我，“21 岁、29 岁、38 岁，我三进三出友谊医院，我没死，全靠了友谊”。腿残了，全靠轮椅车摇来摇去；肾坏了，车上挂个塑料袋接尿。病痛如此残酷，生活如此艰难，一般人也许挺不过去了，甚至不想干任何事情，但史铁生却不是这样，他把“生病看作是生活体验的一种”，乐观顽强地同疾病抗争。他读名著，他观察生活，他思考，他写作，用他自己的话说，“职业是生病，业余在写作”。

史铁生不断从疾病带给他的苦难中走出来，不断写作，不断给人以光明，也就不断取得成功，终于成为中国著名作家。1983年和1984年，史铁生分别以《我的遥远的清平湾》《奶奶的星星》，荣获全国优秀短篇小说奖；1996年11月，他的短篇小说《老屋小记》获得浙江《东海》文学月刊“三十万东海文学巨奖”金奖；哲理性长篇小说《务虚笔记》等多部作品享誉中国文坛；散文《我与地坛》被公认为新中国成立以来最优秀的散文之一；他创作的电影剧本《多梦时节》（与人合作），以其新颖的视角，获第九届金鸡奖最佳儿童片奖、广电部1988年优秀影片奖、第三届儿童电影童牛奖艺术追求特别奖；另一电影剧本《死神与少女》，1989年获保加利亚第十三届瓦尔纳国际红十字会与健康电影节荣誉奖。《灵魂的问答（编后记）》一文中说：“面对命运一次比一次沉重的打击，史铁生起码可以算一个了不起的人。他顽强地活着，承受着病痛巨大的折磨。”社会各界对史铁生的评价也很高，有的说“史铁生是一个真正有信仰的作家”，有的说“史铁生的人生经历和文学经历是一个传奇”，有的说“史铁生是中华民族的一个精神标志”，有的说“史铁生是一个最顽强的、最让人敬佩的时代英雄之一”，有的说“史铁生是20世纪中国的一面镜子”。

在我的心目中，史铁生还是个谦和善良之人。这一点，他很像他的父亲，我尊称其父“史叔”。我们全院20多户人家，用的是一个自来水管，淘米、洗菜、洗衣服，男女老少常撞在一起，每逢这时，史叔总是先让别人洗。我们两家离得近，见面说话的机会最多，我经常和史叔聊些家长里短。聊得多了，我知道了史叔是个大知识分子，但他常穿一身劳动布工作服，因老伴几年前去世，家务活儿都落在他一个人身上。他下班后，忙着给残疾的儿子和年幼的女儿买菜做饭，一年到头，很是辛苦。他关心院里的每一个人，经常嘱咐我上班骑自行车注意安全。一次，煤场给我家送蜂窝煤，我没在家，此时天降雨，史叔找了一块苫布，把蜂窝煤盖上了。我回家后，蜂窝煤完好无损。院里的人对史叔都很尊重，都说他是大好人！

史铁生像他的父亲一样谦和善良。尽管他摇着轮椅车，行动极为不便，但他也乐于助人。院子里的老人外出买菜，他在大街上碰见了，就让老人把菜放在车上捎回院里。他对院子里的小孩子很好，经常给他们讲故事。小孩子在门口玩，看见他回来了，一拥而上，帮他把轮椅车推进门。我常常想，史铁生为什么这样谦和、这样善良，除了他身上流着他父亲的血液外，也许他打小就经历过太多的苦难！后来，我在读他写的《三月留念》时，找到了更明确的答案。他写道："作为五十亿分之一，每个人都有孤独和困苦，都希望这个世界上充满善意和爱情。"他写的散文也求真求善。他说："道德的最高尚的原则，我想，就是使最多的人最大程度获得自由、幸福、快乐的生命过程。"铁生求真求善，铁生助人，铁生写作，甚至死后肝移植给病弱者，这些完全都是为着这个世界上充满善意和爱情啊！

在我的心目中，史铁生是一个勤于思考的人。虽然他的"躯体早已被固定在床上，固定在轮椅中"，但他从未脱离过生活，脱离过现实，也从未停息过缜密的思考。从《我与地坛》《务虚笔记》到《病隙碎笔》《我的丁一之旅》，史铁生一直都在"思索活着""活着思索"。他曾说："另一个世界，蓬蓬勃勃，夜的声音无比辽阔。"他对世间一切观察很细，曾说"地坛的每一棵树下我都去过，差不多它的每一米草地都有过我的车轮印。无论什么季节，什么天气，什么时间，我都在这园子里待过”。由于他观察细、体悟真，所以，他对生与死、对生命的意义、对世间的一切，看得既明白又深刻。在《灵魂的事》里，史铁生解析了一些关于“灵魂的事”——生、死、爱、记忆、信仰、写作、故乡……那是一个经历了一次次死亡的人在面对生命时最真实的话。“身体的障碍使他迷惑，迷惑让他写作，写作使他面临诸多困境，困境又使他思索，思索又能深到生死的地步，而生死更会使一个人对生命的体悟通透，所以史铁生超越了一般人所能到达的境界。”他说：“生命的意义就在于你能创造这过程的美好与精彩，生命的价值就在于你能够镇静而又激动地欣赏这过程的美丽与悲壮。”在《随笔十三》中，他写道：“人需要欣赏，生命需要被欣赏。就像我们需要欣赏我们的爱人，就像我们又需要被爱人欣赏。”

史铁生的作品充满哲思，几乎每一篇都能启人心智。“史铁生在他的散文里，以仁、义、礼、智为基础，把它们扩充了，并将这些潜到了他本质的心态中去，这是他散文与众不同的原因所在。由此他的散文让人感到了一种别样的苦难。”他的《病隙碎笔》中有许多对于信仰的思考，皆发人深省。作家贾平凹说：“铁生对生命的解读，对宗教精神的阐释，对文学和自然的感悟，构成了真正的哲学。他幻想脚踩在软软的草地上的感觉，踢一颗路边的石子的感觉。”作家迟子建说：“他思想的重量，跟任何一个作家比都不逊色，没人能取代他。”作家蒋子丹在《宁静的史铁生》中写道：“史铁生是经常能给我们以惊异的那种作家。也许因为他特殊的身体状况给了他人所不及的感悟力。”“他的散文犹如看护般精心，如书记员一样忠实，原原本本地再现了自己从肉体到精神的整个体验的过程，几乎篇篇都是当代散文中的精品。”

有人说：“史铁生勤于思考，是因为他是残疾人。”作家周国平回答了这一问题：“常常听人说，史铁生之所以善于思考，是因为残疾，是因为他被困在轮椅上，除了思考便无事可做……当然，如果不是残疾，他也许不会走上写作这条路，但也可能走上，这不是问题的关键。关键在于，他的那种无师自通的哲学智慧绝不是残疾解释得了的。一个明显的证据是，我们在别的残疾人身上很少发现这一显著特点。当然，在非残疾人身上也很少发现。这至少说明，这种智慧是和残疾不残疾无关的。”周国平还说：“从一定意义上说，哲学家是一种分身有术的人，他的精神性自我已经能够十分自由地离开肉身，静观和俯察尘世的一切。在史铁生身上，我也看到了这种能力。”《灵魂的问答（编后记）》中写道：“史铁生则将生命当作死亡放的长假。在这个珍贵的假期中，他以一个人的力量、以一个生命的尊严来思考人生旅途的意义，这些东方式的冥想汇通为一个独特的灵魂。”“史铁生无意言说宗教，也从不对大众的思想指指点点，但他给人的感动与启示，却是可以温暖灵魂的。”

曾有人说：“病残的史铁生在与肉体这身衣裳的搏斗中看到了灵魂的光辉，并将这光辉照向人类精神之途。”在一个寒冷的冬季，史铁生走了，人们在 2011 年的春天，不会再看到他新写的作品了，但他以往充满哲思的经典文章，将永远长留人间，永远光照每一个人的心灵。

大师的足迹

足迹，从字面上理解，即人们走路时留下的脚印；从更深的意义上讲，是一个人或一个群体在历史上的印记。平常人的足迹，也许会很快销声匿迹，但伟人或大师的足迹，则永远在人们的心中。

梁思成，中国著名建筑大师，他热爱祖国，倾注于中国古建筑研究和保护，把一生心血和智慧全部献给了这一事业。为研究、保护祖国的古建筑，他的足迹遍布神州的山山水水，不仅不断引起人们心灵的震撼，而且深深镌刻在中华民族的史册上。

梁思成曾于 1933 年和 1952 年考察河北正定，并“成图盈箧”，满载而归。正定，被人们誉为“中国古建筑博物馆”，唐、五代、宋、金、元、明、清、民国时期的文物和建筑遗存，都能在此处找到实物例证。毛泽东曾说，正定是个好地方。马可·波罗称赞“此是一贵城”。传说，乾隆七临于此。2013 年 4 月 27 日，我从北京西站乘坐高铁，仅用了一个多小时，就到了石家庄站，然后驱车赶往正定古城，去追寻梁思成这位大师的足迹。

我来到了被梁先生称为“京外名刹当首推正定府的隆兴寺”，这是一座建于隋、兴于宋 8.2 万平方米的古建筑，我依次参观了天王殿、大觉六师殿遗址、摩尼殿、戒坛、大悲阁、弥陀殿、毗卢殿等。我抚摸着大觉六师殿遗址粗粗的大柱石，注视着朴拙雄劲的世界古建孤例摩尼殿，仰望着大悲阁内一尊通高 21.3 米的铜质千手观音像，观察着毗卢佛像，脑海里浮现出大师 1933 年 4 月 16 日考察正定古城的情景。

那是中华民族多灾多难的年代啊，日寇的铁蹄已蹂躏全东北，对华北华南等地虎视眈眈，像饿狼一样，恨不得将中国的领土、领海一口吞掉。梁思成认为，日本侵略战争的威胁，例证了人类的残忍和毁灭性，日军凶顽残忍之极。他知道，随着战火的临近，自己在华北工作的时日有限，他要抓紧这最后的机会，用心考察华北古建筑，为自己的祖国留下文化遗产的记载。

那天七时十五分，梁先生带着绘图生莫宗江和一位仆人，上了由前门西站开往正定的火车。那个年代的火车慢，喘着粗气，走走停停，于下午五时到了正定。一行人当晚借宿于隆兴寺，第一天将寺的主要部分看了一遍，“次步工作便须将全城各处先游一周”，接着搭好架子，从隆兴寺起，做评测工作。他们由早七时到晚八时，一直在转轮藏殿、慈氏阁、摩尼殿三建筑物细测和摄影。梁思成在《正定纪游》一文中叙述了当时的工作情形：“其中虽有一天的大雷雨雹，晚上骤冷，用报纸辅助薄被之不足，工作却还顺利。这几天之中……拼命赶着测量，在转轮藏平梁叉手之间，或摩尼殿替木襻间之下，手按着两三寸厚几十年的积尘，量着材梁拱斗。”此项工作是多么艰巨啊，笔者读到这里，对先生的敬意油然而生。梁先生一行人，于来正定的第六天下午，测量完隆兴寺总平面，余半日，又参观了县文庙，晚上八时，乘平汉铁路特快，于翌日回到了日寇铁蹄威逼下的北平。同年 11 月，梁思成和聪明睿智的妻子林徽因，再次至正定，此行目的“详细检正旧时图稿，并重新测绘当日所割爱而未细量的诸建筑物”。此次考察，硕果颇丰。就是这样，在1934年4月前后的十几年间，梁思成、林徽因的足迹留在了包括正定在内的全国190个县，他们和中国营造学社的同仁，通过实测、研究、拍摄、记录，对2 738处古建筑进行了考察，积累了大量的珍贵古迹和国宝的资料。

那个年代，战火纷纷，满目荒凉，使得梁思成、林徽因的考察生活异常艰苦。

1932年，梁思成去宝坻考察时，汽车颠颠簸簸地走了八九个小时，晃得他五脏六腑都要从嗓子眼冒出来。汽车磨蹭到箭杆河土桥时，梁下车和乘客涉水过河，接着，携带几十斤重的仪器、用具，坐骡车赶往考察地点。

1933年，梁一行人在正定考察时，没有干净的水喝，因为从井中提起的一桶桶水，满是浮沉的微体，只得忍渴前行。

1934年，梁思成考察应县木塔。为了拍摄塔顶照片，他登上60多米高的塔顶，手抱铁链，两脚悬空地攀登塔刹，去丈量尺寸，又退到塔顶边缘去拍摄塔刹的全景。此刻，如稍有不慎，便会摔得粉身碎骨，助手为他捏了一把汗。

我曾在一本书中，看到过这样一张照片，林徽因攀上高高的木梯，坐在梯顶部，用尺子测唐代经幢。她是一个弱女子啊，怎能这样不顾危险地干!

林徽因在写给家人的信中，这样叙述自己和梁思成的考察生活:“每去一处都是汗流浃背地跋涉，走路工作的时候又总是早8点至晚6点最热的时间里……可真累得不亦乐乎。吃得也不好，天太热也吃不下……整天被跳蚤咬得慌，坐在三等火车上又不好意思伸手在身上各处乱抓，结果浑身是包! ”如果说，这种考察，身体健康的人需付出很大辛苦，那么，梁、林则比他们付出得更多，因为他俩是病残之躯啊！梁早年遭遇车祸，脊椎间软组织硬化，一直穿着“铁马甲”；林则肺部有病。他们在考察中，除了忍受常人都要面对的困苦，还要咬紧牙关，克服病痛的折磨！在梁、林身上，不仅有对古建筑学问孜孜以求的学习精神，而且还有保护华夏古建筑的强烈民族精神。

“梁、林为什么把自己的一生始终和古建筑系在一起？他们的足迹又为什么离不开古建筑？”我一直这样想，也一直在寻找正确的答案。

梁思成的父亲是中国近代伟大的思想启蒙家梁启超。在父亲教育和影响下，梁自幼熟读《左传》《史记》等书籍，使他产生了对中国古文化的浓厚兴趣。梁启超企盼儿子长大成才，为历史增色，告诉他“凡做学问总要‘猛火熬’和‘慢火炖’两种工作循环交互着用去”，并送给他一副对联：“清水出芙蓉，天然去雕饰；白鸥没浩荡，万里谁能驯”。短短二十个字，寄托了一位父亲对儿子的期望。1925 年，梁启超将一本重新出版的 800 多年前宋朝颁布的一部建筑书《营造法式》，托人带交给梁思成与林徽因，并在扉页上写道：“……一千年前有此杰作可为吾族文化之光宠也，……遂以寄思成、徽因俾永宝之。”父亲的话，激励梁、林深入研究中国古建筑的历史。1928 年，梁思成、林徽因在美国学习结束，回国前，曾用父亲专门为他们筹集的 5 000 美元，到欧洲一些国家参观了一些著名的古建筑。伦敦、巴黎等城市留下了他们的足迹。梁思成看到这些国家古建筑保护得非常好，想起了自己国家古建筑遭帝国主义列强强毁、破坏的现状，心中压抑不住愤怒之火。他感到，祖国古建筑处于风雨飘摇之中，几千年的文物流落异域他乡，这是中国人的耻辱。强烈的爱国情怀使他攥紧拳头，暗下决心：一定研究、保护好祖国的古建筑，并写出中国人自己的建筑史。梁思成用实践的理念、科学的方法，研究中国古建筑。他强调考察古建筑。他说："中国古代建筑在文献上记载很多，但不经过实地调查，即使读破万卷书，仍只能得隐约之印象及美丽之辞藻而终不得建筑物的真正印象。"他提出："近代学者治学之道，首重证据，以实物为理论之后盾，俗谚所谓'百闻不如一见'，适合科学方法。"考察中，梁要求和自己一起工作的人画的图也要达到世界水平。莫宗江回忆说："当时，梁思成培养大家要有一股志气，中国人研究中国自己的东西当然应该达到世界水平。"

梁思成长期考察中国古建筑，不仅激发了对这一事业的热爱，而且获得了丰硕成果。他撰写了大量古建筑论文，并在 20 世纪 40 年代出版了名著《中国建筑史》《中国雕塑史》等，在国内外产生巨大影响。美国学者费正清给予梁思成很高评价："他们都已成了半残的病人，却仍在不顾一切地，在极端艰苦的条件下致力于学术，在我们的心目中，他们是不畏困难、献身科学的崇高典范。"英国科学史家李约瑟教授称梁思成是"研究中国古建筑的宗师"。新中国成立后，梁思成、林徽因参与了国徽和人民英雄纪念碑的设计工作。当时许多重要建设项目都倾注了梁思成的心血。同时，他仍致力于古建筑的研究、保护，他差不多每天都在兴奋激动的心情中度过，他在祖国大地留下的足迹更加扎实、更加辉煌。梁思成的足迹，既是生动的历史，又是深刻的教科书，启示我们研究、保护好古建筑，珍惜祖国的文化遗产；同时，教育我们用先生所具有的眼光和民族精神，建设好美丽中国，实现中华民族伟大复兴的中国梦！

袁隆平的『六观』

大凡为民造福、为国奉献的人，除了有渊博的知识、过硬的本领之外，还有着不同寻常的内心世界。“共和国勋章”获得者、中国工程院院士、国家杂交水稻工程技术研究中心主任、“杂交水稻之父”袁隆平就是这样的一个人。

记得10多年前，一位《人民铁道》报记者在列车上偶遇袁隆平。作为湖南老乡的他，与袁隆平促膝长谈，而后写了一篇通讯。这篇通讯，我读过多遍，深为袁隆平的事迹所感动。袁隆平究竟是怎样的一个人？他如何对待人生、苦乐、名利、金钱、婚姻、生活？为了探求袁隆平的内心世界，10多年来，我又读了许多有关袁隆平的传记和报道，从中感悟到袁隆平有远大的理想、坚韧的毅力、崇高的品格，不愧为闻名世界的大科学家，是我们学习的榜样。

一

“人就像种子，要做一粒好种子”，这是袁隆平常说的一句话。人生观决定着人的一生。由于受父亲的影响和母亲的教育，袁隆平从少年时代起，就考虑怎样度过自己的一生。一次，小隆平看见饥饿的人群拜神，百思不解。母亲又带着他到果园，树上沉甸甸的果实使他悟出了这样一个道理：“我想明白了，拜神解决不了饿肚子，要想吃得饱，一是靠土地，二是靠自己一双勤劳的手。”打那以后，他立下了让中国人吃饱肚子的人生观，对父亲说“想当一个农业科学家”。

袁隆平牢记父亲对他说的“如果你能让他们填饱肚子，那可就是功德无量的事情”，如愿报考了相辉学院农学系。他在校刻苦学习，课余常去图书馆捧读国内外农学书籍。勤奋学习，打下了坚实功底。毕业后，他来到了条件艰苦的安江农校，开始了为期 18 年的教书生涯。袁隆平在传授知识、培育人才的同时，迈出了科研的第一步。他曾将月光花嫁接到红薯上，最大的一个竟达 17.5 斤。他打响了水稻的杂交育种攻关战役。

面对水稻杂交育种的一次次失败和一声声讥讽，袁隆平从不气馁。他为什么搞杂交水稻育种的信心如此坚定？他曾说过，早在六七千年前，我国就已经种植水稻，水稻养育了我们中华民族。可是几千年来，水稻产量一直低迷徘徊，低迷得老百姓食不果腹，徘徊得老百姓饥声四起。我们苦心孤诣地研究杂交水稻，就是想打破这几千年不变的铁律，让老百姓今天端起饭碗，不用想着明天是不是还有充饥的口粮……农业要用农业科技来支持。想用有限的土地养活我国广大的人民，我们这些科技人员就要百折不挠，呕心沥血，拿出最好的稻种，向国家和人民交出一份合格的答卷。袁隆平把自己比作一株水稻。他说：“我本根植于红土地，沐浴着阳光，而后甘愿将沉甸甸的稻穗奉献给人民。”

袁隆平凭着坚定的信心、顽强的意志，从杂交水稻育种三系法到两系法一路走来，获得了成功。“心有多大，世界就有多大；世界有多大，成功就有多大”，他的人生目标“为民造福、为国效力”终于实现了。

有资料介绍，袁隆平的杂交水稻培育成功后，1976年以来，杂交水稻在全国累计推广面积约85亿亩，增产稻谷8.5亿吨。每年因种植杂交水稻而增产的粮食，可以多养活约8 000万人口，为中国人牢牢掌握自己的饭碗作出了突出贡献。20多年来，袁隆平带领团队开展超级杂交稻攻关，接连实现了大面积示范每公顷10.5吨、12吨、13.5吨、15吨的目标。2020年，又实现了周年亩产稻谷3 000斤的攻关目标。“一稻济世万家粮足。”

二

袁隆平实现远大理想和人生目标的路，不像长安大道那样平坦。他所吃的苦、所受的累，是常人难以想象的。他的想法只有一个：只要能育出优良稻种，再苦再累也是快乐、也是幸福。

当用来育苗的两排大钵被坏人打碎时，他伤心了。学生告诉他，臭水沟边还有三个大钵，里面的不育株水稻绿油油、水灵灵。此刻，他笑了。他在臭水沟底继续从事着研究，为那三个大钵里的不育株水稻施肥、浇水，观察它们的长势。臭算什么？苦算什么？只要能育稻种，臭亦是乐，苦亦是乐。

一次，袁隆平带两个学生到外地一个农场去育种。那里的条件艰苦啊！住的是遍布灰尘的茅草屋，睡的是铺在地上的秫秸。这里没有电灯。夜间，老鼠伴人而睡。毒性强、个头大的蚊子，像轰炸机一样轮番向他们进攻，浑身上下被咬满了红疙瘩，奇痒无比啊！为了防止麻雀、田鼠对禾苗的损害，他们把铺盖搬到田边守候着。没有粮食，他们靠嚼甘蔗、吃香蕉充饥。

制种之难，难于上青天。艰苦环境摧毁不了袁隆平等人的意志。他们顽强抗争，几番辛苦，终于找到了杂交水稻新的研究途径。袁隆平兴奋了，早已忘掉了所受的苦和累。袁隆平说：“要流汗水。任何一项科研成果都来自深入细致的苦干、实干。我们搞育种是一门应用科学，它是要实践的，硬是要到田里去，肯定是要流汗的。”“1964 年，我找雄性不育株，那就是每天下田，顶着太阳，拿着放大镜，瞪大眼睛在田里找，这样搞了 14 天，不知流了多少汗。”他的话，真挚道出了他的苦乐观，是多么值得赞颂啊！

三

当荣誉桂冠戴在头上、既有名又有利的时候，一个人应该如何对待？一般来讲，有两种态度：一是洋洋自得、盛气凌人、不思进取；一是谦虚谨慎、自找差距、奋力进取。袁隆平取的是第二种态度。他有着正确的名利观，多次说“把事业放在第一位，把名利看得淡一点”。

袁隆平在崎岖曲折的“稻”路上跋涉，取得了非凡业绩。此刻，各种闪亮头衔、各色各样荣誉接踵而至。面对这些，袁隆平异常冷静，想到的不是个人的名和利，而是国家的粮食安全。

袁隆平被提议担任湖南省农科院院长，他也婉拒。他为什么这样做呢？他认为，这样会分散科研的精力，还是不当为好。袁隆平是想专心致志培育杂交水稻啊！袁隆平依然戴着草帽奔波在去往稻田的路上，依然一只裤腿长一只裤腿短地忙碌在稻田里。他说，电脑里长不出水稻，书本里也长不出水稻，要种出好水稻必须得下田。下田，是他对年轻人的第一位要求，也是他自己一辈子的追求。袁隆平每年都会到三亚南繁基地工作三四个月，身体状况好的时候，他几乎天天都会到田里，查看每亩穗数、谷粒大小、是否有空壳。2020 年 12 月，他已满九十岁高龄，尽管家人和同事担忧他的身体状况，但他还是和往年一样前往海南三亚南繁基地开展科研。这就是淡泊名利的袁隆平，这就是脚踏实地的袁隆平，这就是为人民的口粮呕心沥血的袁隆平。

袁隆平当上了中国工程院院士。但袁隆平还是不以为然。他觉得，当上了工程院院士，自己和以前没有什么两样。他自问：这个荣誉，对实现真实的自我究竟有多大意义呢？袁隆平手书一首七绝，作了明确回答："山外青山楼外楼，自然探秘永无休；成功易使人陶醉，莫把百尺当尽头。"这首七绝揭示了袁隆平的内心世界。2019 年 9 月 29 日，袁隆平获"共和国勋章"。对于获颁"共和国勋章"，袁隆平既充满了尊重也心怀豁达。他说："对我来说，这是一种鼓励，也是一种鞭策，但我不能躺在功勋簿上睡大觉，只要脑瓜子还没有糊涂，就还可以干！只要没有痴呆，就还可以继续动脑筋、搞研究！"

袁隆平不仅为中国杂交水稻，也为世界水稻研究作出了贡献。袁隆平的杂交水稻，在世界许多国家得到了推广。他编写的《杂交水稻简明教程》一书，联合国以多种语言出版，发行到 40 多个国家，成为全世界杂交水稻研究和生产的指导用书。截至 2020 年底，已有 40 多个国家种植了超过 700 万公顷的杂交水稻。袁隆平说，杂交水稻这个水稻王国的新生雏鸟，已由洞庭湖的麻雀变为太平洋的海鸥了，已经从中国"飞"向世界。外交部发言人说："中国杂交水稻技术的输出与对外开放几乎同步。1979 年，中方首次对外提供了杂交水稻种子。40 年后，中国杂交水稻已在亚洲、非洲、美洲的数十个国家和地区推广种植，年种植面积达 800 万公顷。40 年间，袁隆平院士和他的研究人员还先后赴印度、巴基斯坦、越南、缅甸、孟加拉国、斯里兰卡、美国等国为水稻研究人员提供建议和咨询，并通过国际培训班为 80 多个发展中国家培训超过1.4万名杂交水稻专业技术人才。”“上述努力为解决世界饥饿和贫困问题作出了巨大贡献，金黄沉甸的稻谷让无数人享受到了吃饱的幸福，看到了生活的希望。”由于袁隆平帮助许多国家发展杂交水稻事业，一些国际组织授予他荣誉称号。在荣誉面前，袁隆平从未考虑过自己，总是想着国家和人民。他说，荣誉不仅属于个人，更是属于整个中国。

四

袁隆平认为，科学家心中必须装着祖国和人民。他说，人要吃饭、穿衣，要生存，没有钱不行。但是，钱一定要来路正，靠自己的诚实劳动获得。有了钱，要用到正当处，既不能挥霍浪费，也不要吝啬小气。这就是袁隆平的金钱观啊！

杂交水稻刚开始研究时，袁隆平曾为没钱苦恼过。他刚成家时，两口子工资加起来才100多元。这点工资，除了日常的生活开销外，大部分被袁隆平拿去买试验器材了。实在没钱买器材了，他想尽法子“变废为宝”。一次，装土种稻需要大钵，没钱买。他和几个学生，求钵窑的老板把废钵送给他们做育种试验。老板见他心诚，就给了他。此刻，清贫的袁隆平笑了，他暗下决心，将来有了钱，一定买最好的钵。

改革开放后，国家批给袁隆平专项经费。他用这些钱，打造科研人才精干、科研设备精良的团队。他率领这一团队，攻下了杂交水稻研究的一道道难关。

“隆平高科”股票上市后，袁隆平拥有其中的250万股。他一直记着幼时母亲对他说过的话：“贪婪不仅伤害友情，更可毁掉人的一生。”他说，不管自己是否在股票中受益，也不管自己从股票中得到多少钱，他将全部用来科研。

有一年，联合国粮农组织想以每天525美元的高薪聘请袁隆平去一个国家工作半年，但他认为，中国这么一个大国，这么多人口，粮食始终是头等大事，在国内工作比在国外发挥作用更大。袁隆平婉拒了这一高薪聘请。

五

婚姻对于一个人事业能否成功起着关键作用。袁隆平身后，站着一位通晓大义、温淑贤惠的女子邓则。

想当年，袁隆平心中的妻子是什么样的呢？一首诗道出了他的婚姻观，流露出他内心的秘密："茫茫苍穹，漫漫岁月，求索的路上，多想牵上，一只暖心的酥手，穿越凄风苦雨，觅尽南北西东，蓦然回首，斯人却在咫尺中。"袁隆平是想找一个在研究杂交水稻的路上，能够给他一只暖心酥手的爱人啊！

袁隆平常年不是奔波在去往稻田的路上，就是在稻田里"做学问"，脸被晒得黝黑，皱纹如刀刻，身材不高不说，还瘦瘦的，衣服也皱巴巴的，常常系错了纽扣。他囊中羞涩、入不敷出，住的是单身宿舍。这哪是姑娘心中的白马王子啊，有的姑娘一见袁隆平如此模样，觉得不能和这样其貌不扬的穷小子过一辈子，便摇摇头"拜拜"了。唯独邓则看上了他。在邓则眼里，袁隆平是一颗闪闪发光的"明珠"。邓则认为，他是做大事的人。她要帮助他去做一件惊天动地的大事，她要帮他实现"水稻像高粱一样高，穗子像扫把一样长，颗粒像花生仁那样饱满"的梦想！

邓则独具慧眼择郎君，隆平时来运转结良缘。婚后，小两口分多聚少，但感情与日俱深。袁隆平搞科研需要经费，邓则从微薄的工资里挤出来交给他；袁隆平劳作在田间，邓则送饭到地头；

袁隆平去外地搞实验，邓则携子看望他；袁隆平身遭厄运、心灰意冷时，邓则鼓励他坚持住，要看到前途、看到光明；袁隆平全心搞“杂交”，无暇照顾老人，邓则一人挑起了家庭重担……邓则为了袁隆平的杂交水稻，付出了智慧，付出了青春。她是袁隆平事业最有力的支持者，是世间最优秀的女人！

袁隆平为有这样一位妻子感到幸福、骄傲和自豪，搞起科研攻关来也浑身是劲儿。他也常常感到自己对妻子亏欠太多，愧疚不已。他不是不关心妻子，而是实在腾不出时间顾家啊！

袁隆平深爱着邓则。他多次说，这辈子最大的幸福就是在别人都不肯嫁给他的时候，邓则毫不犹豫地答应了他的求婚。袁隆平认为邓则是“人生中最珍贵的宝贝”。当邓则病重时，他在床前精心照顾，做按摩，吟古诗，唱歌曲，一直到她康复为止。袁隆平平时也想给妻子置办几件像样的衣服。一次，袁隆平看见裙子不错，一下子买了六条。他外出讲学作报告，或出差开会，只要条件允许，他都高高兴兴地带上邓则。

袁隆平对妻子的爱始终如一。他曾经说过，一个人如同一粒尘土，无论怎样飞扬，怎样喧嚣，到末了，还是要落到自家的土地上；一个丈夫，如同一片树叶，无论怎样张扬，怎样由绿变红、变黄，到末了，还是要落到自己妻子身边。这就是袁隆平的婚姻观啊！

六

人来到世上，总要生活。然而，一个人过什么样的生活，往往考验一个人品质。

袁隆平的生活，是围绕杂交水稻“转”的，即使买衣服也是如此。一次，他看见衬衫10元一件，一下子买了10件。旁人不解，说，你一个大科学家应该穿高级衬衫，干吗买这样的衬衫？袁隆平说，这样的衣服好，下田的时候穿起来方便，不用担心弄脏了。这句话，是袁隆平生活观的真谛啊！他就是这样生活的呀，他时时想的是下田，事事考虑的是杂交水稻。就连他病危时，仍然想的是稻子的长势。

就是平时，袁隆平遇到生活上的事情，也还是个“农民”。他买皮鞋，不超过 200 元。名牌鞋，他连看也不看。买领带，他不进商店，去地摊上挑。袁隆平说，衣服行头提不高人的身价，人的身价是由人的内质决定的。他的内质是什么呢？他自己的话做了回答：“为我们国家的粮食安全作出应有的贡献”“发展杂交稻，造福世界人民”。

袁隆平开会、出差经常坐高铁，“他说，坐高铁既快又踏实，他坐高铁从不讲排场，十分随意”。

不要以为袁隆平只会种田、埋头杂交稻。他多才多艺，生活丰富多彩。他会拉小提琴，曲调时而幽静清雅，时而欢快奔放，时而千回百转。有时，夫拉妇随，袁隆平拉小提琴，邓则弹钢琴，齐奏夫妻和谐曲。他会游泳，是畅游大江大河的“浪里白条”，他游泳的速度，一般小伙子赶不上。他会打气排球，球技高超，打到兴头时，脱了上衣，露出健壮的肌肉。他坚持每天早做操、午打球、晚下棋。他会唱歌，用低沉浑厚的声音，唱美国早期电影插曲《老黑奴》，博得了众人赞扬。在袁隆平眼里，拉琴、游泳、打球、下棋、唱歌，是一种休息。休息好了，精力充沛，就能搞好科研。他说，成才的第一要素，也是最基本的要素，是身体要好。不会休息的人，就不会工作；不会锻炼的人，也不会工作。一个人身体好坏，与他的事业成功与否成正比。这句话表达了袁隆平的一种生活观啊！

袁隆平讲求健康的生活。他吃饭以素食为主，常吃粗粮，一日三餐，二两荤菜，补充些蛋白质，再多吃些水果，很简单。他说："补药从来不尝，粗茶淡饭，适当营养，只要卫生就行了。"他 80 多岁时，身体好，精力充沛。读书，是袁隆平生活的重要内容。外文、文史、地理方面的书，他都看。他大约每周用三天看业务书。他认为，脑子要多用，越用越灵活，人年纪大了最怕得老年痴呆。袁隆平喜欢和年轻人在一起，他每逢扎在年轻人堆里，就觉得自己浑身充满了青春朝气。

一位作家说："古有后稷教稼穑，今有隆平多产粮。当论稻黍种植苦，百姓饱腹赞稷王。"袁隆平被世界誉为"杂交水稻之父"，他就是当代中国的"后稷"。在巨大的光环下，袁隆平没有陶醉，他仍然想着他的杂交水稻。他曾在一所大学的讲台上，述说了他的"中国梦"：希望我们的水稻长得很高很高；希望我们的杂交水稻能够种到全世界，这样至少能多养活 5 亿人口。他的"两个希望"的梦想，再一次为他的人生观、苦乐观、名利观、金钱观、婚姻观、生活观作了注解。他既是受人尊重的大科学家，又是脚踏实地的"农民"。他不仅属于中国，也属于世界。2021 年 5 月 22 日 13 时 07 分，袁隆平因多器官功能衰竭在长沙逝世，享年 91 岁。"从此以后，碗中有米，心中有您。"袁隆平虽然离开了我们，但他的"六观"，他的人格、他的精神、他的功勋，将永远激励每一个中国人，在实现中华民族伟大复兴的征程中奋进。

请听一棵古枣树的诉说

北京文天祥祠（文丞相祠），坐落于北京市东城区府学胡同63号。这座祠始建于明洪武九年（公元1376年），由土牢改建而成，至今仍保持着明代建筑风格，现有前后两个院落，坐北朝南，分大门、过厅、正殿三个部分，面积近六百平方米。我小时候，因家住雍和宫大街，经常到此祠及附近玩耍。当时，小小年纪的我，只从大人嘴里得知，文天祥是南宋末期的大臣，并不知他的身世及事迹。后来，我长大了，书读得多了，才懂得了他是正气凛然的爱国志士、名垂青史的大英雄。

以后，我每次拜谒文天祥祠，总是恭敬地瞻仰刻有文天祥像的石碑，仔细地观看过厅内的文天祥生平史料展览，以及正殿内保存的石刻等文物，尤其是喜欢在正殿前东侧那棵枣树前驻足沉思。这棵枣树十分奇特，不仅枝叶茂密，而且枝干虬曲，非常自然地向南倾斜，与地面成四十五度角。相传，此树为文天祥被囚土牢时亲手所植。它为什么向南倾斜？我曾多次凝视这棵枣树，也多次想解开这个疑问。风一次又一次地吹来，也一次又一次地摇动着树叶沙沙作响，好像向我一遍又一遍地诉说文天祥壮烈的一生，又好像一遍又一遍地回答我的问题。

南宋末年，文天祥出生在书香门第之家，其父文仪是江西庐陵（今江西吉安）有名的读书人。他心地善良，乐于助人，一遇荒年，便拿出家中粮食济贫。文仪好读书，曾在他家竹林旁盖了一栋书房，名曰“竹居”。文仪就是这样闻着竹香，常常读书至深夜啊！文天祥自幼和其弟，随父亲读书，读完了一摞又一摞。父亲告诉儿子，不要读死书，要勤于思考，善于用书中的道理解释社会的现实问题。他用庐陵著名人物欧阳修和南宋初期忠臣杨邦乂、胡铨的事迹，教育年幼的儿子。正如《宋史·文天祥传》中所曰：“自为童子时，见学宫所祠乡先生欧阳修、杨邦乂、胡铨像，皆谥‘忠’，即欣然慕之。”文仪对年幼的儿子说：南宋日渐腐败和衰落。目前大宋正需要人才，你要学好本领啊！志士、忠臣之壮举，深深震撼了文天祥幼小的心灵。他满怀激情地说：“长大之后，我也要成为他们那样的人，为国家干出一番大事业。如果我死后，不能同他们那样受人祭祀，那就不是大丈夫！”

文天祥成年之后，“体貌丰伟，美皙如玉，秀眉而长目，顾盼烨然”。他为了实现自己的报国之志，于1256年1月14日前往临安赶考。他在考场上镇定自若，运笔如飞，挥洒自如，用自己多年所学到的知识和对社会的洞察，写了上万字的《御试策》。文天祥在文中说，天怨是由民怨招之。今之民生困矣。这种状况是如何造成的呢？是宋皇室敛财劳民所致，正如唐代“自琼林、大盈积于私贮，而民困”，汉代“自建章、通天频于营缮，而民困”。文中，文天祥抨击了当时朝廷只用趋附权贵势利之徒的不良风气，提出要用莅国治民的有用人才；抨击了“琳宫梵宇，照耀湖山”“霓裳羽衣，靡金饰翠”的奢华现象，提出“天下之财专以供军”。文天祥认为外部、内部之敌不足畏，但他们联合是心腹大患。文天祥期望当政者依据国情“法天地之不息”，即不断改革创新，去弊兴利，驱除寇贼，让人民幸福、社会安定、国家富强。《御试策》一文洋洋万言，行文流畅，说理透彻，凸显了文天祥才华横溢和他的报国宏愿。文天祥虽然在文中批评了朝政弊端，但因措辞适当，皇帝并没有怪罪，反而亲自选拔他为第一。史载：“时理宗在位久，政理浸怠，天祥以法天不息为对，其言万余，不为稿，一挥而成。帝亲拔为第一。考官王应麟奏曰：‘是卷古谊若龟鉴，忠肝如铁石，臣敢为得人贺。’”

文天祥自中状元始，步入仕途。他曾几次在朝为官，官至丞相。他也曾几次直陈朝弊，弹劾、请斩奸佞，被下任地方官或遭罢免。他在仕途上，是几起几落啊！

文天祥在朝为官，兢兢业业，一丝不苟，总是从国家大计着想。他在兼权刑部郎官时，办事十分认真，事必躬亲，仔细审核每一起案件，从不懈怠和随意判决。他甚至日夜坚持工作，不知疲倦。文天祥这样对待刑部工作，始于他为官清正和为民请命的政治理想。

文天祥任地方官或削职为民时一直认为，为官施政，应当宽简而严肃；要减轻人民的经济负担，以免失去民心。他在江西瑞州知州任上，平反冤案，惩治恶霸。据《碧血丹心——文天祥》一书的介绍，民间曾流传“瑞州除刘虎”等传说。刘虎，即刘金魁，外号“刘恶虎”，时任瑞州巡检，作恶多端，民愤极大。文天祥到任不久，很快就为老百姓除去了这一恶棍。他还从税赋收入中，拿出一大笔钱设立“便民库”，还把募集所得和没收充公的资金也存入库中，供民间借贷之用，以解天灾人祸之急，使老百姓得到实惠。这真是“遗爱在民，久益不忘”啊！文天祥被罢官成一介平民时，也挂念着民生。他曾说：“吾辈读书临民，正为今日行志。”1270 年，江南大旱，吉州粮食歉收，农民吃饭成了大问题。

在赣州为官的李雷与文天祥为同年进士。文便托人写信给李，请准许吉州人到赣州买米，以解无粮之炊。历史证明，凡为官几起几落、一直心系国家和挂念民生者，必将永垂青史。

文天祥一生与佞臣、奸臣、叛臣作斗争。董宋臣是宋理宗的内侍宦官，尤喜讨好献媚。他花重金在宫中修建芙蓉阁、香兰亭，招舞女娼优，供皇帝享乐，因此很受宠幸。文认为董恶贯满盈，不把他除掉，民不得安生，国不得安宁。他两次“乞斩宋臣”，但都无效，因为昏庸的皇帝喜欢佞臣啊！对于一些专权的奸臣，他从不妥协，一直伸张正义。对于叛臣，他厉声训斥，揭露他们不顾人民死活、出卖国家利益、无耻投降敌人的罪恶行径。

文天祥始终关心国家的命运，即使是罢官为民、隐居山野时也是如此。1275 年初，元军大举攻宋。在危急关头，文天祥捧诏涕泣，变卖家财以作军费，组织义军勤王。一介书生披上了战袍，并在袍上绣上了“拼命文天祥”五个大字。他是要舍命救国啊！当时有朋友劝他，元兵分三路杀来，你以“乌合之众”来抵抗，这如同驱赶羊群与猛虎搏斗啊！文天祥斩钉截铁地回答：“吾亦知其然也。第国家养育臣庶三百余年，一旦有急，征天下兵，无一人一骑入关者，吾深恨于此，故不自量力，而以身徇之，庶天下忠臣义士将有闻风而起者。义胜者谋立，人众者功济，如此则社稷犹可保也。”这段话的中心意思是说，我这样做，是希望天下忠臣义士闻风响应，谋略才能确立，大家团结一致，才能成就大业，这样，国家社稷才可以保存啊！

尽管文天祥起兵御敌，但昏庸的朝廷一直想向元“奉表称臣”，派文天祥出使元营。在与对方谈判时，文天祥正气凛然，怒斥不屈，遭到扣押。他在被押往大都的途中，历尽艰险，得以逃脱，经“九死一生”，辗转真州、扬州等地到达温州，与南奔的南宋朝廷会合。后来，文天祥在《指南录》后序中叙述了这段“九死一生”、颠沛流离的传奇式经历。字里行间洋溢着他的报国之志，虽“九死一生”也不忘报效国家，这是多么崇高的节操啊！

1276年后，文天祥率兵转战福州、汀州、梅州等地，并反攻江西、收复州县多处，使南宋军民大受鼓舞，后因寡不敌众，兵败空坑。文天祥所率军队转战汀州时，粮草困难。官兵就食一种野草——白头公草。散文《刘婆婆家的白头公饧》中说，南宋末年元兵来袭，文天祥率军来到福建汀州，驻节数月，大举募兵，指挥所设于汀州古城内刘氏家庙。战时的汀州百姓流离失所，饥寒交迫，勤劳聪慧的客家人把目光投在白头公草上。这种野草容易寻找，既能充饥还有特殊的香味，小心试吃后确定无毒，军民便开始大量采来食用。白头公草煮成草酱掺入大米做成饧充饥，为当时的文天祥及部队缓解了粮草的困难。即使粮草困难食野草，但仍不失抗敌之志，这是多么令人敬佩啊！

文天祥兵败向海丰转移途中，在五坡岭遭突袭被俘。文在押解北上的途中至潮阳，见元将张弘范，元军命令文天祥叩拜，文拒绝。张弘范于是用宾客的礼节见他。文天祥与元军一起进入崖山，张弘范让文天祥写信招降宋将张世杰。文天祥说：“我不能保卫自己的父母，却教唆别人也背叛自己父母，这可能吗？”张弘范还是坚决要求他写。文天祥于是写下自己所作的《过零丁洋》一诗给他。诗的末尾之句“人生自古谁无死，留取丹心照汗青”已成为千古名句。张弘范笑而置之。崖山破，军中置酒大会，张弘范说：“丞相你已经尽了忠孝之心了，如果你改变对南宋的忠心来效忠元朝皇上，还给你宰相的官职。”文天祥流泪说：“国家灭亡不能拯救，做人臣子的死有余罪，怎么还敢摆脱杀头之罪而怀有二心呢？”张弘范敬佩他的忠义，派人护送文天祥到京师。

文天祥被押至大都后，关在土牢里。这牢门低矮，窗户很小，阳光根本照射不进来，终年阴暗潮湿，地上、墙上渗出了水珠，有的地方还长出了绿苔。夏天，牢里不透气，热得他晕了过去。冬天，寒风往牢里刮，冻得他打冷战。尤其一赶上阴雨天，雨水拼命地往牢里灌，文天祥睡觉的床和写诗文用的小桌，浸泡在水里。土牢里污物遍地，臭不可闻。元朝统治者企图用恶劣环境摧毁文天祥的意志。可是，环境越恶劣，文天祥的意志越坚。他丝毫没有向元朝统治者妥协的意思。文天祥的妻子和两个女儿，被俘，成为宫奴。这时，他只要像元朝统治者低头，妻女即可脱离苦海，与他团聚。文天祥知妻女受苦，心如刀绞，但他也不愿因妻女而丧失节操，他为国家牺牲了自己的一切啊！元朝统治者用尽了各种手段，劝降文天祥。文璧，是文天祥的弟弟，他奉命前来探监劝降。文天祥写下诗句“弟兄一囚一乘马，同父同母不同天”，说明自己和文璧之间在政治上已分道扬镳，谈不上骨肉之情了。文璧留下四百贯钱，让文天祥在狱中使用。文天祥说，叛臣逆子的东西，我不能接受。弟弟和大臣反复劝说不成，就让已降元的宋恭帝出场。后来，元世祖忽必烈亲自出马，“召入谕之曰：‘汝何愿？’天祥对曰：‘天祥受宋恩，为宰相，安事二姓？愿赐之一死足矣。’”文天祥的报国之志是何等的坚定啊！

1283 年 1 月 9 日，元世祖忽必烈降旨杀文天祥。文天祥写下遗书。那天清晨，文天祥被押出土牢。他眉宇间依然闪烁着坚毅的光芒，神情自若地行走在通往刑场的路上。他那姿态和表情，像是去参加与元军相搏的一场战斗，根本不是去赴死。越来越多的人知道文天祥要被处斩，纷纷从四面八方赶来为其送行。在通往刑场之路的两旁，站满了人，个个脸上流露出难以控制的悲伤。行刑的时间到了，满脸杀气的监斩官问文天祥还有什么话要说，此时回心转意还来得及。文天祥果断地回答，要杀则杀，少说废话！他面向南方，慢慢跪下，曰“吾事毕矣”。刀斧手挥刀，文天祥被杀。“数日，其妻欧阳氏收其尸，面如生，年四十七。”

文天祥从容就义前，留下了两首七律，其中一首的最后四句是：“天荒地老英雄丧，国破家亡事业休。惟有一腔忠烈气，碧空常共暮云愁。”这几句话充分表达了文天祥爱国的节操。我曾多次站在那棵枣树前，怀着对文天祥的敬意，默念这首七律。我常常想，节操是什么？节操即气节和操守。人们常讲冰雪节操，其意是说，人在任何环境下都要保持道德品质的坚定性，像冰雪那样洁白无瑕，正所谓孟子所云“富贵不能淫，贫贱不能移，威武不能屈”。苏武被押匈奴十九年，历经磨难，宁死不屈，不辱使命，是节操；诸葛亮“非淡泊无以明志，非宁静无以致远”，是节操；陶渊明不为五斗米折腰，退隐田园，首开一代诗风，是节操；岳飞“壮志饥餐胡虏肉，笑谈渴饮匈奴血”，是节操……中国历史上这些名人的冰雪节操，都在文天祥身上得到了充分体现。曾有人质疑当年文天祥的举动，仅是为了保护摇摇欲坠的南宋小朝廷。这种认识是狭窄的、错误的。他在《正气歌》里对自己的行动作了明确回答：“天地有正气，杂然赋流形。下则为河岳，上则为日星。于人曰浩然，沛乎塞苍冥。皇路当清夷，含和吐明庭。时穷节乃见，一一垂丹青。”他这段话告诉我们，天地之间正气存，赋予万物而变化为各种形体。地上江河与山岳，天上日月与繁星。人有正气叫浩然，充塞环宇满盈盈。逢盛世清平年，它呈现为祥和开明的朝廷国难当头见气节，永垂青史留英名。接着，他在《正气歌》里说，自古以来，这种浩然正气体现在齐太史简、晋董狐笔、秦张良椎、汉苏武节……他还说，贤哲虽然已远去，榜样令我心更坚。风檐展读圣贤书，光华照彻我容颜。文天祥是要效法这些贤哲啊！所以，当元朝统治者让已降元的宋恭帝劝降他时，他让小皇帝坐北向南，自己则面北而跪，边叩头，边痛哭流涕地连声说：“圣驾请回！圣驾请回！”文天祥是让小皇帝回到南方，竖起抗元的旗帜啊！由此，可以看出文天祥的冰雪节操。“文天祥以身殉志，不亦伟乎！”

“山呼海啸齐唱千秋正气歌，地老天荒不忘一部中华史。”文天祥的冰雪节操激励着后人。明代大书法家文徵明敬佩文天祥，曾手书《正气歌》，他的手书气势恢宏凝重，现已被刻石镶嵌在文天祥祠前院整个东墙上。明代兵部尚书于谦，家有文天祥画像。他赞扬文天祥“气吞寰宇，诚感天地”“孤忠大节，万古攸传”。他说，“我瞻遗像，清风凛然”。于谦发扬文天祥忠心报国的节操。明英宗正统十四年（公元 1449 年）十月，于谦指挥北京保卫战，打退了强敌的进攻。后来，他虽被冤杀，但也像文天祥一样，做到了“孤忠大节”，永垂史册。近现代，也有许许多多以文天祥为榜样的爱国英烈，如方志敏、恽代英、吉鸿昌等。正是这许许多多爱国英烈流血牺牲、忠心报国，中国人民才获得了解放，建立了新中国。

近日，我再一次拜谒文天祥祠，依然恭敬地瞻仰石碑，依然仔细地观看史料展览，依然驻足在那棵枣树前……我思绪翻滚，终于明白了那棵枣树为什么向南倾斜，它是在体现文天祥“臣心一片磁针石，不指南方不肯休”的精神，是在弘扬他英勇不屈的爱国气节啊！我想，文天祥永远是吾辈后人学习的榜样，如果都像他那样热爱国家、忠心报国，中华民族的伟大复兴的目标一定会实现！

徐霞客与黄果树瀑布

前些年，我读《徐霞客游记》，其中有这位“游圣”关于黄果树瀑布考察的记述，于是便产生了到黄果树瀑布景区一游的想法。一天，我如愿以偿，随一个旅游团来到了这久已向往的地方。

黄果树大瀑布位于贵州省安顺市镇宁布依族苗族自治县境内的白水河上游，安顺市西南45公里处，镇宁布依族苗族自治县境内，东北距贵州省会贵阳市150公里。一天上午，我们赶到了这里。

进入黄果树瀑布景区后，我迫不及待地来到了位于瀑布侧畔的徐霞客塑像前，向这位中国古代著名的地理学家致以崇高敬意，因为多年来，我一直被徐霞客的事迹所鼓舞，每当我懒惰情绪冒头时，徐霞客在崎岖山路和湍湍急流奋进的身影总是出现在眼前。我从不敢懈怠，抓紧时间读书写稿，以期晚年有丰富的生活和新的收获。

我凝视着塑像上明代地理学家、旅行家和文学家徐霞客饱经沧桑的面孔，浮想联翩。

徐霞客自幼喜爱旅游，于明万历三十五年（公元1607年）起游历江南，至明崇祯十三年（公元1640年）从西南因足疾严重被送回故里止，前后共经过30多年游历考察，“达人所之未达，探人所之未知”，撰成60万字的地理名著《徐霞客游记》。《徐霞客游记》以文学兼容地理，为时人及后人，提供了一部在大地山川自然领域，至今不可复得的审美杰作。

徐霞客旅游探险有四大特点：第一，求知求真山川奥秘；第二，全年皆出游，尤以春季为多；第三，喜奇游，钟情于奇险胜绝之景，黄果树瀑布便是他游历的奇险胜绝之景之一；第四，秉笔直书，真实记录，《徐霞客游记》既是科学巨著，又是文学名著。

我的视线转移到了塑像附近矗立的石刻碑文上：“徐霞客是我国伟大的地理学家、旅行家，是被誉为‘千古奇书’的《徐霞客游记》的作者。徐霞客名弘祖，字振之，号霞客。明代南直隶江阴（今江苏江阴）人，生于明万历十四年十一月二十七日（公元1587年1月5日），卒于明崇祯十四年正月二十七日（公元1641年3月8日）。他毕生实地考察自然，描述自然，足迹达今21个省市自治区，成果巨大，其晚年时关于我国西南湘桂黔滇广大地区岩溶地貌的考察记述尤其具有重大的科学价值。他横跨贵州途中，于明崇祯十一年（公元1638年）四月二十三日抵黄果树实地考察的记述，对黄果树瀑布作了高度的评价……”

我琢磨着碑文的深刻含义，想起了《徐霞客游记》中《黔游日记一》的题解。题解说：“《黔游日记一》是徐霞客旅游贵州盘江以东的游记。徐霞客于明崇祯十一年（公元1638年）三月二十日进入贵州下司，往北行经今独山、都匀、麻江、福泉、贵定、龙里、贵阳等县市，以后绕道今广顺、平坝、安顺、镇宁、关岭等县市，四月二十日抵永宁。”题解还说：“徐霞客这一段旅程十分艰苦。在下司，‘无茅无饭而卧’。在上司境，被四个持镖负弩的人挟持。在麻江，傲慢的担夫用凳子砸伤霞客的脚，他只能竭蹶而行。在狗场堡附近，担夫盗窃藏在盐筒中的路费逃走，霞客只得和顾仆共抬着行李，一前一后，举步维艰。在这样困难的条件下，徐霞客仍沿途游览考察了杨宝山、古佛洞、白云山、双明洞、黄果树瀑布等胜景。”

徐霞客在当年四月二十三日的游记中写道：“过到桥北，又沿河水向西行半里，忽然山垄亏缺，深箐蔽日，又听见如雷的水声，我料想又到了一处奇景。透过山垄的缺缝回头南望，只见道路左边有一条河流悬空冲捣而下，如万条白色的丝绢飞舞在空中，溪上的岩石如荷叶一样下覆，中部似刀剜出三个洞，水流从荷叶上漫过顶部泄下，如千万匹薄纱，横罩在洞外，下泻的距离不能用丈来计算，似冲捣珍珠，如玉屑崩溅，水沫飞溅，波涛回涌，如烟雾腾空，气势极其雄壮迅猛，所谓‘珠帘钩不卷，匹练挂遥峰’的诗句，都不足以用来比拟它的壮观。”徐霞客赞曰：“盖余所见瀑布，高峻数倍者有之，而从无此阔而大者，但从其上侧身下瞰，不免神悚。”这就是徐霞客对黄果树瀑布的高度评价啊！其意是说，大体上我见过的瀑布，比它高峻几倍的有过，却从没见过这样又宽又大的，仅从瀑布上方侧身向下俯瞰，就不免神魂悚然。黄果树瀑布到底多宽多大呢？2005 年 8 月，贵州省国土资源厅公布了全球卫星定位“体测”的数据：瀑布高 77.8 米，宽 101 米。几百年过去了，黄果树瀑布虽然有些变化，但仍有百米宽，其宽度无论是在当今中国，还是在当今亚洲、世界，都是名列前茅的。

为了亲身体验一下徐霞客所描述的黄果树瀑布胜景，我沿着石阶走到了距离瀑布几十米处。此刻，宽大的瀑布立即映入我的眼帘，虽不如当年徐霞客所描述的壮观，但也动人心魄。只见数十条白练从天而降，好似银蛇一条又一条地落入一个大约 200 平方米的潭内，实际上这潭是箱型岩溶峡谷里蓄满了水，顿时，湖面上溅起了很大的水花，片刻，霭霭雾气陆续升腾，好像婀娜多姿的仙女从湖面翩翩起舞，这难道就是徐霞客所说的“如玉屑崩溅，水沫飞溅，波涛回涌，如烟雾腾空，气势极其雄壮迅猛”吗？我真有胜过“珠帘钩不卷，匹练挂遥峰”的感觉啊！导游介绍，瀑布河水的流量，水小时只有几个流量，最大时达到1 000多个流量。因为春天刚过，现在不是瀑布流量最大的时候。她还说，水大时，瀑布溅珠飞洒到100多米高的黄果树街上，两三里外能听到雷鸣般的响声。水小时，河水仍然分成4支，铺展在整个岩壁上，不失其“阔而大”的气势。她讲到这里，我觉得有瀑布水滴溅到了我的脸上，于是用衣袖擦了擦。我环顾四周，瀑布前是一箱形岩溶峡谷，左为峭壁悬崖，古树林立；右为崎岖山坡，绿草鲜花；中为犀牛潭、马蹄潭……据说，这两个潭很深，其中犀牛潭深17米，据《镇宁县志》记载：“昔曾有犀牛出水登岸故名犀牛潭。”为什么叫马蹄潭？我在景区内没有找到任何解释的文字。

我抬头远望，只见又宽又大的瀑布后，有一长达130多米的水帘洞拦腰横穿瀑布而过，由6个洞窗、5个洞厅、3股洞泉和6个通道所组成。据说，如此壮观瀑布下的水帘洞，在世界各地瀑布中是极为罕见的。不少年轻人此刻正沿着两边山上的石阶攀缘而上，准备穿越水帘洞，从洞里面亲身体验一下观看大瀑布的惊心动魄之感。此刻，我跃跃欲试，想穿越一下水帘洞，但因旅行社的车快开了，只好放弃这个念头。

导游还对我说，当年徐霞客从瀑布边上往西南下，经左右辗转，来到了一个叫鸡公背的村落，而后无所畏惧，继续前行……

导游的话，引起了我的思考：徐霞客的“千古奇书”，是用铁脚板“写”出来的啊！他从小树立了考察祖国大地、饱览山河美景的远大志向，后来，在母亲的支持下开始远游，一直游到两腿残疾被人从云南抬回故里止。他每走完一处，都写游记。厚厚的一部游记，是他的呕心沥血之作啊！徐霞客在旅行中尝尽了各种苦难。据有关资料介绍，他出行，只带着一个奴仆，有时是一个僧人；一根拐杖，一件包袱。不刻意整束行装，不包裹食物；能忍受饥饿几天不吃饭，能遇到什么食物就吃什么食物，并能吃饱，能徒步几百里。攀登陡峭的山壁，踏过丛生的竹林，上下攀缘，空中横渡山谷，像拿绳索打水一样。敏捷得如同猿猴，强健得如同黄牛。把高峻的山岩当作床，用山中的溪水饮食沐浴，把猴子、大猿当作伴侣……他写游记时，靠着破壁枯树，点燃松枝干穗，拿笔快速地记录，（写出的东西）好像是记得清清楚楚的账目，好像是高手画的美丽图域，即使是很会写文章的人也没法超过他。

《徐霞客游记》是作者“读万卷书、行万里路”写出来的，不仅内容丰富，而且学术水平超越前人，在地理学、文学方面都有独特见解，深受世人崇敬。明朝的黄道周是徐霞客的知己，他把徐誉为天下难得的“骏马”，癖爱山水的奇人，赞扬徐杖履雄健、负铛泻汗、走遍天下，把自己当作三山五岳的霞客。梁启超称《徐霞客游记》“中国实际调查的地理书，当以此为第一部”“以科学精神研治地理，一切皆以真实为基础”。鲁迅高度赞赏徐霞客及其《游记》如孤鹤直冲霄汉，壮游神州。毛主席曾两次推崇徐霞客和他的《游记》。1958 年 1 月 28 日，他说：“明朝那个江苏人，写《徐霞客游记》的，那个人没有官气，他跑了那么多路，找出了金沙江是长江的发源。‘岷山导江’，这是经书上讲的，他说是错误，他说是‘金沙江导江’。”20 世纪 50 年代末，毛泽东有骑马沿长江、黄河考察的想法（旨在恢复和发扬他一贯提倡的深入基层调查研究之风）。他于 1959 年 4 月 5 日说，“……我很想学徐霞客。徐霞客是明末崇祯时江苏江阴人，他就是走路，一辈子就是这么走遍了，主要力量用在长江。《徐霞客游记》可以看。”

徐霞客是非常值得今人和后人认真学习的。

“老李，该上旅游车了！”旅友的一声招呼，把我从不停顿的思考中“拽”了回来。

离开了黄果树瀑布景区，徐霞客的高大形象，一直在我的头脑里闪现我以为，我们从事新闻工作的人，只要坚持像徐霞客那样用铁脚板“写”文章，就一定会讲好中国故事，充分反映我们这个朝气蓬勃的时代。徐霞客一生在路上，我们也要一辈子脚板不离地。我们只要以徐霞客为榜样，勇于克服各种困难，战胜前进路上的险阻，就一定会实现中华民族伟大复兴的中国梦。徐霞客一生从不为各种磨难所吓倒，我们也要一辈子知难而进奋然前行。我想，如果身体条件允许的话，徐霞客曾经到过的地方，我都要去，以亲身感受这位伟大地理学家品德、人格和学问之魅力，让徐霞客精神之火永远在心中燃烧。

引我走上新闻路的好老师

新华社名记者周鸿书离开我们已经10多年了，但我时常想起他。他是引我走上新闻路的好老师。

我和恩师初次相见是1972年。当时，他是新华社北京分社记者。我任南口机车车辆机械厂办公室秘书，是厂报道组成员。这一年冬天，周老师又来到南口厂采访，厂领导让我负责接待。记得那天，天气奇寒，从南口大山北边刮来的风，刺得人脸生疼。风卷起地上尘土，搅得南口镇的天灰蒙蒙的。“这么冷的天，周老师还跑了近百里路采访，真不简单啊！”未见老师，我已经产生了深深敬意。

绿皮车缓缓驶进南口火车站。这个站是清末詹天佑带领筑路工建的，多年未修，已很陈旧。周老师从一节车厢下来，我迎上前去。他不到40岁，中等身材，鼻梁上架着极普通的眼镜，双眼透出聪慧的光。我和周老师边走边聊，不一会儿，走到工厂招待所。我说：“房间比较简陋，比不上酒店！”“我到基层采访，比你们厂差得多的房间，我也住过。当记者的，到工厂农村，主要是调研和采访，好记者下来，从不谈住什么、吃什么！”听了他这番话，敬意又增加了几分。

那天晚上，我到周老师的房间里去看他。他正凑在灯前看书，见我进来，招呼我坐下。我接过他手中的书，是一本《中国农村的社会主义高潮》。周老师为什么读这本书呢？他好像猜透了我的心思，说："这是一本材料书，里面的调查报告可读。1955 年 9 月至 12 月，毛主席亲自编辑了这本书。他仔细阅读从各省市自治区收集来的众多材料，从中选出有代表性的 176 篇。他像老师改学生作文一样，认真逐篇修改材料，再三推敲每篇题目。他还为 104 篇典型材料撰写了按语，为该书撰写了序言。要当一名好记者，就要读这本书，从中能够学到许多有关写作方面的知识。"按周老师说的，后来我也找到这本书读。那天晚上，我们聊了许多。他告诉我，他是吉林省敦化市人，自幼爱学习，四年读完六年小学课程。上初中时，他住校，天天早晨起得很早，借着食堂炊事员烧火做饭的炉火看书。他是被保送到高中的。1954 年，周老师加入了中国共产党。1956 年，他以优异成绩考入北京大学中文系新闻专业。"您是新闻科班毕业啊！"我说。他说："科班毕业也没啥，当记者的，也要常学习，否则跟不上形势。"难怪他下基层采访还带着书呢！周老师在南口厂那几天，让我陪着他，到车间、班组转，找工人聊、找领导聊。几天工夫，他的笔记本记得密密麻麻。他白天采访，晚上整理笔记和材料，做写作前的准备工作。

1978 年，我离开了南口厂，到《人民铁道》报社工作。我由写报道的通讯员转换成为专职新闻工作者，感到压力很大。我没有读过大学新闻系，自知要干好本职工作，就要多学习多求教。那段时间，我是周老师家的常客。我来他家，主要是就新闻写作，向他和他的爱人赵绮秋（当时她是北京日报社工商部副主任）请教。他们一次又一次地给我上新闻业务课，告诉我读哪些新闻书籍，如何熟练掌握各种新闻体裁，如何采访到好的新闻……两位老师的授课，在我心中打上了深深烙印，对我以后的新闻写作起到了关键作用。在此后一年多的时间里，我还到新华社北京分社和北京日报社看望两位老师。

1973 年的一天，我再次去周老师家时，他家桌子上，堆满了有关西藏的书籍、报刊和材料。我感到吃惊，难道周老师要对西藏做专门研究？他见我满脸问号的样子，对我说："我要到西藏搞报道了，那里的一切，我都很生疏。临去还有一个月，我在家里好好熟悉熟悉情况，以便今后写好报道！"他在西藏一下子干了 5 年多，再回到北京分社已是 1978 年 4 月了。1985 年 4 月直至退休，他一直在中国新闻学院工作。他去西藏那几年，我曾到北京日报社求教于赵老师，也问问周老师在西藏的情况。我还陪同赵老师在南口厂采访过。

几十年来，我和周老师的联系从未间断过。周老师说："经过多次接触，我们和连相已成为感情至深的朋友了。既然是朋友，我们也毫无保留地将自己所知道的一切说出来，以满足他的求知欲望。"

周老师当记者期间，经常深入基层、深入实际、深入群众采访，北京、西藏许多地方留下了他坚实而辛勤的脚印。早在 1961 年，他就到天桥商场，采写了通讯《天桥商场新事》，经新华社播发后，全国 24 家报纸采用。周老师写出这么多好的稿件，就在于他始终坚持深入基层、深入实际、深入群众。基层、实际、群众是好新闻的源头。只有深入了，才能发现源头之清泉。这清泉，就是好新闻的线索。周老师的"三深入"作风，对我从事铁路新闻工作产生了很大影响。我无论是当编辑、记者，还是当社领导，都抓空儿到工地、车站、车间调研，也写出了一些好的作品。

周老师是专家型记者，在新闻学的许多领域，他都进行过探索和研究，发表过许多卓有建树、影响广泛的论文。如，《记者必备的五大素质》一文，阐述了作为一名记者，应该具有以下几个方面的素质：坚定正确的政治方向、较高的理论水平、较为广博的知识、熟练的业务技能、较强的社交能力、比较强健的体魄。可归纳为五个字：德、识、能、学、博。德，是记者的道德伦理。一个优秀记者，首先是一个道德情操高尚的人。德有三个方面的内容：政治品德、职业道德、个人品格。识，是记者的学识、见识、胆识。记者要知识面宽、学识渊博，要有远见卓识、对全局有清醒了解和准确把握，要不怕担风险。能，是记者要有较强的社交能力、调研能力、口语和文字表达能力。学，是记者要不断学习，充实自己，向书本学习，向社会学习，向被采访对象学习。博，是记者要不断求新、善于思考、勤于调研，不畏艰苦、勇于牺牲、献身事业。要有较强的时间观念，"吃一、抓二、眼观三"，一旦发现重大线索，连续作战，连夜采写，尽快发布新闻。要哪里条件艰苦，就到哪里去。周老师知行合一、言行一致，他本身就是"德、识、能、学、博"的模范实践者。西藏比内地海拔高，尽管他有"左心室传导阻滞"的疾病，但他仍要求"到西藏试试"。作为西藏分社社长的他，除了在 3 500 多米的高原不停地采访，还带头种菜、建房，改善分社的生活条件。周老师是名副其实的"人民好记者"。

周老师的新闻学术论文，具有较强的时代感，能够廓清迷雾，引导媒体搞好全方位报道。如，他在《关于先进人物宣传的几点思考》中说，一段时间内，新闻媒介对先进人物的宣传相对比较薄弱。针对这种情况，他强调对先进人物的宣传要加以认真总结，以便指导今后工作。他说，搞好先进人物的宣传，要坚持实事求是的原则，不刻意追求"高大全"；要遵循唯物论辩证法；要通力合作，形成群体优势，多方强化主旋律。在我国新闻界，很少有人涉足新闻伦理学这门学科。周老师比较早地投入了这一学科的研究。他发表了《新闻媒介的道德功能》《外国报业自律评价》等优秀论文。他撰写出版了专著《新闻伦理学论纲》。这是我国第一部系统研究新闻道德现象的著作，构建了社会主义新闻伦理学的理论体系，填补了我国学术领域的一项空白。

周老师说："培养高素质人才，以适应时代发展的需要。"作为分社领导，他一直在培养新闻人才上下功夫。他不仅注重年轻记者思想道德素质的锤炼，也注重他们新闻业务素质的提高。他下基层时，常常带上年轻记者。周老师认为，培养优秀通讯员，也是发展党的新闻事业之所需。就拿我来说吧，我 20 多岁认识周老师的时候，只是一名为党报写稿的毛头小伙。他觉得我热情、聪明、有抱负，对新闻有着特殊的敏感，深深爱着新闻事业。他像园丁一样，关心我成长。他和赵绮秋老师向我传授新闻业务知识。当他们看我工作有成就时，非常高兴。对我在《人民铁道》报上发表的一些好的稿件，周老师推荐给新华社播发，如，纪念二七革命斗争的社论和通讯《少奇同志在旅客列车上》。我在"穆青新闻作品研讨会"上的论文，他推荐给 1997 年第一期《中国新闻学院学报》刊发。1999 年，我的拙著《铁路新闻与思考》出版时，他作序，点评我的人品和作品，令我激动不已。

1985 年后，当了多年记者的周老师，投身于中国新闻学院的筹建工作。他任院党委书记。他和全院教学骨干一起，探索了以教学改革为核心的新闻教育改革，主要是五个方面：强化新闻实践训练，提高动手能力；加强实习训练；新闻业务学习与社会实践相结合，改革传统新闻教学；及时调整和更新教材；更新教学手段，改进教学方法。学院师资力量全国一流，兼职教师均为资深记者、编辑和社会名流。周老师作为新闻学教授，亲自授课。靠着全体教职员工的不断努力，中国新闻学院15年为社会培养了3 588名学生，其中硕士研究生56人。这里面倾注了周老师大量心血。他在中国新闻学院创建和发展过程中功不可没。

周老师乐观豁达、多才多艺，写了不少诗歌，讴歌大自然，讴歌美好生活，讴歌纯真爱情，讴歌普通劳动者，表达着他对党、对人民、对时代的热爱。如，《咏松》："江河久冰封，苍山裹白袍，一任狂风乱飞雪，北国她独娇。"《心儿留给你》："我们暂且别离，心儿留给你。愿你珍惜珍藏，直到我们两个人，重新相会的时光。啊！快乐和幸福，永远是我们彼此的赠礼。"《星啊，亮晶晶——献给铸字工》："铸字机日夜歌唱，是你们生活的乐章，它悠扬的旋律，是你们青春脚步的声响。一个铅字，一颗星，星星是你们亲手铸成，星星啊，亮晶晶，编织起一片片真理的天空。"我每读一遍周老师的这些诗，都心潮澎湃。周老师，才华横溢啊！

时间过得真快，转眼间，我也进入古稀之年。周老师几十年对我的关爱，是用文字表达不完的。每当我伏案写作的时候，我总想起他的音容笑貌。是周老师引我走上新闻路，教育我为铁路新闻事业作贡献。我永远记住恩师对我说的每一句话。为了党的新闻事业，我将生命不息、奋斗不止。

一碗热汤面的故事

20世纪70年代，我在位于京郊的南口机车车辆机械厂上班。那个年代，每逢岁尾年初，厂领导就把党办、厂办、宣传部的几名“秀才”，集中到工厂招待所，搞全厂年终总结。

1977年12月底的一天傍晚，我从工厂食堂吃完饭，径直向招待所走去，到那里起草总结。我写到晚上十点多钟，觉得嗓子发痒，鼻流清涕，浑身发冷。“感冒了！”我自言自语。我放下笔，钻进了被窝。那一宿，我怎么也睡不着，翻饼似的在床上折腾。第二天一早，家住南口的“秀才”们，来到了招待所我住的房间。此刻，我未起床，昏昏沉沉的。我的师傅、党办主任范国柱用手摸了摸我的头：“真烫啊！连相发烧了，赶紧去医院！”几名“秀才”帮我穿好了衣服，推着自行车，把我送到医院就诊。那一天，我打了针，吃了药，病情稍有好转，就是不想吃饭。傍晚，我靠着床帮睡着了。这时，一个熟悉而亲切的声音在我耳边响起：“连相，别睡了，吃碗面，发发汗，感冒就好了！”范师傅扶我坐起来，我双手接过用干净的布包着的饭碗。这是一碗热腾腾、香喷喷的汤面啊！碗内的香油花裹着两个荷包蛋，周围是切得细细的白菜丝。那个年头，鸡蛋和香油是稀罕物，要凭票和副食本买。

鸡蛋和香油，肯定是师傅和师娘舍不得吃、攒下的呀！范师傅的家离工厂招待所二里地。他是捧着面碗，走了这么远的路，给我送来的呀！我用筷子挑起了冒着热气和香气的面条，泪水夺眶而出。青年丧父的我吃着面，顿时感到一股父爱的暖流，在我周身流淌。这不仅仅是一碗面，里面包含着师傅师娘对我的关爱啊！在师傅师娘的精心照顾下，我的病几天就好了，又投入了紧张工作之中。

就是平时，师傅师娘对我生活也非常关心。他俩怕我在工厂食堂吃不好，隔三岔五，就把我叫到家里，给我改善伙食。不是包饺子，就是打卤面，还有菜团子。他们疼我像疼自己的孩子一样。我俨然成了范家的一员。范师傅不仅从生活上关心我，更注意从思想上、业务上帮助我成长。20 世纪 70 年代初，我从车间调到厂办干文秘工作。在此之前，我是厂广播站通讯员，靠写稿子在厂里有了点名气，才调到厂办的。我写个小消息、小评论、小故事还可以，哪里写过简报和总结呀！我有点打怵，怕干不好这项工作，耽误厂里的事。范师傅看出了我的心思，对我说："其实，你干的活儿，没啥难的，只要勤读书、勤调研、勤思考、勤动笔就行！"他给我介绍他的经历。他说，他从技校毕业后，分到工厂当锻工，整天打铁。沸腾的车间生活，深深感染了他。锻锤下红红的铁块，打铁匠黑黑的脸庞，激发了他的写作灵感。他下定决心，用笔把锻工在火红年代艰苦奋斗的事迹报道出来，以激励更多的人为社会主义建设作贡献。他文化底子薄，没有念过大学，写起稿子来有困难。但他凭着韧劲，刻苦读书，勤于练笔，逐渐写出了许多好的消息、通讯，发表在厂报和《北京日报》上，当然，他也写出了令领导满意的简报和工作总结等。范师傅用自己成长经历教育我。他鼓励我："你年轻，有文化，写作基础比我好，你一定能胜任文秘工作！”师傅的话，使我信心足了。那几年，他一有空儿，就把我叫到他的办公室，向我传授写作知识，介绍工作经验，还列了一些书籍让我读。

记得范师傅曾对我说：“拟简报，写总结，不能待在办公室里‘闭门造车’，要迈开双脚，一有空儿，就要跑到车间班组，搞调查研究，细致了解生产一线的情况。情况熟，下笔来得快，文章转眼就写出来。”他的话，我记在心里。在范师傅的影响和带动下，我和几位年轻同志，经常到车间班组搞调研。我们找一线工人、班组长、车间领导等谈话，倾听他们对工厂工作的看法和建议；同时，翻阅车间班组的报表、材料，回到办公室后归纳整理。一有机会，我们还到班组参加劳动，不仅锤炼了思想，而且积累了大量写作素材。厂领导一有空儿，我就主动找他们聊，请他们讲工作体会、工厂现实情况和发展规划。由于我们调研工作细、准备充分，所以写出来的东西“有血有肉有骨架”，领导看了很满意，经常表扬我们。那个年代，没有“接地气”这个词儿，实际上，我们那时的做法就是“接地气”。由于范师傅言传身教，我的写作水平有了很大提高。我参加了厂里的对外报道组，给一些大的媒体写稿。有的老工友说：“连相能写一些大的东西，主要是范师傅的指点。”还有的老工友说：“范国柱这个‘大笔杆子’带出了一个‘小笔杆子’！”我还记得那个年代，像范师傅一样关心我的，还有我们同一个办公室的刘仲坤、刘庭槐、李玉香、杨华蓉等老同志。我在南口厂工作的十年，是我受教育最深的十年。

现在想起来，年轻时的事忘了许多，但那碗热汤面，我一直未忘。人最真诚最重要的品质是感恩。我永远记着那碗热腾腾、香喷喷的面，永远记着范师傅对我的教诲。

邱木根的《红楼梦》岁月

话得从头说起，那是1987年10月3日，在中央电视台、香港亚洲电视台举办的《红楼梦》知识电视大赛中，四十岁的邱木根从三十万参赛选手中脱颖而出，夺得第一名。此时，他所在的南口机车车辆机械厂轰动了，人们把这一喜讯作为厂内的头号新闻传播着。不少人问："邱木根，到底是干什么的呢？"

邱木根当时是这个厂一名普通的工程技术人员。他是经过五轮比赛（开卷笔试、闭卷笔试、面试、北京选手电视选拔比赛、京港选手电视竞赛），摘取这项桂冠的。前几天，我见到了邱木根。他还是那个老样子，一身蓝西装穿在身上，十分帅气，两只大眼睛炯炯有神，透着聪慧，给人以热烈而亲切的感觉。老朋友见面，依旧聊起了《红楼梦》。我说："《红楼梦》已经二三十年没看了，里面的人物和情节忘得差不多了！"邱木根立刻接过话头："那是你《红楼梦》没有真正读进去，如果你读进去了，也就没有忘记这一说了！"接着，他给我叙述起《红楼梦》的主要情节来。从他滔滔不绝的述说中，我感到他对《红楼梦》确实有非常深刻的研究啊！

据我的了解，邱木根最初接触到《红楼梦》，是上初中的时候。

据他自己讲，是他叔叔让他读这部书的，他那时年纪小，刚捧起《红楼梦》时，根本不知书里面写的是什么。但他一打开书，立即被开头那优美、简洁的语言吸引住了：“此开卷第一回也。作者自云：曾历过一番梦幻之后，故将真事隐去，而借‘通灵’说此《石头记》一书也；故曰‘甄士隐’云云。”打那时起，邱木根对《红楼梦》爱不释手，一直带在身边。1964 年，他考入了中国著名学府——清华大学，学的是精密仪器系导航专业。这个专业和《红楼梦》风马牛不相及，但他在学好本专业的同时，继续看这部书。最后他在《红楼梦》里找到了寄托。书中优美的文字，书中绝唱的诗歌，书中的人生哲理，帮助他度过了最坎坷的青春岁月。邱木根还说：“《红楼梦》读多了，我渐渐从字里行间跳了出来，把它当作一部哲理书来读，越读越有味儿。我有个习惯，每天睡觉前，总要看几页书。几十年来，一部《红楼梦》总放在枕边。”

邱木根说，《红楼梦》自问世以来，人们就一直研究它，于是就产生了一门学问，叫红学。红学研究分三个阶段：一是旧红学，以蔡元培为代表；二是新红学，以胡适、俞平伯等为代表；三是当代红学。邱木根告诉我，几十年来，凡是有关《红楼梦》的书，他都看，也包括周汝昌的。邱木根说，毛主席对《红楼梦》有独到而深刻的见解，影响广泛。我听着听着，对邱木根更加敬佩了！

话头扯到 1987 年的那场比赛。这时，话从邱木根的嘴里倾泻而出，他觉得那是他一生中最辉煌的经历之一。那是 1987 年 6 月，《中国电视报》刊登了《红楼梦》知识竞赛试题，他随手答了一张卷子，寄了出去。当时，他只是读《红楼梦》兴趣之使然，没想到得什么名次。无心栽柳柳成荫，没过多少日子，市里传来消息：在两百个参考人员中，邱木根名列第一百零四名，获得了闭卷考试资格。邱木根回忆说：“闭卷考试是由中国红楼梦学会组织的。考完后，我觉得不理想，就到东北出差去了。但我总不甘心，总想知道考试的结果。那年的 8 月 7 日，我从东北打电话给厂里，托朋友看一看有没有红楼梦学会寄来的信。朋友告诉我：‘有！’我说：‘拆开看看！’信中说：‘邱木根在闭卷考试中名列第四，可参加 8 月 9 日举行的面试。这次面试共十二人参加。’朋友读罢此信，我兴奋异常，当即跑到新华书店，买了一部《红楼梦》，从上火车到下火车，一个劲地读。8 月 8 日晚上，我赶回厂里，又找了几本红学资料，读了大半夜。8 月 9 日，我通过了面试，进入了六个人的全国《红楼梦》电视知识大赛的半决赛圈。”

为了迎接决赛，邱木根可没少下功夫。从8月9日到10月3日，他查阅了五十多份资料，写下了六万多字的分类读书笔记，这真是“六万字辛苦不寻常”啊！其实，邱木根钻研《红楼梦》早就入了迷。凡碰到书店，他总要进去，看有没有研究《红楼梦》的最新书籍和资料；凡拿起报刊，他总要看一看有没有研究《红楼梦》的文章。他竟剪贴和积累了有关《红楼梦》的资料三十本。他对《红楼梦》中的人物、故事、诗词、瓷器等归纳整理，甚至把刘姥姥进大观园的路线，勾画成了草图。所有这些，都为他力挫群雄夺冠，打下了良好基础。功夫不负有心人。在那年 10 月 3 日的比赛中，他果然脱颖而出，赢得第一名。除获得奖品外，还被聘为中国红学研究会会员。二十二年后，当我问起那次夺冠的体会时，他说：“一个人要想干成一件事，就必须把心扑进去，要入迷才行！”

1987 年荣获《红楼梦》知识电视大赛第一名后，邱木根仍没停歇，继续研读《红楼梦》。后来，他担任了铁道部党校副校长，在党校和其他高等院校，开设了《红楼梦》讲座近百次，每次都听者众多。他从《红楼梦》成书的历史背景，讲到曹雪芹的身世；

从《红楼梦》的主题思想，讲到“金陵十二钗”；从《红楼梦》的现实意义，讲到红学研究和《红楼梦》的各种版本，洋洋几万字，语言之生动，资料之丰富，打动了每一位听讲座的人。邱木根建议，凡是有一定文化水平的人，都应研读《红楼梦》，从中获益。他还认为：“党的十一届三中全会以后，包括《红楼梦》在内的中国古典文学的研究到了最繁荣、最昌盛的时期。”这是邱木根最深刻的感悟之一。如今，他已进入古稀之年，但仍孜孜不倦地研究红学。他在北京海淀图书馆办了一张借阅证，仍像以前那样，准时到图书馆搜集和整理有关《红楼梦》的研究资料。作为朋友，我祝愿他在红学研究上取得更大成绩！

多才多艺的吴连生

我的好友吴连生，浓眉细眼，眉宇间透着和蔼慈祥。我每次见到他，都十分高兴。

吴连生虽已年过七旬，但浑身散发着年轻人的活力。他从十六岁起，就读于北京铁路机械学校，学的是企业供电专业。他是个好学生，曾担任企业供电八班班长，后与这个班的武如意结为伉俪。几十年来，夫妻恩爱，相濡以沫，美好姻缘闪烁人间。吴中专毕业后，在北京南口机车车辆机械厂电机车间干机加工的活儿。据说车、铣、刨、旋、插样样活儿，他都干过，钳工电工知识也略知一二。我称他为“手艺人”。他多才多艺、爱好广泛，打乒乓球、临摹名家书法、摄影、学唱歌、干手工活儿，一刻也不停。他拍摄的照片，曾刊发在《铁道知识》杂志上。他曾对我说：“闲下来，我浑身难受！”

从早到晚，吴连生忙个不停，不是干这，就是干那。他有一手绝活儿，就是用“麻雷子”木，做烟斗，做小玩具。所谓“麻雷子”木，就是一种乔灌木的根部。吴去掉根部的枝枝杈杈，取其精华，用车床去车，用手锯去锯，用锉刀去锉，费了很大工夫，才做成了烟斗之类的小物件。那烟斗，那玩具，那手串儿，别提多精美了，人人见了，人人喜爱。记得有一次，我们到外地旅游，他送给我的朋友一个小烟斗，并说：“我这玩意儿做得粗糙，您就收下做个纪念吧！”我那朋友把烟斗小心地放在掌中，翻来覆去地看，真是爱不释手啊！我那朋友说：“老吴，您忒谦虚了，您这活儿做得多精致啊！应该送到博物馆留存，一百年后就成文物了！”听着朋友对吴的夸奖，我喜上眉梢，也好似跟着沾了光。

吴连生喜欢运动。早在十多年前，他就参加了南口斯凯孚轴承公司自行车队。他置办了山地车，购买了骑行服、头盔，好一副大干的样子。这些年来，北京周边的山山水水，留下了吴和骑友们的足迹，西起门头沟灵山，北至河北怀来、延庆永宁，东到怀柔、密云、平谷。吴曾在《人民铁道》报上撰文《骑行山水间》，生动叙述了他们骑行中的故事。吴文说：“山里，空气十分新鲜，我们大口大口地吮吸着。抬头望去，一片一片的红叶，挂着柿子的树林，把山坡装点成红、绿、黄三色。我们骑行在山水间，和大自然融合在一起，心旷神怡啊！”吴所在的自行车队趣闻很多。一次，一名骑友的自行车后轴断了，搭乘运羊的农用汽车返回南口；一次，几名骑友为了少骑几百米，扛着自行车翻越山梁，本来是“人骑车”，竟变成了“车骑人”吴兴奋地说：“骑行山水间，只是我往事生活中的一朵浪花。这浪花，激励我奋进，永远忘不了那些南口厂的老工友！”

从 2013 年春天起，吴连生当起了“农民”。他收拾了一块地，学着种菜。土地贫瘠，不知道吴从哪里弄来一车大粪，倒进了那块地，说是要增加土壤的肥力。吴找来菜籽，埋进了地里。他适时松土、浇水，没过多少日子，细芽绽出了土壤，长了茎，开了花，蜜蜂在花间互相嬉戏……收获季节，各种果实争相斗艳，紫色的、红色的、绿色的、金黄色的，趴在地上的、缠在瓜蔓上的、挂在架上的，夺人眼球，构成一幅美丽的田园风景图。有的果实，尽管长得不那么漂亮，如西红柿、茄子等，但毕竟是他辛勤耕耘的成果。望着这果实，吴满面笑容，感到“务农”之后的快乐。我祝贺“六十老汉当农民”，打心眼里羡慕他。

吴连生还有一手过硬的烹调本领。他烙的葱花饼，让人吃了一张，还想再吃第二张。他熬的疙瘩汤，汤面菜均匀，香味四溢，让人喝得舍不得放下碗。他做的“一锅香”，让人吃了不腻，回味无穷。啥叫“一锅香”呢？就是把茄子切成片，两片藕断丝连，中间夹上瘦肉馅，配之以西红柿、土豆、冬瓜等，放进高压锅里加工。熟透后，一打开锅盖，香味扑鼻，馋得人直流口水。我在他家多次品尝“一锅香”，多次享受人间美味啊！

吴连生精力旺盛。每次我们外出旅游累了休息时，他都不肯坐下，总是到休息点附近转转，看一看有没有从未见过的民间小玩具，有没有玉石和砚台等。他这个老头，竟像顽童那样有趣，那样玩劲儿十足。一次，他买了一个木头做的青蛙。他用小棍划那青蛙的头，“哒哒”作响，逗得众人哈哈笑。吴有时脱离“集体”单独活动。前些年的一个夏天，我们八人坐了五十多个小时的火车，到漠河旅游。我们七人的腿像灌了铅似的，疲倦得很，吃完晚饭，一头扎在枕头里，酣然入睡。可吴竟一夜未合眼，跑到北极村最北端遥望北极光去了。第二天白天，他仍未沾枕头，和我们一起游遍了景点。

我常常对人说，我为有吴连生这样的好朋友，感到光荣、自豪和骄傲。他善良，乐于助人；他朴实，心底无私；他聪慧，多才多艺；他勤劳，终日劳作；他体健，充满活力。其实，在我的朋友当中，像吴连生这样的人很多。

我和这些朋友从年轻时就在一起，几十年来我们真诚帮助，结下了深厚情谊。我们虽无血缘关系，但相互间的友谊胜过这种关系。多年来，我们言谈话语间，渗透着真挚感情。这种感情是人间最高尚、最纯洁、最伟大的，它将伴随着我们走过后半生，直到永远！

吴师傅的地图册

我友吴连生，是位“老铁路”，单位里的人都叫他吴师傅。吴师傅的两本地图册与众不同：第一，他分省、分大洲地把《中国地图》《世界地图》拆开，每次外出旅游，他就带上所去地方的地图；第二，但凡他所去过的地方，他都在《中国地图》《世界地图》上，用直线标出，以北京为中心成辐射状。

我曾多次翻阅吴师傅的地图册，直线几乎画满了《中国地图》，《世界地图》上直线也不少。他确实去过不少地方啊！他的双脚奔走于神州大地：广袤的新疆沃野，他留下了嘹亮的歌声《达坂城的姑娘》；诱人的“金鸡冠”漠河，他升起了亲手点燃的“孔明灯”；翻滚的广东阳江海面上，他纵身跃入风卷起的浪花中；神奇莫测的南海西沙，他瞪大眼睛观日出日落……他的双脚踏出了神圣国门，他漫步于繁华的悉尼街头，他和妻子在西亚与伊朗姑娘亲密合影，他游走于欧洲多国，他也曾到过北美和南美，与密西西比河有过亲密接触……他的脚步从未停歇。他要在有生之年，和老伴武如意一起多看看世界。他们的视野无比开阔，容得下五大洲、四大洋啊！

在吴师傅心里，旅游不是简单的“游山玩水”，既是一种休闲，更是一种文化滋养。他说："从旅游这种休闲中，我探寻、学到了许多历史地理知识。"为了充实自己，吴师傅每到一处，都向当地人打听此地的来龙去脉，了解有关这个地方的故事、传说。他频繁地出入风景名胜，他真是想多学点东西啊！

记得，我们有一次到昆明大观楼参观。他虔诚地听导游讲解："大观楼，位于云南昆明市近华浦南面，三重檐琉璃戗角木结构建筑。清康熙年间始建。清乾隆年间，孙髯为其撰写长联，由名士陆树堂书写刊刻。清光绪十四年（公元1888年），赵藩重以楷书刊刻长联。这长联多至一百八十字，对仗工整，气势宏大，寓情于景，情景交融。上联描写了浩瀚滇池及四周风光之美，讴歌了劳动人民之伟大；下联叙述了云南历史，说封建王朝兴起、衰亡连大幕都拉不及，最后只剩断碣残碑散落在苍烟落日之中。这副长联令人叫绝，堪称千古佳作，被誉为'海内第一长联''古今第一长联''天下第一长联'等，一直流传不衰。"吴师傅接着又问作者是谁？他得知此联作者叫孙髯。孙髯字髯翁，号硕庵，祖籍陕西三原，是清康乾之际一饱学名士。孙少时赴童试，亲眼见考生被考场人员搜身检查后放进考场。孙认为官府像对待盗贼一样对待考生，自己决不能受此辱。孙自此不复与考，终生未仕。孙髯一生著述较多，除大观楼长联外，还有《金沙诗草》《永言堂诗文集》等。孙一生清贫，晚年孤居，凄凉而亡。

吴师傅特别喜欢孙髯这副长联，当即抄录，反复吟诵。没过几天，他竟一字不落地背了下来。"五百里滇池奔来眼底，披襟岸帻，喜茫茫空阔无边。看：东骧神骏，西翥灵仪，北走蜿蜒，南翔缟素。高人韵士何妨选胜登临。趁蟹屿螺洲，梳裹就风鬟雾鬓；更苹天苇地，点缀些翠羽丹霞，莫孤负：四围香稻，万顷晴沙，九夏芙蓉，三春杨柳。数千年往事注到心头，把酒凌虚，叹滚滚英雄谁在？想：汉习楼船，唐标铁柱，宋挥玉斧，元跨革囊。伟烈丰功费尽移山心力。尽珠帘画栋，卷不及暮雨朝云；便断碣残碑，都付与苍烟落照。只赢得：几杵疏钟，半江渔火，两行秋雁，一枕清霜。”

吴师傅在旅游中求学问，有一股“打破砂锅纹（问）到底”的精神，有一种“不到长城非好汉”的劲头儿。在我的记忆里：山再高，他也要跃上顶峰；浪再急，他也要钻里打个滚；林再密，他也要寻找最深处；河再宽，他也要乘船量一量……他求知若渴啊！记得我们游梵净山，导游对我们说：“梵净山，海拔 2 494 米，其山势雄伟，坡陡谷深，溪流纵横，飞瀑悬泻。山里植物、动物种类多，高等植物 1 000 多种，脊椎动物 382 种，国家重点保护动物黔金丝猴只生活在这里。”导游越说越带劲儿：“梵净山是我国历史上佛教名山之一。因自然风光奇美、人文历史遗迹多，是必去的旅游胜地。到梵净山不登顶就等于没来，因为名胜古迹都在山顶或山道附近。”吴师傅听了这话，对我说：“连相兄，咱们登顶！”我毫不示弱，尾随他行进在山路上。行至半山腰，我满头大汗，两膝疼痛难忍，一屁股坐在路边，不想再爬了。吴师傅让我在路边等他。他咬着牙，硬是登上了金顶。在返回住处的汽车上，当我听他诉说在山顶所看到的美景和高 13 米的弥勒佛殿时，心中敬佩之意油然而生。他也腿疼，他还能坚持登顶，我为啥打退堂鼓？我自叹求学精神和身心意志，远远不如他。看来，我要向他好好学习啊！

每次旅游归来，吴师傅都认真总结，思考有哪些收获和体会。他把一路上拍摄的图片制成美篇，发到微信群里，让我们领略瑰丽风光、巍峨建筑等，分享他从旅游中获得知识的快乐和喜悦。当然，我们也从照片中学到很多有益的东西。

翟金水：聪慧的好友

翟金水这个名字，几乎每天都会出现在我的脑海里。这是为什么？因为他是我最好的朋友之一。他、我和吴连生等人，虽无血缘关系，也不像刘备、关羽、张飞那样“桃园三结义”，但我们的关系却胜似亲兄弟，相互间无话不谈，甚至家里的那点“隐私”都知道。

我和金水相识于 20 世纪 60 年代，至今已六十多年。半个世纪的友谊啊，似长江水奔流不息，用多么丰富的语言也表达不尽。六十多年前，他是个英俊帅气的小伙，高大且瘦削的身材，一双大眼睛炯炯有神，闪耀着智慧的光芒，令多少美女神往。想当年，他和朱秀珍都是北京铁路机械学校企供 108 班的学习尖子，让人羡慕。后来，他俩在学习和工作中萌生情愫，相爱相知相敬，终于喜结良缘。他们膝下有一女，叫小颖，其女对二老十分孝敬，令人羡慕。几十年来，他俩精打细算，小日子过得不错，用咱老百姓的话来说，那就是活得“有响有滋有味”。譬如做饭，我当“大厨”，就是焖上一锅米饭，把菜洗洗放点油盐炒熟即食。而金水和他爱人小朱，虽然吃得不多，但每顿饭都做得十分精细，讲究色香味俱全。我曾吃过他们做的“素什锦”，那菜吃过后令人回味，久久难忘，胜似大饭店做的。他俩有时吃饭时还推杯换盏，喝点小酒什么的，品一品生活的甘甜。

记得金水1969年从北京铁路机械学校毕业后，被分配到南口机车车辆机械厂修机车间任机械钳工。那个年代，修机车间可不简单，是工厂精修车、铣、刨、旋、插各种机床和精密设备的基地，到这里工作的人都得有两下子，否则，便玩不转。金水天生聪慧，加之在车间大工匠手底下干活，最后终成正果，成为一名出色的机械维修钳工，进而当了车间和工厂一个分厂的领导。

金水善于学习，年轻时专注于技术业务学习，成长为专业技术人才和优秀领导干部。退休后，他读书看报，关心工厂和国家大事。他是个“武侠小说迷”，据说他读过古龙的全部著作，金庸的书也有涉猎。他读书不算多但求精，一本书反复看多遍，直至弄清书中的全部内容为止。不像我读书囫囵吞枣，尽管读得多，但书中的许多内容都记不住。他喜欢看《三国演义》，我曾和其约定，有时间交流一下攻读《三国演义》的体会。也许是受武侠小说和古典小说的影响，金水有时也口诵几首“诗词”，颇有风趣和韵味。我俩相聚时，还对弈几盘中国象棋，切磋切磋技艺。金水沉稳，不善言语，平时话不多，但他只要一出口，就和别人不一般，既幽默又有趣，时常逗人发笑。

金水有一副好身板，这和他年轻时爱好体育锻炼不无关系。七十多岁，虽然身材瘦削些，脸上也有些许皱纹，但他做起“仰卧起坐”来，却像个小伙子。他凭着这副好身板，前几年经常到南口附近的山沟沟里，去打清澈甘甜的泉水回家烧开喝。到山沟沟里打水，没有好的体力不行啊！从南口到居庸关这条路，由低到高，坡度越来越大，推车上坡都费劲，何况骑车呢？但他毫不畏惧。我想，打水这活儿，我绝对干不了，因为我没有那个体力呀！因为金水身轻如燕，所以我们每次外出旅游时，我时常“欺负”他，尽管他买了下铺票，我也劝他睡中上铺。我每次话未出口，他便知道我的意思，立刻将自己的东西挪至上边，毫无怨言。每次外出旅游，他都主动帮助他人拿行李。爬山时，他也经常“断后”，并腾出手来搀扶别人。

金水乐于助人。记得我有一次写散文，有关南口的一座古墓，我不甚清楚，就打电话给他，让他实地查看一下。从来没有当过新闻记者的他，竟然骑车到南口村里，把古墓的来龙去脉摸得一清二楚，为我写好那篇散文提供了充分的素材。

金水两口子待人热情，常常表现在细微之处。他们曾用旧毛衣裤，为我们每人改做了毛线袜。这两年冬天，我都把它穿在脚上御寒，暖在脚上，更热在心上。我曾写过一篇散文，不经意间，文中透露了自己爱吃南口的芝麻火烧和羊杂碎。有几次外出旅游，他俩竟早早起床，排队买来这两样好吃的，让我在路上吃。当时，我感动极了。还有一次，我正在家中看书，突然接到南口打来的电话，说是让我和老伴到300路公交车马甸桥站去接豆包。原来，那两天，他俩一个劲地忙活，又做豆馅又和面，说这豆包是专门为我们做的。从南口到马甸桥几十公里路啊，竟然为一屉豆包跑了这么远的路送来，我感动得热泪盈眶。这哪里是送豆包呀，简直是送来深深的情意啊！我这个人生活上粗粗拉拉，说话大大咧咧，言谈话语间常常暴露自己爱吃什么东西，我估计这次送豆包，可能是我在不经意间说漏了嘴而引起的。

俗话说，人活到五六十岁的时候，要有“三老”：老底、老伴、老友。我想，我每天乐呵呵的，大概和这“三老”有关吧！我发自心底地祝愿，我和吴连生、翟金水等人的友情，像醇香的美酒一样，年头越长香味越浓烈，一直香到永远！

李亚新：山山水水留下足迹

吾有一友，姓李，名曰亚新。他和妻子，是和大自然最亲密接触的人。前天，他出现在京西潭柘寺，饱览历经沧桑的古树；昨天，他赶往太湖之滨的无锡，江南水乡一收眼中；今天，他又移师南京，秦淮河畔领略历史画卷……他几乎天天与大自然亲密无间啊！他的足迹刻在了京城的角角落落，他的足迹留在了祖国的山山水水。

在我们的微信群里，时常出现亚新拍摄的游历照片。这些照片令大家目不暇接、惊叹不已。我的脑海里经常出现这样一个问题：亚新为什么有那么旺盛的精力同大自然亲密接触？悟来悟去，我终于找到了答案：因为他对大自然、对生活、对祖国充满了热爱。

人本身就源于大自然。大自然给予了人的一切。因为大自然自生万物，所以很久以前，我们的祖先靠啃野果、靠饮泉水、靠钻木取火、靠树叶遮体，生存下来，后又创造文字，孕育了丰厚的五千年之久的中华文化。作为祖先的后人，我们怎能忘记大自然赋予我们的万物？人最基本的品质是感恩。感恩大自然，就是要爱护大自然，“绿水青山就是金山银山”。感恩大自然，就是要和大自然亲密接触，身心融于大自然的怀抱中。亚新朴实厚道，也可能他说不出这么多的道理，但我认为他内心深处是敬重、感恩大自然的，不然的话，他的行动又如何解释得清楚呢？记得我10多年前写过一篇散文《“六读”随感》。我在“读大自然”一段中写道：“读大自然——阳光的恩泽，万物的滋润，使人能够愉快生存。人应怀感恩之心，了解大自然、呵护大自然。教育家陶行知曾呼吁人接触大自然中的花草、树木、青山、绿水、日、月、星辰，自由地对自然发问，与万物为友。提倡读大自然，也不是希望每个人成为徐霞客，写出他那样的闻名于世的游记，而是享受时间老人给予的光阴，攀名山，涉急流，感悟天地之壮美。”亚新虽是凡人，但他的心胸容得下大海群山。他是感恩大自然、敬佩大自然、亲近大自然的典范，非常值得我们学习。

人不能脱离生活，人必须热爱生活。生活不仅是柴米油盐酱醋茶，一日三餐饱肠胃，更重要的是让自然之美、书卷之气溢满全身。用新闻评论员的话来说，就是既要有丰富的物质生活，又要有充实的精神生活。亚新是追求、实践这两种生活的人。尽管如今的社会生活五彩斑斓，令人眼花缭乱，但亚新始终志向如一：追求真善美。他不曾被物欲浊水侵入，不曾被精神垃圾迷惑。在他拍摄的照片画面中，有壮美的自然风光，那潺潺流水的小溪，那破土而出的嫩草，那萌出新芽的翠柳；有巍峨的中华建筑，那饱经沧桑的山间古寺，那饱含科技创新元素的火车站，那蜿蜒伸展到贫困山区的高速公路；有经典的神州饮食，那传世已久的京味小吃，那香飘四季的江南名菜，那变化多样的山西面食……亚新的照片文化底蕴深厚，给人以知识，给人以信心，给人以勇气，给人以美好，给人以希望，给人以未来。他对生活的热爱，体现在每幅照片中。亚新向往的精神生活是高尚的，关注的物质生活是健康的。他“心如朗月连天净，性似寒潭澈底清”啊！我们要像亚新那样热爱生活。

为什么要爱国？因为国家养育了你，因为你的物质生活基础和精神文明天地是国家给予和塑造的。有了国家繁荣富强，才有了你今天的一切。亚新热爱祖国，并把这种爱融于对祖国山川河海的赞美中，对祖国历史文化的领悟中，对祖国美好未来的向往中。爱国之情，开阔了亚新的视野。他鄙视痛恨一切对祖国母亲不敬的行为。一些人脚踏神州大地，却总说外国的月亮比中国的圆，对周围的一切总是看着不顺眼。这些人为我们所不齿。既然国家养育了你，你就应该热爱国家。亚新感恩党和国家，这种感恩之情激励着他迎着凛冽的寒风，赶到国家博物馆，参观反映改革开放四十年伟大成果的展览。亚新热爱祖国，祖国也使他晚年生活越来越愉快。

人的生活方式多种多样。勤奋工作，奋力逐梦，是一种生活方式；敬畏自然，亲近自然，是一种生活方式。追逐利益，见钱眼开，是一种生活方式；觥筹交错，花天酒地，是一种生活方式。前两种，是我们所追求的；后两者，是我们所摈弃的。退休之人更多选择的是敬畏自然、亲近自然的生活方式。这是一种快乐的生活方式。荷兰哲学家贝内迪特·斯宾诺莎说："快乐是一个人从较小的圆满到较大圆满的过渡。"敬畏自然、亲近自然的生活方式，带给人们的是爱大自然、爱生活、爱祖国的浓烈情感，带给人们的是幸福、圆满、吉祥的光辉明天。亚新身体力行，选择的就是这种快乐的生活方式。如今，我们已过古稀之年。我们虽然失去了年轻时春天般的美丽，但我们经过几十年的奋进有着秋天般的收获；我们虽然身体上有这样那样的毛病，但我们历尽人间沧桑事心理上是健康向上的。晚霞同朝霞一样放异彩。让我们更多地投入快乐的生活方式吧！

坚持是廖晖明的优秀品格

时光老人用他那双温暖的大手，把我拉回五十多年前。

我的双眼注视着：在江西龙南通往广东韶关的公路上，一辆汽车狂奔。路坑洼不平，但车仍疾驶。车内，一年轻小伙，站在那里。他个子不高，满脸笑容，宽宽的脑门溢出汗珠，明亮的眼睛闪出异彩。他是谁呢？他就是后来成为我挚友的廖晖明。

那年，他刚刚十八岁，出远门干什么去呢？原来，他金榜有名，考上了中国著名的高等学府——清华大学。那个年代，京九线还只是在人们的想象中，龙南没有直通北京的火车。他只得乘汽车到韶关，然后中转京广线的火车到北京。几天的长途跋涉，他丝毫没有倦意，终于来到了清华园门口。他要在这里读书。

清华，一个耀眼的名字，近代有多少科学巨匠、国学大师和风云人物，从这里的大门走出啊！清华，一座神圣的知识殿堂，有多少志向远大的青年，想踏进里面啊！

每当我掩卷沉思时，眼前总是出现廖兄的形象：昏暗的油灯下，年幼的他正在背古典诗词，酝酿一篇作文的题目；无垠的田野里，不大的他正干完农活儿休息，借闲暇时间温习数理化公式；弯弯的山间小路上，快成年的他正匆匆奔走，这是想早点儿到县中学自习课程……生活在贫困山村的他，读书的环境和条件，远远比不上大城市。他走的是一条艰难的求学路。他是凭着一种品格求学啊！

这种品格是什么呢？它的名字叫坚持！

这种品格的特征又是什么呢？形象的表述是：一艘行驶在滔滔江河里的轮船，无论遇到多大风浪，它都要开足马力，胜利抵达目的地。

自古以来，多少名人贤士，大都靠着这种品格，在逆境和困境中成才，最典型的莫过于宋代“断齑画粥”的范仲淹。廖兄当年就是因为承继了中华民族优良传统，在艰难求学路上坚持，才战胜了许许多多的困难，在众多的龙南学子中脱颖而出，走进了清华园。

随着时间的流逝，坚持这一构成中华民族优良传统的最可贵品格，在廖兄身上越来越显突出。

大学毕业后，他响应号召，来到京郊一家铁路工厂当工人。他恭恭敬敬地向老师傅学习，恨不得一下子把他们身上的本事“掏干榨尽”。他在车间干活时间不长，厂领导发现他是个奇才，就把他调到了工厂设备基建科。坐了机关的他，依然是一身工作服，常往车间跑，他是想把自己学到的知识用于生产实际啊！他凭着坚持的韧劲儿，和老师傅一起搞技术革新，共同设计制造了加工复式风泵、风缸、气缸的多头组合钻床，大大提高了工作效率。那些年，廖兄究竟搞了多少革新项目，我也没有细致统计，反正是不少。我只记得当时一位老厂长对我说的话：“阿廖这个小伙子有本事，一肚子墨水倒不完；还有股韧劲儿，搞革新不成功不回头！”那时，我给这位老厂长当秘书。

在工厂机关，我的办公室和廖兄的办公室斜对门。一天，我写厂里的简报累了，就到他的办公室“串门”。见我进来，他低头不语。他正在绘制图纸，那认真劲儿，似一位聪慧的姑娘在绣花。我走到他身旁，仔细看那图纸，尺寸、规格、用材等都标示得清清楚楚。图纸上那横一条、竖一条的线，好像地球仪上的经纬度，是那样清晰准确。他绘制的图纸送到车间后，师傅们都夸他的图纸画得好，简洁、实用，令人一目了然。

廖兄靠坚持，取得了工作上的优异成绩。组织上让他挑重担，他从车间技术员、中层干部成长为工厂的一把手——厂长、厂党委书记。他在担任厂领导期间，关注民生，乐于为职工办好事、解难事，受到了职工爱戴，职工一直念他的好。一次，我和廖兄走在工厂附近的大街上。一路上，在外散步的职工，频频向他打招呼，问候他好。一声声热情招呼，充分表达了职工对他的想念、热爱之情。

“善于学习，就是善于进步。”廖兄的坚持，体现在持续日久的理论学习上。一天，我到他家去拜访，从他的书架上，取下一本他读过的《马列著作选读》，内含《共产党宣言》《资本论》的片段。我小心翼翼地打开那书。书的很多页上，画上了红的线、蓝的线，有的地方还简要地写下了心得体会。他攻读这本书是多么认真啊！我了解到，他除了读这本书外，还读过许多理论经典著作。

持续日久的理论学习，使他坚定了入党时的初心。他坚信是党、是国家改变了他的命运，使他这个山里娃有了大展宏图的机会。直到如今，廖兄仍初心不改。几年前，我同他一起回到了他的家乡。他看到脱贫后的乡亲，看到住上新房的弟弟、妹妹，喜悦之情溢于言表。他由衷地赞扬党的乡村振兴、精准脱贫战略，赞扬改革开放、推进中国式现代化给他家乡带来的巨大变化。

廖兄的学习是多方面的，多年来，他如饥似渴地获取新知，有关互联网知识、5G技术和人工智能，他比我了解得更多。获取新知跑在前面，这是清华高才生与我等的根本区别之一。我时常想，为什么清华出了那么多人才？这是他们不断追逐先进的理论和日新月异的科学技术的必然结果。

时间过得真快啊！转瞬间，几十年过去了。我和廖兄都成了退休之人。坚持这个品格，依然在他的身上熠熠生辉。学习上，他从不落伍；工作上，他发挥余热；锻炼上，他风雨无阻……他仿佛回到了二三十岁时的青春年代。

然而，“天有不测风云，人有旦夕祸福”，一天，廖兄驾车外出，突发不适。他凭着一股毅力，把车停到了道边。不一会儿，急救车把他送进了医院。

这场大病后，他的腿脚不那么利索了。但他仍坚持学习、坚持锻炼、坚持接送自己上幼儿园的孙女……坚持驱走了大病带给他的阴霾，坚持使他获得了更加乐观面对人生的勇气。他的想法正如俄国作家契科夫所说：“长夏之后一定是严寒，青春逝去便是老年，幸福后面定有不幸。反过来也如此，一个人不可能一生都健康愉快，他总需要遭到打击……所以应当对一切都有思想准备，把一切都当作不可避免的事，不论这将会是多么忧伤。”

病后的廖兄，还是那样的朝气蓬勃。一次，我们攀登三清山。我劝廖兄坐滑竿上去。他说，你们能爬，我也能爬！果不其然，他咬紧牙关，头冒大汗，坚定地往上攀。遇到陡峭的台阶，他手脚并用，先用手扶住山道上前一节台阶，然后慢慢挪动脚步迈了上来。遇到湍急的水流，他稳了稳神儿，同我们一样过了吊桥。遇到山路拐弯处，他侧身贴着岩石的面小心移动……就这样，靠着坚持，靠着毅力，他和我们一起登上了三清山顶。我帮廖兄擦脸上的汗。此刻，我想，廖兄真不简单，要是我的话，早打退堂鼓了！其他朋友也向廖兄伸出了大拇指。

站在三清山顶，我陷入了沉思，我的眼前再次出现了廖兄的形象：乡间小路上，他为了求学，长途跋涉；科技攻关路上，他为了创新，顽强挺进；改善民生路上，他为了职工，尽心竭力；退休生活路上，他为了初心，焕发青春……他一辈子笃学、笃厚、笃实。他更一辈子笃信："不管怎样的坚持，总会有收获；坚持到底，就是胜利。"

廖兄的坚持，是我一辈子取之不完、用之不尽的精神宝库啊！

『木匠』老韩

我家有两个小板凳，榉木色的凳面，乳白色的腿，放在地上，像个工艺品。每天，我坐着小板凳择菜、洗衣服，心中充满了快意。这板凳，是我生活中须臾不可缺的家什。

说起这两个小板凳，这里面还有故事呢！前几年夏季的一天，我的“一担挑”、妻大妹夫韩进昌两口子，来我家串门。此刻，我正在客厅内，坐着一个小板凳收拾杂物。那凳子坐了二十多年了，凳面开裂，凳腿歪了，坐在上面，很不稳当，竟像耗子一样发出“吱吱”的怪叫声。老韩比我小五岁，也七十了。当时，他见我家小板凳坏成那个样子，就说：“大哥，你把板凳给我吧，我修修！”话落，他用一个兜子，将两个坏板凳拎回了家。没过多少天，他们两口子，把两个新板凳送至我家。老韩对我说：“我给你改装了一下，看看怎么样？”我拍了拍凳面，“啪啪”作响，很结实。他说：“我在原来的板凳面上钉了块榉木板，行吧？”“哪有不行的！”我再一瞧，那两个板凳的腿，也换了新木头。我赞扬：“你手艺精湛，修得好啊！”话毕，客厅里响起了爽朗的笑声。

老韩给我家干的木匠活儿，不仅这一次。我刚搬到我现在住的房子时，没有床头柜。他挥汗如雨，连干几日，做了一个，搬至我家。我家木制沙发腿儿开裂，我家书柜隔板缺腿儿，他从家里带来家伙什儿，给我修好、装好。他不但对我这样，凡亲朋好友有什么活儿，他也都主动上门干，他还给妻二妹做过床头柜呢！

老韩本不是专职木匠，他曾是北京市老字号洗染店普兰德的高级技师，后调至北京医院，干的还是洗染的活儿。他技艺高超，什么衣服到了他手里，不消片刻，便洗得洁净如新、平平整整。一些老客户总喜欢找老韩洗，因为他每次洗的衣服都质优，客户赞不绝口。他们怎能不常找他洗呢？

据说，老韩的木匠手艺，是跟父亲学的。他父亲会干木匠活儿，他从小耳濡目染，一招一式都记在了心里，加之他长期摸索着干，又经他父亲和我岳父的指点，所以有了一手好木匠活儿。他家的许多东西，都是他自己做的。如，厨房里的挂柜、碗柜和阳台一头放被褥的大柜，都是他用废旧木料和劈柴做的。一次，他遛弯儿，见人家扔出旧木头、废地板，就对扔的人说：“给我吧，我有用！”那人说：“行！您拿走吧！”就是这些废旧物，不断派上新用场。

老韩两口子，对我和老伴的关心，不仅是做木匠活儿，而是多方面的，可以说是无微不至。隔三岔五，他俩就来个电话问问：大哥大姐生活好吗？身体怎样？街道给居民分了些大白菜，他俩用小车给我送来一部分，说：“大哥，包饺子吃！”我平生仅住过一次医院，时间不长，他竟然看了我三次，并说：“大哥，有啥事儿需要办的，吱声儿，兄弟随叫随到！”这话暖人心啊！

我以为，多数木匠和会做木匠活儿的人，聪明机灵，有的智力超群。

中国古典小说《水浒传》中的孟康，是懂木工活儿的，他“祖贯是真定州人氏，善造大小船只。原因押送花石纲，要造大船，嗔怪这提调官催并责罚，他把本官一时杀了，弃家逃走在江湖上绿林中安身，已得年久。因他长大白净，人都见他一身好肉体，起他一个绰号，叫他做玉幡竿孟康”。古代造船的材料主要是木材，会造船，必须会木工技术。有诗说孟康：“能攀强弩冲头阵，善造艨艟越大江。真州妙手楼船匠，白玉幡竿是孟康。”不聪慧之人，能成“妙手楼船匠”吗？

近现代绘画大师齐白石早年为木匠，后卖画为生。他画的花鸟、虫鱼、山水、人物，活灵活现，天趣横生。他的代表作有《蛙声十里出山泉》《墨虾》等。这些画是齐白石用智慧和心血凝结绘成的。

那名梁山好汉及齐白石，皆为胸怀广阔、聪明睿智、勤奋刻苦、勇于创新之人啊！

老韩虽不是文学作品里塑造的典型，也不是名人，只是一名普通老百姓，但他在我脑子里的形象也始终是高大的。我永远不会忘老韩精湛的木匠手艺，也永远不会忘他待人春天般的火热。我敬佩老韩，我永远向他学习。

我母亲的针线活儿

我母亲睿智干练，心灵手巧。她年轻时，十里八乡的人都说她能干。

我来到人间懂事后，就目睹了我母亲的能干。

先说做饭吧，什么样的粮食和菜，到了她手里，都会变成好吃的。她蒸的玉米面野菜馅团子，那口感，让我吃了一个还想吃第二个。她腌的芥菜疙瘩，那香味，令我觉得赛过六必居的。我现在会做一些像样的饭菜，最初也是母亲教的。只不过后来读书、上班，很少进厨房，缺乏实践，不如当年母亲做得好。母亲的厨艺，我没有原封不动地全继承下来，有的只了解些皮毛而已。有时，想起来挺后悔的。我二妹妹小时候，整天围着我母亲身边转，本事倒是学了不少！

再说说母亲的针线活儿吧，那堪称一绝。论裁剪，那个快呀！她三下五除二，用剪子几比画，就把一块布变成褂子、裤子的模样。论针脚，那个细啊！她九九八十一，用小针千八百个往复，就把袖子、衣身、领子“粘”在了一起。

我上中专前，穿的衣服，盖的被褥，都是母亲手缝的。记得我上小学时，加入少先队。老师让每个新入队的同学，参加队会时穿白衬衫、蓝裤子。那时，我们全家六口人，全靠父亲六十多元的工资生活，有时还要挤出钱，周济我的两个叔伯哥哥家。家里哪有钱给我买新衣服啊！我急得泪水从眼眶里流出来。放学后，我把老师的要求对母亲说了。母亲见我满脸通红，便摸着我的头说："孩子，别着急，妈给你做，到时候让你穿上新衣服！"一天晚饭后，太阳余晖还未散尽，她就带我到北新桥百货商场，让我指指货架上是什么样的衣裤。我母亲让售货员，取下货架上的衣裤。她用手比画了几下，就让放回了原处。回家后，母亲从包袱皮里拿出她曾穿过的衣服，拆了，比画着裁了。连续几天晚上，她借着昏暗的灯光，缝啊缝。我在旁边读书写作业，背啊背。几天后，我终于穿上了白衬衫、蓝裤子，参加了队会。母亲做的活儿，针脚儿细，平平整整，不起褶儿，好似缝纫机做的一样。老师一个劲儿地夸我母亲手工活儿好。我记得，母亲还为我做过算盘疙瘩扣的白色中式小褂和黑布灯笼裤、蓝色制服裤、短袖背心等。同学们都羡慕我有一位会做衣服的好母亲。

我从小一直到十八岁，大都穿母亲做的鞋。那些年，我一看母亲找碎布、旧布头儿什么的，就知道她要打袼褙做鞋了。这时，我做完功课，给她打下手。她把烙铁放在火炉眼里烧了烧，熨平刚喷上水的碎布等。母亲吩咐我用面粉打糨糊。她说，儿子，打七成熟就行了，这样的糨糊黏性大。母亲搬来一块平板。她让我用刷子在上面涂上一层糨糊。"涂匀糨糊，不要有的地方多，有的地方少。"母亲嘱咐道。接着，母亲把熨平的碎布等，一块一块地贴在板子上。她贴得可仔细啦，碎布与碎布之间无缝隙。贴完第一层，又贴第二层，如此循环往复，一直贴了六层。我问母亲为什么是六层？她说，六是个好数字，图你穿上新鞋走道顺，吉利呗！

打完袼褙后，母亲让我拿到院子里去晒。要是赶上好天儿，阳光足，袼褙两三天就晒硬棒了。一天午饭后，母亲把我叫到她跟前，让我坐下。她将我的脚搁在她的膝盖上，脱掉我的鞋子，用尺量我的脚掌。“为啥每一次做鞋都量一遍呢？”我问。“你长个儿，脚也长。要不量的话，照过去量的尺寸做好的鞋，你可能穿不得，小了！”我再仔细瞧，她按照刚才量的尺寸，又稍微放了一点，在报纸上画出我脚底的模样。她为什么又把尺寸放了一点呢？母亲说，我边做鞋，你的脚边长，不放怎么能行呢？夜晚，万籁寂静，我和妹妹、父亲都进入了梦乡，但母亲仍然在灯下纳鞋底。我一觉醒来，母亲还在纳。她先用锥子在鞋底上扎几个眼，后拿带着麻线绳的针，在鞋底上穿来穿去。母亲三个晚上没怎么睡觉，终于纳完了鞋底。该做鞋帮了，母亲还是先纸样，后布样，剪袼褙，做成了鞋帮。她将鞋底和鞋帮“上”在了一起，锁好了鞋口，就这样，一双鞋做好了。我再一瞅，母亲的手指都破了，那是给我做鞋磨得呀！

在我的记忆里，我小的时候，母亲给我做过虎头鞋，大了之后，又先后为我赶制了多双黑灯芯绒或黑布面的鞋。我穿的母亲为我做的最后一双鞋，是在 1966 年。那是一双黑布面的鞋啊！母亲做好后，我拿到鞋摊上，又钉了一层轮胎底。我母亲问我新鞋为什么再加一层底。我说：“图结实！”其实，我那时真正的想法是：父亲去世后，家里生活紧巴，母亲为了挣几个钱填补家用，给人家带孩子、做饭，从早到晚忙得不可开交。四十五岁的母亲早生了白发。望着两鬓斑白的母亲，我剜心地疼。我下决心，不能再让母亲给我做鞋了，于是就钉了轮胎底，好让鞋穿得更长久些。那年，我穿着这双鞋，去过延安窑洞，去过红岩村，去过西柏坡……回京后，走了很多路的鞋并没有坏，只是轮胎底磨下一点儿。后来，我对母亲说，我有助学金，除了吃饭、买书本外，每月还能剩个块八毛的，攒几个月就够买双鞋的了。我曾买过绿色解放鞋、再生塑料底布鞋。棉鞋比较贵，我舍不得买。冬天，南口风沙大、气温低，脚冻得生疼，我回家后不吱声，怕母亲知道了伤心。打那以后，母亲见我有鞋穿，就不再给我做了。大概是她也忙不过来了！

母亲眼神好，快八十岁了还在做鞋。一天，我去看望她，她正在忙乎。我说："您那么大岁数了，干吗还做鞋！""我裹足脚小，穿的鞋外面不好买，还得自己动手做。这鞋等我老了的时候穿！"一句话，说得我泪花在眼眶里打转转。我小妹妹担心我母亲做鞋累着，就四处打听，多方问路，最后跑到前门大栅栏商业街，终于在创建于1858年的老店步瀛斋，买到了我母亲穿的那种鞋。其孝敬之心，天地可鉴。拿买回来的鞋，同我母亲以前做的鞋一比，我母亲做的鞋也是上等的，足见她老人家针线活儿水平高！

我母亲做了一辈子针线活儿，那针脚儿，那布缝儿，那细线儿，时常出现在我的脑海里。我敬佩母亲的睿智干练、心灵手巧，敬佩母亲的吃苦耐劳、不懈劳作，敬佩母亲的心地善良、待人宽厚……母亲的优点，我一辈子也学不完。俗话说："女儿像妈妈！"我的三个妹妹或多或少地承继了母亲的优点，一个赛着一个能干。这能干表现在诸多方面。别的不说，就论针线活儿吧，在同龄者中，没有多少女人能同我大妹妹比，她给她孙女和我孙子做的小衣被，比商店卖的还结实还好，正是"有其母必有其女"啊！

母亲，现在，您的儿媳患眼疾，吃饭、洗漱、走路，都需要我帮忙。她拿不了针线了，缝缝补补的事儿，只得我自己干。我一缝补衣服，更想起了您。您要是活着的话，您儿子就不会赶鸭子上架了！我后悔，当年怎么没跟您学会针线活儿呢！

母亲，您的儿子七十多了，记性大不如以前了，但我啥都忘了，也忘不了您给我做衣做鞋时的情景，忘不了比山高比海深的娘恩。法国作家罗曼·罗兰说："母爱是一种巨大的火焰。"这火焰将永远使我身上暖暖的，暖得我一辈子把您对我的爱牢牢记在心中！

镜子

我有一面镜子，自 1973 年结婚至今已使用了五十年。

镜子是五十年前好友送给我和爱人的。镜子心形，北京牌的，北京昌平七一制镜厂生产出品。当年结婚时，好友送给我这面镜子，有着深刻含义，主要是嘱咐我俩心心相印，过好日子，走过平凡人生。

这镜子，同我时常在一起。早晨，我用它修理脸面，看看胡子刮干净没有？晚上，我用它照照自己，看看眼角皱纹又添几许？有时，我出差也带着它，因为小站工区的房间里没有卫生间，当然也就没有镜子了，修理脸面十分不便。这镜子和我“走南闯北”，它目睹过江海湍流、崇山峻岭、古树绿草、戈壁荒沙……

我珍惜这镜子。我知道，珍惜它，就是珍惜我和朋友间的友谊。朋友间的友谊，比什么都重要。常言道：“人老了，要有‘三老’：老伴、老本、老友。”人老了，关键时刻，真正出力帮忙的，多是老友。人老了，一遇风雨，真正关心你的，也是老友。前些日子，特殊时期，好友给我快递来一箱橙子。当时，我嗓子疼，像刀割一样。吃了这橙子，神奇得很，嗓子竟然不疼了。是老友的橙子治好了我的病。不仅是镜子，就是老友送给我的其他东西，我也十分珍惜。老友赠给我的《马列著作选读》，多年来，我坚持捧读，提高了理论水平，坚定了理想信念。老友送给我的花椒木疙瘩，我手中常常把玩，既舒筋又活血，有利于身体健康。老友给我做的毛线袜子，一到严冬，我就穿上它，暖在脚上，甜在心里。法国思想家、文学家罗曼·罗兰说：“有了朋友，生命才显出它全部的价值；一个人活着是为了朋友，保持自己生命的完整，不受时间侵蚀，也是为了朋友。”在我心目中，有贴心的老友就是一种幸福。人生如果无老友，恰似生命无太阳。

我拿着这镜子，经常想起《旧唐书·魏徵传》中的一段话：“夫以铜为镜，可以正衣冠；以古为镜，可以知兴替；以人为镜，可以明得失。朕常保此三镜，以防己过。今魏徵殂逝，遂亡一镜矣！”这段话是唐太宗李世民说的。其意是说：“人们用铜做成镜子，可以用来整齐衣帽；将历史作为镜子，可以观察到历朝的兴衰隆替；将别人作为一面镜子，可以确知自己行为的得失。魏徵死去了，朕失去了一面绝好的镜子。”对于我来说，老友亦是我人生中的镜子。我以老友为镜。老友退休不退志，关注世界风云、国家大事。我时常扪心自问，我是否做到了这一点？老友活到老、学到老、乐观到老。我时常敲打自己，我是否做到了这一点？老友忠厚、老实、善良，为人无私心。我时常深刻反省，我是否做到了这一点？老友孝敬老人、爱护子女，和睦邻里。我时常反复思考，我是否做到了这一点？如此，心形镜子照了我面容五十年，老友这面镜子激励我奋进了五十年。如果说，我珍惜心形镜子，打一百分的话，那么我珍惜老友这面镜子，就要打两百分或者更多。因为心形镜子只能使我知道脸上有否污垢，而老友这面镜子则帮助我加强自身修养，端正人生航向，在新时代新征程中攻克难关，胼手胝足，不断向前。著名作家冰心说得好：“一个朋友，嵌在一个人的心天中，如同星座在青空中一样。”老友永远是我心天中闪闪发光的星座。

节气

『春雨惊春清谷天，夏满芒夏暑相连，秋处露秋寒霜降，冬雪雪冬小大寒』，二十四节气，四季轮回。春夏秋冬，风霜雨雪，总与人之生活形影不离。读大自然、读社会，离不开读节气。很久以前，我们的祖先靠啃野果、靠饮泉水、靠钻木取火、靠树叶遮体，生存下来，后又创造、孕育了丰厚的节气文化。作为祖先的后人，只有勤读节气，顺应物候，择机而变，才能快乐生活，开心工作，获得幸福。

春到人间草木知

记得我小的时候，逢每年 2 月初的一天，母亲总对我说：“儿子，今天‘打春’，咱家吃春饼！”幼时的我，知道的事儿很少，只要听说有好吃的，就高兴得手舞足蹈。那一天，母亲烙了很薄很薄的饼，让我抹上甜面酱，卷进炒鸡蛋、豆芽、萝卜丝、粉丝等吃。每年吃春饼，我都觉得是很幸福的事，因此常盼着“打春”。

起初，我不知道何为“打春”。母亲对我说：“‘打春’就是立春这一节气到了。打春，指用鞭子抽打泥土做的春牛，企盼新的一年五谷丰登、国泰民安。立春是二十四节气之一。二十四节气是我国独有的一种历法，是古人在生产生活实践中，反复仔细观察天象、气象、物象及农事活动，所研究探索出来的。”有一首二十四节气歌：“春雨惊春清谷天，夏满芒夏暑相连。秋处露秋寒霜降，冬雪雪冬小大寒。”二十四节气共有七十二个物候，每候五天，它对把握农时、耕种收获，有重要的指导作用。《现代汉语词典》对“物候”的解释是：“生物的周期性现象（如植物的发芽、开花、结实，候鸟的迁徙，某些动物的冬眠等）与季节气候的关系。也指自然界非生物变化（如初霜、解冻等）与季节气候的关系。”

我长大了，读了很多书，知道了二十四节气中每个节气的含义。那么，立春的含义是什么？表示春季的开始。虽然天气还冷，但气温慢慢回升了，正所谓“乍寒还暖”，许多地方依然是冬天景象，正如当代著名画家、油画家、美术教育家吴冠中的《春雪》所描绘的那样：春寒料峭，雪后初晴，山脉蜿蜒起伏，积雪覆盖下的村落、树木错落其间，显得格外宁静、迷人。自古至今，文人墨客写下了许多以立春为主题的诗词。唐代大诗人杜甫《立春》诗：“春日春盘细生菜，忽忆两京梅发时。盘出高门行白玉，菜传纤手送青丝。巫峡寒江那对眼，杜陵远客不胜悲。此身未知归定处，呼儿觅纸一题诗。”南宋张栻《立春偶成》亦为立春诗的上乘之作：“律回岁晚冰霜少，春到人间草木知。便觉眼前生意满，东风吹水绿参差。”

立春日一般在每年2月的3日，4日或5日。立春节气分为三个物候：初候，是东风解冻，东风送暖，大地开始解冻，万物开始复苏；二候，蛰虫始振，蛰居的虫类在洞中逐渐苏醒；三候，鱼陟负冰，河里的冰开始融化，鱼开始到水面上游动，此时水面还有些碎冰片，好像被鱼背着浮在水上。

立春了，鱼渐渐到水面上游动，钓鱼的人高兴了。我猜想，好友吴连生肯定不会放过好时节，他可能又频繁地去钓鱼了。

立春了，勤劳的人忙乎起来了，民谚曰：“立春一年端，种地早盘算。”。我小时候，家在农村，我看见大人们从立春时起，就开始做春耕的准备了。

我到《人民铁道》报当记者后知道：立春之后，铁路养路工人也逐渐忙碌起来了。在我国北方，铁路线路经过一个冬季天寒地冻自然状态下的运营，立春后出现了一系列的冻结融化现象，这就是铁路人常说的“春融”。“春融”后的线路及其设备，在列车动载反复作用下，每时每刻都在发生着变化，存在安全隐患。

铁路养路工人开始春季线路及设备隐患的整治，努力提高线路和设备质量，确保铁路运输安全。

母亲对我说，立春时节吃春饼，亦叫“咬春”，主要是为了除瘟辟邪。我结婚成家之前，每年都能吃到母亲烙的春饼卷儿。我当记者到小站工区采访时，如遇到立春节气，那里伙食团的师傅，也会做春饼春卷。我有了自己的小家后，就自己烙春饼。2021 年立春是 2 月 3 日，我掌勺做了韭菜鸡蛋、蚂蚁上树、青笋肉丝、拌萝卜丝。全家六口人将菜卷进我烙的春饼里吃，津津有味。为什么我做的菜里有韭菜、萝卜呢？因为，立春之后，天气由寒转暖，温热毒邪开始活动，萝卜、韭菜等食材有辛甘发散之效，利于生发和保护阳气。我边吃春饼边想：“今年吃春饼有着特殊的意义，吃春饼不是除瘟辟邪吗？”当然，这只是我幼稚的想法。

春到人间草木知。“一年之计在于春”，《史记》卷二十七：“立春日，四时之（卒）始也。”春去春来，年年岁岁。立春是新一年的开始，充满着勃勃生机，我们每个人都应当认真思索：在新一年该如何有意义地度过，不虚度光阴？

春雨霏霏润大地

2021年2月18日，进入雨水节气。雨水是二十四节气中的第二个。我来到北京莲花池公园游玩。放眼望去，湖里的冰已融化，湖水荡漾，几十只野鸭子嬉戏畅游，忽而把头扎进水里，忽而抖起翅膀飞起。湖西侧的小岛子上，几十只大白鹅扬脖高叫，热闹非凡。

2月27日，北京卧佛寺及其周边的蜡梅迎春开放，游人纷纷寻香而来，观赏蜡梅，拍摄早春美景。

这一切告诉人们，雨水节气，气温回升，冰雪融化，降水增多，草木返青，动物活跃。据说，雨水和谷雨、小雪、大雪节气一样，都是反映降水现象的节气。雨水节气也是三候：初候，獭祭鱼；二候，鸿雁北；三候，草木萌动。这就是说，雨水节气，春信已发，水獭开始捕鱼了，大雁开始从南方飞回北方，在春雨中，草木开始抽出嫩芽。《月令七十二候集解》中说："天一生水，春始属木，然生木者，必水也，故立春后继之雨水。且东风既解冻，则散而为雨水矣。"其意是说，"立春"仅仅是在解冬天的冻，"雨水"才真正体现出一幅春天景象。

雨水节气，春雨一般都在夜间降临。春雨贵如油，春雨霏霏润大地，春雨对庄稼、对花草、对树木都有好处。唐代大诗人杜甫《春夜喜雨》诗中“好雨知时节，当春乃发生。随风潜入夜，润物细无声”，说的就是春雨适时而降，在一个春天的夜晚，绵绵春雨伴着和煦的春风飘洒大地，悄然无声地滋润着泥土、禾苗、花木。唐代散文家韩愈也有咏春雨的诗《早春呈水部张十八员外二首（其一）》：“天街小雨润如酥，草色遥看近却无。最是一年春好处，绝胜烟柳满皇都。”诗中说：“京城大道上空小雨纷纷飘落，春雨像酥油般细密而滋润。远望草色依稀连成一片，近看时却显得稀疏零星。这是一年中最美的季节，远胜过绿柳满城的春末。”我自己也亲身感受过春雨给人类和大地万物带来的好处。记得有一年的雨水节气，我到离家很近的地坛公园晨练。头天晚上，刚下了一场小雨，空气格外清新，我边跑边呼吸，恨不得一下子把肺“洗”得干干净净。那天，晨练的人很多。大概大家都想尽可能多吮吸一些春雨带来的新鲜空气啊！

那天晨练，我穿着单薄，回家鼻流清涕。母亲见状，对我说：“天刚暖和点儿，你就脱衣服，流鼻涕了吧！‘春捂秋冻’，你要记住这句话！”打那以后，逢雨水节气，我再也不敢随便减衣服了！

雨水节气中，有一个重要农历节日——元宵节。记得小时候，父亲带我去县城看闹元宵。县城街道张灯结彩，街面上走来了闹元宵的队伍。队伍中的人，穿着色彩艳丽的衣服，有的敲锣打鼓，有的舞龙舞狮……令人目不暇接。队伍后面是踩高跷的。踩高跷的人边扭秧歌边向前走，如履平地。街面上，还有些人耍龙灯、猜灯谜，热闹非凡。

元宵节最令我高兴的是吃元宵、汤圆。如今，吃元宵或汤圆，都要到超市里去买。我小的时候，我吃的元宵，都是母亲做的。

记得母亲到副食店，买来红糖、青丝、桂花加面和在一起，晾干后，切成不大的块儿，放进水里过一下，然后放进装有黏面的簸箕里来回摇，大约过了十多分钟，二十多个元宵便摇成了。水开了，煮元宵。我盯着锅里的元宵，直流口水。不一会儿，元宵煮熟了。一家人围坐在桌旁，有说有笑吃元宵，过了甜甜美美的元宵节。

自古以来，中国人是比较重视过雨水节气里的元宵节的。我读过中国四大古典名著，发现书中都有关于元宵节的叙述。《红楼梦》第一回、第十八回、第五十三回中介绍了如何过元宵节，描写细致，绘声绘色。《西游记》第九十一回中则写了天竺国的元宵节。《三国演义》六十九回中有关于元宵节的描写："至正月十五夜，天色晴霁，星月交辉，六街三市，竞放花灯。真个金吾不禁，玉漏无催！"《水浒传》写了三个发生在元宵节的故事，分别在三十三回、六十六回、七十二回中，每个故事都写得十分精彩，让人百读不厌。据说，我国过元宵节始于东汉永平年间，后来沿袭成俗，成为民间继春节之后的首个重要节日。多少年来，人们喜气洋洋过元宵节。这正是：元宵一闹，带来幸福与团圆；雨水一至，带来生机与希望。雨水好节气啊！

待得春雷惊蛰起

记得我小的时候，父亲在惊蛰节气那天出差回家，拎了一口袋河北赵县的雪花梨。这种梨好吃得很，色泽鲜雅，果肉洁白如玉、似霜如雪，有冰糖味道。父亲摸着我的头笑着说："儿子，惊蛰节气到了，吃梨吧！"

当时，我不明白惊蛰时为什么要吃梨，就问父亲。他说："惊蛰是我国独创的传统历法——二十四节气之一。这个节气的主要特点之一，是天气渐渐转暖、地温渐渐升高、春雷登场乍响，动物开始从洞中钻出，虫子也不蛰伏了，虫卵开始孵化。有些虫子对人有害，必须远离它。惊蛰节气期间吃梨，其意是梨和'离'谐音，我们吃梨是远离害虫，不让它毁坏人们的身体。"父亲话音刚落，我就拿起一个洗干净的雪花梨，大口大口地吃了起来。

2021 年 3 月 5 日，是惊蛰节气。这一天，北京天气多云，有些地方下了小雨，地皮湿湿的，正是"惊蛰遘时雨"。我见天气不太好，就在家里查阅有关惊蛰的资料。《月令七十二候集解》中曰："蛰，言发蛰也。万物出乎震，震为雷，故曰惊蛰。是蛰虫惊而出走矣。"惊蛰节气也是三个物候：初候桃始华，桃，果名，花色红，是月始开。二候仓庚鸣。庚亦作鹒，黄鹂也。三候鹰化为鸠，鹰，鸷鸟也，鹞鹯之属，鸠即今之布谷。这就是说，这个节气，除东北西北地区外，我国大部分地区鸟语花香，桃花梨花初开，黄莺张口唱歌，春燕展翅飞翔。由于气温回升，蛰伏的虫子、冬眠的动物纷纷出土出穴，开始寻找食物，繁衍自己后代。据说，七十二候中同一种动物、昆虫或天气现象，随季节轮替会呈现相反或连续的变化。资料中讲的惊蛰节气的特点，和父亲当年对我说的差不多。

我国唐代诗人韦应物《观田家》一诗中说："微雨众卉新，一雷惊蛰始。田家几日闲，耕种从此起。"金元时期诗人元好问《偶记内乡》诗中又说："桑条沾润麦沟青，轧轧耕车闹晓晴。老眼不随花柳转，一犁春事最关情。"民谚也说："过了惊蛰节，耕地莫停歇。"惊蛰时节，是春耕备耕大忙季节的开始，农民兄弟忙碌起来了。他们中，有的给返青的冬小麦浇水，有的给庄稼追肥，有的给茶树、果树施花前肥，有的治病虫害、除草，有的播种早稻……"饥劬不自苦，膏泽且为喜"，他们认为，只有春季多付出辛苦，才能换来秋季的大丰收。

春耕备耕大忙季节，农民兄弟需要大量的种子、化肥、农具等。为了满足农民兄弟的需求，铁路部门全力以赴运好涉农物资和设备。万里铁道线，一派繁忙景象。一袋袋化肥、一桶桶农药、一箱箱种子、一台台拖拉机，从四面八方运到了田间地头，农民兄弟喜上眉梢。铁路职工的心愿是："开足马力，全力为春耕备耕提供运力保障。"这正是："雷响惊蛰，农资需补。车轮飞转，供应充足。"

惊蛰时节，有个重要节日，那就是 3 月 12 日的植树节。往年这一天，成千上万的人义务植树，为祖国大地添新绿。多年来，全民共同履"植"尽责，走出了一条具有中国特色的国土绿化之路。我国森林覆盖率已由20世纪80年代初的12%提高到目前的23.04%，森林蓄积量由90.28亿立方米提高到175.6亿立方米，人工林面积稳居全球第一。

树与人类有着极其密切的关系，不仅能装点山川，令伟大祖国更加壮美秀丽，而且能净化空气，给人以生命的活力。据有关资料介绍，1棵树一年可储存1辆汽车行驶16公里所排放的污染物，可生产200千克纸浆。1亩树林1天可吸收二氧化碳67公斤，1年可吸收各种粉尘20～60吨。树于人类益处多多啊！待得春雷惊蛰起，正是添绿好时机。植树节快要到了，让我们加入义务植树队伍中来，挥锹铲土种树，为子孙后代留下更多绿荫。

千花百卉争明媚

谚语说："春分秋分，昼夜平分。"我小的时候，我母亲对我说："二十四节气，到了春分这个日子，白天和黑夜的时间一样多。"记住了母亲这句话，以后每年春分之日，我都仔细观察，果不其然，这个时节昼夜时间长短差不多。

长大后，我读了一些书，知道了春分之日阳光直射赤道，昼夜时间几乎相等，这正好是春季九十天的一半，所以称这一天为"春分"。据《月令七十二候集解》说，春分时节也分为三候："初候，元鸟至。元鸟，燕也。二候，雷乃发声。三候，始电。电，阳光也，四阳盛长，值气泄时，而光生焉。"

2021 年春分之日是 3 月 20 日。这一天，全国各地多雨雪，在此前一天，北京下了一场春雨，空气格外清新。春分时节遇雨雪，对于农业生产来说，有益也有害。"春分麦起身，雨水贵如金""春雨贵如油，麦苗喝个够"。我国有些地方喜春雨。因为春雨，使冬小麦喝足了水，再加上及时施肥，麦穗颗粒可能多且大，这就为冬小麦高产奠定了基础。春分时节，我国有些地方下了雪，则对麦子危害大，"春分雪，闹麦子""雪入春分省见稀，半开桃李不胜威"。因此，要加强小麦的冻害防御，以确保其能够顺利生长。

春分时节，千花百卉争明媚，是赏花的好日子。我到离家不远北京莲花池公园散步，公园路边、小山坡上的玉兰花、迎春花、连翘开了，桃花含苞欲放，小草绿，小燕飞，鸭子叫，大鹅游，一派春日融融、草长莺飞的欣欣向荣景象。据说，除青藏高原和东北、西北、华北北部地区外，我国大部分地区都已经进入了比较温暖的春天。我国宋代文学家欧阳修词《踏莎行·雨霁风光》描述了春分时节的景况："雨霁风光，春分天气，千花百卉争明媚。画梁新燕一双双，玉笼鹦鹉愁孤睡。薜荔依墙，莓苔满地，青楼几处歌声丽。蓦然旧事上心来，无言敛皱眉山翠。"其意是说，春雨过后，天空放晴，春分天气，一派好风光。百花盛开，万紫千红，争奇斗艳。画梁之上，刚归来的燕子，出双入对。玉笼里的鹦鹉却在发愁自己孤独眠睡。薜荔香草爬上了墙面，莓苔绿藓铺满了地面，远处的青楼断断续续地传过来清丽的歌声。想起过去的事情不禁沉默无言，眉头紧皱，远山眉色变成了青绿。这首词中提到了归来的燕子。南唐北宋诗人徐铉的《春分日》，也描写了春分时节莺歌燕舞、桃红柳绿的仲春景象："仲春初四日，春色正中分。绿野徘徊月，晴天断续云。燕飞犹个个，花落已纷纷。思妇高楼晚，歌声不可闻。"这首诗也说到燕子，春分是燕子的节日啊！燕子是春天的象征，燕子为人们带来了温暖和热闹，所以，自古至今许多诗人用吟诵燕子来赞美春天。

北京各大公园为了吸引更多的人赏花，在媒体上刊登介绍和广告，向市民传递什么时候开什么花的信息。据介绍，北京植物园栽种的数百株山桃花已经进入观赏初期，多处的迎春花已经少量开放，共同展现今春第一抹"亮丽"。玉渊潭公园地栽樱花尚未大面积绽放，只有杭州早樱品种零星开花。不过，游客们仍然有花可赏。北海公园山桃花盛开率已达到 50% 以上，整个花期将持续到 4 月初，游客可以前往永安寺、阐福寺等区域观赏山桃花。3 月 28 日，我原打算到北海公园赏花，结果是沙尘暴天气，空气严重污染，只得作罢。2021 年春分时节，因为沙尘、雾霾天气较多，影响了市民外出赏花。

春分时节，我国有许多民俗。例如，竖立鸡蛋，庆贺春天来临；送春牛图，企盼风调雨顺、庄稼丰收；吃春菜和驴打滚，希望家人身强体壮、日子过得好。还有，春分时节，大人小孩比赛放风筝。清代诗人高鼎的《村居》诗，述说了春分时节放风筝的情景："草长莺飞二月天，拂堤杨柳醉春烟。儿童散学归来早，忙趁东风放纸鸢。"一段时间内，莲花池公园广场可以放风筝。我在这里看见过各色各样的风筝，帘状的、鱼状的、鸟状的，带着小灯笼的……这些风筝，时而跃上高空，时而跌落在地。小孩追着要落地的风筝，蹒跚地跑，高兴得只拍掌。老人仰望空中的风筝，笑得眼睛眯成了一条缝，欢声笑语充满了广场。后来，因莲花池公园离北京西站较近，放风筝可能挂在接触网上影响铁路运输安全。所以，公园禁止在园内放风筝。

我国是个风筝文化比较丰富的国家。山东潍坊被称为"世界风筝之都"。潍坊世界风筝博物馆是中国第一座大型风筝博物馆，几年前，我曾到这里参观过。博物馆建筑面积 8 100 平方米，展览着 1 000 余只筒式、板式、硬翅、软翅、串式五大类风筝精品以及 300 余件翔实的风筝文物资料。潍坊风筝题材众多、形状优美、绘画精细、色彩缤纷，令人目不暇接。那一天，来博物馆参观的人很多，都对这里的风筝赞不绝口。记得一年春分时节，北京陶然亭公园也举办过风筝展览，我也曾前往观看风筝模型。它们大多是根据中国民间故事和传说制作的，其中有"岳云抗金""哪吒闹海”“昭君出塞”“麻姑献寿”“悟空偷蟠桃”等。我欣赏着风筝模型的精湛工艺，默读着其下面的说明，学到了许多风筝文化知识。

我以为，春分时节赏花、放风筝等，是快乐的事。愿更多的人享受这种快乐，饱览大好春光吧！

梨花风起正清明

梨花开了，清明来了。2021 年 4 月 4 日，是二十四节气中的清明。这一天，北京艳阳高照，蓝天白云，微风拂面，并不是唐代诗人杜牧说的“雨纷纷”的景象。谚语说：“清明晴，六畜兴。”今年一定是一个好年头，“六畜兴，五谷丰”啊！

元代吴澄《月令七十二候集解》中介绍，清明，叁月节。按《国语》曰，时有八风，历独指清明风，为叁月节。此风属巽故也。万物齐乎巽，物至此时皆以洁齐而清明矣。对于清明，《岁时百问》解释说：“万物生长此时，皆清洁而明净，故谓之清明。”《淮南子 · 天文训》则解释道：“春分后十五日，斗指乙，则清明风至。”清明节气也是三候：初候，桐始华。二候，田鼠化为鴽。三候，虹始见。

清明，亦是一个纪念英烈、缅怀祖先的传统节日，距今已有 2 500 多年的历史。媒体报道说，清明时节，全国各地许许多多的人手捧鲜花，到烈士陵园、英雄纪念碑，悼念革命先烈，追思他们的丰功伟绩。也有更多的人为先辈扫墓，感念他们的哺育和培养之恩。大家共同的心愿是铭记历史、传承精神、不断奋进，为中华民族的伟大复兴贡献自己的智慧和力量。

由立春的“春意萌发”到清明的“清洁明净”，春天的步伐已经走了两个多月。这时的清明时节，天气渐暖，阳光明媚，桃红柳绿，百鸟齐飞，鱼儿畅游，空气清新。正因为如此，自古以来，中国人就有清明踏青寻春的传统。南宋诗人吴惟信的诗《苏堤清明即事》：“梨花风起正清明，游子寻春半出城；日暮笙歌收拾去，万株杨柳属流莺。”这首诗述说了清明时节的踏青游春画面，描绘了西湖苏堤的春日之美。诗中说，清明时节，江南“梨花万朵白如雪”，年轻人三个一群五个一伙地出城踏青，到西湖苏堤寻找春天的景色。他们从热闹白天一直寻至日暮黄昏，才曲终人散、笙歌歇。这时，寂静下来的苏堤又成了百鸟天堂，鸣声婉转，春色依旧……据说，当时吴惟信把这一景色看在眼里，一时兴起，便写下此诗。

如今，生活在新时代的人，在忙碌的工作之余，也不忘赏春踏青，亲近大地，拥抱自然。清明时节，我家附近的莲花池公园游人如织。公园的景色美极了，淡粉、大红的桃花，雪白的梨花，白里透粉的樱花，竞相开放。牡丹、芍药含苞欲放。绿色的草地，散发着清香。不少大姑娘、小伙子在树下和花旁留下靓影。老人抱着幼儿，斜靠在湖边的栏杆上，兴高采烈地看着湖里互相追逐的金鱼。南侧小树林里，歌声此起彼伏。公园东广场上，一个八岁的孩子打着快板，讴歌国家好形势、春天好景色。他口齿伶俐，围观的人报以热烈掌声。

清明节前后，种植树苗成活率高、生长快，所以自古以来，我国就有清明前后植树的传统。清明，全国各地植树造林，装点大地。无论是白发苍苍的老人，还是戴着红领巾的孩子，大家有一个共同心愿：植下万千树木，播撒无尽绿色，让中国更美丽。据统计，截至目前，全国已完成造林 1 883.39 万亩，占计划任务的35%。春季以来，北京市共有121万人次参加了形式多样的义务植树活动，栽植各类树木93万余株，养护树木711万余株。据悉，2021年北京增绿16万亩，建设城市绿地400公顷，使全市森林覆盖率达到44.6%，城市绿化覆盖率达到49%，人均公园绿地面积达到16.6平方米。这是多么令人高兴的事情啊！种树造林既是为当代人着想，又是为子孙后代负责的大事。俗话说，造林即造福，栽树即栽富。我们确信，一个绿色的中国，不仅是美丽的中国，更是幸福的中国啊！

谷得雨而牡丹俏

清明过了是谷雨。谷雨是一年中的第六个节气，也是春天的最后一个节气。

谷雨节气有一段动人的传说。据《二十四节气知识》等书的介绍，唐高宗年间，桀骜不驯的黄河决堤了，滔滔洪水卷着黄沙，吞没了曹州这个地方。一个名叫谷雨的小伙子，水性极好，从水中救出十几位乡亲。他和母亲在城墙上避难，瞬间望见一朵牡丹花在洪水中上下翻滚，忽而卷上洪峰，忽而跌落水底。谷雨一个猛子扎进水中，用了六个多小时，把牡丹花救了上来，交给了种花老人赵老大，请他把牡丹花照顾好。

第二年春天，谷雨之母患重病，四处求医，多次服药，不见好转。一天，一位来自东村名叫丹凤的姑娘来到谷雨家。谷母问姑娘："您来我家干啥？""我给您送药来了！"谷母见姑娘面目和善，心想这一定是个好人，于是就吃了丹凤的药。谷母病情一天天好转，身体也越来越硬朗。谷雨为了致谢丹凤姑娘，到东村寻找她，但不见其踪影。谷雨置身于花丛中，向一朵鲜艳的牡丹花鞠躬，并大声说："丹凤姑娘，您在哪里，我母亲想念您！"谷雨话音刚落，一张红纸向他缓缓飘来，落在了谷雨手中。纸上清清楚楚写着两行字："待到明年四月，奴到谷门安家。"谷雨看后，心中大悦。

哪知大祸降至。一天，谷雨睡觉时被噩梦惊醒。原来，丹凤姑娘是牡丹花仙。她和她的姐妹们遭妖怪大山头秃鹰的迫害。秃鹰要取她们身上的血酿酒。丹凤在谷雨的床前说："我的血干涸了，如何与你成家？"这时，秃鹰手下的几个妖魔，将谷家草房团团围住。丹凤为了不连累谷家，便跟着妖魔走了。谷雨手持利斧，发誓救出丹凤和她的姐妹。谷雨在与妖魔搏斗中，中剑而亡。丹凤抄起谷雨的利斧，将秃鹰杀死。谷雨被安葬在赵老大的花园中。后来，丹凤和她的姐妹也来到曹州安了家。谷雨的出生日和逝世日都在同一天，人们为了纪念他，就把这一天叫作谷雨。谷雨到，牡丹俏。也就是说，每到谷雨节气，牡丹花就要盛开。

流传在民间的传说动人，大地上的牡丹花更吸引人。我家附近的莲花池公园有一牡丹园。这些天，园里的牡丹花长势茂盛。红色、黄色、粉色、白色的花，在阳光的辉映下，竞相比美。园里的游人很多，许多年轻姑娘穿着艳丽服装，和花合影。不少小朋友缠着爸爸妈妈，指着花不停地发问。还有的小伙子，哼起了《牡丹之歌》……京城观赏牡丹花的地方真不少。北京西山国家森林公园、景山公园、颐和园、北京植物园等公园的 1 900 多亩牡丹将渐次盛开，品种达 600 多个，花色极其丰富，包括了红、白、蓝、绿、黄、粉、紫、黑、复色九大色系的牡丹品种，几乎包含了牡丹的所有花色。这真是"三月牡丹呈艳态，壮观人间春世界""唯有牡丹真国色，花开时节动京城"啊！牡丹花有 1 300 种，花分为三类十二型。重瓣花有千层组和楼子组，也就是说花瓣重重叠叠呈楼台状，如托桂型、金环型、皇冠型和绣球型，一言蔽之，富丽堂皇，花色艳丽，无花能与之匹敌。

为什么谷雨时节牡丹花开得这么好？这是因为谷雨断霜。谷雨节气的到来，基本结束了寒冷天气，气温回升的速度加快。明代《群芳谱》解释："谷雨，谷得雨而生也。"这就是说，谷雨节气到来时，天气渐渐热了，雨水越来越多，正是万物生长的最佳时节，当然也是牡丹长势好、花枝俏的时节。谷雨时节也分为三候：初候，萍始生。二候，鸣鸠拂其羽。三候，戴胜降于桑。其意是说，谷雨后降雨量增多，浮萍开始生长，接着布谷鸟便开始提醒人们播种了，然后是桑树上开始见到戴胜鸟。

谷雨时节，农民朋友都在农田里忙活，有的防旱防湿、护理冬小麦，有的种豆、种地瓜、种茄子等，有的强化猪、牛、羊等家畜的饲养，他们盼着新一年五谷丰登、六畜兴旺，日子越过越好。铁路部门也忙活起来了，抓紧抢运农资农具等，保证不误农时，全力支援农民兄弟。农耕农种农忙的美好图画，在大江南北铺展。希望的田野生机盎然，满载着丰收的希望。

谷雨时节过了，夏天很快就要来了，但人们期望春姑娘的脚步走慢些，毕竟春天是植棉栽秧、撒花点豆、桑女忙碌的好季节啊！这正如古诗云："谷雨初晴绿涨沟，落花流水共浮浮。东风莫扫榆钱去，为买残春更少留。"

花中皇后立夏艳

谷雨过了是立夏。节气竟然是这样神奇，谷得雨而牡丹俏，立夏来而牡丹凋。我家附近的北京莲花池公园内，牡丹花销声匿迹了，月季花亮丽“登场”了。公园东门南侧月季园花开正艳。红色的花，粉色的花，黄色的花，白色的花，在阳光的辉映下，竞相比美。月季园里香气浓郁，游人很多。有的高举相机拍摄，有的在花丛前留影，有的凑近花蕊闻香……游人众口一词，赞扬花的俏丽。

月季被称为“花中皇后”，又叫“月月红”。月季不仅花期长，而且四季开花。莲花池公园的月季大都在每年立夏前后盛开。宋代苏轼有《月季》诗：“花落花开无间断，春来春去不相关。牡丹最贵惟春晚，芍药虽繁只夏初。唯有此花开不厌，一年长占四时春。”其意是说，花开花落总是常态，始终没有间断过，春去春来都与它无关，牡丹虽然高贵，但也会叹息春天到来的晚，唯有月季一直常开，一年四季都是春天。

月季是北京市市花。中国有 52 个城市将它选为市花。1985 年 5 月，月季被评为中国十大名花第五名。据说，月季在我国有 2 000 多年的栽培历史。神农时代有人把野月季挖回家培植。汉代宫廷人员在花园中大量栽培月季。唐代种月季的人就更多了。相传明代北京丰台草桥一带的人也种月季，供宫廷摆设。

历史老人走到了今天，月季花已开遍京城。在北京环路、主要联络线及重点街区，2 000多万株各类月季盛放，形成长达300公里的“月季项链”，给5月的北京增添亮丽色彩。月季的品种繁多，世界上已有近万种，中国也有千种以上。月季是常绿、半常绿低矮灌木，不仅是观赏植物，也是药用植物。月季花可活血消肿、消炎解毒。李时珍说，月季花各处都有，人们多有栽插，属蔷薇类。青茎长蔓硬刺，叶小于蔷薇，花深红，千叶厚瓣，逐月开放，不结籽。

说起月季花可药用，民间传说这样一个故事。古时候，神农山下有一户人家，姓高。这高家有一女，名叫玉兰。她十八岁，貌若天仙。很多公子纷纷来求亲，玉兰一一谢绝。难道她真的没有看得上的人吗？不是，她心里想的不是自己的婚事，而是惦记着自己的老母亲。她的老母亲，常年咳嗽、咯血，多方用药均无效。怎么办呢？玉兰背着父母，张榜求医：“治好我母亲病的人，小女子愿意以身相许。”一个小伙子揭榜献方。玉兰母服下小伙子拿来的药后，很快痊愈了。玉兰兑现承诺，与这个小伙子完婚。洞房花烛之夜，玉兰问什么药如此灵验，小伙子说：“月季月季，清咳良剂。此乃家传秘方：冰糖与月季花合炖，乃清咳止血神汤，专治妇人病。”玉兰点点头，把小伙子的话牢记在心中。

在北京莲花池公园，刚露出湖面的小小荷叶，与月季花为伴。蓝天骄阳下，野鸭子在相邻荷叶的空隙间戏水，水鸟从水面掠过时口中衔着一条小鱼。望着这场面，我想起了宋代杨万里的诗《小池》：“泉眼无声惜细流，树荫照水爱晴柔。小荷才露尖尖角，早有蜻蜓立上头。”这首诗描述了立夏时节小池塘优美的风景，用笔清新活泼，通俗易懂，充满了浓浓的生活气息。

立夏时节，我国各地民俗富有特色。比如，立夏这一天，吃个茶叶蛋，蛋圆溜溜，象征着生活幸福美满。这一天，吃立夏饭，企盼全家人无病无灾。所谓立夏饭，就是用白粳米加黄豆、黑豆、赤豆、绿豆、青豆煮成的饭。这一天，还要称小孩的体重，祈盼他们快快长大。

立夏时节也为三候："初候，蝼蝈鸣。二候，蚯蚓出。三候，王瓜生。"立夏以后，农活越来越多了，要除掉地里的草，要防止小麦感染赤霉病……谚语说，一天不除草，三天除不了。现在，农民兄弟正辛勤劳作，准备夺取小麦丰收。

"立夏蛇出洞，准备快防洪。"在大江南北，铁路职工精神抖擞，投入到紧张的防洪工作中。他们做好抗洪抢险的各种准备，以确保汛期大动脉畅通无阻。据《人民铁道》报 5 月 18 日的消息说，铁路昆明局集团公司根据汛期防洪地点分布情况和可能发生的水害类型，在沿线 29 处储备片石、水泥、防护网等抢险料具，在沿线 8 个站点储备 27 车防洪备料、6 台大型抢险机械。这真是"未雨绸缪，防患未然"啊!

小满田美苦菜秀

二十四节气中，立夏过了是小满。我小时候，不知道这节气为什么叫小满，便问母亲。母亲对我说：“这个节气，地里的麦子籽粒开始饱满，但还不是最饱满的时候，所以叫小满。”我听了这话之后，似懂非懂。后来，我长大了，读了《月令七十二候集解》，才知道“小满者，物至于此小得盈满也”，其意是说，大自然的植物在这个时候，比较丰满、茂盛，但还不到最成熟的时候。譬如，北方的麦子的籽粒虽然开始饱满，但现在还不能收割。正如作家肖复兴所说：“小满小满，小麦渐满。民谣里这样说，说的是小满节气到来，小麦刚刚灌浆，青青的麦穗初露，还没到一片金黄的成熟时候。”

那么，麦子什么时候收割呢？记得小的时候，小满过了许多天，新麦子才进家。民谚说：“小满十八天，青麦也成面。”母亲将新麦子磨成面，在大柴锅里倒上油炒着给我吃。村里的人说这面叫“油炒面”，也称“油茶面”。那时，我可爱吃“油炒面”了。我从橱柜里拿出一个大碗，倒上一大把炒面，加上一大勺红糖，用开水一冲搅成糊糊状，便入肚了。记得小时候，我盼望着小满节气来，因为我幼小的心灵里知道小满过了许多天就有“油炒面”吃了。细想起来，我有年头没有吃过用新面做的“油炒面”了。

超市里，虽然有“油炒面”，我曾买来吃过，但已吃不出小时候那面的味道了。

小满正值农历四月中，是农忙的时节，民谚说得好：“小满暖洋洋，锄麦种杂粮”“小满三天遍地锄”“小满前后，种瓜种豆”“立夏小满正栽秧”“秧奔小满谷奔秋”。小满见新茧。对于我国南方许多地区的农村来说，缫丝是小满时节最忙碌的农活儿。什么是缫丝呢？就是把蚕茧浸在热水里，抽出蚕丝，缠绕在丝筐上绕成丝线，便于纺织。小满时节，缫丝这个农活忙啊，“妇姑相呼有忙事”“缫车嘈嘈似风雨”是忙的生动写照。

小满田美苦菜秀。

小满时节，田野是何样呢？农家生活好不好呢？农民所想所盼的又是什么呢？北宋文学家欧阳修曾写过《归田园四时乐春夏二首（其二）》诗，对这些问题作了回答。诗中曰：“南风原头吹百草，草木丛深茅舍小。麦穗初齐稚子娇，桑叶正肥蚕食饱。老翁但喜岁年熟，饷妇安知时节好。野棠梨密啼晚莺，海石榴红啭山鸟。田家此乐知者谁？我独知之归不早。乞身当及强健时，顾我蹉跎已衰老。”这首诗的大意是说，夏季的南风吹动了草原上的各种草，在那草木丛深之处可见到小小的茅舍。近处的麦田，那嫩绿的麦穗已抽齐，它在微风中摆动时，像小孩子那样摇头晃脑，娇憨可爱，而桑树叶子长得肥壮可供蚕吃饱。对于农家来说，他们盼望的是当年的收成如何，为能有个丰收年而高兴，至于田园美景和时节的美好他们是没有时间顾及的。田野中，海棠梨树密密麻麻，黄莺在树上鸣啼，石榴鲜红欲滴，山间鸟儿婉转歌唱，这些是不会让农家人感到快乐的。他们想的还是全年的收成。我应当在身体强健之时就隐退的，岁月蹉跎，现在的自己已经衰老，归隐实在太晚了。诗中描写了小满时节的田园风光、农家人的所盼和自己的心情。这是一首脍炙人口描写小满时节农家生活情状的好诗。

《月令七十二候集解》中说小满也是三候：“初候，苦菜秀。二候，靡草死。三候，麦秋至。”。《周书》中曰：“小满之日苦菜秀。”当然，小满时节不止苦菜秀，还有蚕结茧、油菜籽成熟等。全国许多地方都有苦菜，陕西人称它“苦麻菜”，宁夏人叫它“苦苦菜”。苦菜又名败酱。李时珍说，处处原野都有败酱，俗名苦菜，山里人采来食用，江东人常采来储藏。败酱初春生苗，深冬才凋谢。初生时，叶铺地而生，像菘菜叶而狭长，有锯齿，为绿色，叶面色深，背面色浅。夏秋季节茎高二三尺而柔弱，数寸一节，节间生叶，向四面散开如伞，顶端开成簇的白花，像芹花、蛇床子花。它结的果实小而成簇，很像柴胡。

苦菜入药，功效是清热利湿、解毒排脓、活血化瘀。李时珍曰，败酱是手足阳明、厥阴经的药物，善排脓破血。

苦菜还是中国人最早食用的野菜之一，这种菜能充饥饱腹。传说，古代的王宝钏守寒窑苦等赴西凉的薛平贵 18 年。王宝钏贫困交加，疾病缠身。她挖光了寒窑附近的苦菜，苦度日月。在旧中国，农民没有粮食吃时，只得以苦菜为生。在艰苦的革命战争年代，中国共产党领导的人民军队粮油缺乏，也要靠苦菜解饿充饥。革命根据地有歌谣说：“苦苦菜，花儿黄，又当野菜又当粮，红军吃了上战场，英勇杀敌打胜仗。”后来，苦苦菜被赞为“红军菜”“长征菜”。可见，苦菜里有故事，苦菜里有政治，苦菜里有历史。记得有部电视剧的主题歌中说：“苦菜花儿开香又香，朵朵鲜花迎太阳，受苦人拿枪闹革命，永远跟着共产党。”今天，我们的生活虽然好了，但不能忘记红军战士吃苦菜的年代。只有如此，我们才能不忘初心，牢记使命，砥砺前行，坚定不移跟党走。

惜别花神闻粽香

2021年6月5日，进入了一年中二十四节气中的芒种。这一天，我依然上莲花池公园散步。打春以来，先后盛开的樱花、海棠花、梨花、杏花、桃花、牡丹花已销声匿迹了，就连入夏后登场的月季，也不那么水灵和鲜艳了，有些月季花丛中只有几朵花在风中摇曳。

这时，我想起，民间农历二月二迎花神，芒种来了送花神。花神给人们送来了万紫千红、满目春色，带给了人们幸福和快乐，人们送一送她是应该的。所谓送花神，就是祭祀她，或送她一些礼物，或将彩线悬挂在树的枝叶上……人们祭祀花神，就是希望她明年开春再来，把春光洒向大地。关于祭祀花神，我国古典名著《红楼梦》第二十七回中有生动的叙述："至次日乃是四月二十六日，原来这日未时交芒种节。尚古风俗，凡交芒种节的这日，都要设摆各色礼物，祭饯花神，言芒种一过，便是夏日了，众花皆卸，花神退位，须要饯行。然闺中更兴这件风俗，所以大观园中之人都早起来了。那些女孩子们，或用花瓣柳枝编成轿马的，或用绫锦纱罗叠成干旄旌幢的，都用彩线系了。每一棵树上，每一枝花上，都系了这些物事。满园里绣带飘飖，花枝招展，更兼这些人打扮得桃羞杏让、燕妒莺惭，一时也道不尽。”从这段叙述可以看出，祭祀花神的活动在我国早就开始了。

祭祀花神的活动一直延续到今天。现代人尤其是铁路人有没有时间送花神呢？2021 年 6 月 16 日《人民铁道》报一篇文章回答了这个问题：“忙碌的铁路人是没时间送花神的，他们更务实，汛期、高温、暴雨、极端天气，都是他们要面对的。”他们在芒种节气里，要应对老天爷给铁路运输带来的困难，确保安全生产啊！

芒种，从字面上解释是什么意思呢？就是“有芒的麦子快收，有芒的稻子可种”。《月令七十二候集解》中说，芒种节气也分为三候：“初候螳螂生；二候鵙始鸣；三候反舌无声。”这就是说，在芒种节气中，螳螂在上一年深秋产的卵，因感受到气候变化而破壳生出小螳螂；喜阴的伯劳鸟开始在枝头出现，并且感阴而鸣；与此相反，能够学习其他鸟鸣叫的反舌鸟，却因感应到了气候变化而停止了鸣叫。

芒种至夏至这段时间，我国农业生产进入了“夏收、夏种、夏管”的“三夏”大忙季节。农民兄弟，或抢收麦子，即“虎口夺食，龙口夺粮”；或抢种夏玉米、夏大豆等，企盼秋天收获；或加强田间管理，给已种的庄稼补水加肥料，防虫害、防洪涝等。民谚说得好，“芒种忙，麦上场”“夏季农活繁，做好收、种、管”。“芒种芒种，连收带种”“芒种前后麦上场，男女老少昼夜忙”。南宋文学家陆游也有诗曰：“时雨及芒种，四野皆插秧。家家麦饭美，处处菱歌长。”芒种至夏至这段时间，铁路运输也忙了起来，抢运粮食，保证“颗粒归仓”；抢运农资，保证打胜“三夏”农忙这一仗。

芒种节气期间，有一个重要的农历节日——端午节。这个节日，我国民间礼俗很多，留给人们印象最深的是赛龙舟、吃粽子。据说，这两项礼俗都是为了纪念我国古代大诗人屈原。记得前几年，北京莲花池公园曾举行以宣传端午节礼俗为主要内容的游园会，几十个登载历代名人咏端午节诗词的展板，吸引了众多游客。大家从历代文人诗词中，知道了端午节丰厚的文化底蕴，增长了历史、文学和民俗知识。

说实话，我小的时候，并不知道吃粽子是为了纪念屈原，只是知道粽子好吃。我盼望着端午节早点来，我想吃那个粽子呀！我小的时候，每逢到端午节前，我母亲就自己给我们兄妹几个包粽子吃。我曾吃过母亲包过的红豆馅、红枣馅、八宝馅的粽子，好吃极了。吃过多日之后，我觉得口中还留有余香。

我学习党史，知道粽子里也有红色故事。1920 年的一天，陈望道翻译《共产党宣言》时，十分专注。他母亲送来粽子，让他蘸着红糖水吃，谁知他竟然蘸着墨水，把粽子送进了肚子里。1920 年 8 月，《共产党宣言》第一部中文全译本在上海问世。自此，留下了“真理的味道是甜的”典故。光明网 2021 年 6 月 12 日的一篇文章，还述说了这样一个和粽子有关的红色故事。1934 年 11 月 23 日，中国工农红军第十九师来到遂安白马，由于车马劳顿，战士们吃了一些当地百姓剩下的粽子。红军走后，群众从山上回到家里，发现东西一点不少，只是锅里的粽子少了一些。村民们也不在乎，当他们将剩下的粽子煮来吃时，发现几个又沉又大的粽子里竟然包着铜板和银圆。这是红军队伍离开前，用铜板、银圆包成的特殊粽子。自此，“红军是一支不拿百姓一针一线的好队伍”的赞誉在当地流传。看来，小小粽子里有着深深的革命情缘啊！今天，当我们吃粽子时，千万不要忘记这里面的红色故事，要记住“我们的节日里，有粽香，有党恩，有家国，有教益……”

芒种过后，阴雨不断，沟平河满，我国许多地区将进入梅雨季节。在这样的天气里，农民依然身披棉衣御寒插秧。无论是古代，还是今天，梅雨季节对农业生产都有影响。千百年来，我国农民积累了梅雨季节搞好农业生产的经验，相信新时代农民一定会克服梅雨季节带来的困难，夺取粮食大丰收，到那时就会“喜看稻菽千重浪，遍地英雄下夕烟”。

京城圆荷始散芳

2021年6月21日11时32分，迎来二十四节气中的“夏至”，这意味着炎热天气将到来了。“昼晷已云极，宵漏自此长”，进入夏至这天，太阳直射地面的位置到达一年的最北端，几乎直射北回归线。此时，北半球各地的白昼时间达到全年最长。在我国有些地方，夏至不仅是重要的节气，还是传统节日之一，人称“夏节”“夏至节”。夏至节是美好的，人们过这一节日是企盼风调雨顺，日子越过越好。

我曾有过一次在我国最北的地方漠河北极村过夏至节的经历。我写的一篇散文《北极光，你在哪里？》，记录了这次经历。漠河为了推进旅游事业的发展，将每年夏至这一天定为北极光节。那年北极光节是第23届，开幕式晚会的主题是：幸福中俄年，梦想北极光。那年6月21日夏至那天晚上，北极村主干道——通江路流光溢彩，林莽飘香。我们抱着求知、好奇的心理，随着人流，早早来到村头的北极光广场。广场上的人真多啊，用人头攒动来形容一点儿也不过分。人们愉快地交谈着，听口音，来的人，有四川的，有天津的，有江浙的，有北京的……不少人在燃放“孔明灯”，好友吴连生、傅月荣、王珊也花五元钱，买了一盏灯凑热闹。上百盏“孔明灯”缓缓上升，把北极村上空点染得更加美丽。20 时 30 分，在欢快的乐曲声中，广场舞台上的彩灯和黑龙江上的江灯，点亮了第 23 届北极光节。北极光乐队列队表演后，俄罗斯后贝加尔边疆区军官之家歌舞团专场文艺演出开始。节目十分精彩，舞蹈刚劲柔美，歌曲也是我们所熟悉的，如《莫斯科郊外的晚上》《红莓花儿开》等。俄罗斯艺术家的精彩表演，赢得了阵阵热烈掌声。夜深了，我仰望苍穹，但始终未见北极光出现，只得回屋入睡。我们这次来漠河的一个目的，就是想看看北极光是什么样子，但未能如愿，有些遗憾。

书归正传，还是要说一说夏至。据《月令七十二候集解》介绍，夏至这节气也分三候，初候鹿角解，鹿是属阳的山兽，夏至阳气盛极而衰，鹿角感受到阴气而脱落；二候蝉始鸣，雄性的知了在夏至后鼓翼而鸣；三候半夏生，半夏是一种野生中药草，夏季过半时，最适宜采集它地下的块茎。唐代诗人韦应物一首诗《夏至避暑北池》叙述了夏至的特点：“昼晷已云极，宵漏自此长。未及施政教，所忧变炎凉。公门日多暇，是月农稍忙。高居念田里，苦热安可当。亭午息群物，独游爱方塘。门闭阴寂寂，城高树苍苍。绿筠尚含粉，圆荷始散芳。于焉洒烦抱，可以对华觞。”诗中说，夏至这天，昼晷所测白天的时间已经到了极限，自此后，夜晚漏壶所计的时间渐渐加长。还没来得及实施自己的计划，就已经忧虑气候的变化冷暖的交替了。衙门每日空闲的时候居多，而这个月的农事却是比较忙活些的。老百姓在地里耕作，酷热也不知如何抵挡的。正午时分那些人和物都在歇息，到处静悄悄的，只有我自己在池塘里游来游去好不快活。城墙高耸，城门紧闭，树木葱翠，绿荫静寂。翠绿的鲜竹尚且含粉，池塘里的荷花已经开始散发一阵阵的清香了。在这里可以抛却烦恼忘掉忧愁，终日对影举着华丽的酒杯畅饮。

韦应物说，圆荷始散芳。意思是说，夏至时节，池塘里的荷花已经开始散发阵阵的清香了。荷花是什么样的一种花呢？有关资料介绍说，荷花是中国十大名花之一，又名莲花、水芙蓉等。荷花，自古在我国广为种植，至少有两千七百年的栽培历史。我国最早的诗歌总集《诗经》中，就有荷花的清丽身影——“山有扶苏，隰有荷华”“彼泽之陂，有蒲与荷”。《古今注》中称荷花“芙蓉”。荷花地下茎长而肥厚，有长节，叶盾圆形。花期6月至9月，单生于花梗顶端，花瓣多数，嵌生在花托穴内，有红、粉红、白、紫等色，或有彩纹、镶边。中国早在周朝就有栽培荷花的记载。荷花周身皆宝，藕和莲子能食用，莲子、根茎、藕节、荷叶、花及种子的胚芽等都可入药。荷花出淤泥而不染之高尚品格历来为世人所称颂。“接天莲叶无穷碧，映日荷花别样红”啊！我曾读过北宋学者周敦颐的散文《爱莲说》。这篇散文描写了莲花的形象，歌颂了莲花的品格，从而也表现了作者清廉正直、襟怀坦白、不与世俗同流合污的高尚人格。

这些年，每逢到夏至这一天，我都要到京城的一个大公园去观荷花。我曾去过北海公园、颐和园、圆明园等处欣赏过荷花，但去的最多的是我家附近的莲花池公园。

莲花池公园湖中的荷花主要有三大片。长廊旁的荷花，主要是花瓣底部白里透黄、上部淡粉的。西部、北部的那两片花，花瓣主要是粉的。这三大片荷花，有的已经盛开，有的含苞欲放。湖中，还有散落的片儿不大的睡莲。湖周围岸上，也有不少盆栽的荷花，有的已开花。来公园看荷花的人不少，他们纷纷举起相机、手机拍摄，留下花和翠鸟的亮影。不少年轻夫妻在北岸莲花仙子和藕郎的雕像前合影。

据民间的传说，美丽绝伦的莲花仙子是天帝之女。一天，她拿着百草种子，跑到人间的一个湖边，在这里巧遇健壮的小伙子藕郎。他俩相爱成婚，过起美满幸福的生活。天帝知道莲花仙子私自下凡后，大发雷霆，即派天将天兵捉拿她。莲花仙子与藕郎在湖中分别时，将一颗宝珠交给藕郎。几天后，藕郎也被捉。当天兵挥刀向藕郎脖子砍来时，他将宝珠吞入腹中。天兵连砍八十一刀，藕郎虽身首两处，但刀口处总留下细细的白丝，不多会儿，藕郎身首又连在了一起。天帝恼羞成怒，抛出法箍，箍住藕郎的脖子，将其扔入湖中。谁知，藕郎竟落湖生根，长成又白又嫩的藕来，法箍竟变成藕节。莲花仙子知道藕郎已成藕，便化作莲花，与藕连成一大片。天帝见状，忙下旨挖掉他们。可天兵挖到哪里，白藕和莲花便长到哪里。天帝无奈，无计可施，只得收兵回天庭。从此，白藕和莲花在湖里成了家，不仅生活美满，而且年年把莲子、白藕和莲花奉献给人间。

我想，之所以那么多的年轻人在藕郎和莲花仙子雕像前合影，主要是敬佩他们，企盼爱情忠贞不渝、生活幸福美满，同时也希望自己把智慧和力量奉献给国家。

荷花里亦有红色故事。在艰苦的抗日战争年代，八路军和游击队，在青纱帐、荷花淀里，与日本鬼子周旋，不断歼灭敌人的有生力量。荷花淀成为游击战的战场，荷花上曾尽染过战士们的鲜血。我读过著名作家孙犁的小说《荷花淀》。这部小说生动地刻画了抗日战争最后阶段的冀中人民的斗争生活。小说女主人公水生嫂和男主人公水生不顾个人生死，为抗日奉献一切。小说叙说了八路军与日寇在荷花淀里作战的情景："那些隐蔽在大荷叶下面的战士们，正在聚精会神瞄着敌人射击，半眼也没有看她们。枪声清脆，三五排枪过后，他们投出了手榴弹，冲出了荷花淀。手榴弹把敌人那只大船击沉，一切都沉下去了。水面上只剩下一团硝烟火药气味。战士们就在那里大声欢笑着，打捞战利品。”

我热爱夏至这个节气，因为其不仅能使我观察到美丽的荷花，而且吸引我反复阅读《荷花淀》，激起我对革命战争年代的回忆。在我心目中，荷花永远是纯洁的，夏至永远是令人留恋的。

小暑『食新』故事多

2021年7月7日，进入了二十四节气中的小暑。我小的时候，特别盼望着小暑节气的到来。因为，小暑过不了几天，就到了头伏。过去，民间有小暑时节“食新”之说，所谓“食新”，就是把当年打下的新米加上陈米和新鲜蔬菜，一起煮着吃，也就是小暑到了要吃新鲜的东西。我的家乡亦有“头伏饺子二伏面，三伏烙饼摊鸡蛋”之民谚。我幼时盼望着小暑，就是嘴馋想尽快吃上新鲜的食物和头伏的饺子。

我母亲很重视二十四节气，每年到了头伏这一天，她总是想法子搞些白面，给我们全家人包顿饺子吃。我记得我吃过母亲包的鸡蛋韭菜、野菜猪肉馅的饺子。

到了小暑，就进入了夏季较为炎热的时段。这几天，确实很热，不干活儿，坐在椅子上待着，身上也沁出汗。老伴儿念叨：“小暑大暑，上蒸下煮。”这真是：“小暑：盛夏登场，释放发酵后的阳光。”

《月令七十二候集解》：“暑，热也，就热之中分为大小，月初为小，月中为大，今则热气犹小也。”暑，表示炎热的意思，小暑到来，天气开始炎热，进入伏旱期，但还没到一年最热的时候。

小暑的标志是出梅雨、入伏。

小暑也分为三候："初候温风至；二候蟋蟀居壁；三候鹰始击。"这就是说，小暑时节，辽阔大地不再有一丝凉风，所有的风中都带着热浪；小暑节气的时候，由于炎热，蟋蟀离开了田野，到庭院的墙角下以避暑热；在这一节气中，老鹰因地面气温太高而在清凉的高空中活动。《诗经·七月》中有蟋蟀"七月在野，八月在宇，九月在户，十月蟋蟀入我床下"之说。文中所说的八月即是农历的六月。与白居易同科及第、结为终生诗友、共同倡导新乐府运动的唐代诗人元稹写有《咏廿四节气诗》，分别概括了每个节气之特点。其中，《小暑六月节》曰："倏忽温风至，因循小暑来。竹喧先觉雨，山暗已闻雷。户牖深青霭，阶庭长绿苔。鹰鹯新习学，蟋蟀莫相催。"诗中说，忽然之间，原来是阵阵热浪排山倒海般地循着小暑节气袭来。竹子的喧哗声，预示着大雨即将来临了，山色灰暗暗的，仿佛听到了隆隆的雷声。一场又一场的降雨，使门窗上有了潮湿的青霭，院子的角落里长满了小绿苔。鹰感到肃杀之气快来了，开始练习搏击长空。蟋蟀羽翼开始长成，居穴之壁了。

小暑时节，农民忙于送肥、防洪抗旱，农业生产到了关键时刻。

小暑来了，对于铁路运输安全来说，也是个严峻考验。小暑时节，降雨量明显增加。大雨、暴雨、雷电袭击铁路线路和铁道设施等，泥石流、崩塌的山体石，也会如期而至。所有这些，都对暑运期间的铁路运输安全构成了严重威胁。铁路职工忙起来了，不辞辛苦地巡查线路、设施，保证线路畅通无阻，让客车、货车安全驶过。他们不畏太阳的暴晒，不惧狂风暴雨，英勇顽强地战斗着。他们是新时代最可爱的人，我们向他们致以崇高敬意！

大暑时节不忘恩

在二十四节气中，大暑给我的印象较深。因为每到这个节气，就是我的生日快到了。2021年大暑是7月22日，而我的生日是7月23日（农历六月十四）。大暑炎热到了极点，是一年中最难熬的时节，古语云："大者，乃炎热之极也"。

想起74年前我母亲在酷暑天生下我，并将我抚养成人，是多么不容易！母恩是一辈子都不能忘的！母亲活着的时候，每年到我生日这一天，总是给我做一碗老北京炸酱面吃。我每次吃都觉得很香。母亲知道我好这一口，多少年来都一直坚持做。前几年，我母亲去世了，我再也吃不到她老人家做的炸酱面了，心里总觉得空落落的，尽管我自己在我生日那天也做炸酱面吃，但始终吃不出母亲做的面的香味。

大暑时节想母恩。我母亲将我和一个弟弟、三个妹妹抚养成人，是非常艰难的。1965年，我父亲去世了。当时，我最大，刚满十八岁，最小的妹妹四岁。我母亲没有工作，全家仅靠政府给的几百元抚恤金生活。眼瞅着那抚恤金越来越少，母亲用看小孩和给一孤寡老人做饭挣来的不多的钱，补贴家用，但日子还是过得紧巴。日子过得紧巴也得过。刚强的母亲望着五个高矮不一的儿女，泪水在眼眶里打转转。“孩子们的父亲没了，家里断了工资收入，塌了大半个天。我不能再让天塌下去！我有手，我能劳动，我能让孩子们吃饭穿衣上学！”她把丧夫的悲泪咽进肚里，暗暗地坚定了将儿女养大的信心。为了挣到不多的钱，母亲先后看过别人家的五个小孩，给一家双职工和一孤寡老人做过饭。

早晨，天没亮，母亲就起床，用野菜做包子，将白菜帮子剁碎掺进粗玉米面里蒸窝头，又煮了一大锅糙米粥，接着叫孩子们洗漱，打发我们上学，她希望孩子早到校多学点知识啊！

中午，日当头，母亲凑合扒拉几口饭，推着竹制婴儿车，买粮买菜，为晚饭做准备，她是想让读书归家的孩子吃上一口热乎饭啊！

深夜，风正凉，母亲缝缝补补、洗洗涮涮、烘烘烤烤，她为了第二天让孩子们穿上整洁的衣服上学，她不能让旁人讥笑她的孩子没有爹啊！

母亲，用大海一样宽阔的胸怀，疼爱和包容我们每一个！母亲，用那无私精神和柔弱双肩，撑起了我们这个塌了大半个天的家！一位哲人说得好：“在一个好的家庭中，其精神发祥地上，一定有这样一位母亲，她是聪明的、精神丰富的、自豪的以及善于爱护自己尊严的；同时，这一切是巧妙、优雅而又悄悄地体现出来。”我母亲就是这样一位平凡而伟大的女性。

大暑时节感党恩。党和政府关心我们。因家里没了工资收入，我在中专领取的是全额助学金。大妹、弟弟也在中学拿到了数额不等的助学金。他俩初中毕业后，没有去农村插队，而是在北京市分配了工作。街坊邻居也向我们伸出援手，让我们饱腹。我时常这样想，要是在旧社会，像我们这样的家庭，日子就过不下去了。我们兄妹五人，可能无栖身地，可能流落街头，可能远离教室，可能讨衣乞食，可能遭人白眼。是党的阳光，是海一般深的母爱，让我们有学上、有饭吃、有衣穿！

感恩是做人的根本和底线。我们不能忘记党恩，不能忘记母恩。忘记了，就意味着丢掉了根本，就意味着脱离了底线，就意味着背叛！我曾经这样说："不知感恩的人，不知孝敬父母的人，不热爱党和国家的人，请不要和他做朋友，请不要提拔他当干部。你想想，他连父母都不孝敬，连党和国家都不热爱，连感恩都忘掉了，你和他处朋友，能得好吗？你让他当了干部，单位和国家能得好吗？"

大暑正值三伏中的中伏，其也分为三候："初候腐草为萤；二候土润溽；三候大雨时行。"其意是说，第一，古人认为萤火虫是腐草变成的；第二，天气开始变得闷热，土地也很潮湿；第三，时常有大的雷雨出现，这大雨使暑湿减弱，天气开始向立秋过渡。天气尽管很热，但我想起党恩和母恩，仍然努力学习和劳动，也就不觉得那么热了。

那些年，母亲常给我讲"七下八上"。所谓"七下八上"，是指 7 月下旬和 8 月上旬，也就是大暑时节这半个多月左右的时间，我国部分地区，常下暴雨。每逢到这个时节，我母亲除了嘱咐我出门带伞，还对我说，你是搞铁路新闻工作的，你要多报道铁路职工在"七下八上"这个防汛关键期抗洪抢险的事迹。我在职时，一直按母亲说的去做。现在，我虽然退休了，不能到现场采访，但我一直关心大暑时节铁路运输安全状况。2021 年 7 月 16 日以来，受特大暴雨影响，郑州至洛阳区间的郑西高铁和陇海铁路发生水漫线路、路基坍塌、设备淹水等情况，列车无法通行，运输秩序也不同程度受到影响。这些天，我每天通过阅读报纸和看电视新闻，了解受损铁路线路的抢修情况和铁路部门采取哪些措施恢复正常的运输秩序，祝愿铁路部门早日战胜暴雨灾害，方便广大旅客出行。我想，这是一个老新闻记者应该做的，也是不忘党恩和母恩的具体行动。

一叶落知天下秋

“立了秋，把扇丢”，这是我小时候，我母亲常对我说的一句话。这句话的意思是，立秋之后，天气渐渐凉了，没有那么炎热了，人们手中的扇子该收起来了。再说得明确一点，就是立秋预示着炎热的夏天即将过去，凉爽的秋天即将来了。《月令七十二候集解》：“秋，揪也，物于此而揫敛也。”此时万物开始“揫敛”，即收敛的意思。据说，立秋之后，梧桐树开始落叶，因此有“一叶知秋”之成语。在宋朝时，立秋这天宫内要把栽在盆里的梧桐移入殿内，等到立秋时辰一到，太史官高声奏道：“秋来了。”随着奏报的声音，梧桐应声落下一两片叶子，这就是报秋。宋代唐庚《文录》引唐人诗：“一叶落知天下秋。”意思是从一片树叶的凋落，知道秋天的到来。立秋之后便是：“一场秋雨一场寒，十场秋雨要穿棉。”

立秋时节也分为三候：初候，凉风至，立秋后，我国许多地区开始刮小北风，偏南风逐渐少了。这就给人们带来丝丝凉意。二候，白露降，由白天日照强烈、夜晚风凉，昼夜有了一定的温差，早晨室外植物上有了一颗颗晶莹的露珠。三候，寒蝉鸣，此刻的蝉，在微微摆动的树枝上十分得意地叫着，好像在说炎热的夏天快过去了。每逢一到立秋，人们都非常高兴。元代方回的《立秋》诗便表达了这种高兴之情：“暑赦如闻降德音，一凉欢喜万人心。虽然未便梧桐落，终是相将蟋蟀吟。初夜银河正牛女，诘朝红日尾觜参。朝廷欲觅玄真子，蟹舍渔蓑烟雨深。”诗中告诉人们，尽管天气依然很热，但终于可以看到凉的希望了。立秋了，秋天终于要来了，宋代诗人陆游欢喜若狂，挥笔写下了《癸巳夏旁郡多苦旱惟汉嘉数得雨然未足也立秋》这首诗：“画檐鸣雨早秋天，不喜新凉喜有年。眼里香粳三万顷，寄声父老共欣然。”诗人期待着在秋天与父老乡亲“共欣然”啊！

据《月令七十二候集解》的解释，一候为五天。立秋三候是十五天，天气是逐渐变凉的。在逐渐变凉的过程中，暑热并没有完全退去，有时甚至比盛夏时还热。2021 年 8 月 7 日是立秋，这天晚上睡觉，我并没有“一枕新凉”之感，只觉得依然很闷热。人们常常把立秋后的热天形容为“秋老虎”。这“虎”可厉害了，有时竟热得让人喘不过气来。况且，今年的立秋时节，还未出伏，更不能期待有多少凉意了。

每逢立秋之日，我国许多地方有戴楸叶、尝秋鲜、贴秋膘等风俗。京津冀地区老百姓贴秋膘，主要是吃一些味厚的美食佳肴，首选是吃肉，说是“以肉贴膘”。我小的时候，总盼着立秋日的到来，因为那一天，我母亲总是给全家人“贴膘”，或做红烧肉、红烧鱼，或包肉饺子。我十多岁时，遇到了三年困难时期，我母亲也想法子在立秋那天搞来点肉，和冬瓜、粉条一起炖。她说这是给孩子们“贴膘”，让我们长身体。虽然锅里的肉不多，但我们兄妹几人吃得津津有味。

记得我母亲还给我讲过这样一件事：解放战争时期，我的家乡解放了。分了地、翻了身的农民，赶上立秋日，纷纷做好吃的，给住在村里的解放军战士送去。不少乡亲说，咱给自己部队上的人“贴秋膘”，是让他们身体棒棒的，好上前线打胜仗，解放全中国。我母亲说她那年做了一大锅猪肉炖粉条送了去。战士们说他们有纪律，不能随便收老百姓的东西。我母亲硬要留下给战士们做的吃的。最后双方达成“协议”，吃的东西留下，部队照章付款。我母亲几十年前讲的这件事，我至今记忆犹新。我很早就知道中国共产党是为人民谋幸福的党，解放军是为人民求解放、保护人民的军队。我下定决心，一辈子跟着中国共产党走。后来，我成了一名共产党员，这种决心和信念更加坚定了。

处暑喜雨赛甘霖

小时候，我总问我母亲："为什么处暑不和小暑大暑挨着，而在立秋之后？""为什么立秋了、处暑了，天气还那么热？"我母亲对我说："小暑大暑不是暑，立秋处暑正当暑。"这句话是什么意思呢？我反复品味，明白了其中之道理："小暑大暑天气虽然很热，但立秋处暑热度毫不逊色，有'秋老虎'之说。"处暑天气的热主要是在白天，夜晚稍微凉快些，能睡个好觉。我还问过母亲："处暑的'处'是什么意思呢？"母亲说："'处'含有躲藏、终止的意思，处暑来了，炎热的暑天也快结束了。"

后来，我读了《月令七十二候集解》，才知道更深的道理。书中说："处暑，七月中。处，止也，暑气至此而止矣。"这里的"七月中"是指农历的月份，大概是 8 月下旬到 9 月上旬这些天，暑气就渐渐小了。处暑时节也分为三候："初候，鹰乃祭鸟。鹰，义禽也，秋令属金，五行为义，金气肃杀，鹰感其气，始捕击诸鸟，然必先祭之，犹人饮食祭先代为之者也，不击有胎之禽，故谓之义。二候，天地始肃。秋者，阴之始故曰天地始肃。三候，禾乃登。禾者，谷连藁秸之总名，又稻秫苽粱之属皆禾也，成熟曰登。稷为五谷之长，首熟此时。"这段话告诉我们：处暑时节，老鹰开始大量捕猎鸟类；天地间万物开始凋零；“禾乃登”的“禾”指的是黍、稷、稻、粱类农作物的总称，“登”即成熟的意思。

处暑时节是农事活动繁忙的时段。譬如，河北农民忙于地瓜追肥，把棉花整了枝、适时打了顶。山东农民为秋菜定苗，锄草防土地荒芜。安徽农民在立秋时节种白菜，处暑时节摘棉花。云南农民整理棉花的枝、剪短了烟，翻白薯的蔓、播秋荞，拔草除虫保丰产。总之，祖国各地的农民兄弟各有各的忙法，他们共同心愿是脱贫攻坚多收获，盼望祖国更富强。处暑时节，农民兄弟忙了，丰收也就在望了。

处暑时节，很多农作物需要雨水，如夏玉米、薯芋类作物等。“天公作美”，2021 年处暑时节，全国许多地方大雨小雨不断，但没有构成水患，这就给一些农作物提供了充足的雨水，正如民谚所说“处暑禾田连夜变，雨水充足是关键”“处暑雨，粒粒皆是米（稻）”“处暑里的雨，谷仓里的米”。处暑时节最忌干旱，历史上曾有“大旱弥千里”的状况。处暑喜雨赛甘霖啊！

处暑时节，铁路运输也较为繁忙。历年 9 月 1 日前后，是学生开学返校的时段。不少学生要乘火车到校。据《人民铁道》报的消息说，随着各地高校陆续开学，铁路迎来学生返校客流小高峰。铁路部门严格落实常态化疫情防控措施，精准实施“一日一图”，优化学生票售票组织，增加运力支持，做好服务保障，全力确保学生旅客出行安全。8 月 20 日至 9 月 2 日，全国铁路共发送学生旅客 251.4 万人次。有道是：“万千学子离家乡，铁路职工运客忙，挥汗如雨保安全，人民铁路美名扬。”

处暑时节乃至以后，天气逐渐干燥，所有的人都应该注意养生护身，避免燥热伤害。应该多吃一些清热安神的食物，少吃油腻的肉食。有时间，多到户外游玩，搞一些适合自身身体状况的活动。应该多休息，尤其是老年人和小孩必须保证充足的睡眠。笔者祝愿所有的人平安度过处暑时节，身体越来越好！

白露时节遇中秋

这十来天，我明显感觉到天气与前些日子不大一样了。清晨，我到离家较近的莲花池公园遛弯儿，再一身短打扮不行了，得穿上长裤长褂，否则身上凉飕飕的；夜里睡觉也得盖上薄被子，否则小腿抽筋儿。二十四节气中的白露时节到来了，这真是应了老母亲过去说的那几句话：“白露秋风夜，一夜冷一夜”“处暑十八盆，白露勿露身”“白露身不露，寒露脚不露”“白露在仲秋，早晚凉悠悠”。晚上，我再到公园转悠，又看见小草叶子上有白色露水，据说是由于气温降低，水蒸气凝结而成。“天气的确转凉了！”我自言自语道。人们终于告别了暑热，迎来了凉爽时节。正如《月令七十二候集解》中曰：“白露，八月节。秋属金，金色白，阴气渐重，露凝而白也。”白露也分为三候，初候，雁来。鸿大雁小，自北而来南也，不谓南乡，非其居耳。二候，元鸟归，此时自北而往南迁也，燕乃南方之鸟，故曰归。三候，群鸟养羞，叁人以上为众，叁兽以上为群，群，众也。《礼记》注曰：羞者，所羹之食。养羞者，藏之以备冬月之养也。

白露依然是农事大忙之季节。我国有些地方开始秋收，谷子、大豆、高粱等都要逐渐归仓；有些地方棉花开始吐絮，单季稻扬花灌浆；有些地方种冬小麦。千百年来，民间流传着许多白露时节秋收秋种的农谚，如，“白露打枣，秋分卸梨”“白露到，摘花椒”“白露谷，寒露豆，花生收在秋分后”“白露前后看，莜麦荞麦收一半”“白露节到，牛驴上套”等。这些农谚就是白露时节秋收秋种的真实写照。秋收秋种，人们忙得不亦乐乎啊！

白露也是铁路运输繁忙之季节。白露时节遇中秋，2021 年的中秋节是 9 月 21 日，离秋分还有两天。中秋节是亲人团圆的日子，不少人坐高铁回家，铁路站车服务工作比前些日子忙碌多了。

自古至今，文人墨客中秋咏月的诗文很多。汉代《古诗十九首》之一：“明月皎夜光，促织鸣东壁。玉衡指孟冬，众星何历历。白露沾野草，时节忽复易。秋蝉鸣树间，玄鸟逝安适。”“明月皎夜光”“白露沾野草”，指的就是白露时节遇中秋。唐代诗人孟浩然也有类似的诗《秋宵月下有怀》：“秋空明月悬，光彩露沾湿。惊鹊栖未定，飞萤卷帘入。”诗人中影响比较大的咏月作品有：唐代李白的《月下独酌》，唐代张九龄的《望月怀远》，唐代杜甫的《八月十五夜月》，宋代苏轼的《中秋月》，宋代辛弃疾的《满江红・中秋寄远》。毛主席在 1947 年中秋节也写过一首五言律诗《喜闻捷报》：“中秋步运河上，闻西北野战军收复蟠龙作。秋风度河上，大野入苍穹。佳令随人至，明月傍云生。故里鸿音绝，妻儿信未通。满宇频翘望，凯歌奏边城。”这时的毛主席正在转战陕北，粉碎胡宗南军队的进攻，同时指挥全国的解放战争。虽然他也渴望中秋万家团圆，但他想得更远，他更盼望的是“凯歌奏边城”。他殚精竭虑，为的是打倒蒋介石，解放全中国，为人民谋幸福，为中华民族谋复兴。这就是一位伟大革命家的广阔胸怀啊！

秋分忆粮食英雄

2021年9月23日是二十四节气中的秋分。何为秋分？古籍中云："秋分者，阴阳相半也，故昼夜均而寒暑平。""燕将明日去，秋向此时分。"其意是说，秋分这一天，阳光几乎直射赤道，昼夜时间几乎相等。秋分一到，燕子将往南飞去，秋天也将从今天开始。《月令七十二候集解》中说，秋分，八月中。秋分节气也为三候：初候，雷始收声。二候，蛰虫坯户。三候，水始涸。秋分应该是天气晴好的节气，秋高气爽，艳阳高照，但今年的秋分时节，北京依然是雨水过多，很少见到碧空万里、风和日丽的好天儿。不过，这样的天气也好，凉风习习，人们在夜间睡个安稳觉。

秋分依然是秋收、秋耕、秋种的"三秋"大忙时节，其主要特点是收获的农作物较多，如，棉花产区忙于采棉，长江流域及南方广大地区的农民开镰收割晚稻。丰收了，农民喜悦无比。况且，我国自2018年起，将每年农历秋分设立为"中国农民丰收节"。农民有了专属自己的节日，这更是喜上加喜。

为什么设立"中国农民丰收节"呢？农民是中国人口的大多数，是中国共产党执政的基础，广大农民在革命、建设、改革等各个历史时期都作出了重大贡献。因此，任何时候都不能忽视农业、忘记农村、淡漠农民。设立“中国农民丰收节”，必然调动起亿万农民的积极性、主动性、创造性，提升亿万农民的荣誉感、幸福感、获得感，汇聚起实施乡村振兴战略、加快推进农业农村现代化、实现第二个百年奋斗目标的磅礴力量。设立这个专属农民的节日，既是对传统“二十四节气”这种古人智慧结晶的致敬与传承，同时更加体现了当代中国人顺应自然规律、适应可持续生态发展观的精神。由此说，设立“中国农民丰收节”，赋予了秋分时代意义、政治意义、经济意义。

今年的“中国农民丰收节”活动丰富多彩。许多地方以“庆祝农民丰收、传承红色文化、实施乡村振兴”为宗旨，庆五谷丰登，颂幸福生活，盼国泰民安。《农民日报》发表社论分析了丰收节活动的特点。社论说：“恰逢中国共产党成立百年，‘庆丰收、感党恩’成为2021年这个丰收节的主题。”社论说，中国要强，农业必须强；中国要美，农村必须美；中国要富，农民必须富。经年积淀，丰收节逐渐成风化俗、深入人心，成为全国农民自己的节日、中华农耕文明的符号、全面推进乡村振兴的窗口。

在稻粒归仓、五谷丰登、欢庆丰收节之际，许许多多的人还想起了杂交水稻植之父袁隆平。9月24日，《中国纪检监察报》报道说，稻香麦浪，瓜果满园，蟹肥鱼鲜，又是一年中国农民丰收节，在这个祖国各地喜迎丰收的节日，很多人想起了袁隆平。因为袁隆平生前曾获聘中国农民丰收节推广大使。9月23日，在袁隆平母校西南大学，不少学生来到袁隆平手捧稻穗的雕像前，献花悼念。

多年来，我同许许多多的同胞一样，一直敬佩和关注袁隆平先生。我曾写过散文《袁隆平的“六观”》，纪念袁隆平先生。“一稻济世 万家粮足”，现在，中国已由粮食短缺变为粮食充足。

“中国用不到世界 9% 的耕地，养活了世界近 1/5 的人口，将饭碗牢牢端在自己手中。这与袁隆平院士的艰苦努力密不可分。”所以，在丰收节之际，人们怀念袁先生是理所当然的，是他的努力，让中国人端稳了饭碗，让无数人享受到了吃饱的幸福，看到了生活的希望。袁隆平是“真正的粮食英雄”。在欢庆丰收节之际，我们“丰年不忘饥苦，富岁当思节约”。这既是对袁隆平先生最真挚的告慰，也是对他的精神最好传承。

寒露降温催红叶

我这个人喜凉。20 世纪 70 年代，我在京郊一家铁路工厂上班。每年 10 月中旬，我还在单身宿舍里当“膀爷”，上夜班也光脚穿那种解放鞋。师傅和我同住一宿舍，他不止一次地对我说：“‘吃了寒露饭，单衣汉少见’‘白露身不露，寒露脚不露’，都寒露了，你怎么还光膀赤脚呢？你等着着凉吧！”我仗着自己年轻，并没有把师傅的话完全听进去。果不其然，有一天，我真的感冒发烧了，师傅用手推车把我送进了医院。这就叫“不听老人言，吃亏在眼前”。打那以后，我的贪凉行为有所“收敛”。

后来，我知道了寒露是二十四节气中的第十七个，到了这个节气，露水比白露时多多了，甚至凝结成霜，气温降至 20 摄氏度以下，天气凉意更浓了，添衣保暖是必然的事情。正如《月令七十二候集解》中所曰：“九月节，露气寒冷，将凝结也。”白居易的诗也描述了寒露节气的特点：“袅袅凉风动，凄凄寒露零。兰衰花始白，荷破叶犹青。独立栖沙鹤，双飞照水萤。若为寥落境，仍值酒初醒。”诗中说，袅袅凉风吹动，凄冷的寒露凝结。兰花越来越白渐渐凋零，荷叶虽残破但依然是青绿色。沙鹤独自栖息在沙地上，双双飞舞的萤火虫照映在水面。如果说寥落孤寂的境地，那就是在酒醉初醒时看到的这些景象。我读了这首诗，觉得寒露节气有“凄冷”“凋零”“寥落孤寂”之感。

寒露也分为三候：“初候鸿雁来宾；二候雀入大水为蛤；三候菊有黄华。”其意是说，寒露节气中，鸿雁一字形或人字形队列向南飞去；深秋天寒，雀鸟无踪影了，古人看到海边突然出现许多蛤蜊，其贝壳条纹及颜色与雀鸟相似，以为是雀鸟变成的；此时，耐寒的菊花开放了，色彩斑斓，引人驻足观看。这真是“寒露寒露，遍地冷露”，所以，有生活经验的人再也不赤背、穿单衣、光脚了。

寒露时节，连续降温催红了我国黄河以北地区的红叶，看万山红遍，层林尽染。此时节，神州有无数的人，尽赏红叶。北京人观红叶的最佳地点是香山。我曾多次攀上香山香炉峰，俯瞰满山遍野的红叶。那红叶，如彩霞，如锦缎，美不胜收。风吹来，叶晃动，似红色波浪翻滚。据媒体报道说，除香山之外，北京观赏红叶的地点还有八达岭、蟒山、百望山、鹫峰森林公园和奥林匹克公园、西山八大处公园、金海湖及上方山名胜风景区等。2021 年，到金海湖观赏红叶的人很多。他们自驾车环湖慢行、徒步登岛攀山、乘船逐波，远眺烂漫的红叶、绚烂的彩林，尽享金海湖独有的水中有山、山路依水的“水岸红叶”盛景。北京西山八大处公园内黄栌、火炬、元宝枫等树木的叶子从山下蔓延到山顶，形成了“三山八刹十二景”之一的“深秋红叶”，正所谓“西山红叶好，霜重色更浓”。北京房山的坡峰山也是观赏红叶的最佳地点，这里不但能眺望红叶，而且还能和黄栌王合个影。看红叶累了，找个农家乐住一宿，品一品特色粮食酒，尝一尝酥香玫瑰饼，也是十分快乐的事。

红叶，学名黄栌。红叶的最早记载见汉代司马相如的《上林赋》：“沙棠栎槠，华枫枰栌。”观此种树主要是欣赏其红透透的叶子。

千百年来，红叶成为文人墨客笔下流淌的文字。就拿香山来说吧！明末画家崔开予多次到香山作画，当他目睹满山红叶时，也赋诗曰：“秋山肃霜容，秋庵夜气洁。来我所怀人，茗酒深怡悦。冻萤映窗飞，鸟啼晓将彻。蒙蒙雾片时，乃见山分别。数星枫树红，一段柏径折。溪声出有踪，石际非霜雪。”清代赞美香山红叶的诗歌也不少，乾隆皇帝写得最多，他一生写诗 43 000 余首，其中与香山有关的诗作达 1 300 余首。在这 1 300 余首诗中，赞美香山红叶的诗为数不少且极富韵味，如其中的一首《红叶》：“迭嶂青云放晓晴，乍看红叶一枝横。徘徊体物难成句，几点玫瑰衬绿琼。”清末民初著名学者王国维在香山饱览秋色后，作《浣溪沙·霜落千林木叶丹》：“霜落千林木叶丹。远山如在有无间。经秋何事亦孱颜。且向田家拚泥饮，聊从卜肆憩征鞍。只应游戏在尘寰。”这是一首羁旅悲秋的词，上片写途中景色，下片写自家心情。词中说，秋季里，枫叶全部变成丹红的颜色，树林之后隐约地露出青山的轮廓，这轮廓非常轻柔，似有似无。看过了这秋日的风光，还会认为何处有美景？我推辞了农家热情的挽留，走到了占卜的小店里稍作休息。算了，烦心的事都不再提起，还是珍惜年华、游戏人间吧！

著名散文家梁衡虽冬游香山，但在他有关冬日香山的散文中也赞扬了秋天的香山红叶：“过去来时，山坡上是些层层片片的灌木，扑闪着自己霜红的叶片，如一团团的火苗，在秋风中翻腾。”新中国成立前，老舍先生说，秋天一定要住北平。天堂是什么样子，我不晓得，但是从我的生活经验去判断，北平之秋便是天堂。我猜想，老舍话中装扮天堂的也有香山红叶吧！当代民俗专家、学者钟敬文散文中的话印证了这个观点：“到了秋天，尤其是深秋，许多树木的叶子变色了，柿红的、朱红的、金黄的、古铜色的、赭色的，还有那半黄半绿或半黄半赤……五颜六色，把山野打扮得像个盛装的姑娘。加以这时节天色是澄明的，气候是清爽的。”柿红的、朱红的……难道说的不是香山的红叶吗？我以为，说的就是香山红叶。香山红叶包括黄栌、元宝枫、三角枫、五角枫、鸡爪槭等 30 多个品种。其中黄栌是北京香山的标志性绿植，有近 10 万株，历史也最悠久。

寒露时节，有个重要的中国传统节日——重阳节，又称“老人节”。重阳节的源头始于先秦之前，唐代被定为正式节日。重阳节主要民俗习惯中最有意义的是吃重阳糕，传说中说吃重阳糕能步步高升、祛病健身。我的好友李亚新前两天在无锡品尝了重阳糕。这种糕是按照传统工艺，用手工制作的。将精选的糯米磨成粉，撒上芝麻、瓜子仁、花生、蜜枣、红绿丝……放入蒸笼，用大火蒸熟。亚新说，那天早上，他和老伴吃了无锡重阳糕，黏黏的，不太甜，很可口。吃重阳糕就是图个喜气，哪有什么步步高升的想法啊！ 70 多岁了，就是想多活几年，饱览祖国的大好河山！他发微信给好友：“九九重阳节，久久的祝福送给你！”这几天，全国许多地方开展了“心系桑榆晚 · 情暖夕阳红”庆祝重阳节活动。不少老年人唱歌、跳舞、写诗作画，讴歌中国共产党的丰功伟绩，讴歌新时代的美好生活。老年人很开心地参加重阳节活动。不少人说，现在，最大的心愿就是保重好自己的身体，多活几年，能够更多地沐浴新时代的阳光！

2021 年重阳节之际，我再次重读了毛主席的《采桑子 · 重阳》。这首词，我读过多遍。我每读一遍，都受到鼓舞。毛主席的这首词，赋予了寒露时节中的重阳节新的历史意义和政治意义。

千树扫做一番黄

2021年10月23日，农历九月十八，霜降。霜降是二十四节气中秋季的最后一个。

什么是霜降呢？从字面上理解，就是天气越来越冷了，开始降温了。霜并不是从天上降下来的，而是离地面较近的空气中的水汽，在地面或地面物体上凝结而成的疏松白色冰晶。

北京一般是10月下旬或11月上旬，也就农历九月中，才会出现此种现象。在这个时段，公园、山野里的花停止生长，草、树叶开始黄落。《月令七十二候集解》中曰：“霜降，九月中。气肃而凝露结为霜矣。”古籍《二十四节气解》中也曰：“气肃而霜降，阴始凝也。”所谓“凝”，就是天气冷，气结霜。霜降也为三候：“初候，豺祭兽。二候，草木黄落。色黄而摇落也。三候，蛰虫咸俯。此时寒气肃凛，虫皆垂头而不食矣。”这就是说，霜降后，豺这类动物开始捕获兽禽准备过冬；大地的草木枯黄掉落，动物和虫子不食藏在洞里进入冬眠状态。

古诗词中描述了霜降时节凄凉霜风紧刮、山河冷清萧条的景象。宋代词人柳永《八声甘州·对潇潇暮雨洒江天》中曰：“对潇潇暮雨洒江天，一番洗清秋。渐霜风凄紧，关河冷落，残照当楼。

是处红衰翠减，苒苒物华休。唯有长江水，无语东流。”词中说，潇潇暮雨从空中洒落在江上，雨洗的秋景，分外寒凉清冷。凄凉霜风刮得一阵紧似一阵，关山江河冷清萧条，落日余光照在高楼上。到处红花凋零翠叶枯落，一切美好的景物渐渐地衰残。唯有那滔滔的长江水，不声不响地东流去。

千树扫做一番黄。晚秋虽逐渐呈萧条凄冷景象，但也有值得人们喜爱之处。我最爱在暮秋时节观赏黄落的树叶。这些黄色的叶子中，我以为最为漂亮是银杏树叶。银杏黄，秋日世界里最美的色彩。我记得北海公园内，有一棵年轮很长的银杏树，它的叶子在蓝天的辉映下，金灿灿的，美极了。我曾多次驻足于树下，仰视那连片像黄缎子一样的叶子，心旷神怡。

银杏是我国特有的树种，被誉为生物界活化石，是现存最古老的树种之一。中国银杏资源占世界总量的70%。我国银杏树主要分布在山东、浙江、江西、安徽、广西、湖北、四川、江苏、贵州等省份。在这些省份深山峡谷中的老林，千年以上的古银杏树很多。

在山东日照莒县浮来山定林寺，就有一棵树龄高达4 000年的古银杏树，胸径达4米以上。我曾经到这里观赏过这棵树。我一进山门，就看到一棵长势茂盛的银杏树，树干嶙峋，枝条弯曲，枝叶稠密。整棵树像一把巨伞立在院内，顶端直插苍穹。它的每片树叶都像扇子，风吹来哗哗作响。中国科学院植物研究所的资料显示，这棵银杏树是现今地球上尚存最大的一株银杏树——俗称“银杏王”，1990年进入吉尼斯世界纪录。我还到过北京西古刹潭柘寺，寺内也有两棵千年古银杏树。每到深秋，这两棵树“尽带黄金甲”，引来游客观赏。我国还有许多银杏观赏地，如，广西桂林海洋乡银杏，浙江天目山银杏风景区，云南腾冲银杏村，湖北孝感安陆银杏，江苏邳州银杏时光隧道，广东中国岭南银杏之乡，山东临沂郯城银杏，北京西郊大觉寺千年银杏王，北京钓鱼台银杏大道等。钓鱼台银杏大道，我多次徜徉，满目尽是闪光的黄叶，心情格外愉悦，好似进入金色宫殿一般。

霜降，也是收获的时节，此时霜打柿子红似火，柿子熟了待摘啊！柿子在北京人眼里是吉祥物，取事事如意、事事平安、事事美满之意，所以，许多北京人喜欢吃柿子。我的好友李亚新前两天到门头沟军庄赶大集，一下子买了两大袋柿子，每袋 10 多斤。他高兴地说，这么多柿子够我们吃一冬天！还有许多北京人以拍摄晚秋的柿子为乐。我的小学同学丁红在景山公园游玩时，拍摄了一组有关柿子的照片，发到微信群里。照片中，橙黄的柿子挂满了枝头，在蓝天、绿叶的映衬下，煞是好看。

同景山公园一样，凡是种柿子的地方，那里的柿子熟了，就等着人们去欣赏去摘。我也有摘柿子的经历。记得我在京郊一所铁路学校读书时，周日和同学一起，进南口大山里摘柿子、捡山楂和栗子。霜降时节，山里的柿子熟透了。我们摘几个吃，老乡也不管。如果你贪多，老乡就不答应了。熟透的柿子，皮薄肉厚，味道鲜美，吃起来很是爽口。吃柿子尝尝即可，倘若你吃起来没够，就该得病了。我有一同学，贪吃柿子导致肠胃不适，当晚我们就把他送进了医院。

南口大山沟里，有掉在地上的许许多多山楂，我们捡回来，煮熟了蘸着白糖吃。那山楂软软的、酸酸的、甜甜的，至今想起来仍流口水。现在，我虽然离开南口 40 多年了，但我仍时常想起当学生时那摘柿子、捡山楂和栗子的愉快情景。我多么想再尝一尝南口大山里的山楂呀！我的想法被家住南口的好友吴连生知道了，他周日不休息，竟然跑进南口大山里，捡回了许多山楂，用白糖煮熟了，送到了城区我的家中。我连声道谢。他说，不客气！吴连生和他妻子武如意，时刻惦记着和关心着朋友。在他俩心里，满足别人之心愿，是一种快乐、一种幸福。所以，吴连生不辞辛苦地捡拾制作，然后又跑百里，给我们送来了白糖山楂。一瓶山楂不多，但里面凝结着深深情谊，令我永远满怀对朋友的感激之情。

树叶落尽冬日始

自2021年11月5日起，老天爷“三箭齐发”，寒潮、暴雪、大风袭击我国大部地区和海域，所袭击之处，气温“断崖式”下降。受寒潮影响，内蒙古、河北、山西、天津等地都不同程度飘起雪花。雪花越来越密，有的地方已成大到暴雪之势。北京也不例外，迎来了今冬的第一场雪，比常年提前了23天。11月7日，是二十四节气中的立冬，全市又是大雾加霾、雨雪相叠，大地银装素裹，雪瓣挂满松枝，最高气温只有1℃，较前些日子下降10℃。就在作者写这篇散文的时候，窗外依然飘着小雪花，寒气逼人啊！幸好，6日0时，提前供暖。这一天，我到超市买菜，不少人说：立冬了，树叶落尽了，天冷了，下雪了，暖气热了，党和政府真关心我们老百姓！

其实，立冬不仅标志着冬季自此始，也还有农作物收割后入库收藏的意思，正如《月令七十二候集解》中曰：“冬，终也，万物收藏也。”立冬节气也分为三候：“初候水始冰，二候地始冻，三候雉入大水为蜃。”其意是说，立冬后水已能结冰，土地也开始冻结，野鸡一类的大鸟不多见了，而在海边却能看到外壳与野鸡的线条及颜色相似的大蛤。所以，古人说雉到立冬后便变成大蛤了。古人的说法究竟对不对？我无言以答，因为我缺乏这方面的知识。

记得我小的时候，每逢到立冬这一天，我母亲总是想法子给全家人做点儿好的吃，或炖鸡，或做红烧肉，或炸丸子，或包饺子。立冬为啥要吃好的呢？母亲对我说，立冬也叫“补冬”，补就是吃好吃的呗！我似懂非懂，后来，我长大了，读了一些书，才知道“补冬”是传统风俗。“补冬”，各个地方的“补”法不同，北方人吃饺子，苏州人品咸肉菜饭，岭南人食蔗、炒香饭，浙江人炖鸡炖鸭。我小的时候，立冬那天，和母亲一起去姥姥家。我母亲给老人送去蛋糕、鸡蛋、猪肉等。母亲对我说，这些东西是让你姥爷、姥姥冬天进补的！当时，我暗下决心，我长大后，也要像母亲一样孝敬老人。

古人也讲究“补冬”，宋代诗人陆游的《今年立冬后菊方盛开小饮》诗中曰“传芳那解烹羊脚，破戒犹惭擘蟹脐”。烹羊脚，擘蟹脐，是不是“进补”呢？当然是！唐代诗人李白的《立冬》诗中的句子也有“补冬”之意：“寒炉美酒时温。”我猜测，“补冬”可能和中医理论有关。中医认为：“万物皆生于春，长于夏，收于秋，藏于冬，人也亦之。”这是说，自立冬始的整个冬季，是一年四季中保养、积蓄的最佳时机，适当吃一些好的，对身体是有好处的。

“补冬”，先得“猫冬”。所谓“猫冬”，是东北土话，很贴近词意，小猫最聪明，冰天雪地，它就不往室外跑了，一日复一日，老老实实在屋里炕头趴着。猫冬一词就由此而来。北京人也把因天寒而待在家里，称为“猫冬”。现在的“猫冬”与以往大不相同，就是待在暖和的屋子里，吃好的，看看电视，或做一些有益于身心健康的事。我的好友李亚新做好了“猫冬”“补冬”的准备，前些日子，他采购了不少东西用来过冬。他赋诗曰：“有米有面有鸡蛋，有气有水又有电。土豆白菜葱姜蒜，坚持吃到疫情散。”看来，我们生活在新时代的人“猫冬”是十分幸福的。

我以为，对于生活在新时代的人来说，“猫冬”“补冬”并非难事，超市里吃的、穿的、用的琳琅满目。回到家里，暖气热热的。但是，在革命战争年代，就难以“猫”和“补”了。在中国人民志愿军入朝作战50周年前夕，我曾到丹东采访，一些当过志愿军战士后转业到铁路的职工对我说，1950年立冬前，志愿军入朝作战。当时，志愿军战士的生活条件和环境异常艰苦，常常趴在冰天雪地里战斗，一把炒面一把雪往肚子里吞。他们什么苦什么难都不怕，只有一个想法，打垮美国鬼子，保卫新中国！那一次采访，我的心灵受到了强烈震撼，在伟大的抗美援朝精神的激励下，我通宵未眠，一口气写下了14 000多字通讯《铁血大动脉的英雄颂歌》。通讯中描述了50年前的恶劣天气“风卷着雪花像刀一样刺在人的脸上，积雪冻得人两脚麻木”，满怀激情讴歌了英雄的志愿军战士和入朝参战的铁路职工，赞扬他们是最可爱的人！

今天，也有一些人不能“猫冬”“补冬”，例如，雪域高原的边防战士、深山中的护林员等。又如，我们许多铁路职工在别人“猫冬”“补冬”之时，仍在辛勤工作。立冬后，我国部分地区铁路运输工作环境较为艰苦，尤其是工作在高寒地区的铁路职工面临更为严峻的考验。他们在零下四五十度低温下作业，或调车，或巡道，或上水，或铲雪……面对严寒，他们始终保持着革命乐观主义精神。我曾在冬季采访过这些铁路职工。有的职工对我说：我们工作时顶风冒雪，常常挨冻，有时还吃不上热饭，这些对于我们来说不算什么！当我们看到电煤、货物源源不断通过铁路线运向四面八方时，当我们看到不少旅客踏上幸福的旅途时，我们忘掉了狂风，忘掉了暴雪，忘掉了冰冻，忘掉了千般苦，忘掉了万般累！我听了这些话，心潮逐浪高。我赞曰，你们是新时代最可爱的人啊！

荷尽菊残气温降

二十四节气中，小雪是给我印象最深的一个，因为我有过一段不平凡的经历。

那是 20 世纪 60 年代的一天，那天正赶上小雪节气，我和同学们到学校附近的农场劳动，任务是挖一条深一米、宽半米的沟。头一天下了雪，大地披上了银装。北风吼叫，雪花被卷上了天空，天阴沉沉的，一片凄冷。我们铲去地面上的雪，露出地皮，开始挖沟。

当时，我不到二十岁，衣着单薄，饥肠辘辘。挖着挖着，我抬起了头，望了望四周的白雪，只觉得天旋地转，倒在了地上。等我醒来时，我已经在一间暖和的屋里。同学们见我醒来，对我说："你刚才晕了过去，大夫说是冻的。我们喂了你几口热水，你慢慢地醒过来了！"我连忙向大家表示感谢。那天晚上，我回到了宿舍，手脚奇痒无比，"冻了！"我自言自语。

那次劳动，我为什么会晕过去呢？因为那年自然灾害刚过，尽管校方做了努力，但是学校的伙食仍不好，很多男同学吃不饱，我也是其中的一个。那时，家里生活困难，无钱给我买衣服，冬天我仅有一件旧棉袄。穿着单薄，肚里食不多，再加上干体力活儿，怎能不晕倒呢？晕倒了，手脚冻了，这就是那一年小雪节气给我留下的深刻印象，后来久久难忘。

小雪是一个气候概念，它代表的是这一节气期间的气候特征。我们平时听中央电视台天气预报中的“小雪”，则指的是强度较小的降雪。

小雪节气大约在农历十月中，正如《月令七十二候集解》中曰：“小雪，十月中。雨下而为寒气所薄，故凝而为雪，小者未盛之辞。”小雪节气也分为三候：初候，虹藏不见；二候，天气上升，地气下降；三候，闭塞而成冬。

小雪节气之后气温明显下降，天气越来越冷，降雪量渐增，但还没有到大雪纷飞的严重程度。

2021 年小雪节气是 11 月 22 日。这一天，冷空气携大风降温强势来袭，北京最高气温仅 4 ℃，最低气温 –5 ℃，创今冬以来新低。据媒体称，这是 2021 年第三次寒潮“兴风作浪”。天虽寒冷，但我仍到莲花池公园遛弯儿。极目远望，湖中的莲叶和莲杆已无踪影。几只野鸭子，孤零零地在湖面上游着，它们发出的声音也不那么好听了。地面上的菊花败了，落叶被风吹得乱跑，真是“荷尽已无擎雨盖，菊残犹有傲霜枝”啊！

小雪时节，虽“荷尽菊残气温降”，但仍是农事繁忙的时段。小时候，家在农村，我目睹了乡亲们劳作的忙碌。果农给果树剪枝修杈，包扎树干，防止寒冬冻坏。地里的大白菜也已铲完，送进了各家的地窖。牲畜草料备好，农具有的检修入库。乡亲们的心思是：“小雪忙碌受点累，明年枕着玉米睡。”记得我母亲曾对我说：“小雪不铲菜，必定遭冻害”“小雪收葱，不收就空”。我的好友吴连生家住京郊南口，前两天，他给我发微信说，他外出遛弯儿时，菜地的大白菜都铲了，萝卜都入了窖，果树也剪了枝。这真是什么节气干什么活儿！

小雪时节，也是我母亲最忙的时候，她在院内拴上绳子晾干菜，买来雪里蕻用瓦缸腌制。我母亲腌的雪里蕻和芥菜疙瘩好吃极了，她切一大盘子，我们就着窝头或糙米饭吃，不到片刻，一干二净。我家生活虽清苦，但也其乐融融。对于这样的清苦生活，我母亲也十分满足，她说，这日子比以前好多了。她还告诉我，在中国共产党的领导下，老百姓的日子会越来越好。后来老百姓生活的变化，证明了我母亲说的话是对的。现在，中国人衣食无忧，生活越来越富足，确实过上了“全面小康”的好日子！

记得前两年的小雪时节，吴连生仍不闲着，他忙着钓鱼。头一天，他备好了鱼食、渔具；第二天，坐上公交车，来到了有鱼的池塘或水库，开始垂钓。他忙乎了一整天，有时钓到几条，有时空手而归。不管收获多少，他毫不在意。他说，钓鱼对我来说，就是玩玩。现在，国家月月给咱们退休金，生活上尽是快乐的事。他还说，趁着身体好好的，多享受一下美好的退休生活和天天的好日子。二十四节气，春、夏、秋、冬，吴连生“好好玩”都有具体内容：花红柳绿、草长莺飞之时，他骑行山水间，饱览大好春光、美丽河山；月季盛开、圆荷散芳之时，他穿越山林间，欣赏百鸟鸣叫、蜂蝶欢舞；红叶满山、金柿挂枝之时，他脚踏峡谷小径，眼观汩汩山泉、松鼠嬉戏；荷尽菊残、雪花纷飞之时，他驱车几十里，砸冰垂钓、亲近候鸟……有人问他：“你的‘好好玩’为什么如此丰富？”他回答，我退休后赶上了好时代！

大雪节气孩童乐

在二十四节气中，大雪和小雪一样，是一个气候概念。这和央视播出的天气预报“大雪”不一样。这个“大雪”只表示雪落多少。大雪节气以后，降雪量可能增加，正如《月令七十二候集解》中曰：“大雪，十一月节。大者，盛也。至此而雪盛矣。”大雪节气也为三候：“初候，鹖鴠不鸣。二候，虎始交。三候，荔挺出。”其意是说，大雪时节，因天气寒冷，寒号鸟也不再鸣叫了；此时虽然阴气最盛，但阳气有所萌动，老虎开始有求偶行为；“荔”是一种兰草，它也感到阳气的萌动而抽出新芽。

在我所经历的大雪节气中，并不是每次都下大雪。譬如，2021年大雪节气这一天，万里晴空，最高气温10℃。以往大雪节气那一天，也有下大雪的时候。孩童时的一场大雪，令我记忆深刻。记得那天醒来，屋顶上、马路上、树杈上，甚至角角落落，都堆满了积雪。我推门而出，雪仍在下，雪花打在脸上凉飕飕的。

大地银装素裹，我们这群孩子可有了事干，那就是打雪仗、堆雪人……我们从家里拿来了大小不一的铁锹，用力铲人行道上的积雪。我们手脚并用，不一会儿，雪人堆好了，它坐在地上稳如泰山，但没有眉毛、眼睛、耳朵、嘴，怎么办？不知是哪个聪明的孩子，从家里拿来了两个煤球儿，塞进了雪人脸部，当作眼睛。眉毛、鼻子、嘴、耳朵，也分别用树叶、树枝等代替。这时，我见雪人头部光秃秃的，就找来了一块小小的红塑料布，做了个帽子，扣在雪人头上。我们堆的雪人漂亮极了。我们围着它唱啊、跳啊，那高兴劲儿引来了众行人驻足观看。

我们打雪仗时，分两组，一组敌方，一组我方。我们先做雪球，之后开打。雪球飞舞，“战斗”激烈。雪球击中了每个人的脸部、背部、腿部，双方哈哈大笑。不知是哪个淘气宝宝，把一个雪球塞进了我的后脖领子里，弄我个透心凉，待我想“报复”他时，他早已跑得无影无踪。

“战斗”结束，我们把铁锹送回家，拎起书包，相约着去上学。到校后，我们又扫干净了教室前后的雪。在老师的指导下，开始生炉子，半个小时后，原来冷清清的教室暖和了。上课了，老师教我们读有关雪的诗词。我记得，我们曾读过毛主席的《沁园春·雪》和唐代柳宗元的《江雪》、李白的《北风行》、白居易的《夜雪》及宋代陆游的《大雪》等。堆雪人、打雪仗、读有关雪的诗词，给我们这些孩童带来无尽欢乐。

后来，我长大了，读了一些书，知道古人也堆雪人、打雪仗、赏雪景。南宋词人、文学家周密《武林旧事》卷三中描述了杭州城内的人堆雪山、雪人的情景：“禁中赏雪，多御明远楼。后苑进大小雪狮儿，并以金铃彩缕为饰，且作雪花、雪灯、雪山之类，及滴酥为花及诸事件，并以金盆盛进，以供赏玩。”看来，从古至今，堆雪人、打雪仗、赏雪景，是大雪乃至冬至、小寒、大寒节气时段的主要民俗。这一民俗，送给孩子和无数人幸福，能否继续传承下去呢?

冬至想起九九歌

2021 年 12 月 21 日，是二十四节气中的冬至。幼时，我总盼着冬至到来，因为到这一天，我能够吃到饺子。

那些年，我家吃的饺子，都是母亲自己包的。记得几十年前冬至那天下午，母亲打发我去肉店买半斤肉馅。我买肉馅回家后，母亲已把面和好了、白菜馅儿剁好了。我擀皮儿，母亲包。大约过了一个多小时，一百多个饺子就包好了。母亲对我说："等你爸爸下班回来再煮吧！"

我坐在院子门口，向远处瞭望，急盼着父亲出现。父亲到家了，锅里的水沸腾了，一个个饺子跳了进去。热气腾腾的饺子端上了桌，我先给父亲夹了几个，然后自己很快把十几个饺子吞进肚里。那一餐，全家人吃得津津有味。

饭桌上，我问母亲："冬至为啥要吃饺子？"她告诉我："这是民俗，民间传说'冬至不端饺子碗，冻掉耳朵无人管'。"父亲说，冬至这天，各地老百姓除了吃饺子，还有吃馄饨、吃菜包、吃赤豆糯米饭、吃汤圆的，"百里不同风，千里不同俗"啊！

我长大后，读了一些书，才知道冬至吃饺子或馄饨等，由来已久。据说南宋时就有这一风俗。《燕京岁时记》中曰："夫馄饨之形，有如鸡卵，颇似天地混沌之象，故于冬至日食之。”

冬至是二十四节气中的第二十二个。冬至这一天白昼最短黑夜最长，过了这一天白昼渐长黑夜渐短，因此，古人视冬至为一年中一个极为重要的时间节点。《月令七十二候集解》中说：“冬至，十一月中。终藏之气至此而极也。”“终藏之气至此而极”后，便是“阳气始生”。冬至也为三候：初候蚯蚓结，二候麋角解，三候水泉动。其意是说，冬至节气，土中的蚯蚓仍然蜷缩着身体，麋的角渐渐退去，山间的泉水也慢慢开始流动了。山河湖海、鸟兽鱼虫对气候敏感，它们用自身的变化来表现自然节律脉动。

冬至是数九的开始。什么是数九？数九是中国民间一种计算由冰天雪地到春暖花开日期的方法，说是从冬至这一天开始，经过了 81 天，天气就回暖了，春天确实来了。

每逢冬至这一天，我都会想起民间广泛流行的《数九歌》，北京传唱的是“一九二九不出手，三九四九冰上走，五九六九看杨柳，七九河开，八九雁来，九九加一九，耕牛遍地走”。

据《二十四节气知识》一书介绍，由于地域不同、风俗不同，各地流行的《数九歌》不一样。北京传唱的是一个样儿，内蒙古则唱成另一个样儿“一九二九门叫狗，三九四九冻死狗，五九六九消井口，七九河开，八九雁来，九九又一九，犁牛遍地走”。河北蔚县流传的是“一九二九门叫狗，三九四九冻破碌碡，五九六九开门大走，七九河开，八九雁来，九九又一九，犁牛遍地走”。

我打小就爱背《数九歌》，而且还年年观察是不是到了九九加一九的时候，犁牛就真的遍地走了。背《数九歌》，使我增加了知识，更加爱护大自然的一山一水一草一木。

冬至，也是我国的一个传统节日，亦叫冬节，民间有“冬节大于年”之说法。历史上，由于古人对这个节日的重视，所以活动内容丰富，或祭天祭祖，或拜师祭孔，或绘制九九消寒图，或祈求五谷丰登，或吃体现不同风俗的食物等。随着岁月流逝，人们把冬至作为节日的观念越来越淡了，当然也谈不上活动内容丰富了。

自古以来，许多文人以冬至为题写诗著文。我曾读过唐代诗人杜甫、白居易和宋代文学家苏轼咏冬至的诗。我还读过流传甚广的童谣《冬至》:“大冬大似年，家家吃汤圆。先生不放学，学生不给钱。”这首童谣说的是冬至到了，家家吃汤圆，私塾要放假，让学生休息。如果不放假，学生则不付给私塾学费。从童谣中，我们可以感受到古人对过冬节的重视，学生连书都不念了，回家吃汤圆去了。

小寒节气粥味香

2022 年 1 月 5 日，农历辛丑牛年腊月初三，是小寒节气。这个节气处在二九三九期间，天气寒冷，民间有“小寒大寒，冷成冰团”“大寒小寒，滴水成冰”“小寒小寒，无风也寒”之说。《月令七十二候集解》中曰：“小寒，十二月节。月初寒尚小，故云，月半则大矣。”小寒节气也为三候，初候雁北乡，二候鹊始巢，三候雉鸲。其意说，此时阳气已动，大雁开始向北迁移。北方多处可见喜鹊，开始筑巢。雉在接近四九时会鸣叫。

我小时候，盼着小寒节气的到来。为什么呢？因为小寒这一天过了，没几天就到腊八，那天就能喝上腊八粥了。我幼时、少时喝的腊八粥，都是母亲熬的。记得每年逢腊七晚上，母亲就搜尽家里的米、豆、花生、红枣、核桃仁、枸杞等，加上水端到煤球炉上熬。腊八粥熬好了，不大的平房内香味飘逸。腊八那天，父亲下班回来了，一家人围坐在饭桌前，开始喝粥。母亲知道我饭量大，特地拿来一个大瓷碗，盛了满满一碗粥。那顿饭，我吃得很香。

饭后，父亲给我讲了有关腊八粥的传说故事。父亲说，中国农历十二月叫腊月。十二月初八，古时候称为“腊日”，俗称“腊八节”。这一天，喝腊八粥是中国人传统习俗。“腊七腊八，冻死寒鸦。”天这样冷，喝粥是为了御寒。他说，腊八粥里故事多。当年岳飞抗金兵，缺衣少粮，腊八这一天，老百姓熬了粥给岳家军送去。战士喝饱了粥，打了胜仗。岳飞死后，老百姓为了纪念他，说那粥是腊八粥。父亲还说，朱元璋落难坐牢，在牢房耗子洞里掏出红豆、大米、红枣等，熬成粥以解饥。后来，朱元璋做了皇帝，下旨称这粥为腊八粥。听完父亲的讲解，我想，腊八粥里怎么还有这么多的故事呢？我家曾住在雍和宫外墙边的平房里，记得那些年每逢腊八这一天，雍和宫就舍粥。喝粥的人很多，他们说这粥是“佛粥”“福德粥”。为了搞好舍粥，雍和宫里的人提前三天做准备，备齐熬腊八粥的东西，其中包括大米、小米、大麦米、高粱米、香米、黑米、黄米、薏仁米、花生米、江米、红芸豆、红小豆、豇豆、绿豆、白芸豆、熊猫豆、桂圆肉、莲子、小枣、栗子、葡萄干、枸杞、生瓜子仁、生核桃仁、燕麦片等。据说，清代，雍和宫熬粥用的是铜制大锅。据《北京晚报》的文章说，因为新冠疫情，雍和宫的舍粥活动这两年暂时停止了，真是可惜。

中国人喝腊八粥的历史已有一千多年，最早开始于宋代。有南宋词人、文学家周密《武林旧事》卷三《岁晚节物》中的叙述为证：“八日，则寺院及人家用胡桃、松子、乳蕈、柿栗之类作粥，谓之‘腊八粥’。”宋代诗人陆游曾在腊八“风和意已春”的天气，步行到西村，眼望“草烟漠漠柴门里，牛迹重重野水滨”，与农人们同吃腊八粥，“今朝佛粥更相馈，反觉江村节物新”。现代文学大家也曾著文叙述如何喝腊八粥，譬如沈从文，他在《腊八粥》一文中写道：“初学喊爸爸的小孩子，会出门叫洋车了的大孩子，嘴巴上长了许多白胡胡的老孩子，提到腊八粥，谁不口上就立时生一种甜甜的腻腻的感觉呢？把小米、饭豆、枣、栗、白糖、花生仁儿合并拢来糊糊涂涂煮成一锅，让它在锅中叹气似的沸腾着，单看它那叹气样儿，闻闻那种香味，就够咽三口以上的唾沫了……”又如，老舍在《北京的春节》中写道，在腊八那天，人家里，寺观里，都熬腊八粥。这种特制的粥是祭祖祭神的，可是细一想，它倒是农业社会的一种自傲的表现——这种粥是用所有的各种的米，各种的豆，与各种的干果（杏仁、核桃仁、瓜子、荔枝肉、莲子、花生米、葡萄干、菱角米……）熬成的。再如，莫言在《故乡过年》中写道，小时候，特别盼望过年，熬到腊月初八，是盼年的第一站。这天的早晨要熬一锅粥，粥里要有八种粮食——其实只需七种，不可缺少的大枣算是配料。

我成家后，每年逢腊八，我都自己熬粥喝。我熬的粥里，有大米、小米、黑米、红豆、黄豆、花生、核桃仁、红枣、百合等。腊八那天，我看见全家人喝粥的高兴劲儿，心中喜悦油然而生。同学群里也很热闹，同学们互相祝贺腊八节快乐。我的好友李亚新发文说：“送你一碗腊八粥，喝了它，新的一年好事连连！”

“腊八粥，喝不完；喝完粥，快过年。”小寒过了是大寒，那时年货备齐了，就等着过年了。

岁末大寒雪纷飞

2022年1月20日，农历腊月十八，大寒。这是二十四节气中的最后一个。这一天，北京最高气温只有零下二摄氏度。清晨，我推开窗户，雪花纷飞，地上、房顶一片洁白，行人轻挪脚步，车辆缓缓前行。“好雪！瑞雪！大雪兆丰年！”我赞曰。

大寒，是天气极冷的意思，此节气在腊月中。大寒也为三候，初候鸡乳育也，二候征鸟厉疾，三候水泽腹坚。其意是说，大寒节气到了可孵小鸡。鹰隼之类的征鸟，处于捕食能力极强的状态中，在空中盘旋寻找食物，用以补充身体能量，抵御严寒。水域中的冰一直冻到水中央，且最结实、最厚。往年，我家附近的莲花池公园都在湖面上开设溜冰场，让大人孩子尽情玩耍。这两年，因为疫情原因，溜冰场不见了。

自古以来，文人墨客对大寒节气萧条凄冷的景象，作过细致描述。晋代傅玄作《大寒赋》，叙述了大寒的天气特征：“若乃天地凛冽，庶极气否。严霜夜结，悲风昼起。飞雪山积，萧条万里。”这一派严冬景象，天地凛冽，严霜夜结，飞雪在山顶上堆积，到处白茫茫一片。宋代陆游也作《大寒》诗曰：“大寒雪未消，闭户不能出。”唐代诗人白居易的《村居苦寒》，不仅道出了大寒凄冷，而且道出了农民的负担之重、生活之苦。“八年十二月，五日雪纷纷。竹柏皆冻死，况彼无衣民。回观村闾间，十室八九贫。北风利如剑，布絮不蔽身。唯烧蒿棘火，愁坐夜待晨。乃知大寒岁，农者尤苦辛。顾我当此日，草堂深掩门。褐裘覆絁被，坐卧有余温。幸免饥冻苦，又无垄亩勤。念彼深可愧，自问是何人。”诗意说：“元和八年的十二月，大雪纷纷，接连下了五天。竹子柏树被冻死，何况那缺衣少穿的农民。我看到村里所有人家，十有八九户家贫。寒风吹来像利剑，衣衫单薄不遮身。只有点燃蒿草取暖，终夜愁坐盼清晨。我才知道大寒年岁，农人更加痛苦辛酸。反思自己在此时刻，紧紧关上草堂屋门。穿着皮袍盖着绵绸被子，不论坐卧都有余温。我十分庆幸免遭饥寒之苦，且又不必躬耕力勤。想起他们我很惭愧，叩问自己算是何人？”

大寒节气留给我的印象是深刻的，这是因为我有过一段不平凡的经历。那是 1967 年初，也就是农历十二月。当时，我们十多名同学主动到丰沙复线改建工地参加劳动。工点在珠窝附近，是一隧道工程。丰沙复线全线隧道密集，上行线隧道共 65 座，下行隧道共 67 座。那个年代，隧道施工无盾构机、混凝土搅拌机，全靠放炮开山、手工作业，劳动强度大，施工环境差。隧道已经打通，正在进行顶部和两面边墙上浇筑混凝土的作业。我们进隧道的那一天恰逢大寒。天气冷得出奇，北风呼啸，天降雪花。我衣着单薄，冻得上牙直打下牙。师傅给拿来一件军大衣，让我穿上。

我们走进隧道内大约 200 多米，便到了干活儿的地方。那地方有块钢板，旁边堆满了水泥和沙子。随着工长一声令下，四个人四把锹，在钢板上开始和混凝土。铁锹上下挥舞，不大一会儿，混凝土和好了，其他人往顶部和墙面上浇筑。我只和了三堆土，就觉得腰酸腿疼干不动了，师傅替下了我，让我坐在一边休息。

那个年代，施工条件艰苦。隧道内空气污浊，我们的脸上布满了粉尘，眉毛成了灰色。隧道内温度高，我们只得脱掉棉大衣和上衣，光着膀子舞锹和土，汗水顺着脸颊往下流。中午，我们在隧道内吃干粮充饥。八小时后，我们精疲力竭地走出了隧道。当时，我虽然穿着大衣，但仍被北风吹得直打哆嗦。施工条件如此艰苦，但师傅和同学们没有一个人叫苦。那一年，我们在这个工点干了一个多月，春节也没有离开这里。建设者靠着这种艰苦奋斗精神，于 1972 年完成了丰沙线复线改建工程，于 1984 年完成了全线电气化工程。

我记得，那一年，由于天寒，我在工点手脚被冻伤，以至多年医治未好。每当我看见手上的冻疮，就想起了那一年艰苦的施工环境，想起了那一年滴水成冰的大寒节气，想起了那些不畏寒冷从事艰苦劳动的师傅们。所以，我说，大寒节气留给我的印象是深刻的。

铁路工人光荣传统代代相传。老一代铁路工人光荣传统，在新时代得到了继承和发扬。据《光明日报》报道，腊月的一天，黑龙江大兴安岭气温降至零下三十多摄氏度，处全国铁路网最北端的加格达奇工务段，该段盘古线路车间线路工王洪恩和七名工友，蹚着没膝深的雪在西罗奇岭上艰难走着。虽然距离去检修的二号隧道只有两公里，但他们走了近一个小时，帽子、睫毛全都挂了霜。隧道里，阴寒刺骨，一干就是几个小时。他们“干活的时候热，停下来又冷，午饭带的馒头都凉透了，老师傅们有经验，在雪地里生一堆火，把馒头烤上”。工作条件同当年改建丰沙复线一样艰苦，但他们依然坚持检修和维护隧道。这正是：当年不畏严寒，众志成城建隧道；如今顶风蹚雪，艰苦奋斗保安全。

大寒过了就是年。人们除了忙于活计之外，还要抽出时间扫房子、购年货、拟对联、备年菜，迎接春节的到来。大寒孕育着二十四节气的新一轮回。新的一年，壬寅虎年到来了，虎虎生威、龙腾虎跃，虎虎生辉、虎蕴吉祥，神州大地迎来了又一充满生机和光明的春天。

烟火

人间烟火气，民以食为天。我辈尝五味，酸甜苦辣咸，晚食以当肉，健康在眼前。窝头和面条，萝卜加白菜，吃食虽简单，亦是读社会之一篇。一日三餐中有饮食文化，不熄烟火中有红色历史。人活在世上，绝不是简单地、糊里糊涂地吃喝，以填饱肚子，而是要懂得各种吃食里面的学问，从其中看文化品历史。如此，我们才吃得上品位、喝得有水平、活得更幸福。

想起了武汉那碗热干面

我这个人喜欢吃面。出差也好，旅游也罢，我每到一地，总寻当地著名面馆，来上一两碗面。我曾吃过北京炸酱面和打卤面、山西刀削面、兰州拉面、四川担担面、陕西臊子面和油泼面、武汉热干面、吉林延吉冷面。我还听说过河南萧记烩面、杭州片儿川、昆山奥灶面、镇江锅盖面、饶阳金丝杂面，但没吃过。

中国人吃面有着悠久历史，大约追溯到几千年前。据说考古学家在黄河流域的喇家遗址发现了距今 4 000 年的面条。几千年来，老百姓常吃的面条有 1 000 多种。陕西的面条最为著名，种类超过 100 种，其中，臊子面就有 3 000 年的历史。过生日吃长寿面的习俗，盛于隋唐，后沿袭至今。面条在东汉时叫“煮饼”，魏晋时起名为“汤饼”，南北朝时被称为“水引”，而唐朝的凉面或过水面则谓之“冷淘”。

古今名人喜吃面者很多。宋代苏东坡特爱吃关中臊子面，写下了“甚欲去为汤饼客”的诗句。康熙喜食饶阳金丝杂面，他曾说：“朕今日就钦封它为进京贡品。”清代散文家袁枚和文学家李渔各有一套做面、吃面的理论。袁枚认为：“大概做面总以汤多为佳，在碗中望不见面为妙。”李渔则曰：“调和诸物尽归于面，面具五味而汤独清。如此方是食面，非饮汤也。”

京城老百姓喜吃面。20世纪70年代，我住大杂院时，全院多数人家逢夏秋两季周日中午，都做面条吃。年轻人不在家吃，端着大海碗，手指间夹根黄瓜，蹲在街上一棵大树下，边调侃边吃。我也是树下吃面者的一员。我看见，每人碗中的面不一样，有炸酱面、芝麻酱面、西红柿鸡蛋面、茄子丁儿面、黄花木耳肉末儿打卤面等。

在众多的面条中，我最喜欢吃武汉热干面。武汉，这个我国中部的大都市，我去过多次。我每回到这座城市，都忘不了吃碗热干面。酒店里也好，街头小吃也好，只要有热干面，我都吃得津津有味。记得一碗热干面端上来，条儿细细的，色泽黄润，香味扑鼻。我用筷子一挑，面条中有芝麻酱、辣萝卜丁儿、油炸花生碎、香葱末儿。我往碗里加点儿酸豆角和老陈醋，大口大口吃起来。我那贪婪的吃相，引得众人发笑。我久居京城，城里也有热干面馆。我到这些馆里点碗热干面，但总吃不出武汉那个面的味儿。

热干面，是武汉人早餐的首选。这面做法有多种，但都要把水烧得滚滚烫后下面，面在水中翻滚20秒左右即捞出，或稍微过冷或过油，配以各种餐料后即可下肚。作家池莉这样称赞热干面：“热干面就是这么看上去街头巷尾下里巴人，骨子里金堂玉马阳春白雪。”她说：“对于饥饿的劳动者，热干面就是亲切。首先是非常顶饱，第一口香，第二口饱，第三口差不多吃完了：一天不再饥饿。同时是热干面的品质与形式：热热的，烫烫的，干而不涩的，入口滑爽柔韧有力气的；芝麻酱小麻油是喷香的；葱花咸萝卜丁子是鲜脆的；不辣、微辣或重辣，是随意加减的。”“热干面务必当堂吃，迟一些，面就糊涂了，芝麻酱就趴了，温度就减了，香气就散了。吃热干面必须是：烫好就吃，埋头苦干，面对面看着，心生激情，好比陷入热恋。”

我上一次到武汉，是6年前的6月。我和老伴从重庆乘游轮至宜昌后，转乘火车到武汉看望小友何君萍夫妇。我在武汉期间，依然吃了热干面。小何是我10多年前认识的，她也爱吃热干面。记得2006年，人民铁道报社组织南昆线采访小分队。她是成员之一。当年，小何年轻，勤快聪慧，谦虚好学。我每次讲解如何写好现场新闻时，她都仔细听、认真记。在南昆线，她深入小站工区采访，写了不少好的稿件。打那时起，我一直与小何夫妇保持联系，或交流新闻采访经验，或聊些家长里短，逢年过节也互致问候。2020年一段时间内，我们老两口非常关注小何夫妇的健康情况。小何说，有党和政府的关怀，我们这里一切都很好，勿念！她说，欢迎您再次来武汉，到蔡林记吃碗热干面！

豆腐不大故事多

我宅在家无事可干，双眼盯着桌上快递小哥刚送来的一块豆腐，脑子里浮现出许多关于豆腐的故事。

余七十有三，这辈子吃了多少豆腐，自己心里也没个数儿，反正是不少。现在，每隔十来天，都到超市买一块回来吃。我虽然记不得这么多年究竟吃了多少豆腐，但有两次吃豆腐，却始终记忆犹新。

第一次。前几年秋季的一天，好友吴连生来电话："老兄，有工夫吗？如有时间，咱到延庆赴豆腐宴，金水两口子也去！"金水，指翟金水，他也是我的好友。记得那天，秋高气爽，我们一行人坐的汽车，沿着崎岖山路缓行，七拐八拐，来到了一个叫柳沟的地方，进了一个不大的饭馆。我们沿一张中间装有大铁锅的圆桌周围坐下。一位服务员端着吃的东西来了。我眼一扫，有一片一片的熟五花肉，一块一块的鲜豆腐、冻豆腐、炸豆腐，大白菜丝儿和我叫不上名的野菜，玉米饼子、炸油饼等。不一会儿，大铁锅里的水沸腾了，"咕嘟咕嘟"，泛着水泡儿。那服务员麻利地把一部分吃的东西投进锅里。她说："煮一会儿，你们就可以吃了，剩下的东西随吃随煮，如不够吃，再点！"我抄起筷子，一会儿夹一片肉，一会儿来一块豆腐，一会儿捞一口菜，一会儿啃一下玉米饼子，一会儿掰一条炸油饼，拌和着小料，吃得津津有味。

席间，我问吴连生：“你们两口子为什么请我们赴‘豆腐宴’？”他回答：“这很简单，我们心里头惦记着你们爱吃豆腐，就把你们请来了！”噢，是这个理儿！“惦记”两个字，道出了老吴两口子的内心世界。吴的回话虽简单，但使我明白了：“这‘豆腐宴’虽普通，却体现着朋友间的深厚友谊。我记住了‘豆腐宴’，就记住了友谊！”您想想，这个“豆腐宴”，我能忘吗？

第二次。9年前的一天，我们一行人爬泰山下来后，投宿山脚下一酒店。这时，已是日落时分。酒店经理问我吃什么，我说，我们年纪都大了，吃点儿素的吧！晚餐落座后，我以为端上来的是几盘素菜和馒头、米饭，其实不是，是几盘冒着热气的饺子。我抄起筷子，顺手夹了几个，放在盘子里，倒上醋，尝了起来。我一咬，是豆腐馅的，很香！再仔细一瞧，馅里头除了大部分是豆腐外，还有少量鸡蛋、香葱、香菜等。我向经理询问了饺子的制作过程。他介绍完后说：“我考虑到你们年龄大了，上山又累，所以做了饺子，合口味不？”我回答：“饺子很香，很好吃！”他说：“过奖了！我们不仅仅是为你们热情服务。我们对所有来这里住的客人都是一个样！我们就是要让客人到酒店有如到家的感觉，在这里吃好、住好、休息好！您看，我们哪里还有服务不周到的地方，请说说，我们改进！”经理的一席话，说得我心里暖暖的。就这样，那顿豆腐馅的饺子，那段暖心话，那热情周到的服务，深深地印在了我的脑海里。

豆腐为何物？我大概是四五岁时知道的。20世纪50年代初的一天，父亲下班回家，递给了母亲一包东西。母亲打开一看，四四方方。我不知是啥，母亲告诉我是豆腐，它能吃。我的眼睛始终望着柜子上的豆腐，馋得我口水从嘴角流了下来。母亲捅好了煤球炉子，依次蒸饭、炒菜。事毕，烧了一小锅开水。水沸，母亲将豆腐切成片状，慢慢放进锅里，煮片刻即捞出，晾凉后，撒上盐、香葱末儿，倒上几滴香油，用筷子拌了拌，便对我说：“儿子，可以吃了！”我一吃，真香，那晚，幼年时很少吃到好东西的我，比平时多扒拉了半碗糙米饭。那是我来到人间，第一次吃豆腐。每逢想起那顿晚饭，我都齿颊留香。

我渐渐长大了，但吃豆腐的机会越来越少了，因为我上初中时，国家经济形势不那么好，又赶上自然灾害，社会上物资短缺，老百姓吃豆腐，只凭副食本买。一家子七八口人，一个月就能买一次，仅四五块豆腐。记得一年冬季的一天，父亲早早打发我起床，让我到北新桥王大人胡同口的副食店，排队买豆腐。我觉得我起得很早，谁知，当我跑到副食店时，那队已排得长长的，我飞快跑到了队尾。那天好冷啊！寒风钻进了我的薄棉袄，冻得我直打哆嗦。排在我前面一位老大妈对我说：“孩子，跺跺脚，就暖和了！”我开始跺脚，一不小心，把准备盛豆腐的铝盆掉在地上，“咣当”，一声脆响惊动了众人，大家向我投过惊奇的目光。

开始卖豆腐了。卖豆腐的师傅只往买者的筐里或盆里，放四五块。还差三四个人，就轮到我买了。这时，那卖豆腐的师傅说：“老街坊们别排队了，豆腐卖没了！”我白挨了两个多小时的冻，扫兴回到了家里。父母和弟弟妹妹们，看见我手中空空如也的铝盆，脸上的笑容顿时消失了。

初中毕业后，我到京郊一所中专学校读书。那年，三年自然灾害刚过，物资供应不足，学校的伙食不那么好。我们吃的是黑面馒头和缺油少盐的土豆块，这些东西进口后，在嘴里打转转，吞不下去。那两年，别说吃豆腐了，就连豆腐渣也没见过。我们吃那些东西吃不饱，晚上趁月色，到学校后面的庄稼地里挖白薯吃，让狗追着跑，被拿着棍子的老乡撵回了学校。时间长了，很多同学都不爱吃那馒头和土豆了。几十年后，我见到老同学赵瑞霖，说起往事，他说："我多少年不爱吃土豆，上学时吃伤了！"

记得放开肚皮吃豆腐，是改革开放以后，那时买豆腐终于不用副食本了。商店、超市、街上的小卖部，到处都有买豆腐的，大块豆腐、豆腐干、豆腐丝，应有尽有。还有张飞豆腐干等各种各样的豆制品，看得我眼花缭乱。只要花上几个钱，就能把这些吃的买回家，饱餐一顿。到饭馆吃饭，随便点用豆腐做的菜。什么麻婆豆腐、家常豆腐、油焖豆腐、锅塌豆腐，什么麻豆腐、干煸豆腐、五味豆腐、长沙臭豆腐、扬州干丝，什么豆浆、豆汁儿、豆花儿、豆腐脑儿、三丁豆腐羹，什么香葱拌豆腐、皮蛋拌豆腐、蒜泥拌豆腐、香椿拌豆腐等，我尝了个遍。一些豆腐菜肴，我也照着做过。据说，《中国菜肴大典》收录古今豆腐菜肴一千多种。如若再加上其派生出的豆花、腐竹、油皮、豆腐干等烹制的菜肴，就更多了，难以计数。

我爱吃豆腐，平时也留意和豆腐有关的故事。据说豆腐是公元前 164 年，由汉高祖刘邦之孙——淮南王刘安发明的。他在安徽省寿县与淮南交界处的八公山上烧药炼丹时，用石膏点豆汁，偶然发现其成形并可吃。于是，豆腐就这样产生了。豆腐多用黄豆、黑豆、绿豆等制作。如何制作豆腐？明代李时珍曰："凡黑豆、黄豆及白豆、泥豆、豌豆、绿豆之类，皆可为之。造法：水浸硙碎，滤去滓，煎成，以盐卤汁或山矾叶或酸浆、醋淀就釜收之。又有入缸内，以石膏末收者。大抵得咸、苦、酸、辛之物，皆可收敛尔。其面上凝结者，揭取晾干，名豆腐皮，入馔甚佳也。"2018 年 4 月，我在江西龙南采访时，目睹了豆腐的制作过程。内行的人说，豆腐为补益清热养生食品。常食豆腐可补中益气、清热润燥、生津止渴、清洁肠胃，但因豆腐中嘌呤较多，个别人不能吃。豆腐不但可以食用，还可治病。李时珍曰：“杖疮青肿：豆腐切片贴之，频易。一法：以烧酒煮贴之，色红即易，不红乃已。”

我常读书，知道了历史上很多名人喜食豆腐的故事。

宋代苏东坡以吃豆腐为快。他的拿手绝活是做“东坡豆腐”，就是把豆腐和一些蔬菜放进锅里一起煮，放盐等调味后即可入肚。东坡诗云：“煮豆为乳脂为酥，高烧油烛斟蜜酒。”

据说康熙出巡到苏州，吃了一顿“八宝豆腐”。这道菜用嫩豆腐、鸡肉、火腿末、鸡汤等八种原料制成，香鲜软嫩。康熙吃后，龙颜大悦，便为这道菜赐名。康熙巡视甘肃、新疆路过陕西宝鸡时，还吃了一顿豆腐包子，也赞不绝口。

相传清乾隆帝下江南，路过一古寺。几位香客议论：“此寺有道豆腐做的菜，吃了还想吃？”乾隆帝忙问：“什么菜？”对方答：“文思豆腐！”乾隆帝下旨让寺里的文思大师做出来。过了片刻，豆腐菜端到乾隆帝面前，他一尝，平淡爽口，嫩滑新鲜。他越吃越香，脸露笑容，赞曰：“文思豆腐果然名不虚传！”清代戏曲作家李斗曰，文思“善为豆腐羹、甜浆粥。至今效其法者，谓之文思豆腐”。这道菜现被收入《中国名菜·江苏》中。

清代诗人袁枚提倡吃豆腐，说豆腐有多种吃法，什么美味都可以配到豆腐里，蒸、煮、炖、烩、煎、炒、焖、烧、汆、炸都可，其曰：“豆腐得味远胜燕窝”。

孙中山先生爱喝用豆腐、豆芽、黄花菜、木耳熬煮的“四物汤”，这汤是他研究饮食营养的成果。

中国古典文学名著中有关于食豆腐的叙述。

《红楼梦》:“宝玉笑道:‘好，太渥早了些。’因又问晴雯道:‘今儿我在那府里吃早饭，有一碟子豆腐皮的包子，我想着你爱吃，和珍大奶奶说了，只说我留着晚上吃，叫人送过来的，你可吃了?’。”

《水浒传》:“戴宗道:‘我却不吃荤酒，有甚素汤下饭?’酒保道:‘加料麻辣熝豆腐如何?’戴宗道:‘最好，最好!’酒保去不多时，熝一碗豆腐，放两碟菜蔬，连筛三大碗酒来。戴宗正饥又渴，一上把酒和豆腐都吃了，却待讨饭吃，只见天旋地转，头晕眼花，就凳边便倒。”

《西游记》中唐太宗宴请取经归来的唐僧师徒时也有豆腐:“门悬彩绣，地衬红毡。异香馥郁，奇品新鲜。琥珀杯，玻璃盏，镶金点翠;黄金盘，白玉碗，嵌锦花缠。烂煮蔓菁，糖浇香芋。蘑菇甜美，海菜清奇。几次添来姜辣笋，数番办上蜜调葵。面筋椿树叶，木耳豆腐皮……”

中国人发明的豆腐，20世纪初走出国门。《孙文学说》中记述:“吾友李石曾留学法国……以研究农学而注意大豆，以兴开‘万国乳会’而主张豆食代肉食，远化学诸家之理，近应素食卫生之需，此巴黎豆腐公司之所由起也。”

豆腐也为中国革命作过贡献。一些老一辈无产阶级革命家留法勤工俭期间，经费奇缺。他们办“中华豆腐坊”制豆腐，很快打开了豆腐销路。卖豆腐的钱，解决了经费奇缺的问题。后来，他们又向法国人，介绍了豆浆、豆腐脑、豆腐乳、豆腐丝、豆腐皮、冻豆腐、臭豆腐等，同样受到欢迎。

还有一个豆腐宴的故事，十分感人。2020年6月28日《中国纪检监察报》的一篇文章说，1942年，抗日战争处于一个艰苦阶段。群众冒着生命危险掩护建阳县（现江苏省建湖县）县委县政府工作人员。为答谢县委县政府所在地长北滩人民的深情厚谊，县委县政府决定在除夕夜办几桌便饭，请各位“房东”来聚一聚。当时，政府机关人员的给养十分不足，加上敌人全面封锁我根据地物资奇缺。县里炊事班用知名人士杨幼樵老先生送来的慰问县里同志的 40 多斤黄豆，磨成豆腐做菜。菜品有辣豆腐、焖豆腐、炸豆腐、豆腐羹、豆腐丸子、红烧萝卜豆腐、青菜豆腐汤……县领导向长北滩父老乡亲的代表拜年：“感谢大家对县委、县政府工作的支持，战时无以待客，豆腐、水酒（也是杨幼樵老先生送来的慰问品）不成敬意。”席间，乡亲们表示，人民政府为人民，人民支持政府抗日是应该的。兵荒马乱的年头，我们能吃到“白马肉”（百姓对豆腐的美称），就算有口福了。七十多年过去了，长北滩这场别开生面的豆腐宴，至今仍被当地群众传为佳话。

有“美食家”之美誉的当代作家汪曾祺对豆腐及各种豆制品很有研究，其心得体会或者说是成果，主要体现在《豆腐》《豆汁儿》《干丝》等多篇散文中。他在文中述说了许多豆制品的来历、故事和它们的做法。他说：“如果没有豆腐，中国人民的生活将会缺一大块。”我多次读汪先生的这些散文，深感中国豆腐做法多矣，深感包括豆腐文化在内的中华饮食文化博大精深，需要我们很好研究，使其发扬光大。

我以为，人活在世上，绝不是简单地、糊里糊涂地吃喝，以填饱肚子，而是要懂得各种吃喝里面的学问或者说是知识。只有像汪先生那样琢磨豆腐、品读美食和下厨实做、研究饮食文化，我们才吃得有滋味、喝得有水平、活得更精彩。

一碗红烧肉 醇厚味飘远

《田师傅红烧肉赋》究竟是怎样的一篇文章？我在范敬宜所写的《京城餐韵》这篇散文中读到了它："红烧肉者，其名甚俗，其源甚古。高人雅士，贩夫走卒，流品虽异，嗜好不殊。大江南北，长城内外，不爱红烧肉者无……"此赋朗朗上口、亦庄亦谐。读罢，我陷入了回忆之中。

现在，对普通人家来说，吃碗红烧肉是再容易不过的事儿，去超市花上几十元钱，拎回两斤五花肉，回家一炖，即可饱餐一顿，如若懒得做，也可到田老师红烧肉饭馆，点上一份儿。

但是，在我幼年、少年乃至青年时期，吃碗红烧肉，只是梦中的事。我幼时家贫。父亲靠自己微薄工资养活一家人，还要接济早已失去父母的侄子。全家人日子过得紧巴，哪有钱买肉吃啊！记得一年过春节前，我对父亲说："爸，别人家过年都吃红烧肉，咱家也炖点吧！"父亲看见我渴望吃肉的样子，默默无语。到年根了，一天，父亲下班到家，把一个大纸包放在地上，接着，将纸包打开。我一瞧，是个猪头。父亲稍微歇息后，开始收拾那猪头。他将猪头清洗干净后，切成几大块，加佐料，在煤球炉上的大铁锅里慢炖着、慢煨着。出锅了，香味四溢。那天晚饭，我虽然没吃上红烧肉，但尝到了猪耳朵和猪头肉。这是我第一次食这两样东西，口中留香啊！

我上小学和初中时，家里也很少买肉。即使个别时候买，也拣肥的挑，将其煸出油炒菜用。20世纪60年代初，国家遭遇自然灾害，老百姓买肉凭票。每人每月仅二两肉，哪能炖红烧肉吃啊！70年代初，我在京郊一家铁路工厂上班，一日三餐吃食堂。那时，工资不多，又要养家，吃红烧肉是连想都不敢想的事。那时，我特别爱买工厂食堂做的猪油渣饼，配以萝卜丝汤，美美吃一顿，解解馋。

改革开放了，买肉不再用票了，我吃红烧肉的机会越来越多。怎样在自家做好红烧肉？我打电话向老友武如意请教。她说："自家做红烧肉，要选肥瘦均匀的上好五花肉，将其洗净后切成麻将块大小；铁锅烧热放花生油，炒冰糖至金黄色；倒入五花肉反复翻炒出油后，加适量开水和肉桂等作料，小火焖炖一小时左右。盛出，即可食用。"我按照"武氏红烧肉"的做法去炖，肉果然好吃，香甜松软，入口即化。

算起来，我吃红烧肉有些年头了。我出差和外出旅游时，曾吃过大理、扬州、杭州、开封、黄山的红烧肉，其主要特点是不油腻、酥烂可口。我依稀记得扬州的红烧肉有点高粱酒味儿，黄山的红烧肉加有霉干菜。

我下铁路基层采访，也吃过红烧肉。那时采访，我大都在小站工区伙食团就餐。二十多年前，我到青海一个养路工区采访，工长是北京知青。他得知北京记者来工区，便派炊事员到附近有腐殖质的树根底下，采来碗口大的蘑菇，洗净后和小鸡一块炖。就餐时，除了有这道菜，还有一大碗扑鼻香的红烧肉。就餐时，我和工长边吃边聊。他得知北京发生很大变化后，很是高兴。那次采访，那道小鸡炖蘑菇，那碗红烧肉，深深地刻在我的脑海里。

据说，红烧肉的做法有三十多种，制作过程大同小异，只是在程序、作料的使用上有所不同，正所谓“各家有各家的招儿”。自宋朝至今，“东坡肉”是最有名的红烧肉。苏东坡一生喜食猪肉，民间传他说：“无竹令人俗，无肉令人瘦；若要不俗与不瘦，除非天天笋烧肉。”他竟然给自己的儿子起小名“豚儿”，豚儿即是猪啊！苏东坡在《猪肉颂》里写道：“净洗铛，少著水，柴头罨烟焰不起。待他自熟莫催他，火候足时他自美。黄州好猪肉，价贱如泥土。贵者不肯吃，贫者不解煮，早晨起来打两碗，饱得自家君莫管。”看来，苏东坡做红烧肉还挺内行，要“净洗铛，少著水，柴头罨烟焰不起。待他自熟莫催他，火候足时他自美”啊！他每天早来打两碗，确实是“饱得自家”！汪曾祺先生说：“东坡肉其实就是红烧肉，功夫全在火候。先用猛火攻，大滚几开，即加作料，用微火慢炖，汤汁略起小泡即可。”1949 年，东坡肉被列为“新中国第一宴”的佳肴。

“毛氏红烧肉”，以伟人毛泽东主席的姓起名。这种红烧肉是特色湘菜，味道甜中带咸、咸中有辣、甜而不腻。毛主席一生传奇无数。他一生无所奢求，打仗胜利了或一篇文章落笔之后，他慢慢地推开房门，满面笑容地对警卫员说：“请来一碗红烧肉！”来一碗红烧肉，也是毛主席的传奇之一啊！

其实，“毛氏红烧肉”的做法很简单，其主要特点是：“不放酱油，以糖显色。”我的学友刘聚水，其岳父程汝明，是国宝级烹饪大师。2005 年，程汝明与其传人、外孙刘建共同总结创建了程府文化及程府宴。聚水之子刘建开了饭店，菜单中就有“毛氏红烧肉”等。

我想，咱老百姓的“武氏红烧肉”也好，以伟人、名人的姓或名字叫的红烧肉也罢，它们都是咱中国人生活中一种极为普通的食物。这食物后面，蕴藏着许多鲜为人知的故事，其源甚古。这些故事构成丰富中华餐饮文化长河中的一个小小浪花。我们探寻这浪花的来源、历史，就能获得许多知识，其典甚多。一碗红烧肉令我们开阔眼界，生活充满乐趣。这正是："一碗红烧肉，故事藏其中；醇厚味飘远，飞成妙文章。"

烧饼往事

20世纪70年代，我在京郊一家铁路工厂上班，任厂长办公室秘书，主要撰写总结报告之类的材料。那时，肚里无油水，写至午夜，饥肠辘辘。我趁着月色，来到南口火车站对过的一个小餐馆，花一毛来钱，点了两个芝麻烧饼和一碗羊杂碎汤，吃了起来。不消片刻，一扫而光。之后，我经常光顾这个小餐馆。那时，对于我这个工资不多又养家糊口的人来说，吃烧饼、喝羊杂碎汤是件美事。几年前，我回南口，再寻这个餐馆，已无影无踪。好友翟金水夫妇告诉我，南口铁道北还有卖烧饼的，并在一次我们一起外出旅游时，买来给我吃。

打20世纪70年代起，我喜食烧饼。无论我走到哪里，我都盯着街上有没有卖烧饼的，如果有，我都买上一两个尝尝。我记得，我在天津吃过烧饼夹油条。那是我读完梁实秋的散文《烧饼油条》后，专门坐火车去津门吃的。天津的烧饼品种较多，主要是芝麻烧饼、油酥烧饼、麻酱烧饼。梁实秋说："说来奇怪，我对于烧饼油条从无反感，天天吃也不厌。"我亦有梁实秋此感。我听说河北保定的烧饼夹驴肉好吃，也专程去过一次。至于京城的烧饼，我吃得更多了。我每次在京城吃涮羊肉和砂锅白肉时，必点食烧饼。我还在东北和南方铁路小站工区伙食团吃过烧饼，我快成老饕了。

一次旅游，好友吴连生夫妇带自做的烧饼在火车上吃。那次旅游后，我很少到外面买烧饼吃，也尝试着自己做。我用温水和凉水和面，醒 30 分钟后，将这柔软的面，擀成大面饼，上刷油，撒上盐和花椒面，然后将大面饼卷起，揪制成几小段，再轻柔成小圆饼，饼面上撒芝麻，在烤箱内烤熟或电饼铛内烙熟为止。我用此法，还做过带菜肉馅、豆馅、糖和芝麻酱的烧饼，家里人都说好吃。其实，我也没有专门学做过烧饼，只是请教过吴连生、武如意和我老伴，还到街上的烧饼摊，看摊主如何做，慢慢我也会做烧饼了。

据说，烧饼这种咱老百姓喜欢的面食，在华夏大地历史悠久，有 100 多种。做烧饼，主要用面、油，和完的面，有发酵的，也有不发酵的。做烧饼，加馅即为什锦烧饼，加芝麻即为芝麻烧饼，如果做油酥烧饼，和面时可加些油。有人搞不清烧饼和火烧的区别，其实，烧饼表面上有芝麻，而火烧则没有。烧饼多是烤出来的，或烙至半熟再烤，而火烧则多是烙出来的。烧饼的制法有：烤炉烧饼、平锅烙烧饼、缸炉烧饼、吊炉烧饼。据有关资料介绍，北京的李小老烧饼，江苏黄桥、东台、浙江缙云、安徽湖沟、山东周村和滕州及淄博、河北井陉的烧饼比较有名。这些地方的烧饼，各有各的做法，各有各的特色，各有各的历史故事。

据史料记载，烧饼古称胡饼，系汉代班超出使西域时，传到中原大地。这就是说，自汉代起，烧饼就已是老百姓口中之物了。

自古以来，和烧饼有关的人物和故事不少。民间传说，程咬金打小就是做烧饼的，他做的烧饼以文火烘烤，附近的老百姓都喜欢吃。后来，他不做烧饼了，追随李世民打天下，成了唐代开国元勋。民间又传，明太祖朱元璋吃烧饼时，大臣刘伯温觐见。朱将咬了一口的烧饼掷进碗内盖上。朱问刘：“先生心明数理，可知碗中是何物件？”刘掐指一算，说：“半似日兮半似月，曾被金龙咬一缺。”朱与刘议论天下大事，后来就有了预测国运的《烧饼歌》。

古今一些诗文中，也涉及烧饼。唐代白居易有诗云：“胡麻饼样学京都，面脆油香新出炉。寄与饥馋杨大使，尝看得似辅兴无。”宋代苏轼也写过有关烧饼的诗：“此生归路愈茫然，无数青山水拍天。犹有小船来卖饼，喜闻墟落在山前。”明代施耐庵的《水浒传》中，有铁叫子乐和给解珍解宝送烧饼一事。乐和见解珍、解宝是个好汉，有心要救他们。解珍请乐和给姐姐顾大嫂送信，让姐姐和姐夫孙新来救他们。“乐和听罢，分付说：‘贤亲，你两个且宽心着。’先去藏些烧饼肉食，来牢里开了门，把与解珍、解宝吃了。”著名作家梁实秋、汪曾祺在他们的散文或小说中，对吃烧饼也有叙述。汪曾祺在小说《八千岁》中说：“右边是一家烧饼店。这家专做‘草炉烧饼’。这种烧饼是一箩到底的粗面做的，做蒂子只涂很少一点油，没有什么层，因为是贴在吊炉里用一把稻草烘熟的，故名草炉烧饼，以别于在桶状的炭炉中烤出的加料插酥的‘桶炉烧饼’。这种烧饼便宜，也实在，乡下人进城，爱买了当饭。几个草炉烧饼，一碗宽汤饺面，有吃有喝，就饱了。”

在中国革命进程中，周村烧饼和黄桥烧饼美名扬天下。1951年前后，周村老百姓慰问抗美援朝前线的中国人民志愿军将士，曾送去周村烧饼。至于黄桥烧饼，故事更多。1940年10月，韩德勤的国民党顽固派部队执行“溶共、防共、限共、反共”政策，袭击我苏中抗日根据地。新四军予以还击，取得了黄桥战役的胜利。战役打响后，黄桥镇10多个磨坊机声隆隆，60多座烧饼炉火势熊熊，不分昼夜赶做烧饼。老百姓冒着猛烈炮火，不畏流血牺牲，把或咸或甜、喷着香味的烧饼送到新四军前线阵地战士手中。战士吃了烧饼，浑身劲儿足了，英勇歼敌万余。黄桥烧饼体现了军民鱼水情。后又有《黄桥烧饼歌》，和《大刀进行曲》一样，在抗日战场嘹亮响起："黄桥烧饼黄又黄哎，黄黄烧饼慰劳忙。哩！烧饼要用热火烤哎，军队要靠老百姓帮。同志们呀吃个饱，多打胜仗多缴枪！嗨呀依哟嗨嗬咳！多打胜仗多缴枪！依呀咳！黄桥烧饼长又长哎，长长烧饼有分量。哩！烧饼一口吃不下哎，敌人一下打不光。"1975 年 5 月，粟裕大将重返战役故地，黄桥老百姓仍用黄桥烧饼招待他。他双手捧着烧饼，激动地说："从黄桥烧饼，我们看到了军民的鱼水深情。我们要继续发挥革命传统，争取更大光荣。"

在新时代，烧饼还帮助农民走上致富路，助力乡村振兴。缙云，它是全国唯一以轩辕黄帝名号命名的县，也是中国南方黄帝祭祀中心和中国南方黄帝文化辐射中心、研究中心、展示中心。这个县的缙云烧饼富有特色，很好吃，有《缙云烧饼歌》为证："缙云烧饼，缙云特色，去过缙云不吃的你啊，会可惜！"现在，越来越多的烧饼师傅走上了致富路。据浙江在线缙云新闻网的消息说，缙云烧饼从"路边摊"走向"品牌店"，从"小县城"迈进"大都市"，从"谋生计"转为"致富经"。缙云烧饼产业一路走来，已然成为浙江省特色餐饮龙头产业和助农增收典范。2021 年，缙云烧饼产值达到 27 亿元，同比增长 12.5%，从业人员达到 2.3 万人。2021 年，缙云烧饼许可授权 90 家，累计签订授权许可合同 1 009 份，开张营业示范店 661 家，全国开张门店（点）8 000 多家，开到了全国 20 多个省、自治区、市。缙云烧饼还走出国门，开拓了"洋"市场，十多个国家和地区，都有了缙云烧饼门店，生意火爆。缙云人靠烧饼闯天下啊！2021 年，缙云烧饼制作技艺国家非遗申报成功，顺利入选《第五批国家级非物质文化遗产代表性项目名录》。缙云县委书记在 2023 年 2 月 10 日出版的《学习时报》著文称缙云人“一只烧饼走遍世界”。

烧饼不大，故事多矣。我说烧饼，就是说中华饮食文化，并希望这种历史悠久的文化，永远流传、发扬光大。

百吃不厌的萝卜

从幼时至古稀之年，我生活中一直没有离开过萝卜。小的时候，母亲煮萝卜水给我喝，说是“败火”“顺气”。那时，我不明白其中之道理，只是听母亲的话，一次一次地把萝卜水喝光了。我成家后，有了儿子，也照母亲的做法，给儿子煮萝卜水。有人说，萝卜是“小人参”。儿子喝了“小人参”水，长得很健壮。

在我的记忆中，萝卜对于我和我们家来说，是“功臣”。20世纪60年代初，国家遭受自然灾害，买肉买粮，凭票凭本，即使是这样，有时也买不到。市面上的菜少得可怜。我家的情况稍好些，因为当时父亲在北京北郊国营农场上班，他就从单位买一麻袋红皮萝卜，骑自行车驮回家。这一麻袋萝卜大约有五六十斤，除我们全家吃，还周济邻居一些。母亲心灵手巧，做萝卜丝汤，腌萝卜条，包萝卜馅菜团子，让我们吃。有时，母亲还用糙米熬一大锅萝卜丝粥，我们兄妹几人喝了个肚圆。

改革开放了，老百姓的生活越来越好，我家餐桌上的菜肴也越来越丰富，但始终不缺萝卜。小红皮萝卜、心里美萝卜、水果萝卜，我擦成丝儿，加少许醋、盐、香油，拌着吃；象牙般的大白萝卜，我切成条儿，放进大玻璃瓶子里，加盐、花椒，腌着吃；

大红皮萝卜，我剁成馅，包包子、包饺子……萝卜始终是我家餐桌上的一道菜。

说起吃萝卜馅包子，这里面还有一段故事呢！好友武如意，几年前在一家医院住院，我和老伴去看望她。临近中午，我说肚子饿了，咱们到街上的饭馆去吃饭吧！这时，武如意从书包中掏出一个饭盒，打开一看，里面是包子。武说："我知道你们今天要来，昨天下午，我从医院溜了出去，回家蒸了两屉包子。"说完，她出门将包子加热，端回屋内。屋内充满了包子的香味，我一咬，萝卜猪肉馅的，一下子吃了五个。我抹抹嘴，还想吃，但饭盒中已空空如也。武如意告诉我，她包包子用的萝卜，是她爱人吴连生种的。吴说，"要吃好萝卜，五月初十头"，就是说，农历五月初十开始种萝卜。种萝卜先要整地，把地翻透，深至 26 厘米至 40 厘米，将土疙瘩打碎，然后在垄上打眼半寸左右，撒种，盖上细肥土。萝卜苗出土后，间几次苗，追肥浇水，直至萝卜长成。听完吴的介绍，我获益匪浅。

吃萝卜到底有啥好处？后来，我读书才知道了更多："萝卜营养丰富，含有丰富的碳水化合物和多种维生素。"《本草纲目》中说，萝卜气味温、无毒，（根）辛、甘，（叶）辛、苦，主治反胃等。当然，治每种病还要有配方，并不是简单地吃萝卜。李时珍又曰：萝卜"可生可熟，可菹可酱，可豉可醋，可糖可腊可饭，乃蔬中之最有利益者"。

我猜想著名作家汪曾祺和咱老百姓一样，一定爱吃萝卜。他写有散文《萝卜》，对北京杨花萝卜（小水萝卜）和拍水萝卜及心里美萝卜、高邮穿心红萝卜、淮安青萝卜、张家口白萝卜等，一一介绍了它们的特点、做法和吃法。他在散文中叙述了到天津吃萝卜和在张家口沙岭子劳动收心里美萝卜的经历。他说：收萝卜时是可以随便吃的，和我一起收萝卜的农业工人起出一个萝卜，看一看，不怎么样的，随手就扔进了大堆。一看，这个不错，往地下一扔，啪嚓，裂成了几瓣，“行！”于是各拿一块啃起来，甜，脆，多汁，难可名状。工人们说：吃萝卜，讲究吃“棒打萝卜”。汪曾祺说：“萝卜原产中国，所以中国的为最好。有春萝卜、夏萝卜、秋萝卜、四季萝卜，一年到头都有。可生食、煮食、腌制。萝卜所惠于中国人者亦大矣。”汪老的话说到了我的心坎里，的确“所惠于中国人者亦大矣”，要不，我怎能对萝卜百吃不厌呢？

包子，咱老百姓的最爱

自打不上班工作后，我就在家里当上了“厨师”，操持着全家一日三餐。我变着花样做菜做饭，争取让家人吃得舒服些。2020年3月25日晚餐做什么？吃完中午饭，我就和面，放在窗台上发酵，准备晚上吃包子。下午，睡一个小觉后，我擦胡萝卜丝，剁香菇末、葱头末，并将这几样东西挤出汤。事毕，将菜馅、猪肉馅加酱油、胡椒面、盐、料酒、姜末等，搅和在一起。接着，我把发好的面，揉成长条状，切匀，擀成包子皮。不一会儿，20多个包子上屉开蒸了。大约30分钟左右，包子出锅了，鼓鼓的、白白的、胖胖的……屋子里散发着包子的香味。全家人在桌子的四周坐定，边吃包子边喝藜麦粥。片刻，包子一扫而光。这时，我心中顿时产生了一种成就感。我做过大白萝卜馅、白菜馅、菜花加芹菜、胡萝卜加芹菜。每种菜馅中，我或加猪肉，或加牛肉，或加鸡蛋。纯素馅和红豆馅的包子，我做得很少。

说起做包子，我还是向我母亲学的呢！记得在我上初中的时候，做完功课，就站在案板旁，看母亲包包子。母亲心灵手巧，一个皮儿放在手心里，一抻一捏，带有菊花纹的包子很快“飞”到屉上。那时，肉凭票买，家里肉少得可怜，所以，很少吃带肉的包子。母亲买来油饼或炸素丸子，剁碎，掺进菜馅里，包的包子也好吃。她还做过虾皮白菜馅的包子，嚼起来也香。看母亲做包子久了，我也想上上手。我包的第一个包子，虽不成样子，但仍受到母亲赞扬。

买包子、做包子、吃包子，是我七十多年生活中不可或缺的。我上班时，只要单位食堂卖包子，我就买来吃。我走亲访友时，也吃过包子，吴连生、武如意两口子包的萝卜馅包子，尝了一个还想吞第二个。我下基层采访，曾品过小站工区伙食团碗口大的包子。

我每到了一个新地方，总找当地的店寻包子吃。我在北京多次买过庆丰包子。庆丰包子铺创建于 1948 年，现在是京城规模最大的包子快餐连锁企业。庆丰包子皮儿薄馅儿大，入口一咬，松软、汁多、味鲜。我吃过猪肉（牛肉）大葱、猪肉三鲜、猪肉梅干菜、牛肉胡萝卜、素三鲜、鲜虾等馅的庆丰包子。我吃庆丰包子时，总是来上一碗炒肝或鸡汤馄饨，我认为这样吃最好。

我在河南开封第一楼，品尝过小笼包子。小笼包子的鼻祖是黄继善，1922 年，黄与名厨周孝德相遇，慕其技术高超，便以对其生养死葬为条件，合伙开了一家小吃店，主营灌汤小包子、吊卤细面、挂粉汤团、桶烧火烧，因物美价廉，深受民众欢迎，故生意兴隆。1956 年，小吃店易名为“第一楼包子铺”。这个包子铺的小笼灌汤包子，被誉为“中州膳食一绝”；1997 年，被中国烹饪协会认定为“中华名小吃”；2007 年，进入河南非物质文化遗产名录。第一楼的包子，是灌汤包，它“提起来像灯笼，放下去像菊花”。为什么是这个样子呢？因为馅和皮之间有热汤，所以“提”和“放”形状不一，吃的时候，必须“先开窗，后喝汤”，也就是用筷子先在包子上扎一个眼儿，凉一会儿，把汤喝掉，然后再吃包子，这样吃，是“一口光，满口香”，还不会被热汤烫着嘴！

我在天津吃包子，不明白它为啥叫“狗不理”，我向许多人打听过，他们都没说出个所以然。后来，我读过一本书，叫《津味儿》。书中回答了我这个问题。“狗不理”包子的创始人是高贵友，清咸丰六年（1856 年），他开了一家包子店“德聚号”，但这个字号始终没有叫响，至今人们仍然叫它“狗不理”。高贵友的孙子说：“‘狗不理’是我祖父的乳名……”此句话，解开了许多人心中的谜团，原来是这么回事儿。

歇后语：“‘狗不理’包子——一屉顶一屉。”其一是说包子买卖生意兴隆；二是说包子要趁热吃，不回笼。当然，饮食文化丰富的天津，不只有“狗不理”包子，还有永胜包子、老乌市姜记包子、集美林包子等。《津味儿》里说，天津包子尽管名目繁多，但其制法如出一辙，“第一是半发面，第二是大肉水馅，第三是外观的菊花褶儿”。其实，水馅包子，不仅天津多，京城过去也有。水馅包子怎么吃好呢？著名作家梁实秋在散文《汤包》中说：“取食的时候，要眼明手快，抓住包子的皱褶处猛然提起，包子皮骤然下坠，像是被婴儿吮瘪了的乳房一样，趁包子没有破裂赶快放进自己的碟中，轻轻咬破包子皮，把其中的汤汁吸饮下肚，然后再吃包子的空皮。”

包子是中华传统美食，有四十多种做法。我还听说过上海融智坊包子、新疆烤包子、粤港叉烧包子、成都小笼包子、福建东河包子、安徽老徽坊包子、江苏水煎包子、济南草包包子、温州包熹婆包子，但都没有品尝过。包子产生于三国时期，《三国演义》九十一回中有叙述，“却说孔明班师回国，孟获率引大小洞主酋长及诸部落，罗拜相送。前军至泸水，时值九月秋天，忽然阴云布合，狂风骤起；兵不能渡，回报孔明。孔明遂问孟获，获曰：‘此水原有猖神作祸，往来者必须祭之。’孔明曰：‘用何物祭享？’获曰：‘旧时国中因猖神作祸，用七七四十九颗人头并黑牛白羊祭之，自然风恬浪静，更兼连年丰稔。’”孔明“唤行厨宰杀牛马；和面为剂，塑成人头，内以牛羊等肉代之，名曰馒头”。这段叙述告诉我们，“馒头”是诸葛亮发明的。后人将做馅的工序省去，就出现了白馒头等。这就是说，包子是在馒头的基础上，经后人研究改进，逐渐成为现在这个样子的。如今，无论你走到中国哪里，你都会吃到包子，体验到包子文化的真谛。

面鱼儿

2020年4月15日，我的大妹妹用微信告诉我一个做面鱼儿的法子：土豆切片或丝儿蒸熟搅打成泥，掺少量食盐、油、鸡蛋加适量面粉和之，将和好的土豆面拉成一个个细长条，后将每一个小细条搓成小鱼状。第二天中午，我照此方法做了。搓成的小鱼儿，放在盘子很好看。此刻，我二妹妹发来微信，问我做什么饭，我说，面鱼儿。她对我说，面鱼儿单起锅煮好吃！谁知，我搓到半截，锅里的水开了。我就把盘子里的面鱼儿下到锅里，其余的小细条揪了揪也投了进去。煮熟，面鱼儿奇形怪状，只有一部分像鱼。我佐以茄子西葫芦卤，加蒜泥、山西老陈醋拌之，三下五除二，面鱼儿入肚，口中留香。

同一天中午，我的大妹妹也做了面鱼儿，通过微信发过来的照片看，她做的面鱼儿，有模有样，煞是好看，入锅后，水沸腾着，真像一条条活蹦乱跳的小鱼儿在畅游。她吃时，用京味儿炸酱和芹菜末、小黄瓜块拌之入肚。我小妹妹和其姐同住一栋楼内，大妹妹用微信招呼她来吃。她说，吃货不缺席！我大妹妹说，这鱼儿就是筋道，真好吃！

面鱼儿，是中国北方老百姓常吃的面食，也有人说，它是面条儿的一种。京城做面鱼儿的方法多种多样。我以前知道一种方法：面粉加盐、鸡蛋，用温水和成稍硬一点的面块，醒一刻钟左右，揉匀面块，左手持面块，右手用剪刀，将有韧劲儿的面块，剪成细长条的小鱼状，边剪边落至水沸腾的锅里。面块剪完后，中火将面鱼儿煮熟。

用蒸熟的土豆和面较之单纯用面粉和好处多。因为土豆，也叫马铃薯，是一种高热量易消化的粗纤维食物，营养价值高。据说土豆含有大量碳水化合物，还含有蛋白质、多种氨基酸、矿物质、维生素。马铃薯于明代传入中国，冬季种植，夏秋收获，我国大部分地区都有栽培。

我当记者，经常奔波在外。采访结束，日落西山，饥肠辘辘，花几个钱，在铁路沿线小站旁的小饭馆，吃碗面鱼儿，是件大快事。我在小饭馆食面鱼儿，常想起一首诗《小饭馆》："小饭馆，傍山开，石头垒墙茅做盖。风和日暖天气好，绅商游客络绎来……"有一次，我想着想着，竟读出声来，引得旁边就餐者发笑。我曾在甘肃和陕西、山西的许多地方饱餐过面鱼儿。这些地方的面鱼儿做法和京城有所不同，原料大都选用新鲜玉米面粉。烧开一锅水，把细玉米面入水，不停搅拌，用中火煮熟呈薄块状。接着，将其倒入面鱼篓，用这篓挤出面鱼儿，漏在凉水盆中。面鱼儿凉透后，加卤或调成的汁食用。我还在山西吃过莜面鱼儿，在其他地方吃过荞麦面鱼儿。

我吃过的面鱼儿，卤多种多样，有西红柿鸡蛋卤、茄丁肉末儿卤、酸菜羊肉卤、红烧小肉卤、牛肉卤等。我喝过一大碗连汤加虾皮、紫菜、香菜、香葱、酱油、芝麻油的面鱼儿。我在胶东也尝过面鱼儿。不过，这个地方的面鱼儿不是煮的，而是炸的。用擀面杖将发好的一小块面擀成薄饼，用刀划成鱼儿状下锅炸。

随着油泡泛起，面鱼儿熟了，嫩黄嫩黄的，身条儿像美人鱼。我觉得用一首诗形容胶东面鱼儿再恰当不过了：“纤手搓来玉数寻，碧油煎出嫩黄深。夜来春睡浓于酒，压褊佳人缠臂金。”我在食胶东这种面鱼儿时，点了一碗加辣椒油的豆腐脑。我吃得满头大汗，从心里头感到这面鱼儿香啊！我以为，胶东这种面鱼儿，就是鱼状油条。只不过当地的一些人叫它面鱼儿而已！

做面鱼儿使我进一步感到，做饭做菜的确是一门学问。既然是学问，就要认认真真做，如同做人一样，老老实实，严守规矩，一丝不苟，讲究方圆。做饭做菜，只要踏踏实实地钻进去，就可以学不少知识、长不少本事。做面鱼儿，若稍有马虎，便可能煮成一锅糨糊。我不求做大厨，只求生活的乐趣、活着的阳光。当我看到家人，将我做的饭菜吃光时，我心中有一种成就感。我在做饭做菜过程中，不断琢磨摸索。这些日子，我做过鲜藕猪肉、西葫芦鸡蛋加猪肉、萝卜牛肉、韭菜鸡蛋、茴香猪肉等馅的包子和馅饼。我看菜谱，也尝试做几样家常菜，如炒合菜、地三鲜等。余生，我要深钻做饭做菜这门学问。这不，一天晚上，我又开始新探索，做了“四菜一汤”：红烧鸡块、鸡蛋蟹味菇、鸡汤焖西葫芦、豆腐丝拌葱头丝、疙瘩汤。我吃得津津有味。我愿我的厨艺越来越好！

菜团子

我头一次吃菜团子，是刚记事儿的时候。

那天，我从场院玩回来，一进家门，母亲正用一绿瓦盆和面，那面黄黄的、粗粗的。“今儿个晌午，咱家吃啥饭？”“菜团子！”

咋做菜团子呢？我站在灶台前，看着母亲。她把剁好的白菜帮子，攥完水后，放在另一褐色的瓦盆里。旋即，往里面撒了些猪油、油渣、葱花、姜末、盐等，搅拌均匀成馅后，放置一旁。稍许，母亲从和好的玉米面上扯下一小块，摆弄成碗状，捧在手心。接着，母亲将那“碗”填满了馅，封口，摆进大笼屉里。母亲点燃了灶台洞里的秫秸秆、树枝子。随着“啪啪”的响声，大柴锅里的水开了，她把一大屉菜团子，放在锅上面。大约过了半个多钟头，揭锅了，那菜团子，黄黄的、大大的、香香的，冒着热气……我一下子吃了两个，还想吃，我母亲说：“儿子，别吃了，撑着！你爱吃，妈以后再给你做！”

随后，我吃过母亲包的白菜虾皮、荠菜、萝卜、雪里蕻、马齿苋馅的团子。这些菜团子，大都无肉。因为我小的时候，家里日子过得紧巴，没钱买肉。母亲为了把菜团子包得更香，菜里面掺过排叉、油条、粉条等。我家住在天津宝坻城北的一个村庄，距县城一里多地。父亲进城时，就把粉条等东西买回来了。

我母亲的本事就是大，她包的菜团子，总是那么香，啥时候想起来都流口水。

在我的印象中，我母亲包的马齿苋加油条馅的菜团子，酸酸的、黏黏的、香香的，吊人胃口。那年头，吃的菜大都是自家房前屋后的地里种的，而马齿苋则是在地头等处采来的。我们拿回家后，母亲就洗干净剁成馅包菜团子。野菜，我认识得不多，唯独马齿苋给我的印象深刻，因为我小时候常吃它。马齿苋长在菜园、农田、路旁，是一种常见杂草。它散卧在地上，枝叶呈淡绿色或带暗红色。叶子像马齿，上面暗绿色，下面淡绿色捎带暗红色。李时珍曰："其叶比并如马齿，而性滑利似苋，故名。"马齿苋开花时，花瓣是黄色的。每年6月至9月是马齿苋的收获季节。我母亲曾告诉我，马齿苋清热利湿，常吃，对眼睛有好处。著名作家汪曾祺说："中国古代吃马齿苋是很普遍的。""苋分人苋、马苋。人苋即今苋菜，马苋即马齿苋。"汪先生说，三年自然灾害，他在张家口沙岭子吃过不少马齿苋，那时候，这是宝物！他还说他祖母每于夏天摘肥嫩的马齿苋晾干，过年时作馅包包子。而我母亲在我小的时候，则用马齿苋包菜团子，隔三岔五地让我吃一回，说是让我"败火"，少闹毛病。夏秋，我们吃新鲜的马齿苋，冬天则吃晾干的。

我想，汪先生也许是吃过菜团子的。他在散文《字的灾难》中有这样一段话："赵朴老的匾还有一块写得很好的是'功德林'（这是一个素菜馆）。""功德林"，他可能去过，要不怎么知道匾是赵朴初先生写的呢？"功德林"特色美食中就有："松鼠桂鱼、宫保鸡丁、千层饼、菜团子、功德素鸭、功德肉饼……"据此，我猜想汪先生这位"美食家"一定吃过"功德林"的菜团子。至于是不是马齿苋馅，或是其他什么馅的，我就无法推测了。

马齿苋，那味儿，那黏劲儿，也许有人吃不惯。我以为，人间，只要能吃能喝的东西，都可以尝一尝，这样可以饱肠胃、增营养。譬如，马齿苋、豆汁儿，吃着吃着、喝着喝着，就习惯了。当然，吃喝东西，以不破坏生态平衡为前提。

1950 年以后，我家添丁，妹妹弟弟相继来到人间，母亲家务活儿多了，包菜团子的机会越来越少了。当然，我的口福也明显减少了。

菜团子，是中国北方古代、近现代人都喜欢吃的主食。一些作家笔下有关于吃菜团子的叙述。著名作家刘绍棠在小说《狼烟》中说：“隔壁，有个巴掌大的小院落，他俩跳过篱笆，屋里有一位七十岁的老太太，一位三十岁上下的大嫂，一个七八岁的小女孩，还有一个吃奶的孩子。老太太给郑小藕一个菜团子，大嫂子给柳长春一块玉米饼子，那女孩还给他俩一捧老虎眼红枣儿，俩人又回到草料房来吃。”他还在散文《笔耕农》中说：“我每年常回故里，家乡的干部和乡亲都盛情款待。我却一不点菜，二不挑食，更不拿走一针一线。不过，如果见到玉米面窝头和菜团子，我必开口，讨几个回家接着吃两顿。”看来，这位大作家对菜团子情有独钟啊！

我十六岁离家，扛着行李卷求学、工作，之后三十多年中，很少吃过菜团子。退休了，我当起了家里的“大厨”，想吃菜团子了，于是就自己做。我头一次用玉米面做，馅儿怎么也包不进那“碗”里，“碗”皮老是开裂，这是因为玉米面黏性差。一气之下，我把馅儿和玉米面搅在了一起，改做成了糊饼。失败了一次，我不甘心，第二次就把小麦粉和玉米粉和在了一起，竟然包成功了。我高兴极了。后来，我尝试着把小米粉、燕麦粉、豆粉、小麦粉等，和在一起，也“创新”结了“果”。菜团子的馅儿，我也常变花样，胡萝卜馅的，芹菜馅的，白菜馅的，茴香馅的……几年前的一天，我不知脑子里哪根弦动了，竟然想吃马齿苋馅团子。马齿苋，超市里也有卖的，但我没有去买。因为我觉得买的不如自采的好吃。我和老伴在官厅水库的边上，掐了不少，用它包了菜团子。蒸熟了，我抓了一个，张口就吃，但我再也吃不出小时候我母亲做的菜团子那个味道了！

现在，进入新时代了，咱老百姓的生活好了，想换换口味了。我想，我们平时多吃些菜团子，不仅可以换口味，也可以让身体更好些，何乐而不为呢？我愿菜团子常上寻常百姓家餐桌。

窝头

居家过日子，这些年来，我家从不缺玉米面。

幼时，我很少见到白面馒头。母亲告诉我，当我自己会咀嚼食物的时候，吃的第一口东西便是窝头。我们老家在天津宝坻，那儿的人把玉米面叫棒子面。那面黄澄澄的，蒸出的窝头上细下宽，小孩子们称其是“黄金塔”。

窝头的做法不难，梁实秋先生说：“面和好，抓起一团，翘起右手大拇指伸进面团，然后用其余的九个手指围绕着那个大拇指搓搓捏捏使之成为一个中空的塔。”窝头为什么用玉米面做呢?据营养学家介绍，玉米面含有丰富的营养素，如卵磷脂、亚油酸、谷物醇、维生素 E、纤维素等。

可惜，我小时候吃的窝头，纯玉米面的很少，只有逢年过节或家中来客时，才能有希望尝尝。平时，我大都吃的是菜窝头。母亲把白菜帮子、芹菜叶子、马齿苋剁碎，或把萝卜、胡萝卜、西葫芦擦成丝，同玉米面和在一起，捏成窝头上灶台锅蒸。我生在穷苦的农村，我是吃窝头长大的。

上小学时，我在学校吃午饭。我就着开水和咸菜，啃着从家里带来的菜窝头。三年自然灾害，国家经济困难，都勒紧腰带过日子。那个年代，我们吃的是“白薯面”的窝头。其实，“白薯面”不是白薯，而是其秧子晾干后磨成的。那东西不好吃，黑黑的、硬硬的，进肚不顺当。有的人吃了这种窝头，大便不顺畅。

1963年，我上中专后吃食堂，一天三顿饭，总有一顿是窝头。那窝头是粗玉米面的。我们吃的菜较多的是缺油少盐的土豆块。这饭难咽啊，粗面窝头再加上土豆块，在嘴里打半天转转，才移进肚里。一天晚饭，不知谁从家里拿来了炸酱，大伙儿，你一勺子、我一筷子，把那酱抹在窝头上，下去顺当多了。

改革开放了，老百姓日子好过了，餐桌上白馒头精米饭多了，窝头成了稀罕物。但我始终没有忘记自己是吃窝头长大的，没有忘记那段岁月。我经常买个十斤左右的玉米面放在家里，一有空，我就蒸窝头吃。一天中午，我剁碎芹菜叶子入盆，加进盐、花椒粉、葱花，同玉米面和在一起，捏成了菜窝头。这窝头可香了，我吃了三个。在此之前，我做过面里加菜花根、土豆丝等的菜窝头及面里加枣、葡萄干的甜窝头。我为什么老爱蒸窝头吃呢？也许是多年来吃习惯了，也许是受专家说吃粮粗细搭配好的影响，也许是自古以来中国人就吃玉米面……不管啥原因吧，吃窝头总没有坏处，它有营养、能填饱肚子，更重要的是提醒我不忘本，不忘记今天的好日子怎么得来的。如果甜日子过多了，苦日子忘多了，人就有可能变了。

百菜不如白菜

我小时候，我母亲总对我说："百菜不如白菜。"我刚一记事时，不甚明白母亲说这话是什么意思。后来，我长大了，也渐渐明白了这话的含义：一是白菜营养价值高，含多种维生素和 90% 的植物纤维，具有"益胃生津，通利肠道、清热除烦"之功效，民间有"冬日白菜美如笋"之说；二是二十世纪五六十年代的一段时间里，市面上供应的蔬菜多是白菜、萝卜，老百姓喜欢买，也喜欢吃；三是我少时，家里穷，日子紧巴，太好太贵的菜没钱买，只得吃物美价廉的大白菜。

我是吃白菜长大的。我小时候，家里头一天三顿饭吃白菜的时候多。我母亲做白菜，有的是"招数"，熬、烧、炒、扒、熘、涮、腌、汤、拌，样样都行。我母亲摆弄白菜很有层次。她先加工白菜帮子。她把帮子剁碎，加入少许猪油和葱姜等拌成馅，做蒸饺、大包子、菜团子，很好吃。她还将白菜帮子切成很细的条儿，腌制半天后攥出条儿里的水分，加芝麻油、辣椒油拌食。白菜帮子底下的那部分，我母亲或包饺子，或做醋熘白菜，或做白菜粉条豆腐。一棵白菜，吃得只剩菜心了，我母亲切成细细的丝，点上香油和醋，和豆腐丝一起拌。记得我家开饭时，只要一端上这道菜，不消片刻，就被一扫而光。无论我母亲怎么做白菜，我都爱吃，吃了上顿还想下顿。

我幼年和少年时，主要吃的是北京青口大白菜和河北玉田大白菜。先说说我家冬天吃的青口大白菜吧！这种菜帮子白，叶子青绿且肉厚瓷实，是在菜站卖储存菜时买的。那个年代，北京买储存菜是一道风景。一到每年的11月上中旬，大街面跑的汽车、三轮车、马车上都是大白菜。这些白菜，或是从京郊，或是从外地运来的。胡同里和马路边的菜站，堆满了大白菜。白天，京城老百姓排着很长的队买白菜，那时很少有人不买白菜，因为多数人家靠着它过冬。傍晚，菜站的菜没有卖完，菜站的人就用苫布盖上，第二天再接着卖。多数人家把白菜买回家后，放在窗台、台阶等处晾着，待气温跌至零摄氏度后，再搬进屋内。就这样，白菜储存了一冬，也吃了一冬。

那时，我家储存大白菜，较之邻居有方便之处。我家小院内，有一口装有自来水表的井，在井壁的缝隙处，平着插进几块板，然后在板上放上白菜。这菜“窖”板有三层，放上二三十棵白菜没有问题。放上一冬，待春节包饺子时，那大白菜还很新鲜。我家到第二年开春的时候，还吃过白菜帮子晾的干菜。这白菜帮子，有的是自家买的储存菜上的帮子，有的是我在菜站捡的。那时，菜站卖的白菜掉下的帮子就装进竹筐内扔了，我很心疼。一天，我买储存菜时，就对一位卖菜的大嫂说，您扔的那些菜帮子，我能捡点吗？她说，可以！我把菜帮子拿回家后，母亲问了我菜帮子的来龙去脉。我叙述了一遍，母亲也没有说什么，就把我捡回来的菜帮子串起来，搭在院子里的晾衣绳上。我为什么捡那些菜帮子呢？因为那时我父亲去世了，母亲没工作、无收入，日子过得很苦。我当时想，捡来的白菜帮子能吃，不就省下几个买菜的钱吗？那些年，不光我想着我母亲领着我们几个孩子度日的艰难，连我的大妹妹也是这样想、这样做的，她一个十来岁的小女孩，竟然去荒郊野外挖野菜，回来后做给全家人吃。

再说说那个年代我家吃的玉田大白菜吧！这种菜大部分是在菜站卖储存菜时买的，也有少部分是我的叔伯二哥李连福，骑自行车跑一百八十里地，从老家宝坻送来的。他一次送三十多棵，够全家人吃上十天半个月的。那个年代，他家在农村，手头拮据，糠菜半年粮的时候多。大白菜当时在农村是上等菜，我二哥全家人都舍不得吃，攒下给我母亲送来。他打小失去双亲，靠我父母亲抚养成人。他之所以跑那么远的路送白菜，大概是为了报答我父母亲对他的养育之恩吧！我二哥告诉我，玉田大白菜很好吃，它的菜叶薄、包心紧，形状似圆锥。他还说，老家那里种玉田菜有两百多年的历史了。玉田大白菜叶色深绿、叶脉细密、味甜嫩脆，吃起来有一股清香味，老家的人都管它叫“玉菜”。

也许是遗传基因的缘故吧，我多少年来一直买白菜、做白菜、吃白菜。我曾买过山东胶州大白菜、北京青口大白菜、天津麻叶大白菜、东北大矮白菜、玉田大白菜等。我的同学、亲戚、朋友知道我喜食白菜。他们就投我所好，送我白菜。前些年，我的“一担挑”老韩，他所在的社区分大白菜，他们夫妻俩每次都用小车给我送来十多棵。我儿媳姐姐一家开地播种，也给我家送过白菜。

我做白菜继承了我母亲的那些“招法”，曾做过醋熘白菜、拌辣白菜、酱拌白菜帮、山楂丝菜心、白菜丸子、木耳白菜、白菜粉丝豆腐等。当然，我也用白菜包过饺子、包子、菜团子、锅贴等。儿媳在网上买了几棵大白菜，我变着花样给全家人做着吃。大伙儿吃得很香，也无怨言。

我当记者，20世纪80年代外出采访时，自带饭盒，在小站工区伙食团吃饭。伙食团只要有白菜炖豆腐或醋熘白菜等，我就非买上一盒吃不可。记得，我有一天在一个铁路民警驻站点采访，那站点没有伙食团，年近五十的驻站老民警自己起火做饭吃。那天晚上，我采访后就住在老民警的屋里。晚饭是他用烧柴火的铁锅做的，玉米面贴饼子，炸附近河里的小鱼小虾，白菜豆腐汤。离开站点时，我留下饭钱，他不要。那一餐，我吃得香喷喷的。

还有北京的“乾隆白菜”、川渝的“开水白菜”、西安的“金边白菜”。其实，北京的“乾隆白菜”，就是凉拌白菜，选好白菜切丝加芝麻酱、老陈醋、蜂蜜、盐、味精、白糖后拌之，即可入肚。“乾隆白菜”，我不知道乾隆吃过没有，但为什么此菜叫这个名字呢？是因乾隆喜欢这道菜而得名？还是因为其他原因？我无处可查。我猜想，这道菜之所以取这个名字，是为了借乾隆之名做买卖、招揽食客而已。“乾隆白菜”，我自己做过、也吃过。川渝的“开水白菜”和西安的“金边白菜”用料多、制作工艺复杂，我没做过，当然也没吃过。但我知道，郭沫若先生在品尝“开水白菜”之后，曾赞叹：“简中见繁，寓繁于简，堪称极品。”

我爱吃白菜，平时也爱读有关白菜的书，了解关于白菜的故事。

白菜，是长在中华大地上的蔬菜，为我国原产和特产蔬菜。据说古人六七千年前就种白菜了，新石器时期的西安半坡村遗址曾出土过白菜籽。古时的人把白菜叫菘。为什么叫菘呢？“春初早韭，秋末晚菘”，因为晚种的白菜到了冬天，万物皆枯寂了，它却耐霜抗寒而生长。古人造字很有讲究，于是就在松的顶上，加个草字头，形象地表示白菜具有松树那样抗严寒、斗风雪的坚强品格。宋代学者陆佃曰："菘性凌冬晚凋，四时常见，有松之操，故曰菘。"今俗谓之白菜，其色青白也。

菘这个名字是很文雅的。宋代苏轼的诗《和陶西田获早稻》写到了菘："早韭欲争春，晚菘先破寒。人间无正味，美好出艰难。"他在《雨后行菜圃》中称赞："白菘类羔豚，冒土出熊蹯。谁能视火候，小灶当自养。"

宋代范成大的《田园杂兴》里有关于菘的诗："拨雪挑来踏地菘，味如蜜藕更肥醲。朱门肉食无风味，只作寻常菜把供。""桑下春蔬绿满畦，菘心青嫩芥苔肥。溪头洗择店头卖，日暮裹盐沽酒归。"

明代大医李时珍的书里也提到了菘，"菘（即今人呼为白菜者）有二种：一种茎圆厚，微青；一种茎扁薄，而白。其叶皆淡青白色。燕、赵、辽阳、扬州所种者，最肥大而厚，一本有重十余斤者。南方之菘，畦内过冬；北方者多入窖内。燕京圃人，又以马粪入窖壅培，不见风日，长出苗叶皆嫩黄色，脆美无滓，谓之黄芽菜，豪贵以为嘉品，盖亦仿韭黄之法也。菘子如芸苔子而色灰黑，八月以后种之。"

清代沈复的《浮生六记》里曰："黄芽菜心，其白如玉，取大小五七枝，用沙土植长方盆内，以炭代石，黑白分明，颇有意思。"此处的"黄芽菜"即是白菜。清代文学家郑板桥日常饮食生活简朴，他主张"白菜腌菹，红盐煮豆，儒家风味孤清"。

清代小说家曹雪芹的《红楼梦》中有食白菜之情节。书中写道，"紫鹃走来，看见这样光景，想着必是因刚才说起南边北边的话来，一时触着黛玉的心事了，便问道：'姑娘们来说了半天话，想来姑娘又劳了神了。刚才我叫雪雁告诉厨房里给姑娘作了一碗火肉白菜汤，加了一点儿虾米儿，配了点青笋紫菜。姑娘想着好么？’黛玉道：‘也罢了。’”丫鬟紫鹃或多或少知道吃什么菜能达到食疗效果，也许她认为火肉白菜汤能使体弱多病的林黛玉好些吧！

新闻大家、曾担任过《人民日报》总编辑的邓拓于1961年10月12日在《北京晚报》上发表过一篇杂文《种晚菘的季节》。他在这篇杂文中引用了宋代陆游关于菘的诗“雨送寒声满背蓬，如今真是荷锄翁。可怜遇事常迟钝，九月区区种晚菘”，说明北京在阴历九月还是种晚菘的季节。他在文中希望能够联合几位园艺的爱好者，同他一起来做个小小的试验：在自己门前的地边，撒上大白菜的种子，争取在下霜以前再长出一茬白菜。

从杂文的字里行间，我猜邓拓也是喜爱大白菜的。我曾一度也想过自己种大白菜自己吃，但因久居京城楼房，没有机会和条件种，久而久之就作罢。但是，我的朋友吴连生种过小白菜，他积累了一些经验，有机会，我一定向他请教如何种白菜。据说，种白菜要选靠水源近和土壤肥沃的地方，种的最好季节是夏末秋初。

大白菜虽然是我国原产，但也走出了国门。据说，大白菜于19世纪传入日本、欧美各国。在德国，我曾在那里的中餐馆吃过醋熘白菜。在韩国，这个国家的人喜食泡菜，这泡菜很多用白菜制作，味道别致，闻名于世界。

我已七十有三。几十年来，我买白菜，挑新鲜水灵的；我做白菜，如变魔术般地换花样；我吃白菜，百食不厌、久而不烦。大白菜饱了我的肠胃，强壮了我的肌体，增添了我生活的乐趣，给了我多方面的知识，我打心里由衷地钟爱大白菜。平时，我的耳边也常响起我母亲对我说的那句话：“百菜不如白菜。”

抻面：一种美的享受

20世纪80年代末和90年代，我到铁路小站工区采访时，那里伙食团大师傅总是问我："记者同志，您吃啥饭？"我说："您会抻面吗？如果您行，咱们就吃抻面！""我会，咱们就吃西红柿鸡蛋打卤抻面吧！""好！"我说。稍许片刻，一碗冒着热气、香味四溢的抻面端了上来。我三下五除二，瞬间将碗里的面"扫荡"干净。

抻面，即用手抻成的面条儿，是由双条反复折合对拉而成，是我国北方的传统美食之一。抻面也叫拉面、大拉面，其特点是筋道、滑润。据说，抻面源于胶东半岛的福山一带，因有"福山拉面"之称。

我喜欢吃抻面，始于20世纪80年代。记得那是1985年，单位分了我一套两居室的房子。同事赵志敏对我说："您住进新房子了，我可以去您家看看，给您贺喜吗？""当然可以，热烈欢迎！""那我买什么东西呢？""您啥都不用买，听说您有一手抻面的绝活儿，您能不能在我家露一手，给我们全家人做一顿抻面吃呢？""我抻得不好，那就到您家去'献丑'吧！"

那是一个星期日的上午，赵志敏早早来到了我家。一进门，她就洗手，找我妻子要面粉，说是要和面。“面早就准备好了！”妻子说。赵是个麻利人，干活利落。只见她往盆里倒了些面粉，和了一块比较硬的面，紧接着，她开始压面，这就是顺着盆里沿往面粉上加盐水、加凉水，接着放了些碱面，用拳头使劲揣面，片刻把盆边的水都揣进了面里。赵对我说：“和面用的面粉要劲大、筋强。和面时，面和水的比例是5∶3。和面用的水的温度应依季节的变化而变化，春秋冬季用温水，夏季用凉水。”“面压到什么程度才算和好了呢？”我问。赵说：“一直揣到面不再黏手了，手、面、盆‘三光’为止。”“面和好后将其翻过来盖上湿布，醒上一个小时左右，让面粉颗粒充分吸收水分。”赵又说。过了一会儿，赵开始遛面、出条了。赵叙述，她母亲遛面、出条比她干得好。所谓遛面，就是把面团放在面板上揉成长方形，再用双手将其抖长，抓住其两头，上下来回抖。随着双臂不断向外舒展，粗面对折成两股，再对折成四股，再对折……遛面时，条儿碰到面板上“啪啪”作响。赵对我说，反复对折叫“套扣”，经过多次“套扣”，面由两股变成多股，面就遛成了。赵说：“我小时候看母亲遛面、出条是一种美的享受。我母亲遛面、出条时，左手在前，右手在后，面就像麻花一样绞在一起。这时，把两手抓住的面放在一只手上，腾出的那只手，抓住绞在一起的另一头，再遛。当再次两手交叉时，改为右手在前、左手在后，面就向相反的方向绞在了一起。面不再断了，条儿又粗细一致。”“遛面、出条是个累活儿。我母亲每次干都汗水湿衣衫。”

赵志敏抻好面后，我将水烧开下锅。一碗又一碗面条捞出来了，我浇上茄丁儿卤，大口大口地吃起来。好香啊，筋道、顺滑，我一连吃了三大碗。这时，赵对我说：“抻面浇上什么都好吃，炸酱啊，麻酱啊，各种荤素浇头和调味品啊，无论哪一种放进面里，面都香喷喷的！”打那以后，我就喜欢吃抻面了！

我当记者，天南海北地跑。我曾在兰州吃过抻面，当地人叫它拉面。记得那家面馆历史悠久，他们做出的面讲究“一清（牛肉汤）、二白（白萝卜片）、三红（鲜红的辣子）、四绿（新鲜翠绿的香菜、蒜苗末儿）、五黄（黄亮的面条）”。这里所说的清汤，不是普通牛肉汤，而主要是几十种香料与牛肉原汤熬制而成。据清代王憺望所作《兰州牛肉面吟》曰：“兰州拉面天下功，制法来自怀庆府。汤如甘露面似金，一条入口赛神仙。”

我出差在兰州逗留时，听说兰州人吃面讲究“毛细”“头细”“二细”。“毛细”温柔、“头细”随和，女孩子喜欢吃；“二细”阳刚，男孩子乐意吃。另外，我的邻居郑国维夫妇，曾在兰州工作过。他们在当地，向内行人求教，练就了一手抻面的好手艺。现在，他俩一有空儿，就和块面，抻面条儿吃。老郑很少到超市买切面，他说那面不如自己抻的面好吃！还有，我在陕西、山西一些地方采访，发现那里的人也喜欢吃抻面。我了解到，山西中部、北部一带，今天仍有举办婚礼用抻面招待客人、过生日时用拉面祝寿的风俗。

前些年过春节时，我逛庙会，曾看过有关抻面的表演。表演者出条的过程中，面在他们的手中翻滚，好似排天巨浪翻卷，令观者不断叫好。抻出的面形状各异，扁条的、细丝的。抻出的细面条儿像龙须。据说，龙须面可抻至 20 扣以上，数目可达数万根。餐饮业界已将龙须面的标准定义为 14 扣（16 384 根）。老北京人、文化学者崔岱远说他亲眼看到一位师傅抻面时套到了 13 扣，把面抻出了 8 192 根，没有 1 根断了。那面，远看宛如瀑布，近瞧细如发丝。崔在他所著的《京味儿》一书中说，面抻到这个份儿上已经不是为了吃，是一种高深功夫的展示。

云梦鱼面

照顾我小孙子李九思的阿姨，春节探亲返京后，给我们全家人带来了礼物——云梦鱼面。这种面，不但我没吃过，而且过去我听都没听说过。因为阿姨也姓李，小孙子管她叫姑姑。小李说："我家在湖北省孝感市云梦县。云梦鱼面是我们家乡的特产。""这种面，1915 年，在巴拿马万国博览会特产比赛中获优质银牌奖；1990 年 12 月，获湖北省优质产品证书；2006 年 11 月，被商务部认定为首批'中华老字号'；2010 年 12 月 29 日，原国家质检总局批准对'云梦鱼面'实施地理标志产品保护；2012年9月，入围'湖北省首届食文化名食'称号。"我打小爱吃面，云梦鱼面这么有名气，我一定要尝一尝。

我打开礼盒中的塑料袋，只见面条干干的，呈银白色。我一闻，面条散发着鱼味。云梦鱼面有三种吃法：一是油炸，二是炒，三是煮。小李说，这三种做法，她都尝试过。炸的，酥酥的、脆脆的；炒的，软软的、爽爽的；煮的，滑滑的、香香的。"今天，咱们就吃煮的吧！"我对小李说。面煮好了，冒着浓郁的鱼香。我品了一大碗。"真好吃，云梦鱼面果然名不虚传啊！"我说。

我向小李等人详细了解了云梦鱼面的制作过程。云梦人把从鱼塘打来的或从超市买来的鲜鱼洗干净，去掉鱼头鱼鳞，挖掉鱼刺、内脏，剁成鱼肉碎末儿，接着绞成肉浆，与上等面粉、苞谷豆粉（玉米淀粉）、海盐、纯碱、清水和在一起，直至面团有韧性为止。这时，将面团擀成厚度不超过 1 毫米的面片，后经蒸、晾、拆、压、切、晒等几道工序，加工成宽度不超过 1.5 毫米的面条儿。

云梦鱼面，之所以好吃，主要是原料选得好，除了用上好的活青鱼、鲤鱼、鲫鱼、草鱼和上等面粉、辅料等外，和面用的水要求也很高，水质清洁，无任何污染。云梦县水资源丰富，河、潭不少，水域面积达 39.7 万亩，占总面积的 43.8%，这就为鱼的生长创造良好条件。《墨子・公输篇》曾记载："荆有云梦，犀兕麋鹿麓满之，江汉之鱼鳖鼋鼍为天下富。"据说，云梦民间流传着一首歌谣："要得鱼面美，桂花潭取水，凤凰台上晒，鱼在白鹤咀。"

云梦鱼面还有一段传说呢。这种面最早出现在清道光年间（公元 1821 年至 1851 年），当时，云梦县城有一家客店，请了一位红白两案技艺高超的厨师，他姓黄。

来这家客店就餐的人很多，老黄忙得不可开交。一天，他做饭时忙中出错，一不小心，把做鱼丸用的鱼肉泥打翻了，不能再做鱼丸了，扔了吧，怪可惜的，怎么办呢？他把鱼肉泥掺进面里，和好面后擀成面条儿，煮熟加进作料，满脸笑容地端到客人面前。鱼面香味扑鼻，客人吃后赞不绝口。打那以后，老黄反复琢磨，不断加以改进。他用白鹤咀的鱼剁成茸泥，用桂花潭的水和面，后在凤凰台晾晒，做了许多鱼面条。客人来了，要吃这种面，老黄就煮上一碗。久而久之，这种面就成为云梦县的名点。当地老百姓叫它云梦鱼面，亦称"银丝鱼面"，是待客的佳品美食。还有的人把它叫作“长寿面”，因为其鲜而不腻、营养丰富，易于消化、温补益气。

从云梦鱼面我想到，任何“中华老字号”食品或“中华名小吃”，其背后都有着故事或传说。所以，我们不仅要品出这些食物的特色，而且还要了解其故事或传说，从中获得更多的食文化知识。这样，我们才能活得更有意义。

难忘那几次『家宴』

几年前的一天晚上，我和妻回到了阔别多年的南口。

南口的那些好友热情好客，那两天，我们沉浸在欢乐的家庭气氛中。

我和妻、王珊，住在吴连生、武如意夫妇家。吴连生是个手艺人，他用树根（麻梨疙瘩）做的小烟嘴，比工艺品还精致。武如意心细、心善、心眼好。记得我们有一次外出旅游，妻发烧，武如意为她刮痧，尽心尽力照顾她。此刻，王珊送来药，朱秀珍端来热水，扶着妻把药服下。望着这一切，我的眼圈湿润了，心想，一奶同胞的姐妹也不过如此吧！ 19世纪的英国诗人拜伦说得好：“我的姐妹！我亲爱的姐妹！难道还有比你更亲密更纯洁的称呼吗？”

吴不但手艺高，做饭也有两下子。每天清晨，他都起个大早，为我们准备早餐。一天早晨，我睡得正香，突然被葱花饼的香味熏醒了。我赶紧起床洗漱。当我坐在饭桌前时，吴把他烙的饼和热牛奶，端到了我跟前。我仔细一看，饼不但有葱花的，还有油盐的、芝麻酱的，我一下子吞进好几大块，越吞越香。在我的印象中，武如意过去是起早做饭的，但为什么吴连生现在抢着干呢？

记得有一次喝完酒后，吴对我说：“娶了个好媳妇！”这当然不是醉话。吴过去工作忙，顾不上照顾家，家务活儿全撂在了武一个人身上，以至于街坊邻居都认为吴在外地工作不常回家。吴现在退休了，他想让武如意歇歇了，自己多干点活儿！有人说，男人的手，是握锤把、笔杆的手；女人的手，是握炒勺、菜刀的手。我想，时代变了，退休了，男人的手也要握握炒勺、菜刀了！我们都要记住“家庭应该是爱、欢乐和笑的殿堂”这句话。

翟金水、朱秀珍夫妇操持了一顿晚餐。那天晚上，不到 20 平方米的屋内，挤满了 10 多口人，欢声笑语弥漫其间。这夫妇俩心地善良、厨艺高，不一会儿，一桌丰盛的晚餐端上来了。好家伙！鸡鸭鱼肉，炒菜小菜，样样俱全。

金水还特地跑到超市买来了我爱吃的羊杂碎。小朱熬了八宝粥，宗珏大哥和栾大嫂也从自己家端来了菜粥，他们是怕我们哥儿几个喝完酒后，胃不舒服，专门熬的。我们兄妹 11 人，品着小酒，嚼着肉菜，聊着心里话，那个痛快劲儿就甭提了！推杯换盏间，我和宗珏大哥聊起了老友松柏、世愉。年轻时，我们四人被称为南口厂四条汉子。我们一起学习、工作、锻炼，很是快乐。想老友、念旧友，正如著名作家蒋子龙所云“旧友如陈酿”啊！

饺子始于唐代，明清时吃饺子的人越来越多。今人也说，好吃不过饺子。又一天晚上，我和妻、王珊要返回城里，傅月荣提议中午到她家包饺子，我们当即积极响应。吃饺子好哇！饺子形如元宝，吃它有招财进宝、生活美满之意！饺子有馅，能把吉祥包进去，寄托美好愿望！我们 11 个人，是 40 多年的好友，大家都希望每个人身体健康、生活愉快，所以，一听说包饺子，都乐得合不拢嘴。

那天，从南口村回来时已近中午。在傅月荣的指挥下，大家忙碌起来，做馅的做馅，揉面的揉面，片刻，饺子开始包了。我和吴连生专事擀皮儿，妻和翟金水、朱秀珍、武如意、王珊、傅月荣，还有小傅的好友陈师傅负责包，大约用了30多分钟，208个饺子包好了。“208”，多么吉祥的数字啊！

10分钟后，热腾腾的饺子端上了桌。我忍不住饺子香味的诱惑，尝了起来，茴香猪肉馅的，韭菜鸡蛋馅的，还有葫芦馅的，一种比一种香。那葫芦是陈师傅家自己种的，她听说小傅的几位挚友要来，便从瓜架上摘下，拿了过来。陈师傅真是一个待人真诚的实在人啊！本来，已经说好了几位男同胞吃午饭时不再喝酒，可小傅的老伴廖晖明说，饺子就酒，越喝越有！他硬是拿来一瓶金六福和一瓶干红，与大家共饮。我高兴地说，金六福啊，金六福！祝大家身体健康，福多，多福！这顿饭吃得时间很长，大家边吃边聊。每个人脸上都溢满了笑波，看得出来，这快乐是从心底发出的！

像这样的家宴，还有多次。一天，大家提议聚一聚。亚新说，到我家来吧！记得那一天，亚新两口子操持了一大桌子菜。我一进门，香气四溢。我馋得直咽口水，美味佳肴啊！我、连生、金水、建国开怀畅饮，廖兄晖明不善酒也喝得满脸通红。亚新说：“在家聚聚，好处很多，可以说说心里话！”

后来，我们把“家宴”挪到了北京海淀公园，那是一次“野餐”啊！蓝天白云下，茂密树林中，茵茵草地上，我们坐在了一起，眼前摆满了各自从家中带来的吃的。我们几人喝的是“牛二”，也就是北京牛栏山酒厂生产的二锅头酒。宗燕平时少酒，那天竟然也喝了几杯。我有点喝多了，头晕。嫂子傅月荣说，别喝“白”的了，喝我用葱头泡的葡萄酒吧！嫂子庹友兰和黄兄也说，少喝点吧！尝尝我们做的四川冷面吧，开胃解酒！我边喝那葡萄酒边吞冷面，奇怪，头竟然不晕了！

由于我们年纪大了，像这样的“家宴”几年没有了。不知以后，还能不能有！常言道：“六十不劝酒，七十不留宿，八十不留饭，九十不留坐。”很多人有这样一个习惯，好像不劝酒、不留宿、不留饭、不留坐，就是对亲人、朋友、同学不热情不近人情。只有他们连醉带饱卧睡入座，才显盛意。实际上，对六十岁以上的老人，还是不要这样做为好为妙。人年纪大了以后，身体消化代谢能力下降，如果听人劝，一味饮酒聚餐等，稍不小心就会出事的。我想，以后这种“家宴”要慎重举行。倘若出事。这事儿落在谁头上，谁也受不了。我相信，以前的“家宴”，能增进友谊；以后“家宴”少了或没了，我们的友谊也丝毫不会减弱，只会年头越长越深厚。那几次“家宴”，连同我们之间的深情厚谊，长留在心中吧！

龙南脐橙小记

朋友的外甥从江西龙南给我快递来一箱他家自产的脐橙。得此水果，我欣喜无比。打开箱子，那橙子，个个圆圆的、黄澄澄的、金灿灿的，在绿叶的映衬下，格外漂亮，说它柑橘中的“俏美人”一点儿也不为过。我顺手从箱里拿起一个橙子，将其外皮洗干净，放在案板上，切成四瓣儿，顿时，清香味儿四溢。我将一瓣儿入口，慢慢品味。那橙子肉质脆嫩，汁儿酸酸的、甜甜的，顺着嗓子眼儿，流进胃里。胃里瞬间有一种舒服的感觉，犹如暑热天气吞进上好的冰激凌一样。“真乃果中佳品也！”我赞扬道。

龙南脐橙为什么这样好吃？得益于“天时地利人和”。龙南位于赣州南部，气候温和，年日平均气温只有 18.9 摄氏度，雨量充沛，无霜期长。不下雨时，阳光灿烂，用气象中的词语来说，是光照充足。温和的气候滋养脐橙生长。这就是“天时”。那么，“地利”呢？龙南许多地方是红土地，土层又深又厚，且含有稀土等多种微量元素。“地利”也很好啊！丰足的土壤，利于脐橙种子存活，出土后，树苗沐浴阳光、雨水，逐渐长成橙树。再说“人和”，首先是龙南市委、市政府有“把龙南建成赣南脐橙主产区重要基地”的宏愿，动员果农抓住机遇、广种广收。再者，龙南果农十分勤劳，不误农时，起早贪黑，修剪枝叶，防治虫害，生态建园。宏愿和勤劳，换来了幸福果。据有关资料显示，龙南全市发展脐橙面积 8.9 万亩，挂果面积 8 万亩，脐橙产量 7.5 万吨。建成千亩以上基地 37 个，其中脐橙种植户 5 600 户，平均每户拥有脐橙面积 15.9 亩，种植脐橙 50 亩以上的有 260 户，面积达 2.5 万亩，精品果率达 85% 以上。我朋友的外甥就是 5 600 多种植户中的一户。他家的脐橙好吃，营养丰富，含有人体所必需的各类营养成分，经常食用可降低胆固醇、分解脂肪、清火养颜等，外销红火。

龙南脐橙是赣南脐橙的一个重要品种。如今，赣南脐橙以果大形正、橙红鲜艳、光洁美观、肉质鲜嫩、浓甜芳香，闻名于世界。赣南脐橙年产量达百万吨，赣州市已经成为脐橙种植面积世界第一，年产量世界第三、全国最大的脐橙主产区。赣南脐橙曾获“中华名果”等荣誉称号。我国有重庆、江西、湖北、湖南、四川等 12 个省市自治区种植脐橙。比较有名的，除赣南脐橙外，还有奉节脐橙、平远脐橙、秭归脐橙、富川脐橙等。这些脐橙通过高铁、飞机、轮船、汽车等交通工具，销往国内外市场。

我国种植脐橙有着悠久历史。早在 2 000 多年前，就开始种植脐橙了，有爱国诗人屈原的诗为证：“后皇嘉树，橘徕服兮。”此诗句赞扬秭归柑橘是天地间的嘉树。唐代大诗人李白诗云：“青橙拂户牖，白水流园池”，其意是说，你自己在庭院种橘橙，门窗外摇曳，引来的清水浇灌园田。北宋末期著名词人周邦彦《少年游·并刀如水》一词则叙述了女子通过破橙表达了对男子的温情：“并刀如水，吴盐胜雪，纤手破新橙。”破橙的刀具光洁，像清水那样澄澈；盛橙子的盘子明净，果蔬新鲜。美人端庄高雅，用她的纤纤细手为心上人破新橙。南宋词人程垓《忆秦娥·情脉脉》中说：“情脉脉。半黄橙子和香擘。和香擘。分明记得，袖香熏窄。”词中称赞了橙子的香味：“凝视着握在手中的半黄橙子，细细慢慢地搓磨，片刻大拇指已沾染上独有的香味。清清楚楚地记得，连那衣袖的一角都已满是清香。”明代医药学家李时珍说，橙子产于南方，其果实像柚子而更香美，叶子有两道刻痕，断裂如似两段。就是到了今天，不少文人墨客也把脐橙写进文中。2022年11月30日《人民日报》（海外版）刊登了署名为邱裕华的文章。文章叙述了脐橙的生长过程：“从惊蛰到立冬，从青涩的幼果到饱满的果实，历经近300天的风霜雨晴，一树树脐橙拔节生长、发枝挂果，将这片土地点缀得丰饶多姿。”文章描述了橙树的迷人光彩：“脐橙树虽不高，挂果却很多，一棵树上常结有上百个脐橙。有风吹过，脐橙在树上轻轻摇晃，在阳光下闪烁着迷人的光彩。”这真是“千树玲珑万树黄，清风吹拂满橙香”啊！这些诗文不仅证明了我国种植脐橙有着悠久历史，而且说明有关橙子的诗文蕴含着丰富的中华文化。我边品尝龙南脐橙，边吟诵这些诗文，格外兴奋。我祝愿龙南脐橙，年年沐浴新时代的春风化雨，年年喜获大丰收，年年走进无数人的家庭，持续谱写乡村振兴的新篇章。

岁月

从火红的青春，到渐隐的夕阳，人啊，一路走，一路繁忙。风华正茂亦成历史，两鬓风霜也属正常。人之『六读』，总要留下斑斑痕迹。追忆痕迹，回顾来路，深感几十年只是历史长河中的短短一瞬，但时代给予的丰富知识和精神财富，却是取之不尽、用之不完的。坚定信念、生命不息，筑牢理想、激情永燃，务实追梦、努力奋斗，继续当好美好生活的创造者、守护者，永远是我们心底发出的强音和付诸实践的行动。

那一年，我十六岁

1963年9月3日，对于我来说，是最应该记住的一天。那天，十六岁的我，辞别了父母，来到了北京市昌平南口镇的一所学校就读。那是四年制的中等专业学校，先后名称为北京铁路机械学校、北京铁路电气化学校。学校所设置的专业是与时俱进的，非常适应当时国家经济建设的需要。那时，我们国家刚刚生产内燃、电力机车，刚刚开始酝酿修建地下铁道和电气化铁路，学校就设立了内燃及电力机车运用和检修、电气化铁道供电、地下铁道与桥隧建设等专业。这些专业对于我们这些十六七岁的年轻人来说，是极有吸引力的，因此报考的人不少。学校所录取的学生，大都是当年北京市中考的佼佼者。

我之所以报考这所中专，是因为我上初中时，在北京市少年儿童图书馆辅导员陈俊慧的指导下，读了一些有关铁路的书籍。从这些书中，我第一次知道了中国铁路杰出的工程师詹天佑，第一次了解了“毛泽东号”“朱德号”机车组的英雄事迹，第一次记住了那时还不多的中国铁路通车里程。读书开阔了我的视野。读书使我立下了远大志愿：我要为祖国铁路建设和发展，贡献智慧和力量。所以，初中毕业那年，我毫不犹豫地报考了北京铁路机械学校。记得 1963 年 8 月份的一天，我拿到了学校的录取通知书，我高兴得三步并做两步地跑回了家，将这一喜讯告诉父母和邻居。

半个月后，我背着母亲为我打点好的行李，由父亲送我到了西直门火车站。大约一个多小时，列车喘着粗气，驶进了南口火车站。我下了火车，途经南口机车车辆机械厂大门口和学校的大操场，来到了学校的办公主楼注册、报到。接着，一位老师把我领进了一间教室。那老师是我们的班主任李云迢。李老师只有二十六七岁，脸红扑扑的，浑身充满了朝气。一见面，我就打心里喜欢上了这位老师。在教室里，我初识了我的同学张凤珍、李延芬、张贺存、赵德佑、陈国俊、蔡德珠等。我们这些毛头小伙和年轻美丽的小姑娘，年龄相仿，志向相投，初次见面那兴奋劲儿，是无法用语言形容的。

开学典礼那天，校长郑焰、校党委书记张静山讲了话。他俩是抗日战争时期参加革命的老干部，讲话很有水平。从他们的话语中，我知悉这所中专成立于 1952 年。十一年来，学校发扬抗大精神，自力更生，艰苦办学，已为国家培养了不少优秀人才。听完校领导的讲话，我激动不已，发誓向老校友学习，争取当一名好学生。

学校的生活很有规律。我们早晨六点钟起床，六点半集体出操跑步，接着吃早饭、上早自习，八点钟开始上课。一天大约上六节课。下午三点半以后，是学生们的自由活动时间。我除了和同学们打打篮球外，大部分时间都“泡”在学校图书馆里。石国民老师是管理图书馆的，他向我推荐了许多好书和报刊。在这里，我第一次读到了《人民铁道》报，那风格别致的版面编排，那深入浅出的评论通讯，启开了我心灵的门。我非常喜欢这张报纸，经常坐在图书馆的长凳上，一读就是两三个小时，从一版头条看到四版报尾。当时，我做梦也没有想到，十五年之后，我竟调到了这家报社工作，从记者、编辑干起，一直到担任社领导。

学校教育我们学生德、智、体、美、劳全面发展。“尚德修身，精技立业。”班主任李云迢对我们说，十六七岁是人生的一个重要转折点，你们要把握住自己，认认真真读书，把自己磨炼成国家有用之才。作为班主任，他在各个方面严格要求学生。记得我刚到学校时，不太适应那紧张、有规律的生活。我出操时迟到，许多同学都列队了，我才慌慌张张地从宿舍里跑出来。李老师批评我，我不服气。我说我听到起床铃声就行动了，就是动作慢了点儿。李老师见我顶撞他，并没有发火，而是继续循循善诱地讲遵守纪律的重要性。李老师的话打动了我，我出操再也不迟到了。李老师见我写作有些基础，在鼓励我学好电气化铁道供电专业知识的同时，介绍我参加了学校的马克思主义哲学小组和文学创作小组。

在哲学小组里，我们在崔学忠、王凯辉老师的指导下，读了毛主席的《实践论》《矛盾论》等哲学著作和一些政治理论书籍，初步了解了马克思主义哲学的一些基本观点。在哲学小组里，我受益很大，养成了爱读政治理论书籍的习惯，以致坚持至今。这对我打牢理论根基，搞好新闻工作有很大促进作用。

在文学小组里，我们在语文老师孔德明的指导下，学会了写散文、诗歌和消息、通讯、小言论等。那时，我们所写的作品，刊登在学生会办的板报里，学校广播站也常常播送。记得当时，我们文学小组有一名同学叫范大宇，后来成为中国铁路文工团的创作员，几年前他还送给我他所写的作品集呢！

在两任班主任李云迢、祁承葵的指导和组织下，我们铁供308班不仅学习氛围浓，而且文体活动活跃。在学校举办的运动会上，我们班在100米、400米短跑和接力上屡屡夺冠。我们班足球踢得也不错，常常战胜别的班级足球队。赵德佑、刘杰、陈国俊、蒋立人是我们班足球队的主力。我球技差，只是作为替补队员，偶尔上上场。我们班自编自演的话剧，在学校的晚会上公演引起轰动。剧本由后来成为中铁电气化局一公司总工程师的刘杰撰写。记得我在剧中演一名受资产阶级思想腐蚀的学生。当时，我实在不愿意演这个主要角色，怕同学们看不起。经过团支部书记做工作，我才接受了这个任务。因为我背台词声音洪亮、咬字清楚，被抽调到学校广播室当了播音员。

学校教育我们如何做人和做事。20世纪60年代初，我们国家遭受了严重的自然灾害。1963年，我们刚入学时，生活是很清苦的。当时，学校的伙食不够好，我们吃的是黑面馒头和缺盐少油的土豆块。这饭真难以下咽啊！个别同学有些牢骚。当时，老校长郑焰对我们说，这饭比他们抗日战争打日本鬼子时吃得强多了。困难是暂时的，相信在党的领导下，生活会好起来！你们要同全国人民一道同甘苦、共患难。今后，你们做人和做事，要多从为党、为国家、为人民的角度着想！老校长的话，使我深受感动，几十年来，我一直把他的话作为我做人做事的座右铭。

学校里众多的老师，像辛勤的园丁一样，哺育我们成长。孙兆良、刘庆芬老师对我无微不至地关怀，多次教育我老老实实做人、本本分分做事、认认真真工作、诚诚恳恳待人。几十年来，我一直牢记这两位老师的教诲，注意严以律己，保持廉洁奉公，不仅受到了同学和同事的尊重，而且工作上取得了一些成绩。李如梓老师鼓励我好好磨炼自己，争取早日加入党组织。在李老师的耐心帮助下，我中专毕业八年之后，终于成为一名光荣的中国共产党党员。

学校给了我充实的知识。当时，在学校任课的老师，很多都是知识渊博的名牌大学毕业生，或有多年教学经验、富有学问的高级知识分子。他们授课生动活泼，能够把枯燥的东西讲得津津有味、引人入胜。当时，我最爱上赵天霓老师的《电工学》课、周以洁老师的《高压工程》课、谢曼丽老师的《电机学》课、张余昌老师的《牵引变电所》课、崔学忠老师的《哲学》课……老师们注意引导我们把学习的理论知识与具体生产实践紧密结合起来，他们带领我们到北京电机厂、保定变压器厂、东郊环形实验基地、南口机车车辆机械厂等企业参观实习。我记得我在保定变压器厂所写的实习报告，还受到老师的表扬。老师们带领我们学农，到南口农场栽种果树，到附近的公社收麦子，使我们体验到每一口吃的、每一粒粮食都来之不易。这些老师不仅传授我们知识，而且教给我们学习方法，使我们受益无穷。记得他们说，老师讲课，只是向学生灌输一些知识，至于学生能不能掌握这些知识，全靠学生自己的“消化”能力。所以，作为学生，你们要养成自学的习惯，只有这样，你们才能逐渐成为国家的有用人才。打那以后，“自学”二字深深刻在我的脑海里。参加工作以后，我没有机会从事我所学的电气化铁道供电专业，而是踏进了新闻工作的领域。我硬是靠着自学，一本一本地“啃”完了复旦大学、中国人民大学新闻系的所有教材，初步掌握了新闻采访和写作的本领，后来，我又从中央党校函授学院经济管理专业毕业，获得了党校本科文凭。

多读书，是自学成才的一个重要途径。几十年来，我一直坚持读书看报，即使现在年纪大了、眼花了，也始终没有撂下书本。我主要读六个方面的内容：一是马列经典著作和政治理论书籍；二是古今中外文学经典作品；三是历史书籍和名人传记；四是新闻学最新教材和历年来中国新闻奖获奖作品；五是铁路作家、记者写的书和铁路业务、科技书籍；六是《人民日报》、《光明日报》、《人民铁道》报、《北京青年报》等各大报纸，每天浏览新华网、人民网、光明网、中青网、中国军网等。读书学习，坚定了我为国家、为人民奋斗的理想信念，增长了做好本职工作的本领。我要活到老、学到老，一直到生命的最后一息。

自学使我增长了才干。我从事新闻工作三十多年来，参与策划了许多重大报道，积累了较多的采编经验，20 世纪 90 年代著有《铁路新闻与思考》一书。我的比较有影响的新闻作品有《毛泽东在列车上读书》《刘少奇与中国铁路》《朱德与中国铁路》《陈云与中国铁路》《青藏线精神青藏人》《铁血大动脉的英雄颂歌》《砥柱中流　英雄本色》等。在老领导李广品主席的指导下，我曾多次参与组织中国铁路好新闻作品的评选。我爱写新闻评论，发表过一些有影响的作品。多年来，我笔耕不辍。近几年来，我仍然坚持写散文或新闻评论、新闻业务论文。我多次被邀请，在全国性新闻业务研讨会和全路性新闻培训班上，在部分行业报社、15 个铁路局集团有限公司和许多工程建设公司，为记者、编辑、通讯员授课，介绍新闻采编经验，讲授新闻业务知识，受到了广泛欢迎。我参与领导《人民铁道》报的编校质量管理工作，整理了《识别铁路报纸差错二十六法》等论文，供编辑记者在采编中参考。由于报社党委的正确领导，经全体编采校人员的共同努力，《人民铁道》报在三次全国性的报纸编校质量评比中名列第一名。2012 年，我担任了《我们的南口工厂——时光留下的记忆》一书的主编。此书由中国工人出版社发行后，反响强烈。《北京青年报》出专版介绍此书。《北京日报》《人民铁道》报等多家媒体也刊发了消息。此书还由国内外多家图书馆、档案馆收藏。我所有这些成绩的取得，都是与当年北京铁路电气化学校为我打下思想和知识的坚实基础分不开的。

我取得的这点成绩，与我的同班同学相比，是极为渺小的。中专毕业后，我们班绝大多数同学奔赴祖国电气化铁路建设工地。他们远离亲人，风餐露宿，在极其艰苦的条件下，参与修建了多条电气化铁路。在繁忙的施工现场，他们中，有的成为出色的工程师，有的担任了重大工程的项目长，有的肩负施工处长等重任。他们初到工地时，我国电气化铁路的通车里程只有 92 公里，现在通车里程位列世界第一。这巨大变化充分体现了包括我的同学在内的铁路职工的智慧和创造力。我的同学为祖国电气化铁道事业的发展，奉献了一生中最好的年华。他们是英雄的铁路建设者，他们为中华民族的伟大复兴贡献了力量，他们的突出业绩将永载中国铁路改革发展的史册。

父亲教育我成长

我一辈子没有忘过父亲对我的教育。我也一辈子向父亲学习。

在我的记忆里，我和父亲常在一起的时候，始于我四岁以后。我打小，父亲对我的教育就抓得很紧。记得上小学以前，父亲给我做了一个不大的木头匣子，里面装着他用墨笔写的字卡片。晚饭毕，他教我认字。我拿着卡片，他指着上面的字。他念一个，我跟着念一个。我上小学后，父亲每天检查我的作业，如果发现我的字写得不正确，或算术题做得不对，他就耐心给我讲解。那时，家中生活虽不大宽裕，但他仍挤出钱来，专门为我订了一份《中国少年报》，让我读报，学习知识，了解国家大事。我家离首都图书馆较近，父亲对我说："图书馆是知识宝库，你做完作业后，可到那里去看书。"

父亲教育我热爱劳动，吃苦耐劳。有一年过春节，我在院门口玩，父亲喊我回家。原来，他买了一个猪头，要我和他一起收拾。他给我一个小手指粗细、两尺多长的铁棍，叫我把棍的一头，放在火炉里烧红，烫猪头上没有刮干净的毛，捅猪鼻子里头。父亲对我说："你是家里老大，要多干活儿！"父亲调到北郊国营农场后，一到暑假，他就带我到农场去。他递给我一把镰刀和一个筐，指点我到地里割草，然后告诉我将草卖给农场奶牛场。一个暑假，我挣够了下个学期的书本费。

烈日下割草，周身似火烧，汗水透衣衫，两手起血泡。我有点儿不想干了，父亲说："割草这活儿，是苦是累，但能磨炼你的意志，养成吃苦耐劳的好习惯。你割累了，可以找个树荫处，歇会儿再割，不能有不干的想法。"父亲找了个玻璃瓶子，灌满了水，让我割草时带着，口渴时喝。一天，我割草到了农场梨园。我躺在梨树下休息。我口渴难忍，摘了一个梨，三下五除二，吞进肚内。返回父亲住处后，我对父亲说了吃梨的事。父亲说："你怎么能随便吃园子里的梨，明天要把梨钱交给农场！"接着，他给我讲了"锦州那个地方出苹果，辽西战役的时候，正是秋天，老百姓家里有很多苹果，我们战士一个都不去拿"的故事。父亲这是教育我公私分明啊！

吃梨的事，教训深刻，几十年我都记得。割草的活儿，我干了好几个暑假，这对我确实是个考验和锻炼。父亲的苦心，我多年后才明白，他是想把我炼成一块好钢啊！割草使我懂得了"无论干什么活儿，都不要怕苦怕累"的道理。以后多少年，我一直按照这个道理去做。

父亲对我思想上的教育是多方面的。初中毕业后，我考上了北京铁路机械学校。到学校报到那天，父亲用自行车驮着我的行李，送我到西直门火车站。绿皮小火车快开了，他从书包中，掏出一本书。我定睛一看，是《社会发展简史》。他说："这本书，你要多读几遍！"照着父亲说的，我确实读了好几遍。初读时，我虽没全看懂，但知道了人类社会有五个发展阶段。后来，我反复想，上中专那年，我十六岁，父亲为什么叫我多读这本书呢？参加工作后，我才逐渐想清楚他让我读这本书的目的，就是认清社会主义制度的优越性，坚定地跟着中国共产党走。我不负父亲期望，先后入了团、入了党。

父爱如山，母爱似海；山高海阔，岁月绵长。

在我和父母相处的岁月里，我深感二老虽然文化程度不高，但他们很懂得教育孩子。第一，注重人格教育。所谓人格，就是做人要有一定之规，格要方方正正，不能歪了。父母要求我遵国家之格，做事待人，按法律和政策办事；遵单位之格，严守纪律不谋私，兢兢业业工作；遵家庭之格，孝敬父母，善待长辈，多想他人，护佑子女。第二，注重情感教育。父母嘱咐我要有浓烈的热爱伟大祖国之情，多做对国家、对社会、对他人有益之事。待人要春天般的火热，做好人，做善人，做本分人。第三，注重智力教育。父母要求我多读书，多学本事，上学听老师的话，认真听课，专心写作业，不旁骛。父亲从自己在单位吃饭的伙食费里，挤出钱来，给我买了书，要我反复读。第四，注重健康教育。父母要求我多运动、讲卫生，不贪吃、不乱饮，衣服净、手脚洁。七十多年来，我一直遵父母之教，一刻不敢马虎，一刻不敢懒惰，一刻不敢懈怠。

在我们兄妹身上，或多或少地承继了父母的基因，或者说是发扬了父母的优秀品质。在几十年的岁月中，由于老一辈的言传身教和兄妹五人的忠诚承继，形成了“李大家”家风：“一心向党、热爱祖国，孝敬长辈、呵护家人，勤奋学习、坚韧进取，吃苦耐劳、甘于劳作，严于律己、宽厚待人，紧密团结、和衷共济。”这一家风收集在北京海淀区纪委监委编辑的一本书里。

那留下深刻记忆的二十多天

一生中所经历的重大事件，往往留下深刻记忆，而这种记忆随着时间流逝，在脑海里越埋越深。

那是二十多年前的事了。1998 年长江洪水泛滥，九江干堤决口。那年 8 月 10 日 9 时，我作为报社副总编辑立即带领采访组，赶往九江。两个小时的航程啊，我仍感时间太长，恨不得插翅到九江。我想，作为一名共产党员，我要哪里危险去哪里，高质量完成这次抗洪抢险报道任务，讴歌铁路职工的抗洪抢险精神。

我们一下飞机，迅速乘冲锋舟，赶到水灾现场。那里是铁路职工七里湖住宅区，六层楼已被洪水淹到了五楼，衣服等生活日用品漂浮在水面上，那惨状不忍细看。我心里十分难受，铁路职工遭受多么大的损失啊!

来到长江九江干堤决口处，惊心动魄的抗洪抢险场面，立即映入眼帘。

长江水浊浪滚滚，呼啸着向东流去。决口虽然已堵住不少处，但洪水仍凶猛喷出，无情奔向田野、居民区等地。抗洪抢险部队的战士，大都十八九岁，他们泡在江水里，扛着、传递着石头和沙袋等，一层一层地摞起来堵决口。部队女卫生员衣服被汗水浸透，黏在了身上。她们抬着担架，将几名脸部晒得黝黑、衣服褴褛、手脚裆部溃烂的战士，送到阴凉处就诊。这里是没有硝烟的战场，战士们正在同吞噬人生命的洪水打仗啊！我目睹这惊心动魄场面，对人民解放军产生了更崇高的敬意，同时也暗下决心，一定向解放军战士学习，用抗洪抢险精神搞好抗洪抢险报道。

我们采访组制定了报道工作方针，即“精心策划、统筹兼顾、迅速撰写、及时发稿”。“精心策划”，就是每天晚上，报道组成员聚在一起，汇报个人所了解的新闻事实。根据新闻事实，集体确定报道题目，然后分头撰写。因为我们几个人每天都“泡”在现场，所以每天晚上汇报的新闻事实很多，“诸葛亮会”开得很热闹。我多次在会上说，要更多地报道抗洪抢险一线的人和事，既要写消息，又要写通讯，而且要多发现场新闻。我要求，每天至少往编辑部发两三篇、两千五百字左右的文字稿件，新闻照片有多少发多少。“统筹兼顾”，就是全方位报道南昌铁路局抗洪抢险工作。采访组成员、《南昌铁道》报总编辑周良平说：“抗洪抢险好比一场有声有色的人民战争，每个角落都有故事，每支队伍都有功劳，都应该上报纸版面，都应该在电视台上发声。”我们采访组成员都赞成他的说法，并落实于具体的采访实践。“迅速撰写”，就是将了解的新闻事实迅速归纳，在详细占有材料的情况下，争分夺秒地成文。我说，今日事今日毕，今天要发出的稿件，不能拖到明天。如果拖到明天，我们就无言以对“泡”在江水里与“洪魔”搏斗的解放军战士，无言以对在京九大动脉上抗洪保畅通的铁路职工。我和周良平、薛贵宝、舒伟平不写完稿件不吃饭、不睡觉。赵华强则每天到彩扩店去冲洗照片，常常错过了晚饭时间，只能自己去找吃的。“及时发稿”，就是将我们所写的稿件迅速传到编辑部。我们住的地方，没有电传机。每天都要跑几里路，到九江车务段去传稿件。大家没有一个喊累的。

为了搞好抗洪抢险，我们不怕苦、不怕累、不怕危险，始终保持着旺盛斗志和奋进精神。水灾现场，气温高达三十八摄氏度，我们整天头顶烈日、脚踏洪水，在九江干堤采访，胳膊被阳光晒破了皮，但没有一个人叫苦。到被洪水冲过的铁路职工家属区采访，死鼠、死犬、死猫、死鱼和生活垃圾，在未退去的洪水中漂浮着，散发着恶臭，我们全然不顾这些，依然去采访。九江干堤决口处还未堵住，一些石料包码放在激流中，根本不牢固。我顺着石料包小心翼翼往前走，准备到沉船的上部采访。突然，我的脚踩空了，身子倾斜，这时一名战士拽住了我，我才没有落入洪水中。赵华强为了拍好照片，在摞起的石料包上爬上爬下，大家都为他捏了一把汗。那些天，赵华强是哪里危险，就到哪里去拍照片。大家一直叮嘱他注意安全。我们一刻也不停，这地方采访完了，就急忙赶往下一个地方。白天，我们在烈日下或雨中采访，晚上就凑在一起交流情况、写稿，经常忙至深夜。我和周良平撰写的长篇通讯《砥柱中流 英雄本色》，从晚上九点多，一直写到第二天十点多，十三个小时未合眼，一气呵成一万多字，很快在《人民铁道》报和《南昌铁道》报等媒体发表。

九江盛夏，酷热难耐，蚊虫肆虐，对我们来说，确实是严峻考验。天热，造成了我饮食不适。刚到九江的那几天，我一直拉肚子，靠黄连素止泻，咬牙坚持采访。儿子来电话，说妈妈发烧，怎么办？我说，这里抗洪抢险报道任务比较重，暂时不能回京，你好好照顾你妈妈吧！记者薛贵宝带病来到抗洪抢险现场，体弱拉肚子，但他硬挺，坚持写稿。被淹的地方洪水未退，赵华强划着小船拍摄照片。他的照片都是在洪水中抢拍出来的。在酷热、洪水、蚊虫面前，我们谁也没有退缩，出色地完成了采访任务，经受住了严峻考验。

我们在长江边上采访，得到了各级党委和领导的支持、帮助。九江市抗洪指挥部的领导向我们介绍九江市抗洪抢险和保护京九铁路的事迹。人民铁道报社领导对采访组如何开展工作随时提出明确要求。我们采访组从搜集线索到吃住行等，南昌铁路局各级领导都给予了大力支持。局党委副书记吴建中一直和我们几名记者一起采访。白天，他把九江铁路地区所有单位领导召集在一起，请他们主动向采访组介绍情况；晚上，他和我们一起汇集报道线索，研究报道题目，修改新闻文稿。九江工务段党委书记徐向春得知我们要到受灾严重的七里湖站采访，没有合适的交通工具，当即为我们调来了轨道车，使我们得以进入灾区。沙河北街站党委书记周光辉扛来了几箱水，说："你们在烈日下采访，口干舌燥，喝几口润润嗓子吧！"我紧紧握住他的手，表示感谢。周良平同志既是《南昌铁道》报总编辑，又是采访组成员。那些日子，他夜以继日地采访，并抓好报纸出版工作。他的敬业精神令我深受感动。

在九江二十多天，我们采访组与南昌铁路局各级领导和职工结下了深厚情谊。我们《人民铁道》报几名记者回京后，没过多少日子，局党委就派人给报社送来锦旗，上书："抗洪抢险鼓八万职工士气　千里京九展铁道记者雄风"。我望着那锦旗，心情久久不能平静。

1998 年夏的抗洪抢险，在我新闻生涯中是极不平凡的一段。我所经历的采访，使我更加感到了党和人民军队的伟大，更加感到了在严重洪灾面前铁路职工尽显英雄本色。这段采访增强了我坚持“走转改”、搞好新闻工作的信心。我想，人民记者不能脱离人民，在各种重大考验面前，要永远冲锋在前。这样，才无愧于记者这个职业。二十多天，在历史长河中只是短短一瞬，但留给我的记忆和精神财富，却是难以忘记的。

那些年，我坐火车的故事

我是一名“老铁路”，如果路龄从1963年进入一所铁路中专学校读书来计算的话，已有60年了。我和众多的“老铁路”一样，都有着坐火车的不凡经历。

第一次坐火车

印象当中，我第一次坐火车是1963年9月3日。那一年，我十六岁，初中毕业，考上了位于北京市昌平南口镇的北京铁路电气化学校。8月下旬，我接到了这个学校的录取通知书。通知书上说，9月3日，请到西直门火车站，坐早晨六点多的市郊列车，来学校报到。

那个年代，坐火车对于我来说，是个新鲜事。我打小在北京城长大，只爬过内城的城墙。少先队搞活动，最远处，我到过颐和园，根本没去过远郊区，更甭提坐火车了。火车是啥样子？是不是电影《铁道游击队》里那个“突突”地冒着黑烟的大家伙呢？

9月3日，天未亮，我就起床了，简单洗漱后，父亲送我到西直门火车站。火车站里，和我一样带着铺盖的学生很多，大约有两百多人，一打听，都是到那所学校报到的。车站停着一列车，有七八节车厢。第一节车厢前头挂着一个火车头，它是个黑色的庞然大物，只有车轮涂着红漆。一位到车站接我们的高年级同学告诉我：“那是蒸汽机车，外国人造的，已经在线路上跑了很多年头了，干线长途‘跑’不动了，只能‘跑’市郊列车短途了！”他满嘴的铁路术语，作为新生的我虽然听得不那么懂，但我知道那不是最好的火车头。

在列车员引导下，我从车厢的一侧上了车。我仔细一瞧，车厢与车厢之间，底部用挂钩连接，顶部有些靠近，中部不是密封的。我扛着铺盖，蹑手蹑脚地走进车厢内。车厢内，中间是通道，两旁是座位，一边是三排座，一边是两排座。我寻了一个靠窗户的座位坐下，顺便把铺盖扔到了上部的架子上。那些座位是木制的，呈暗黄色，似乎很脏。我刚坐下，就觉得屁股底下不舒服。仔细一瞧，座位上的木螺丝松动了，硌了我一下。好在我的裤子没有被硌破，那是前些天我母亲知道我考上了铁路学校，怕我穿带补丁的裤子让同学笑话，现扯了几尺布，贪黑拉晚，给我做的呀。要是硌坏了，穿什么呀，又怎么向母亲交代。

我头一次坐火车，一切都觉得很新鲜。列车行进中，我隔着车窗往外看，轨道两旁，除了庄稼地，就是低矮的房屋。小路上，有穿补丁衣服的行人疾走。他们去干什么呢？

火车头“吭哧吭哧”地喘着粗气，“拖”着几节斑驳的车厢，缓缓地开进了南口火车站。四十多公里的路程，竟用了一个多小时。

“跑通勤”时坐过“闷罐车”

四年的学习生活结束了。毕业后，我留在了南口机车车辆机械厂工作。那时的南口厂归铁道部工业总局管辖，所以，家不在南口镇的职工都有一张通勤票。记得我拿到通勤票的那一天很高兴，我说："坐火车不用买票了！"

成家后，我加入了"跑通勤"的行列。早晨五点多钟，我骑四十多分钟的自行车，赶到西直门火车站，坐六点半开往南口的市郊列车。

南口厂的工人，把市郊列车叫"通勤车"或"小票车"。车厢是老式的，脚蹬子在外面，车厢之间的连接处还是露天的，较以前没有丝毫改进。下午五点多钟，南口厂下班的汽笛拉响了，几百名"跑通勤"的职工，从各个车间急匆匆地跑出来，涌向当年詹天佑修的那个南口火车站。

早上那趟"小票车"，车厢内十分安静。有的职工吃完自带的窝头、咸菜后"补觉"，因为家远、起床早，抓紧车上的时间休息，上班后好有精神头儿干活。有的女工织毛衣、补衣服。一名女工曾对我说："咱挣钱少，只能缝缝补补，穿新的省事，可咱兜里哪有钱啊！"有些年轻职工一上车就捧本书看，我就属于这一类人。记得浩然的《艳阳天》《金光大道》和中国四部古典小说《三国演义》等，我都是在"小票车"上读完的。

晚上那趟"小票车"，车厢里热闹极了。累了一天的工人，有的聚在一起说说笑笑，有的打起了扑克、下起了象棋，有的叼着香烟默默地抽着。车厢内空气不好，烟味、汗渍味、蒜味，弥漫在空间。但是，没有一个人敢开车窗，因为一打开窗子，火车头喷出来的煤末子，就会很快"侵"入车厢内，那味道更呛人啊！

"跑通勤"的那个年代，兴占座位。一个车间只要有一个人上了车，就可以拿书包或其他什么物件，占几个座位。那时，因为是一个厂子的工友，大家相互理解，很少为占座儿发生口角、动拳头。

20世纪六七十年代，我“跑通勤”的时候，还坐过“闷罐车”。

那些年的春运期间，“绿皮车”和“红皮车”都被调去跑长途，在干线上运送南来北往的旅客，短途车还要照常开，火车头只能挂“闷罐车”了。

所谓“闷罐车”，就是铁路人常讲的棚车。这种车厢是黑色的，顶部有盖，中间有个大铁门，旁有小窗户。平时，“闷罐车”是运货的，春运时用来拉旅客了。这就是那个年头常讲的“以棚代客”。“闷罐车”里没有座位，我们只能拿一些废报纸或海绵垫放在屁股底下，坐在冰冷的车厢底板上。车厢中间的那个大门不能关死，因为上百个人要在里面喘气啊！数九寒天，冷风呼呼地从门缝往里面灌，冻得我们两脚生疼，浑身直打冷战。那时，相互间熟悉的人，常常穿着带补丁的棉大衣挤坐在一起，靠仅有的一点体温取暖。车厢壁上挂着两盏汽灯，光线幽暗。列车行进中，那两盏灯来回晃动，好像要掉下来。车厢里没有厕所，一次，一个人尿急，实在憋不住了，就找几个人拉起人墙，从那个大门的缝隙处往外尿。记得那个撒尿的人，头发花白，脸色蜡黄，眼泡子肿着，一副病态。大家见他这个样子，谁也没有责备他。那个年头，整个春运期间，我们这些“跑通勤”的人，都坐这样的车。

“跑通勤”的生活是很累的。无论春夏秋冬，早晨，星星还在眨眼，我们就要起床赶往火车站；晚上，月光洒满大地，我们还奔波在路上。我每天到家，都晚上八点多了。饥肠辘辘的我，三下五除二就把母亲递过来的饭菜吞掉了。那个年代，上个班是多么不容易啊！

这种“跑通勤”的生活，我整整过了十年。

我坐火车越来越高级

1978年，《人民铁道》报复刊，我有幸调到这家报社工作，一干就是三十年。从此，我坐火车的机会更多了。

起初，我是坐绿皮车，跑东跑西去采访。一天夜晚，我上了大同开往太原的绿皮车。那晚，车厢里很拥挤，根本没有下脚的地方。我见行李架上没有多少东西，就“违纪”爬到上面睡了起来，一觉到天亮。车到太原了，我才被一位好心的旅客叫醒。一个晚上，竟没有一位列车员管我。当然，我也没有掏出记者证。

那些年采访的时候，我什么样的旅客列车都坐过，绿皮的、红皮的；进口的、国产的；也上过火车头，蒸汽的、内燃的、电力的；还坐过轨道车。20世纪90年代初，我和几位记者，沿正在建设的京九线采访。我们从菏泽乘轨道车前往孙口黄河大桥，目的是考察这段线路的质量。那轨道车很简陋，没有棚子。它开起来后，风把我们的衣服都撩了起来。线路两旁的庄稼、房屋一闪而过。我站在轨道车上，望见不远处，有黝黑的小河沟水和墨绿的树。看来，这一段线路附近，环境污染比较厉害。经过半天多的考察，我们发现新铺的线路还不那么平稳，于是就反映给施工单位，请他们在后续的施工中加以解决。考察后，我执笔写了消息《重返孙口当乘客》。这是我记者生涯中，第一次坐轨道车采访。

记得我头一次坐软卧车，是在20世纪90年代初的一次采访中。一天晚上，我们上了车，列车员迅速打开了一间。哇，里面真干净啊，洁白的被褥、枕头，车窗前的小桌上还放着一个插着鲜花的小花瓶。铺位也比硬卧的铺位宽多了。列车员拿起包房里的暖壶去打水。不到五分钟，她回来了。我高兴地说：“谢谢！”我喝了几口水，就躺下睡觉了。那一夜，我比在家里睡得还香。

我在坐火车外出采访的过程中，接触过许许多多的铁路职工，有的是机车司机，有的是养路工，有的是列车员……他们无论在什么岗位上，都认真践行“人民铁路为人民”的宗旨。他们曾对我说过许许多多的话。一名机车司机说：“手中的闸把千钧重，必须敬畏安全。”“对标不差一厘，时间不差一秒，平稳不洒一滴水。”一名养路工说：“巡线‘瞄着问题去，追着问题走’。”“安全上送人情，就是送人命。”一名列车员说：“安全是根，服务是魂。”“用微笑开启每一天，让亲人温暖每一刻。”这些话都是发自内心的，既生动朴实，又充满哲理。我经常这样想，新时期铁路精神不是凭空产生的，它孕育于铁路职工的心灵，产生于人民铁路这块沃土啊！

实现了坐祖国高铁列车的梦想

那些年，我曾在国外坐过高铁列车，我常常想，在我国广阔的大地上，什么时候能有高速列车奔驰呢？这不仅是我一个人的想法，也是全体中国铁路人的梦想。国家发展得快啊，没过几年，我心底的愿望，竟成了现实。2008 年 8 月 1 日，京津城际铁路开通了。有报道说：“这是中国第一条具有自主知识产权、运营速度世界最快的高速铁路，它不仅使北京和天津这两个大城市间形成‘半小时交通圈’，实现了同城化，同时也打开了中国铁路迈向‘高速时代’的大门。它一问世就创造了运营速度、运量、节能环保、舒适度、经济效益五个世界第一。中国仅用几年时间，跨过了发达国家半个世纪的高速铁路发展历程。”我也要坐一坐自己国家的高铁列车！一天，我跑到北京南站，买了张去天津的火车票。

北京南站好大呀，建筑风格不同以往，非常壮观、漂亮。我穿过宽阔的候车大厅进了站。在站台上，我从这头走到那头，将动车组列车看了个够。那乳白色流线型的车体，给人心情舒畅的感觉。我走进车厢，这里面既雅致又漂亮。一排排座位上坐着满面笑容的旅客，他们也为自己能坐上高铁列车高兴啊！列车缓缓启动了，不一会儿就达到了时速 260 公里以上。列车开得又快又稳，我把手中的空矿泉水瓶子，放在我座位前的小桌上，它竟一动也不动。列车为什么开得又快又稳呢？我曾看过有关资料，知道了有关动车组优越性的一些知识，“一般情况下，我们乘坐的普通列车是依靠机车牵引的，车厢本身并不具有动力，是一种动力集中技术。而采用了‘动车组’的列车，车厢本身也具有动力，运行的时候，不光是机车带动，车厢也会‘自己跑’，这样把动力分散，更能达到高速的效果。”我还知道了摩擦力比以往线路小的无砟轨道，用一位作家的话来说，轨枕光滑如镜。总之，用一句两句话是说不完这条高铁的先进性的。半个小时后，列车抵达了天津，比我从家里坐公交车到北京南站用的时间还少，比我 1980 年第一次坐火车到天津的时间更少了一个半小时。我终于第一次坐上了风一样快的火车！

打那以后，我因公出差、外出旅游，只要通高铁的地方就坐高铁。我这个“老铁路”要在有生之年，更多地“享受”一下中国铁路的发展成就！据有关报道说，中国已经拥有全世界最大规模以及最高运营速度的高速铁路网。到 2022 年底，全国铁路营业里程达到 15.5 万公里，其中高铁 4.2 万公里。我国西部也开行了动车组列车，复兴号飞驰在雪域高原和深山峡谷。2023 年初通车的银兰高铁，是宁夏首府银川与甘肃省会兰州之间第一条直连高铁通道。运营月余，已运送旅客超过 30 万人次。

中国高铁走出国门。我国筑路工人正在为一些国家建设高铁。我国的动车组列车正飞驰在国外高铁线路上。作为共建“一带一路”和中印尼两国务实合作的标志性项目——全长142公里、最高运营时速350公里的雅万高铁正在建设，这是中国高铁首次全系统、全要素、全产业链在海外落地。这条高铁将于2023年6月开通运营。“千岛之国”开跑中国高铁，中国高铁再一次惊艳世界，“金名片”更加闪亮。

中国高铁的发展，促进了沿线经济水平的提升，促成了地域文化的融合，不仅使众多的老百姓受益，让人们对未来美好的生活充满了希望，而且对世界产生了巨大影响。许多媒体都以较大篇幅和黄金时段，报道蓬勃向上的中国高铁。每当看到这些报道，想起几十年来坐火车的往事，我心中就异常兴奋：“今天我国铁路较那个‘万国机车博览会’的年代，发生了翻天覆地的变化！”我想：“党的二十大擘画了全面建设社会主义现代化强国、以中国式现代化全面推进中华民族伟大复兴的宏伟蓝图，吹响了奋进新征程的时代号角。在党的二十大精神的指引下，中国铁路必将打开事业发展新天地、成就开局起步新气象，谱写新的篇章，以更新的面貌展现在世人面前。那时，我们老百姓将坐上更好更快的火车，出行将更方便、更快捷、更舒适！”我打心底盼望着，盼望着……